# 万物皆可爱

第四届丰子恺散文奖获奖作品集

丰子恺散文奖组委会　编

作家出版社

# 第四届丰子恺散文奖评委名单

## 一、初评委员会

主　任:

路英勇　　作家出版社有限公司董事长

评　委:

李朝全　　中国作家协会创研部副主任

李东华　　鲁迅文学院副院长

葛一敏　　《散文选刊》主编

林　森　　《天涯》主编

宗永平　　《十月》副主编

刘　军　　河南大学文学院副教授

## 二、终评委员会

主　任:

吴义勤　　中国作家协会党组成员、副主席、书记处书记

评　委:

邓　凯　　中国作家协会书记处书记

汪家明　　人民美术出版社原社长

梁鸿鹰　　《文艺报》总编辑

何向阳　　中国作家协会创研部主任

李　舫　　《人民日报·海外版》副总编辑

艾　伟　　浙江省作家协会主席

汪惠仁　　百花文艺出版社总编辑

陈东捷　　《十月》主编

# 目　录

## 特别奖



## 散文奖



## 提名奖

## 青年作家奖

★★★

# 特别奖

冯骥才

# 我的一个奇迹

冯骥才

## 一

我的一个奇迹直到今天才发现，我的这个奇迹非要到今天才能发现，这就是我的一辈子都生活在一个城市——天津。我从未离开过天津。我把一生的起承转合、喜怒哀乐、所有的各种颜色的日子都放在自己这个城市里。这样的人生有何特别之处？

大部分作家至迟到了青年时代就背井离乡了。他们外出求学，或谋生闯荡，大多是在经历磨难，对社会人生深有感悟，才拿起笔来成为作家。这样的例子古今中外比比皆是。我则不同，我从出生、童年、少年、求学、工作、初恋，到后来的结婚、就业、生子、交友、生病、丧父、迁徙、转业，还有种种顺逆与祸福，种种急转弯和不期而遇，都在这座城市里。相比那些攥着一支笔走南闯北甚至浪迹天涯的作家，我几乎是站在原地一动没动。我的人生没有变换过场景。我是一个没完没了的独幕剧中的主角。然而这样原地不动，日复一日，我的人生会不会空间有限或器局狭小？我笔管里的“生活”是不是早就该枯竭了？

单凭感觉来说，我对自己的城市过于熟悉，有如对自己的家庭。无论把我放在这座城市里的任何地方都不会迷失。相反，许许多多冷僻的城市角落反而都给我留有深刻的记忆，无论是时代性的烙印还是隐私。我人生大部分时间是在生活深邃的皱褶里。对于我，这里才有生活真正的精髓。每每在街头听人说话，那声音就像听家人说话一样。我的很多难忘的故事是和某一个街名混在一起的。城中的老巷老屋老树老墙，就像我家里的老物件，与我差不多已经融为一体了。我认识的各种各样的人——那些不能忘却和已经忘掉了的人，像群鸟一样散布在熙熙攘攘的市廛与万家灯火之中。老熟人们想见就见，老房子不时出现在眼前。即使不见它们，它们也在身边，这让人感到一种温情一种熨帖一种踏实。这样的城市何处还有？什么样的城市可以替代我的天津？

一次偶然碰到一个小学时的同学。太久未见他分外热情，但我完全不记得他的名字。这使他显得有点突兀和莽撞，那一瞬间我们都有点尴尬。他为了证实自己确实是我的老同学，一口气讲了四五段我们同学时天真无邪和意趣横生的往事。他讲得真切无疑，而且无比亲切，我却完全不记得了。由此我明白，自己过往的人生，并没消失，而是有声有色地保存在与我们共同生活过的人那里，保存在自己的城市空间里。如果对它用心，一定能找回不少自己生命留下来的美好和深情的足迹。

我在天津一共搬过十次家。搬家的原因各不相同。搬家的感受也全不一样，有甜有苦，有大喜有大悲。可能由于我画画出身，过往生活留给我的总是一些画面。这些画面里有往日极其逼真的景象、鲜活的形象、珍贵的细节，可以时光倒流般地唤醒沉睡的记忆。比如父母与妻儿不同时期的模样，过世好友曾经的面容，救助过我的贵人并让我动容的那一瞬……还有昨天、前天、消逝而远去的岁月中的那些美好的画面。这些画面都离不开我住过的老房子，离不开我那些独特和独有的生活空间。城市深情地为我留下了历史。

但是，我有一种奇怪的心理：我在自己城市里最不想去的地方，又常常是以前生活过的某一座老房子。我说不清这是一种什么心理。是一种心理障碍吗？是由于一种不能承受的历史之重？

历史是沉淀下的生活，是沉重的。然而，这沉重不一定都是苦难，往往是一种百感交集。

# 二

我国地势西高东低，水往低走，所以江河东流，泻入大海。这些由西向东的河流是自然的河流；而由南向北的河流，多是人工开凿的运河。运河之所以伟大，是因为它们把大地上自然的由西向东的河流，南北贯穿起来。于是四面八方，全部疏通，宛如一张闪闪发光的巨网覆盖了神州大地。

在这张巨网的每一个枢纽处都有一座城市。

古人邻水而居，择水而憩，其实世界名城的诞生大多源于一条江河。可以说所有城市都是由一条江河养育起来的。而我的城市天津则是凭借着五条大河而生。这中间有自然的河流，也有运河：天津是京杭大运河的北端。

五条大河，汇成海河，波光粼粼，倾入渤海。一片浩无际涯的放纵人的情怀的蔚蓝色是我的城市东边的极地。

如果从海上瞭望我的城市，则是一个散发着浓郁的千古不变的东方乡土气息的田园，一个帆樯如林的北方最大的漕运码头，一个充满活力又平静的古城；可是，它又是一个由外部世界最快捷地抵达京都紫禁城的登陆地。这是它天生的幸运，也是命定的不幸。因而，自从十九世纪中叶，它便成了中西之间兵戎相见的交恶之地。

我想，我曾经一代城市的祖先，一定不明白为什么那么多金发碧眼的洋人突如其来，有如天降；不知道自己惹下怎样的“天怒”而在1900年惨遭灭绝性的屠城。历史总是任凭后世的嘴巴纷说，现实只能由小百姓去经受。如今谁还会记得那一代小百姓亲身的感受？人们一边把历史所有的过错一股脑儿地都甩给“盲目仇外”的义和团，一边想方设法把旧租界奇形怪状的小洋楼开发为能够生财的旅游打卡地。

我承认，我对城市的历史情感是沉重的。

谁来弄清历史的是是非非？

城市对于我，不是一个单纯干活儿吃饭的地方。这可能由于我不是外来的打工仔，这里是生我养我的地方。它像母亲，我从它的生命中诞生出来。我感受到它如巢一般的温暖、柔软、亲昵。我能闻到它醉人的生命气味，能听到它血液流动的声音。

我的生命里记着它一天天从早到晚小贩们穿街而过的各种吆喝声，夜间由远处传来的沉闷又悠长的火车或轮船的鸣笛声，街头急雨般的自行车的铃声，大年三十子午交时连天的鞭炮声，还有风声、雨声、雷声和窸窸窣窣的落雪声。这里所有的人对于我都有一种近乎亲人的感觉。我出生在和平区新华路临街的一座小楼里。这小楼是一座私人产院，为我接生的是一位名叫邓志恩的女医生，她留学日本，医术很好。产房在医院三楼。由街上仰头看，大面的玻璃窗映照着蓝天白云。据母亲说，我出生的当夜风雨大作，狂风吹开窗，冷雨浇进来，而且窗子单薄，玻璃大，我睡的摇篮床就在窗下。母亲丝毫没有犹豫，勇敢地扑过去把随时可能撞碎的窗子关上，表现出了年轻母亲的一种本能。这个细节使这幢红灰相间、普普通通的砖房在我眼里有一种异样的神奇。这里是我生命的原点。

故乡有一种神奇感。你的父辈甚至祖先的故事都在那里。再有，便是童年天真无邪的生活。等到我们入世愈深，就会愈怀念自己儿时的率真与无忧无虑；我们离昨天愈远，愈清楚无法再回到过去。然而昨天的时光被故乡、故里、故居、故人收藏着，它们的保存方式是无言的、缄默的、含而不露的，等着你去叩问。

成长于天津的人，一定是在浓得化不开的民俗氛围里生根、发芽、长大。中国的大城市很少有如此密集的民俗。

天津城市文化不是精英文化，而是一种市井的生活文化。人们酷爱丰饶的吃穿、妙趣横生的言谈话语、温暖亲和的风习、自娱自乐的生活文化。正像北京人爱说老舍，上海人爱讲周璇和张爱玲，天津人爱谈马三立和骆玉笙。

天津人把每一个民俗的日子里该吃什么穿什么玩什么这些繁缛的小事叫作“妈妈例儿”。这里说的“妈妈”就是女人，因为日常生活的事向来都由女人做主，习俗都是由女人张罗。由她们嘴里念叨着，尽职尽责操弄着，不差分毫。然而，民俗不是谁规定的，更不是强迫的，一切顺由百姓的心愿。百姓要用种种习俗，使自己的生活多些讲究、多些仪式、多些说道、多些滋味，于是各种惹人喜爱的乡土艺术到时候自然都会派上用场。而我对乡土文化与艺术的热爱似乎是与生俱来的。从写作上看，它是我小说的资源；从精神上看，它是我后来做遗产保护秉执的文化立场。

它也是我与这个城市不离不弃的一个深在的秘密，一种精神情感的秘密。

乡土艺术是一方水土独有的花。它们是从土地深处开出来的，更是从这地方人们的心中开出来的。因此，它们夺目地张扬人们的生活情感与热望，也迷人地表达本地特有的审美气质。精英文化显示个人精神，民间文化表现地域特征。鲁迅不代表绍兴文化，绍兴戏才代表绍兴文化。只有真正爱上这个城市特有的文化，才能与这个城市的灵魂神交。

为此，二十岁出头，远远在我写小说之前，我竟然开始用笔对城市本土文化——年画、泥塑、剪纸、风筝、砖雕、木雕等做田野的调查、记录和文化整理。没人叫我这样做，我自己要做。没人教我怎么做，全凭个人摸索。比如，那时城市的老建筑已经过时不建了，曾经辉煌一时的砖雕被人冷落乃至遗弃。我便骑上一辆破旧的飞鸽牌自行车，背一架相机，把散落于城市各处的砖雕普查一尽。这是不是我最早或最初的遗产抢救？可那时还没有“文化遗产”这个概念呢。我的行动完全出于热爱。一种朴素的非功利的纯粹的一厢情愿的乡土情怀。非理性常常是本质的、原发的、生命性的，就像土地里窜出来的碧绿的草。

## 三

我的城市对我产生魅力最大的是老城。

原因是我的城市在世界上绝无仅有，它一半是老城，一半是旧租界地。老城的历史六百年，典型的中国北方本土城市，一切传承有序。租界是 1860 年后西方人在天津城东南硬建起来的一块“殖民地”。列强各国在天津划地自辖，所建房屋都是各国自己的样式。租界中的一切都是由各国搬来。这一分为二的城市，俨然是两个世界。

老城那边地势高，俗称上边；租界这边地势低，俗称下边。老城那边是清一色灰暗和低矮的砖瓦房，租界这边则是高低错落、千奇百怪的小洋楼。老城那边到处是冒着袅袅青烟的大大小小的寺庙，租界这边是响着洪大钟声的尖顶的教堂。我出生并一直生活在旧租界这边。小时候，老城那边穿长衫短褂的多，租界这边穿衬衫制服的多。老城那边都是天津本土的原住民，都说那种语调特别、齿音很重的天津话；租界这边的中国人大多是开埠以来由南方来做洋务和实业的移民，都说国语。辛亥革命那会儿，一个穿西装的人走进老城，会引起围观。我家里若是偶尔来一个客人说天津话，我会特别有兴趣，会站在一旁听，因为天津人说话幽默好玩：他们人人如此，好像说话就是为逗趣的。

最初，老城与租界之间来往不多。我很少去老城，对老城那边的世界充满好奇。这是城市的一半对另一半的好奇，好像男人对女人的好奇。反过来也是如此。这种城市感觉极其特别，很性感。记得我第一次去老城，好比出国。那次是随着大人坐着胶皮车从租界去往老城东面香烟氤氲的天后宫去买年货。城市中最大的年货市场一直在宫前大街的广场上。彼时，宫内外充满着中国人过大年特有的亲切感，丰饶又拥挤，热烈又神奇。我感觉眼睛都被炸开了。这记忆太深刻，我曾一次次把它写进散文与小说里。我在长篇小说《单筒望远镜》中所写的那个法国姑娘莎娜第一次走进老天津时惊艳的感受其实就是我的亲历。

青年时代为了谋生，我到老城那边找活儿干，识得了这块地域里特异的历史、风习、地理、生活、典故，结识了一些形形色色、说天津话、地道的天津人，熟稔了本土百姓的气质、性格、性情、好恶、规矩、讲究和禁忌，等等，这对于生长于租界中的我有些异样，但我渐渐喜欢上了他们。我不知道他们什么时候进入了我的笔管。等到二十世纪八十年代笔头最热时，他们就自然而然地一下子全冒出来了。于是我有了《神鞭》《三寸金莲》《炮打双灯》，等等。

因此说，我对天津的认识不同于其他作家写自己的乡土。

我是从租界来看来写老城的。一半是自己写自己的城市，一半像外人写自己的城市。我与老城之间是有距离的。这个距离也可称之为“文化的距离”。这是我的优势。站在租界这边，反而可以清清楚楚地看到老城那边的文化风景、本土人的集体性格，以及老天津的形象。站在老城里反倒会视而不见，就像自己看不见自己。

认识一个地域的文化，既要深在其中，又要保持距离。深在其中，得其情感；保持距离，产生理性。正是由于我的城市华洋杂处、土洋各半，我才获得了这样的认知优势，并由此升华为审美情感，升华出一种文化情感。这种文化情感和审美情感是更深刻的一种情感，它是不是后来我保护她的一种深层的根由？

我称这是一种情怀。

同时，由于我生活的城市是“华洋杂处”，是两个完全不同的文化空间的并存。它直接造就了我写作中的两个“世界”、两种人文景观、两套笔墨、两种审美：一是以《俗世奇人》为代表，一是以《艺术家们》为代表。因此使我“与众不同”。

我的城市竟然如此奇特又深刻地影响了我。

## 四

二十世纪九十年代的中国，一种横空出世、惊心动魄的城市景象，便是在建筑的外墙上画一个巨大的圈儿，圈里写一个粗野的“拆”字，再在上边打一个霸气的叉。它赫然入目，处处可见，凶悍蛮横，势不可挡。它是时代性的狂躁，是急切地加速更新城市的粗鄙的标志，也是历史建筑的死亡符号。

城市有史以来，一直是线性的发展，记忆渐渐叠加，文化不断积累。但这一次是中断性的、颠覆性的、自我终结式的，一切推倒重来，史无前例地要对所有城市进行一次全新的再造。它令我们猝不及防。特别是当这些“拆”字愈来愈多地出现在我的城市里，出现在我所深爱的意蕴隽永的城市的文化风景中，我便像被猛地戳了一刀，刀尖扎在我的生命之根上。我仿佛听见一幢幢带着独特记忆与历史美的老房子在向我求救。戈登堂拆了，原奥租界拆了，南市拆了，老城全面拆了……我拿出救火的速度也挡不住城改的燎原之势。在我抢救将要覆灭的老街估衣街时，我看到当地原住民拉了几条过街横标，上边用激烈的言辞表达着对我的行动的呼应与支持。那一刻，一种火热的东西填满我的胸膛，我感到自己在与城市共命运。

在二十年文化遗产抢救中，我感觉自己像水一样融入城市中。我喜欢这种融化和融合。这是一种命运与共的融合，精神与情感上的融合。这融化与融合的深处是一种爱，爱的深处是责任，我的文化保护的行为已经本能化了；不必问我，为什么放下笔去从事文化遗产保护。

我分不出，我是因写作而更深爱我的城市，还是因文化保护而与我的城市更加共存共生。它们分不开，就像托尔斯泰说的，一辆马车从山坡愈来愈疾地冲下来，是因为马拉着车，还是因为车推动着马呢？

今岁壬寅，是我的伞寿。在这个第八十次“生命的节日”的清晨，我在我的城市里自然醒。春天的阳光静静地将床对面的一只老柜子的一小部分照亮，其他部分还在窗帘遮暗的橄榄绿与深褐色交混的阴影里。我喜欢生活的朴素、单纯、自然、日常、平静。唯有这样的日子才适然，才安宁，才是生活的本色。

故而，我不喜欢过于热闹的套路化的世俗的拜寿。但我一生的交往太多，止不住亲朋好友各种方式的祝贺纷至沓来，渐渐使我落入被感动的情感的漩涡里。

还好，现代人的交流多在手机上。

我只给自己一个特殊的安排。便是在生日当午，去母亲住处，与母亲共享一顿生日午餐。

母亲长我二十五岁，今年她奇迹般地一百零五岁了。我要感谢母亲生我，把我养大成人，并一直与我相伴相依，不离不弃。我八十岁还能叫“妈”，还能感受到做儿子的福分；还能在江行千里之外，回过头来，望见生命的源头依旧活力澎湃。

就像我的城市与我一直不曾分离。我和妻子也是青春为伴，穿过半个多世纪岁月的高山深谷，刚刚过了绿宝石婚呢。怎样的情意才如此永恒般地相守？

没有玉盘珍馐，只是寻常百姓的生日面。打卤、松花、五香花生、炸面筋丝；还有天津本地人爱吃的肉末炸酱和素菜码——白菜丝、黄瓜丝、胡萝卜丝、芹菜丝、豆芽菜和亮晶晶的蒜瓣。今天母亲的保姆把菜丝切得特别精细，再有便是白水煮面，一点点贺兰山的红酒了。然而这就很好——像一大丛蓬松而清新的野花烘托起生日的欢欣。我说："今天不光是我的日子，也是我和您共同的日子。"母亲会意，笑了，举起酒，轻轻与我碰杯。

没有任何人为的隆重的仪式，没有花言巧语，没有刻意营造的欢乐氛围；寻常饭菜，日常衣衫，只是说话都避免怀旧内容，以免母亲感物伤怀。装了一个世纪岁月的生命里，会有多少的感触。重要的人生日子一定要平常过。然而，这样的平淡却不平凡的生日多少人会有？这不是上苍对我的厚爱吗？于是一种宏大的敬畏之情不知怎样表达和向谁表达。

今天还有两个生日活动。一是学校的领导和师生为我庆贺，一是儿子冯宽为我邀来十来位朋友一聚。老朋友们大多结识几十年，彼此笃诚相待，此刻自然全是无拘无束。与师生所谈全是未来，与老友聊的全是人生。这样的生日叫我收获满满。老母、妻子、孩子、老友、年轻人全靠拢身边，过去与将来全在今天汇集。人生最高的境界是无所求，这才叫作福如东海了。偏偏此时，好事又向前跨了一大步。

手机上忽传来一个视频，身在北京的好友美林和妻子周建萍在他们的画室商议着，说："今天是大冯的生日，送什么礼物？"美林说："大冯属马，给他画马吧！"说着说着，心血来潮，说："大冯八十岁，我画八十匹马送给他。"

美林就是这样的性情中人。他抱来一大摞各色的卡纸，说干就干，激情上来，灵感飙至。手起笔落，一匹匹骏马奔到纸上，它们神情各异，有的雄健，有的骁勇，有的刚烈，有的肥硕，有的俊逸，有的轻盈，渐成一群，而且愈来愈庞大汹涌。美林年长我六岁，干活儿却像汉子，画累了，建萍就站在他身后捏肩膀。此情此义，谁还有？一个多小时过去，八十四神骏齐集，打着响鼻，喷着热气，摆头甩尾，站在美林的画室里。美林说，快请“顺丰”送过去，无论如何今晚要把它们送到天津！

是夜，京津公路群马奔腾，蹄声嘹亮。

晚上我全家正在吃生日蛋糕，门铃忽响，门一开，八十四骏骥飘着长鬃站在我家门口。我笑道：

“美林叫我仍像马一样奔腾向前。”

这时忽想，这样美好的生活怎样才能把它记下来。不只是记这些事，还要记下这些珍贵的细节、真切的气氛、亲切动人的感觉，这才是人生最宝贵的。谁给我记？怎么记？它们五光十色地一闪而过，抓不住啊。其实我不必着急，这一切我的城市都帮我记住了，就像它清晰地记着我曾经全部的历史。

只要我们有心，去叩问它，默默与它对话，它会全部告诉我们。

谁还会对我们这样有心？

我曾在庆祝天津建城六百年的一次聚会上即兴写了一首诗：

生我养我地，
未了不了情，
世上千般好，
最美是天津。

正因为这样，我对自己的城市总有一种亏欠感，我还要为它再做一些事。为了我爱它，为了叫别人也爱它。

★★★

# 散文奖

贾梦玮　祝　勇

沈　念　陆春祥

王　族　王樵夫

朱以撒　朱永官

周荣池　吴颖丽

舒晋瑜

# 摇　篮

贾梦玮

我母亲小时候是有名的被送养的孩子。贫穷年代，孩子多了养不活，只能送出去一个，甚至两个，给没孩子的家庭领养。那叫“减轻负担”啊。也没有人细究过：那“负担”是什么，那是怎样一种“减掉”？我母亲有一个姐姐、一个弟弟、一个妹妹，据说我的外公年轻时不怎么顾家，所以日子过得更加艰难。要减轻家庭负担，送一个孩子出去是现成的办法。姐姐是长女，妹妹是老小，弟弟是唯一的男孩，都有留下的理由。母亲成为送人抱养的最佳人选。

母亲那时四五岁，已经知道了“家”的意义。此时被抛弃，是得而复失，是生生扯出的血淋淋的伤口。哄、骗、逼，母亲在号啕中被抱走。外婆含辛茹苦，但要把自己的孩子送人，撕裂的痛苦，巨大的不舍，被送走的孩子也能感受到。外婆安慰自己的唯一可能的理由是：二女儿到了新的人家后能过上比较好的日子。据说外公表现出来的是减了负担的轻松，这对于母亲来说，无疑是最大的悲凉。这种伤害一定是寒彻肌骨的。对此，一直到外公去世，母亲也未能原谅。

母亲作为被抱养的孩子之所以有名，是因为她曾被不同的家庭抱养。第一次去的人家，因为后来生了自己的小孩，母亲被送回来。又送去第二户人家，可能因为养母外面养了汉子，嫌母亲碍事，虐待她，逼她走，没办法，只好回来。母亲于是到了第三个养父母家。也是没孩子的人家，就在本村。“爸爸对我很好！”说起最后这位养父，母亲总是如此深情而肯定，没有丝毫的勉强。如今，快八十年过去了，母亲仍很自然地称呼这位养父为“我爸爸”。这也是母亲唯一称之为“爸爸”的人；对外公，母亲一直称为“老头子”，带着怨恨和不满。正因为是对自己血缘上的父亲、天经地义的父亲，这种怨恨和不满更是深入心坎，难以消除。与此相对照，“爸爸”的形象更有了别样的光彩。

母亲接受了这个爸爸。因为是我母亲的爸爸，我对这位从未谋面、只在传说中的男人也有了神秘的亲切感。后来，我从老家的地方志中查到此人，是中共烈士。

就这样，母亲在这个家里生活下来，而且“爸爸对我很好”，她有了爸爸。除了终于可以吃饱穿暖外，有了爸爸的宠爱，母亲找到了“家”的感觉。至于爸爸如何对她好，我曾经问过母亲，她自然没能说出个子丑寅卯来。“好”和“爱”一样，是无法进行分析、概括的。天下的好，都是说不清道不明的。眼见为盲，口说如痖。

只是，“好”，最容易失去，所谓“好景不长”。而且，灾难和打击来临之前，一定不会征求意见，也不管你是成人还是儿童，有没有能力承受。母亲那时被她的原生家庭抛弃，爸爸是她唯一的依靠。但爸爸突然被国民党反动派活埋了，而且是她亲眼所见。那是 1947 年，母亲六岁。国共斗争的残酷，特别是 1927 年前后和 1947 年前后，那种你死我活，我过去是从历史著作和文学作品中看来的，但都不如我母亲的讲述让我感受强烈。母亲也是后来才知道，爸爸是中共地下党的大队副队长，当年是和他的大队长一起被国民党活埋的，就在他们那个村的农田里。母亲说：爸爸被活埋后好多年，到了阴天，那片农田经常有两团鬼火上下翻滚、崩裂，照亮天空。母亲说，其中一团肯定是爸爸，只是不知道究竟是哪一团。爸爸是不屈不甘，母亲则是难忘不舍。

爸爸被活埋时，他老婆也就是母亲的养母躲在家里没敢出来，母亲是跟着养母的妹妹也就是她的小姨到了现场。爸爸被五花大绑摁在土坑边，周围有零星的人围观。母亲感觉到了什么，哭喊着要往爸爸那儿跑。小姨慌乱中赶紧用手捂住母亲的嘴，不顾母亲向着爸爸的方向奋力挣扎，努力将她抱离现场……

爸爸分明是不可能回来了。成了寡妇的养母暗示她已无力独自抚养她的养女、我的母亲。母亲于是再次回到她的原生家庭，成了送不出去的孩子。母亲也知道，随着年龄的增长和家庭经济情况的相对好转，特别是外婆的极力反对（外婆说，即使是带着母亲一起出门讨饭，也不可能再把女儿送人），她不可能再被送人。三次被"抛弃"，心理情感上的伤口，何止三道？母亲自然成了家中"不一样"的孩子，心理上的阴影是无论如何擦洗不掉的。而且，还多了悲伤和荒寒，因为，爸爸永远没有了。母亲说，时间长了，一年又一年地过去，那两团"鬼火"也渐渐消失不见了。母亲说，爸爸肯定已经重新投胎为人，显然是再也没法寻找。母亲与爸爸父女一场，只有不到一年的时间。

听母亲说起她的这些往事，也是在我为人父之后。快八十年了，无可挽回的悲伤、身心撕裂的痛苦，似乎已经被时间漂白。母亲语气平静，只有当说到"爸爸对我很好"时，母亲的声音依然是有温度的，这时候，母亲分明还是被爸爸宠爱的女儿。这世界上的每个人，心上都有一道或多道伤痕吧，而因为受伤的人是我们身边的亲人，恰恰被我们忽略了。那伤痕曾经流血，正像火山，后来多年不喷发，休眠了。

母亲说到的这些，应该只是她心理情感经历的很小很小的一部分。有些她能理解，但她表达不出来；有些可能是她永远不肯说出的心底的秘密；而另外一些，她自己可能也弄不清楚。

大概只有小说家，或者用小说的笔法，才能捕捉孩子隐秘、精微的情感。我曾经读过一篇小说，其对被弃养孩子在见到血缘意义上的父母时的心理描写，给我留下了极其深刻的印象。这与我母亲的故事正好相反。一个一生下来就因为种种原因不得不送养的女孩，长到稍稍懂事时到自己的生身父母家治病。父母知道这是自己的亲生孩子，但孩子并不知情。神秘的血缘让孩子看到了父母看她时的异样目光，这是她从来没见过、没有享受过的。病中的她受到亲生父母迟来的加倍呵护，她甚至感觉到自己被一种奇异的花香包围，心脏的某个部位弱弱地塌陷下去，是那种甜美的塌陷，虽然她并不知道原因。生母眼中噙着泪水，叫女孩的名字时，嘴里像是含着一块痛苦的糖，克制着不咽下去。生父抚摸她的头发的感觉也是她从来没有感受过的。他们看着她，惊异、满足而又悲伤。被这样的气氛包围，小女孩从来没有感觉这么愉悦和放松过，这个一出生就被人抱养的性格孤僻的孩子，竟然可以不停说话，对着陌生而又“熟悉”的亲生父母诉说她的遭遇，特别是原来生活的村子里的人看她的另外一种异样的眼神。这些是新闻报道所无法表达的。孩子心理上粗粝而又细微的纹理，那是生命贯通肺腑的真实状况与遭遇，是无法阻断、割舍的血脉神奇。

摇篮和摇篮曲，大概是幸福童年必不可少的吧。有视觉、听觉、触觉，关键还是内心的感受。但睡在摇篮里的那位，当时是没有能力描述对摇篮和摇篮曲的感受的。许多大作曲家如莫扎特、舒伯特、勃拉姆斯都创作有摇篮曲，艺术家们对“摇篮”的表达，既是回忆，也应是结合了自己为人父母后的体会，是父母和孩子的联合创作。摇篮曲旋律轻柔甜美，节奏配合了摇篮的荡动感，目的是哄宝宝入睡。清代诗人赵翼坐船时也找到了这种摇荡感：“一枝柔橹泛波空，牵曳诗魂入梦中。笑比摇篮引儿睡，老夫奇诀得还童。”（赵翼《舟行》其一）小船轻摇，诗人无比享受，好似回到了小时候的摇篮里。

这当然是在水波不兴的时候。但风浪却是人生的常态，摇篮和摇篮曲注定成为回忆。人生造化不同，命运轨迹各异。人活一世，个人的心理图景更是各式各样，色彩明暗斑驳。心理情感世界，就连它的主人都不能完全明白。而世上每个人的命运都肇始于家庭、起源自童年。孩子的遭遇又总是有着最多的不确定性，有些甚至是被拐卖、送养或者走失，完全脱离原来的生活轨道，漂泊到世界的某个角落，无法与自己的亲生父母相见——有的是永远不得相见。父母与孩子，天造地设，血脉贯通，本来不仅无法分开，而且分别依靠对方存活。但因为种种主客观原因，有些父母与孩子被硬生生撕扯开，造成世界上最让人撕心裂肺的分离。这是人类最大的悲剧和极罪之一。那些丢失了孩子的父母，或是哭天抢地，或是“闭门屋里坐，抱首哭苍天”。然后就是希望与失望交替的寻找。

我看到一则新闻报道。一位母亲几岁的儿子，被人贩子抱走，母子从此走上互相寻找的绝望之路。儿子终于从人贩子手中逃脱，辗转流浪，已经与父母隔了千山万水。因为当时才几岁，没法找回与父母失散的地点，被好心的渔民夫妇收养。在自己的养父母帮助下，这位人子几十年来一直在寻找自己的亲生母亲，那个给他生命和摇篮、抱他在怀中、喂他以乳汁的妈妈。丢失了儿子的母亲离了婚，她衣服的胸口永远印着她儿子的照片，寻找儿子成了她的职业。因为同属于“寻找的群体”，这对母子已在同一个朋友圈里，并相互鼓励，但偏偏错过了母子相认。等到 DNA 比对上，母亲已经成为墓碑上的照片；悔得肝肠寸断的儿子，只能抚摸着千寻万找的母亲的照片，哭倒在母亲的墓前。

天可怜见。没有人能完全知道这对母子究竟经历了什么。

谢天谢地，如今有了 DNA 技术，有些走失的、被送养的或者被拐卖的孩子，通过 DNA 比对终于找到了自己的亲生父母，父母终于找回了失落的孩子。几乎绝望地寻找，终于等来了亲生父母与孩子相见的抱头痛哭——“抱头痛哭”不准确，怎一个“痛哭”了得？我还没有找到一个合适的词来描述。这样的场景被各类媒体争相报道，引得受众感同身受，唏嘘流泪。回家的路有多长，只有当事人心里知道。但回去的家有些可能只是血缘意义上的，孩子今后如何与亲生父母和养父母相处？孩子与自己的亲生父母分离之后，身心究竟遭遇了什么？这些显然不再是媒体所关注的了。

孩子的感受与父母一定是不同的。父母是失而复得，痛苦也好，欣喜、愧疚也好，是明白的。而孩子当年还小，懵懵懂懂地过了很多年，突然出现了记忆中可能没有的生父生母，其实是有点尴尬的，何况还要面对抚育自己长大的养父母。孩子的心理情感历程曲折隐晦，有着说不清道不明的隐痛，是孩子无法承受，而又不得不承受的。而这些，可能成为伴随孩子一生的伤口和暗疾。

幸运的人，生命中都有一个有形无形的“摇篮”。父母在世，他们永远是爸爸妈妈的宝宝。有家，本质上是感受。有爱他的父母，孩子感觉有家；有自己的孩子，父母也才感觉有家。丁克家庭，夫妻相守，有关于“摇篮”的回忆，是有家；现在有独居家庭，曾经有过父爱母爱，也是有家。而有些不幸的人，表面上似乎有家，其实是无家——因为从未有家的感觉，从未回过家。人生最荒凉的，莫过如此。

父爱、母爱，也许还要加上男女之情，那是人类前行的情感支撑，虽然它们大多数时候看不见、摸不着。我母亲缺少父爱，但绝不是荒凉，因为曾经有过，而且那么刻骨铭心。母亲一次又一次被抛弃，但她的心田也绝不是一片荒漠，因为她有过爸爸。小说中的那个女孩，也感受到了血缘神奇的异样，虽然她可能永远没有机会解开这个“谜”。她们一次又一次失去，但不是两手空空。

佛教讲断舍离，一切都要放下，包括父母。但身体发肤乃父母所赠。出家人临终前，也许会念想自己的亲生父母吧。此时父母之义早已化为无形的东西。父母给的摇篮，父亲、母亲哄宝宝睡觉的哼唱与吟哦，孩子睡在摇篮里面时，是有形、有声的；摇篮里的那位长大后，摇篮无形，吟哦无声，可它们并未消失。而且，正因为是无形无声的，才是永不磨灭的，因为这些已经沉淀至心底，融入生命。直至体验者生命的终点，这才变得不可考。

《五灯会元》所载三位出家人的临终偈，涉及父母，其意味忠于佛教，似也超越佛教。重云智晖禅师临终偈语云：“我有一间舍，父母为修盖，住来八十年，近来觉毁坏。早拟移别处，事涉有憎爱。待他摧毁时，彼此无妨碍。”这是出家人的理性口吻，但再“佛系”，他也知道父母所赐的身体发肤是不能选择的，而且“有憎爱”，词义重心落在“爱”上。西竺寺的尼姑法海禅师殂日说偈曰：“霜天云雾结，山月冷涵辉。夜接故乡信，晓行人不知。”天明时坐化。她是接到故乡的来信走的。而父母所在之地，父母之邦，才是故乡；父母唤她回去，乃是往生。焦山师体禅师活了七十二岁，临终他没说父母所给的“一间舍”毁坏，也没说接到“故乡”来信。他的临终辞众偈说：“七十二年，摇篮绳断。”父母给的摇篮坠落了，那才是最后的空。

# 长路与短句

沈　念

山寨的冬天，到了晚上，风就会变得旋转且呼啸起来。幸好有山体挡护，刮到村子里，泥巴竹篱虽遮挡着，但还是会从窗缝里钻进来。火塘里的火是不熄的，偶尔会爆出两声炸裂后的噼啪声。屋里的空气冰冷，只有火塘四周有些暖意。他醒来，被风声的尖锐震住，感觉房子变成了一条船，在无边的风暴中跌跌撞撞，直到睡意再次袭来，绷紧的身体松软了许多，他又悠悠滑滑，坠入父亲做过的那个荒唐梦中。

父亲要把寨子对面的高山推平。那段日子，他有事没事就要转悠到山上，像是寻找什么丢失的东西。他穿过松枝、蕨叶、芭茅草、竹子遮挡的小路，取出插在后腰带上的镰刀，把那些绊路枝蔓砍个干净。旧镰刀浑身黑乎乎的，刃口却闪闪发光，父亲是左撇子，每天清早第一件事就是磨刀，那把独一无二的左镰在长条麻石留下了密密的刃印，像一口奇怪的龅牙。他带上的长麻绳卷挂在腰带上，绳子打结的地方是长度标记，五米是系一条细红绳，十米是系一条粗红绸。他用最笨的方法丈量着山地的长度。山上岩石多，可以找人炸了，运回村寨铺路，或是垒护坡的堡坎。他为此去找过县里矿山的爆破工，对方刚从井道上来，就着一盆黑水，擦洗着脸上的污浊，听说炸山，头鸡啄米一样，水珠四处溅飞，一脸轻而易举的不屑。他的小本上记着测量后的数字，心里算，纸上算，反复计算后，他自己都震惊了。如果真把山推平，能多出数千亩的田地。这些多出来的地，规整的种一季水稻，不规整的种花生、玉米，每年多出来的粮食产量说出来会吓人一跳。穷家穷业的人，缸里有粮才心中不慌，周边的村民，不都眼酸酸地嫉妒着他们。他不只算着多出来的粮食，也粗估了要投工投劳的量，咬紧牙努把力，两三年工夫，山寨要大变样。后来他都不敢细想了，好像再多想一分一秒，这个梦就要马上成真了。

一晃眼，快二十年过去，那个村人谈论的荒唐梦，成了父亲的人生传奇。

第二天他到底有没有跟着父亲去移山？这个问题他曾在深夜问过自己，时间长了，记忆似乎也变得不可靠了。那时他那么小，不够锄头高，他扛着家里那把磨得亮光的锄头上山，被父亲踩过的山路没有尽头，只要不停下脚步，只要还在向上走，这条路也在无尽地延伸。但他很快就像败阵的士兵，灰溜溜地下山了，山上布满岩石，那些岩石远比想象中要坚硬百倍千倍，他们父子一辈子，就是几辈子也没法铲平。石头长在地里，谁能指望地里长出粮食？父亲举起的锄头落下，石头碎屑如火花般四溅。他突然看到身后站着几个看热闹的村民，有的捂着嘴，扭过头去，想笑又不好意思笑。有人为了打破尴尬，走到他身边，一把夺过锄头，往掌心啐了一口唾沫，抡了半圈高高举起，在石头上砸出一声脆响，然后摇头叹息，这是一座结结实实的石头山啊。

天作怪的叫声打破了山野的沉寂。叫声时远时近，时而嘹亮刚烈，时而低崪顿挫。他赖在床上，辨认着声音，这种又瘦又长的竹鸡，叫起来夫唱妇随，公的叫声像撕裂一块绸布，由哑到亮，母的叫声起伏有节奏，清脆悦耳。它们藏身山林，把窝搭在复杂的石头林缝里，精怪得很。这么些年过去了，它们还是没变，躲在山林的某个旮旯里叫唤着新的一天到来。

突然，叫声停歇了。天地又一次陷入沉寂。但没过多久，他听到一种从空中飘过的声音，哧哧哗哗的，像一艘破冰船破开坚硬的冰层。天作怪是能飞的鸡，他亲眼看到过它们从山谷丛林中飞起，飞到黄马岩的山头。它飞的时候不会发出声音，仿佛一点声响，就会把飞的秘密给泄露了。

鼠灰色的雾绕着山，随着日光渐渐稀朗起来，山上的树镀上了岩石般的灰白光。到了夜里，这些光也发亮，像裹着一层黑亮的壳。山上的树虽多，但能成材作梁的少，有的就跟野草一样贱，不被山寨人待见。有的长在岩缝里，野生在崖壁上，人们任其自生自灭，枯死，腐烂，除了捡回来做柴烧，别无他用。

父亲起床后，仍像往常，清扫着门前石坪上风刮来的落叶。春夏秋冬，枫树、青冈栎、柏树、香樟、栗树、冬青，有的落叶并不是村里的树，而是从山谷飘来的，如同远方亲戚跋山涉水突然出现在家门口，父亲会惊讶地说："哪阵风，吹你来了。"他说话从来节省，吐字三五成句，更多时候像只沉默的山羊。

父亲是个热爱土地的人。山脚下归他家的两块地，地背阴，见光少，费了大力挖条小渠引水，收成不如意，但他从不肯放弃，于是改成不要太费心的花生，春天翻遍地，播下种子，花生成熟了又翻遍地收回家。前年起进村的野猪多了，跟人抢食，是父亲在他新开垦的玉米地发现的。那是一块离梨子树不远的荒地，过去堆放着垃圾，村里搞环境整治，要求垃圾都堆到拐坡下的垃圾箱，但村民晚上都偷偷把垃圾丢在了这里。直到有一天，父亲扒拉着地里的石头，一颗颗丢到一旁，石头成堆，挡在丢垃圾过道的入口，形同一块告示牌——领土不得侵犯。

荒地变成了精垦地，父亲种下玉米的时候，村人看到茎秆上的枝叶，才想到这里不再是垃圾地了，而是父亲的领土。有人恍然大悟，后悔莫及，住在周边几户人家的女主人都在埋怨男人，脑瓜子都是木头疙瘩，为什么不想到抢先占领这片领土并开发为己用。当玉米挂穗，欢歌载舞的时候，村人嫉妒的表情里多了些恼怒，私底下对这块有了生命的荒地说长道短。村支书在这件事上，是站在父亲一边的，面对少数人的非议，对那块公共土地私有化的责难，他的公开解释是，地是暂时由父亲管理，村里随时可以收回。他心里却是暗暗感谢父亲的垦荒之举，改变了村人丢垃圾的习惯，让他不再被镇里的干部劈头盖脸地批评了。又有更多的村民站出来，数落那几位心胸狭隘的，忘了当年村里修路，父亲让出了家里最好的地。

父亲从头到尾就当自己失聪了，没听到过那些议论，每天照常扛着锄头，照常和遇见的人打着招呼，不紧不慢地去管护领土上的三十棵玉米。

挂穗的季节刚过，县里的干部进村宣讲，凡是野物都不要打，也不能打了。村民耻笑干部不懂乡村现状，青壮年劳力跑东跑西，老人哪有力气打野物，野猪送上门，都没人去赶，更别说围猎了。大白天，野猪大摇大摆地闯进了父亲的玉米地，把那些刚挂穗的玉米拱伏倒地。“野猪糟蹋人。”父亲说糟蹋的时候，嘴角却是笑的，如同面对一个淘气野孩子的无奈，心疼的是那一茬刚熟的玉米。

父亲没事常常坐在离家不远的梨子树下发呆。

那是村里活得最老的一棵树，枝杈长到半空中，虬枝盘曲，磕碰之间，隐约发出铜哨之声。以前到了五六月间，梨树新发绿叶，长出几个酸涩涩的小梨，孩子咬两口就丢给鸟去啄食。前两年没结果，但仍在吐绿。绿意星辰般拱伏在黑枝上时，人们抬头看一眼，知道梨子树又活醒过来了。

山风一起一歇，四季轮转，山林像咳嗽一样吐出鸟窝、碎蛋壳和天作怪的粪粒儿。禁伐之后，石头山上深深浅浅多长出些新的绿色，也没人再敢动活下来的树的主意了。有一年来了一拨人，说是市里的园林专家，忙活着给村里的树挂牌保护，黄檀、柳杉、青榨槭、古樟、栗树、刺槐，都有了它们的姓氏年龄介绍。古樟是二百一十岁，梨树是二百六十岁，村寨的老人也不知道这个岁数是如何确定的，没有人说得清树是谁家祖先栽下的。

“看到树，就是寨子了。”父亲跟外地人这般说。梨子树站的地方就是村里最高处，朝四面望去，山连山，高低错落，云雾从山谷游龙般升起，山寨就藏在万马归朝的群山之中。

梨树栽在离他家几步远的石坪，夏夜串门的乡邻就坐在树下纳凉，说着山里的奇闻逸事。他儿时趁着父亲不在家，会邀着几个小伙伴爬到树上，眺望隔着一道道山谷、没去过的地方，看上去很近的地方常常要绕很远的道才能走到。父亲否认树是祖上栽的，说也许是鸟衔来的一粒树种长成的。他就是那时迷上这一棵棵树一片片山林，一粒种子长成参天大树，得经历多么漫长的时间、多么磅礴的风雨。读大学念的农林专业，偶尔他会萌生一些奇怪的念头，在石头山上栽种哪些经济树种又服水土又富百姓。这些问题困扰着他，像黑暗中闪过眼前的碎玻璃，留下一块块铁灰色的光。

他闲下来，就会去想父亲在树下发呆的神情，想父亲眼中的高山和低谷。

村与寨之间，山路相连，绿荫掩映，弯曲环绕，总有路抵达。山寨虽偏，通往外面也只有一条路，旧貌陈颜浑然不觉间起着变化。父亲带着村民修这条路，已是多少年前的事了。他扳着指头算，像是算着手心小径分岔的掌纹线。

那是一条遇到雨水就会泥泞的路。坑坑洼洼，湿滑难行，进入雨雪季节，就像踏进地雷阵，随时小心掉进陷阱坑，出来一身脏泥衣。这条路是一个孩子的今世仇人，是他儿时的噩梦。他每天上学必经此路去往学校，想躲也躲不了，想逃也逃不掉。他摇晃着还没清醒的身体，走出家门，看到脚下这条在前面拐了个弯、看不见尽头的长路，心里就发怵。下雨后的路面，有很多积水，他不是摔倒在泥水里，就是陷入深坑的泥浆里拔不出脚，那种使尽力气也走不动的感觉，像是梦魇住了。父亲教他看路走路，要选有石子的地方垫脚，用脚尖轻轻一踩，上身不要用力往下沉，相反是要提气，让身体快速地走过去。每一脚都要看准，都要及时提气，他做不到，他懊恼自己没有长翅膀，也没练就轻功。当他一身泥一身水地走进教室，穿着半湿半干的衣服，瑟瑟发抖听着老师讲课的时候，情绪糟糕透了。他无数次被这个情景困扰着，有时梦到走在半路上，山上的树和石头坍塌下来，连同他把路给埋了。一度他不想去学校了，父亲顺手折断一根细树枝，狠狠地打了他一顿。父亲专打他的小腿，边打边说：“记住，你的脚，就是你的路。”

他被抽打得疼，叽哩哇啦地哭，哭完父亲送他到学校。在校门前的三岔路口，他那时就发誓，将来要逃离闭塞的村子，要去山外的地方，都是因为这条路。甚至有很多次，他在回家的路上，想到从此别过，开始远游流浪。当他走出山寨后，发现走在任何一条道路上，都会有压抑不住的欢欣。他想，毕竟世上最烂的一条路他走过了，从此，他走的每一条路，都会比过去走过的好。

寨子里的祖训是，穷也要有穷担当，不求人，凡事靠自己。那时候，很多条件好的村子早就把路修成了水泥路，但山寨家底子薄，修不起一条路。一条路是一个村子的脸面，也是人的脸面，但现实残酷，没有钱，修路就是件没办法的事。刚换的村支书是父亲，村民难以忍受这条破路的时候，就望着他们的新支书，心里却都明白，这个人没有关系可找，也不会去缠着乡里的领导，只怪自己投错了胎。山寨就像被遗忘的角落，有时候，给再多时间，没办法就是没办法。他后来想通了一个理，不是没办法，而是贫穷限制了想象力，他们知道山外有山，但不明白山外的那座山是不一样的。

父亲也不是没找过乡长。乡里的书记履新，暂时由乡长代理书记。乡长姓田，龙山人，老家是出土匪而且出悍匪的地方，二十世纪九十年代有一个编剧到那里采访了很多新中国成立前后匪乱的真实故事，写了个电视剧一下把那里炒火了。田乡长祖上没出过匪，但脾气大，看不顺眼就喜欢骂人，眼睛瞪得牛卵子大，有人悄悄在背后骂他“田土匪”。他人在的话，乡政府院子里像赶场，吵吵嚷嚷，偶尔有一天安静，肯定是乡长出门了。此前有到隔壁村偷伐林木的，告状告上天了，田乡长拍坏了桌上的压板玻璃，指挥人设卡拦路，不让偷木材的出村，父亲不是没按他的指示去做，但盗伐之风正在一股劲头上，压不住火，刹不住车，白天拦人家半夜里运，而且是团伙，几个村干部压根拦不住。派出所管过一阵子，抓了几个领头的才算压制下来。但这个过程把田乡长惹恼了，他丢了句硬话，以后山寨的事，就是和他田某人隔着楚河汉界，不要再想着找上门办一件事。

硬话也是气话，父亲有事还得找乡长。那天他守在外面，瞅田乡长办公室没人的一个空档，进了门，又要讲烂路的状况，但刚起了头，田乡长就把眼睛瞪得更圆了，且有一股火焰像要往外喷。他说，修路的事自己想办法，乡里是绝不可能拿钱的。他在说那个绝字的时候，特别加重了语气，真有点绝情无义的感觉。父亲说：“乡里没钱，乡长面子大。”他的意思是希望乡长帮着往上面跑一跑。田乡长脸色更难看了，斥责父亲说，过去蛮懂事的，现在怎么也生锈绊筋了，有本事的人自己去跑，叫花子烤火都往自己胯里扒。

父亲本是脸薄之人，被一顿训斥，心里涩涩的不是滋味。后来有同情的乡干部说县长要来，他当时心一硬，心中顿生敢把皇帝拉下马的勇气。他想好了，万一县长发脾气，这也都是田乡长逼的，村支书不当了也没什么了不起，必须要修条路对村民有个交代。

修路前的那年冬天还发生了一件事。

从省城来了一支艺术家采风队伍，八个人在山寨住了半个月，到了原定返城的时间却回不去了。那段日子，村里很热闹，他不知道这群采风的人到底是干什么的。他们早出晚归，爬山，种地，四处里转，没事的时候，就和村里的老人聊天。聊天的时候，有人合着双膝，膝上敞开本子记写着什么，也有人用铅笔在白纸板上勾画着村里老人、女人的模样，脸上的皱纹变成一根根飞跃的线条，有笑得咧嘴的，也有锁着眉头发愁的。大清早或刚入夜，有人站在石坪上啊啦呀索地唱歌，粗犷嘹亮，又悠扬绵长，他记得最清楚的两句歌词，一句是“我的太阳，那就是你”，另一句是“浏阳河，弯过了几道弯”，他们永远唱着这两首歌，还不停地变换着调子、速度和声腔，永远不知厌倦。他们的嗓子像魔法师的宝盒，你不知道他们打开嘴，声音会发生怎样奇妙的变化。他喜欢听他们唱，也愿意站在一旁看他们画，仿佛握在手上的那是一支神笔。这些画家、音乐家给村人带来了欢乐，他们分散住在各家各户，谦恭而率性，各家各户拿出最好的东西招待客人，但也很有限。他们从不嫌弃，吃得津津有味，整天谈笑风生，在他们眼中，这里的风景风情带来的创作灵感才是最为宝贵的。

这群人原定要离开了，告别的长桌晚宴都吃过了。有几位嗜酒的艺术家喝苗家自酿的米酒，当场醉倒在地。他们不知道米酒的后劲如此之大，酒量不错的他们一次次甘心被骗还不服气。有的没醉，但也东倒西歪，围在火塘边手舞足蹈，他们唱出的歌比过去更奇怪，有时像孩子嘤嘤地哭，有时如山林寂静中的泉音，最后又都变成震天动地雷鸣般的合唱。火苗跟着这些声音燃烧得更旺了，每一根木梁也都蠢蠢欲动，屋顶在某个瞬间会被掀起来似的。

歌歇声息，那天后半夜，山里狂风大作，旋即飘起了漫天大雪。雪比往年提前了几天来到，而且又密又厚。这些艺术家揉着惺忪的双眼醒来，发现外面山岭沟谷全白了，整个村子被雪吞没了，看不到路的痕迹，白色的世界，无路可寻，更无路可走，像是生活在天上的世界。艺术家们交头接耳的兴奋劲儿还没过，突然意识到，这是件糟糕的事，这么大的雪，怎么下山呢？大雪茫茫，寒风戗面，他们像被抛弃在孤岛上的一群人，望天兴叹。他们跌跌撞撞地集中到他家，等着父亲拿主意。

父亲建议他们暂缓下山，山路的安全没有保证。人不留客天留客，这是多么美好的一件事情，村人纷纷挽留他们安心住下来，可以继续画画、唱歌，冰天雪地，也许会带来更多的灵感。艺术家们一片哑默，脸上都是一片阴云。尤其是苏老师最为焦虑，他说照时间推算，妻子此时已经等着他，然后去医院生他们的第一个孩子，临出门前他说好了回家的时间，若是他不能及时赶回去，又会引起妻子的焦虑。

在场的人七嘴八舌，拿不定主意，但苏老师执意地要冒这个险，哪怕是一个人走，他也非走不可。苏老师要离开，其他艺术家也变得归心似箭，纷纷表示愿意陪着一起冒险。父亲后来解了这个难题，翻找出家里垫床板底下的稻草，又找了几个手巧的妇女，很快就编织出十几双草鞋。

午后刚过，天色渐暗，风歇雪停。早已有村民主动扫出经过家门口的小路，出村的路是没法扫的，过去要没紧急的事，是得等风把路刮开了，才有人去走下山的路。大家在原来穿的鞋上套好草鞋绑紧，像是要奔赴战场，兴奋不已。苏老师迫不及待地冲进雪地，大声高呼“回家啦”，山谷没有回音，一眼望过去，远远地飘起一片雪絮。父亲把人分成四个小组，每一组又安排一个村民引着，再三交代安全第一，跟在后面走直线，靠着山体走。他拄着一根比人高的竹棍，走在前面探路，后面的人跟着他的脚印前行，像几条绳子上拴着几只肥硕的蚂蚱。天又阴又冷，行进速度缓慢，苏老师紧跟父亲身后，好几次想越过去，但父亲阻拦住了他。杨全友说那趟下山，一行人小心翼翼，但跌跤滑倒不下十余次，千难万难，虽然花了比平时多一倍的时间，但所幸平安无事。苏老师和艺术家们像是一群绝境中获救的人，向父亲和村民千恩万谢。苏老师握着父亲的手说，山寨的贫穷像山里的雪，春天来了，就会慢慢融化。

村民们都没想到，父亲误打误撞地把县长请到了进村的这条烂山路上。那天，乡干部都集中在小礼堂开会。小礼堂虽是清末一个土司修建的临时住所，但青砖黑瓦，雕梁画栋，经历那么些年风风雨雨，仍见当年气势。小戏台不大，但梁柱和檐木紧密地铆在一起，无可撼动地完好保存下来了。龙县长坐在戏台上讲话，字正腔圆，听得到声音在墙壁上碰撞。

父亲站在外面，龙县长的讲话碎片似的飘进耳中：要摸着石头过河，坚决地试，大胆地闯……他知道，领导挂在嘴边的话里面，都是从上面来的精神。过去的五十年代喜欢说“总路线，大跃进，人民公社三面红旗”；六十年代说“艰苦奋斗，勤俭建国；阶级斗争，一抓就灵”；七十年代是要“抓革命，促生产，工业学大庆，农业学大寨”，现在又变成了“解放思想，改革开放”。口号是时代的声音，人人都不厌其烦，证明你在紧跟时代脚步。礼堂原来的那扇双开枞木大门又厚又重，上面有四季雕花，雕工师傅手艺一流，但早就大卸八块烧了木炭，进了炼钢炉，至于有没有炼成钢，没有人还记得，之后一直空着大门，像老人牙床上的牙齿全脱了。前年才做了两扇新木门，还是枞木，但又薄又瘦，失了过去的庄严厚重。

“农村广阔天地，不能死脑筋搞农业，我们准备在有条件的地方发展乡镇企业，有条件要上，没有条件创造条件也要上。”龙县长豪情满怀，底下的掌声慢慢汇成一片宏大的声响，礼堂的话筒也狂欢着发出尖啸。

一个小时的讲话，县长的嗓子冒了烟，话讲完，喝了一大杯水，干嗓子又活过来了。县长一行人走出礼堂，看到父亲站在空阔的院子里，独独的一个人。他此前一直在战栗的双腿，迈不开步子，心里设想过的一百种一千种开口的场景，哑口无言。但他站得笔直，一动不动，风吹动着他那条军绿色裤子的下摆，上面沾了很多湿漉漉的泥巴印子。

“县长，帮我们修路。”父亲说完这句话，就一声不吭了。车从乡政府大院出发了。车厢内空气滞动，县长的表情凝重，父亲像做梦一般，不敢大口呼吸。

那条路，雨后泥泞，泥浆乱翻，像是一群不懂耕作的人踩过的水田。后面下来的几位脸色沉闷的领导，路走了半截，有几处的山体岩石表层松动，路面烂泥翻涌，着实走得很困难。几个干部无从下脚，落在后面，龙县长刚迈了几步，鞋和裤子都沾满了淤泥，问走在前面的父亲，你们平时一直走这条路？

父亲说，祖祖辈辈。

有个干部嘟囔了一声，这条路走不进去吧？

龙县长扭头说，车开不到的地方，脚可以走，村民能走出来，我们就能走进去。随行的几个干部噤声了，加快步子跟上去，山路上很安静，听得到鞋底踩在泥浆里的嗞嗞声。

龙县长说，是该修条好点的路了，人不能让一根眉毛把眼睛遮了。他对跟来的那群人说，不用走了，我们再走，路也不会好，再走下去，县长的脸都丢尽了。我们走一次是一次，但山寨的老百姓，是要年年走、月月走、天天走的。

父亲回到村里，召开村民大会，第一句话就是，到修路的时候了。村民问，县长说什么了？他挠了挠头，把县长的话重复道："眉毛不能遮眼睛。"村民问，还有吗？他环视一圈，说："自己修路，一个也不能少。"村民掂量着父亲的话，热情高涨，交头接耳，说龙县长讲得真好，又说父亲有胆识，没米下锅的人才敢破釜沉舟。村里年长的老人掐着手指算月历，说道，无钱出得路，无米过得渡，我们山寨人走好路、过好日子的时候也快要到啦。

修路是三个月后启动的，财政困难，资金缺口大，父亲发动村民投工投劳，分成凿石组、运输组、铺路组，就地取材，用钢钎砸碎山石，手锤打得叮叮响，火花四溅。大家吃在工地上，饭菜从家里带，坚持了三个月，拉出了一条三米多宽的新路。父亲又想了个主意，把那些钎开的薄石块，条形块状的，带回村里垒了水渠的护坡。

中间又经历了一些曲绕，路在原来路基上拓宽，要占用一个村民家的一块地，他的大嘴老婆不答应，说他们家本来人多地少，她带着有腿疾的儿子，躺在自家地里，不让县里的施工队动工。施工队也拿伶牙俐齿的大嘴婆没办法，思想工作做不通，父亲想出一招，换地。村里能换的几块地，大嘴婆看不上，不满意，父亲一咬牙，拿出自家那块山上的水田换。村人都知道，那块水田朝向好，日照充沛，水量充足，产量是同面积的两倍。大嘴婆忸怩着，但父亲修路心切，当即签好换地的协议。村民嘴上骂着大嘴婆的做法，说父亲犯傻，但又从内心里敬佩他。

修路接近尾声，父亲想晴天灰雨天泥的历史是翻篇了，第一件事是给省城的苏老师打个电话，邀请他在新路通车时抽空来一趟山寨，唱一曲他谱的新歌。

几年前，他大学毕业，突然改变了想法，回来当上了大学生村官，又参与到山路新扩的建设中。路走过了，才知道世间一切艰难，都是可以蹚过去的。父亲换地修路的故事，被村里的老人搬出来讲给年轻人听。那条儿时长长的山路，很快变了模样，变成了一条更平更宽的柏油新路。

俯瞰之下，黑得发亮、飘带似的山路，来往的车辆是和时光一起延展。山寨的变迁，如同一本厚厚的书，风吹开一页沉重的过去，又画出一页开阔的未来。而今山路两旁是农家乐、民宿和古朴的民居，是清越的山风和厚厚的绿荫，是幽美的峡谷和明亮的旷野。我是走在这条山间的路上，听他讲起父亲和路的故事。父亲每一天都在与这条山路做最漫长的告别。年过七旬的父亲，每天的习惯还是坐在梨子树下，看着从路上进出的人们。患有阿尔茨海默病的老人，早已辨识不清那些熟悉的面孔，也早忘记了自己与长路的往事。他回复那些打招呼的人，每一句话都比以前的更短。那些短句，像一粒粒小石子，从长路上丁丁零零滚落，被一道道山的褶痕收留，被沧海桑田的时光收藏。那么多从路上走过的人，帮父亲和这座古老的山寨铭记着一条山间长路的故事。

# 谚语里的草原

王　族

## 一、劝诫骨

蒙古族的劝诫骨，是人与天地对话的媒介。老猎人一生奔波于草原和森林，与诸多动物对视过眼神，感知过心灵，深知像谚语“同一件事，人看两眼，狼看一眼”一样的行为准则，也深知“看不清动物的眼睛，便不能轻易出枪”的道理，因为狩猎并非只是人对动物的简单捕杀，稍有不慎就会被猎物钉到耻辱柱上，让猎人从此在草原上没有了名声，在同行中抬不起头。有谚语早已对此做了总结：“猎人能杀死动物的身体，动物能杀死人的尊严。”这样的事在《福乐智慧》中有一个生动例证：“一只苍狼出现，我的猎犬把它咬翻。它护着腹下的幼崽不动，我唤回了我的猎犬。我牢记它的眼神，从此不再轻易出箭。”正因为有这样的启迪和教诲，老猎人教年轻人猎捕山羊时，常常从一块劝诫骨开始。劝诫骨是羊的第十根腰椎骨，即臀骨前面的那块骨头。人们捕获山羊后，从不随便丢弃劝诫骨，而是小心翼翼地保存起来。这块骨头并不会精心打磨，也不像髀石那样可以卖上好价钱，但蒙古族人会将这块骨头当劝诫骨，用于有关打猎的问答。“事物都会馈赠，人人都有福祉”，劝诫骨问答是一种积极探求天地密码、总结万物平衡链、寻找有利于自我的检视方式。“问一遍影子，会知道自己的存在；问三遍影子，会知道天地的恩泽。”“不问路的人走不远，不反思的人没出息。”一块骨头被派上用场，便被赋予了意义，具备了文化色彩，会变得非同一般。劝诫骨问答是在两人之间，用酷似谚语的形式进行：

问：这是什么？

答：好男儿的额头。

问：为何叫“好男儿的额头”？

答：军队向前他领头，军队后退他断后，所以叫“好男儿的额头”。

问：这是什么？

答：鸟中之王的翅膀。

问：为何叫“鸟中之王的翅膀”？

答：它不怕风吹雨打，因而叫“鸟中之王的翅膀”。

问：这是什么？

答：金鞍。

问：为何叫“金鞍”？

答：它鞴在未驯马背上不会坏，鞴在娇气马背上不会烂，因而叫“金鞍”。

问：这是什么？

答：金须弥山。

问：为何叫“金须弥山”？

答：它后部满盛酸奶，前部满堆肉油，因而叫“金须弥山”。

问：这是什么？

答：平原上的河流。

问：为何叫“平原上的河流”？

答：千匹万匹马儿饮水碰不着也挤不着，因而叫“平原上的河流”。

问：那这究竟是块什么骨头呢？

答：这是吃嫩草、饮清泉的花脸绵羊二十六块椎骨后的那一块，臀骨前的那一块，人称“劝诫骨”的那块骨头，它被主人用来待客，被客人用来测智力，是一块劝人向善的骨头，让我们祝愿羊只繁殖到千千万万，祝愿主人永享安康！

从形式上看，劝诫问答颇为有趣，完成一轮忍不住还想再来一轮。但千万不要把它当成游戏，往深里看或经得多了，就会发现劝诫骨蕴藏着大世界。一位老猎人教孙子打猎，他看重劝诫骨的说教形式，便想用劝诫骨来引导孙子，“老话比时间还长，老路比大地还久远”，劝诫骨的作用就在此。但是他缺少一块劝诫骨，扭头一看所有的羊都在吃草，它们还没有长到膘肥体壮，还不到宰杀的时候。老猎人对孙子说，咱们就从一只羊身上借一块劝诫骨，用完后暂时寄存在它身上，一两年后它被宰杀了，就可以把那块骨头取出。有谚语说，“在白天要想着黑夜会有皎洁的月光，在黑夜要想着白天会有太阳的光芒”，爷爷的话正有如此道理在里面。他还告诉孙子，这是一个很好的办法，作为劝诫骨，它在没有来到这个世界之前，就已经为这个世界做了一件事。

孙子听得非懂似懂。

老猎人看了羊群一眼，孙子不知道爷爷从哪只羊身上借了劝诫骨，但老猎人不做解释，他引导孙子问他：打猎要记住什么？

老猎人答：打肥的大的猎物，但有一种不打。

孙子问：哪一种猎物不打？

老猎人答：三只动物算一群，打死了两只，剩下的一只不打。

孙子问：为什么剩下的一只不打？

老猎人答：梨的把儿切不成块，草原和年轻人分不开。把剩下的一只留下，就留下了草原的命。

孙子问：草原有命吗？

老猎人答：草原的命就是让河水流过，让鸟儿从天上飞过，让动物在地上吃草。河水要流向大海，鸟儿的归宿在远方，吃上青草的动物，会守着草原。

孙子问：除了这些，还应该怎样打猎？

老猎人答：领头的动物不打。

孙子问：为什么领头的动物不打？

老猎人答：如果打死了它，动物们就会迷失方向。

孙子问：还有不能打的动物吗？

老猎人答：不打怀胎的动物，不打幼小的动物。

孙子问：为什么？

老猎人答：怀胎的动物是两个生命，不能掠夺它肚子里的那个生命来到这个世界的权利；至于幼小的动物，应该让它长大，好好看看这个世界。

孙子问：记得你说过公动物也不能打？

老猎人答：要看情况，如果一群动物中只有一只公动物，留下它，有利于那群动物的繁殖。

老猎人和孙子的一番问答，闪烁着猎人的精神光芒。“要知道天地间充满智慧，但你必须要有善于发现的眼睛”，所以运用劝诫骨问答，实际是规范自己在天地间安身立命的行为。同样的事，发生在另一位猎人身上。他毡房门口有一棵树，他每天外出打猎，无论收获与否，回来走到毡房门口，并不急于进门，而是走到那树前，伸手将其抚摸几下。有人问他，这是做何？他答曰：进门前，把烦恼挂在树上。作为猎人，他们不但懂得平衡大自然的生物链，懂得尊重动物的生命，更懂得保持平常的猎捕心态。正如谚语所说：“天地会源源不断给你肉食，而你要保持一颗善良的心。”所以，他们遵循古老的法则，让猎捕这一古老的职业，焕发出浪漫色彩。

那老猎人在后来不幸命殁，孙子不知道爷爷当时借劝诫骨的是哪只羊，于是他每宰杀一只羊，便留一块劝诫骨，一群羊被宰杀完后，他攒了一大把劝诫骨。他想起爷爷曾说过，“有准备的人，再长的路也不远；没准备的人，迈出一步比石头还沉”，才明白爷爷不仅用劝诫骨完成了问答，亦解决了一个个难题。有一天有人对他说了一句谚语“问自己会问出天地，问天地会问出自己”后，他终于明白，爷爷借了一群羊的劝诫骨，之后每遇到一个难题，都有一块劝诫骨等着爷爷，爷爷便什么也不怕。这样一想，他就笑了。

## 二、给朋友下一封“雪书”

蒙古族把白色视为吉祥，每年下第一场雪时，居住在巴音布鲁克草原上的蒙古族人，像是听到了召唤一样，会骑马走向朋友的毡房。有谚语说：“雪带来福音，雨带来浸润。”万物之间暗藏生命密码，有的神秘，只可感知和体会；而有的则一览无余地展示在眼前，会让人观之警醒，言之铭记。《突厥语大辞典》中有一句颇具谚语特点又很有诗意的话：“你看着我，就是治疗我。”所有的谚语，要么启示人们的心灵，要么规范人们的行为，让人们相信“大雪可以封盖山岭，但人的眼睛却不受阻挡”。此乃信条，更是一种幸福。我们经常会听到草原上的人说：有福了！他们如此说，是在感激万物对人葆有无尽恩泽，你只需保持一颗善良的心。

巴音布鲁克草原上的蒙古族人，在下雪之日要去做的事，其蒙古语叫“查斯纳毛来”，翻译成汉语是“在初雪中下一封雪书”。此雪书是一种专下给朋友的游戏，由此开始一场颇具地域特色的友情博弈。他们骑马到了离朋友毡房不远的地方，便下马将马拴好，把手里的马鞭子挂在拴马桩上，然后叫一声朋友的名字，接着又报上自己的名字，等朋友出来一起进入毡房。“不带马鞭子进毡房，不议论朋友孩子的长短”，说的就是这个道理。作为朋友，因为在一年中各自忙于放牧，难得见上几面，只有第一场雪落下，他们才会说“到了该把见朋友的事情办一下的时候了”，然后便骑马走向朋友的毡房。进入朋友的毡房后，来客和主人会首先一起道贺瑞雪，说出一句谚语：“天上的雪，终于来到了地上；你和我的一个好日子，也终于要开始。”然后主人端来奶茶，来客在喝奶茶的间隙会问主人：我们很长时间没有见面了，你的羊好吗？马好吗？牧场好吗？主人逐一回答后，也会问客人：你的妻子好吗？孩子好吗？毡房好吗？

这看似热情的问候却暗藏玄机，主人和客人在此时虽然都面带微笑，却都小心翼翼盯着对方。为何如此紧张，因为这个时候是客人给主人下雪书的关键时刻，客人要想办法迷惑主人，趁他不注意把雪书藏在他家中。而主人早已知道客人的意图，便紧紧盯着他，看他会把雪书放在何处。此等情景正应了谚语“有本领能玩狮子脑袋，有能耐能摸老虎屁股”。有一个人抓不住让主人分散注意力的机会，便对主人说，你今天的奶茶没有去年的好喝，你作为朋友的心还在吗？朋友知道他的目的，便说你今天喝的奶茶，是用去年用过的那个壶烧的，用的茶叶和奶子，也和去年一模一样，恐怕是你作为朋友的嘴，已不是去年的嘴。那人无法达到目的，便又说我已经喝得碗都见了底，你作为朋友的眼睛，难道看不见吗？主人便赶紧起身给他倒奶茶，他趁主人不注意，把一个字条塞到了褥子下面，那字条就是人们所说的雪书。虽然有谚语说“把心事藏下是善举，把东西藏下是耻辱”，但是下雪书是友情博弈，倒也无关乎道德，只要玩得高兴即可。

无论主客之间如何较量，客人在最后一定会把雪书藏在隐蔽的地方，起身出门时暗示主人，他已将雪书藏好，你们好好去找吧，然后便冲出门骑上马往回跑。“漂亮的姑娘有十四根辫子，狡猾的狐狸有九个想法”，此谚语与草原上的人下雪书，有着惊人的一致性。主人马上发动全家人寻找雪书，找到后便骑马去追那人，如果追上那人，那人就得认输；如果追不上那人，认输的便只能是他。输了便必须按照雪书要求，准备一次宴请，至于宴请时间和所需物品，雪书上会写得清清楚楚。那样赌来的一次宴请，才算是共庆瑞雪。无论是赢家还是输家，酒足饭饱后手拉手走出院子，在雪地上踩下深深的脚印，寓意来年雨水充足，牛羊肥壮。

前面所说的那位来客，当时只是假装把雪书放在褥子下，吸引朋友把注意力放在褥子上，然后把真正的那份雪书悄悄压在茶碗底下，便起身告辞。朋友等他一出门便掀开褥子，只看见一张空白的纸片，才惊呼上当了。他想起谚语“不识货的傻瓜，会把黄金说成粪蛋”，又羞又恼地叫家人赶紧找雪书，一家人翻遍毡房的角角落落，都没有找到那人藏下的雪书，直到后来收拾茶碗时，才发现雪书就在碗底下，而那人早已骑马不见了影子，他们一家无奈一笑，遂准备宴请的事情。

有一年，两人将下雪书进行到最后一个环节，一人去追下雪书的那人时，那人一个趔趄摔倒，将追他的那人也带倒在地上。两人爬起后表情怪异，憋了好一会儿想说什么，但最终却什么也说不出。“城府深的人不会傻笑，矫健的马不会摔倒”，好端端地在平地上摔了跟头，他们都觉得不吉利，但是有另一句谚语“说话不能口无遮拦，做事不能没有分寸”，把谨言慎行的要义说得清清楚楚，所以他们没有说一句话。那一年果然发生了怪事，本来是酷热的六月，却在夜间下了一场大雪。人们感叹，这就是所谓的六月飞雪。因为有不好的预感，人们便都不走动，似乎外面堆积的不是雪，而是刀子。很快，便在天鹅湖边发生了让人惊骇的事情，一匹小马被冻死，引得马群一阵阵哀鸣。一匹马用头推那小马的尸体，它像石头一样滚来滚去，那匹马发现它不能再活过来，发出撕心裂肺般的嘶鸣。

巴音布鲁克大草原是马的故乡，但凡有草的地方，便都有马。古往今来有关马的谚语数不胜数，“好马一鞭，劣马千鞭”“是不是骏马，骑上去就会知道”“马的力量在四蹄，人的梦想在马背”“马头的方向，连着它的脊梁”，等等，都是对马的吟咏和赞颂。马在草原上自由奔跑，如有人走近，它们会与人对望，人们从它们的目光中看不出什么，但也许它们从人身上看明白了什么。

巴音布鲁克大草原有一座山被称为“狼山”。每当狼群在草原上活动，头狼便站在山冈上指挥狼群，让它们或攻击牦牛，或劫掠羊群，从来都不会落空。狼对天气变化很敏感，所以狼群在雪落之前早已迁徙去了别处，只有一只母狼因为小狼崽太多，被困在了草原上。它一次次来回转移小狼崽，不管周围是否有危险。有谚语说狼“哪怕把牙齿咬断，也不会让腰弯下”，足可见狼的内心无比坚忍，在困难面前从不放弃。当时的雪很厚，它每走一段便要停一会儿。人们知道狼的肚子容易受凉，如果长时间与积雪接触，它们会受不了，所以那只母狼才要不断地停顿。它完全暴露在人们的视野里。没办法，它为了小狼崽便只能这样做，哪怕有人对它开枪，它也只能一趟趟地来回跑。“跑过草原有食，跑过枪口有命”，说的就是这种情景。那只狼跑了几趟后，终于把所有小狼崽都转移了过去。雪地上留下一串狼的爪印，颇为引人注目。

有两人目睹了马和母狼的举动，其中一人对另一人下了雪书，那人输了，打开雪书后看见上面写着：“这场雪虽然来得太早，但却是今年的第一场雪。

我对你下这个雪书，如果你输了，就去把那匹小马埋了。”那人去埋那匹小马，却看到让他惊讶的一幕，一匹大马把那匹小马推到一个凹坑中，正在用蹄子不停地刨土埋它。周围的人遂明白，那匹马是一匹母马，被冻死的小马是它所生，它要亲自把自己的孩子埋葬。“母亲陪伴不了你的一世，但一定会给你一生的祝福”，草原上的人是这样，同在草原的马也不例外。有人想过去帮忙，但被众人拦住，就让母马把小马埋掉吧，它给小马的生命已经终结，现在就让它把小马送入另一个世界。那匹马的举动，把动物的生命传奇推到了极致。

当晚，有马的鸣叫声传来，比平时低缓、从容和温柔了很多。那一晚，巴音布鲁克草原上没有风，星星格外明亮。第二天，那两人见面，都说昨天的那一封雪书，谁也没赢，谁也没输。

## 三、羊肉的“诡计”和“花招”

“有草原就有羊，有羊就有羊肉”，此谚语说的是在草原上，不愁吃不到羊肉。在草原上还有两句谚语：“一个人的家乡，在他的锅里。”“趁着牙齿好，你要多吃肉。”这两句谚语说的都是羊肉。在草原上如果说我们去吃肉，一定是指吃羊肉。草原上的人自小吃羊肉，养成难改的味觉习惯，不管走到哪里念念不忘的都是羊肉。有一句话说，在草原上如果把羊肉排第二，便没有什么能排第一，可见人们多么喜欢羊肉。

羊肉的吃法多矣，烤羊肉串、烤全羊、烤羊腿、烤羊排、风干羊肉、清炖羊肉等，不一而足。在草原上，要说羊肉菜品的色、香、味俱全，非烤全羊莫属。将一整只羊烤熟后推上来，人人都会被其外在的美震撼。无论是观赏，是闻还是吃，都不会费什么劲。有一句谚语说得好，“眼睛看饱了，肚子却饿了”。想必见到烤全羊的人，看不了几眼就会咽口水。那就吃吧，人家费了工夫弄好了烤全羊，不吃对不起人家。

烤羊腿从烤全羊演变而来，但用的肉仅为羊腿肉，把别的部位弄成那么大的块，不但烤起来不方便，吃起来也不过瘾。烤羊腿有一个从头至尾必坚持的程序，就是要不停地放配料和调味品，使其形、色、味、鲜集于一体；色美，肉香，外焦，内嫩，干酥不腻。如此烤羊腿，被人们赞为“眼未见其物，香味已扑鼻”。烤羊腿的来历与成吉思汗有关，他东征西伐期间，掌管伙食的侍从为了缩短他的吃饭时间，以便让他好好休息，便悄悄把烤整只羊改为切块烧烤。有一句谚语“打仗时要让手快，吃饭时要让嘴香”，恰与成吉思汗当时的情景极为一致。当时，成吉思汗并未发现侍从天天给他端上的是烤羊腿。由于烤羊腿肉质酥香、外焦内脆、不膻不腻，他每天必食，逢人还对烤羊腿赞赏一番，从此烤羊腿便成为一道名菜。

手抓肉这个名字，一看就知道是什么意思——因为块大肉多，而且还连骨，便无须借助餐具，直接用手抓起即可食用。曾听人将手抓肉称为“萨勒干果西（维吾尔语）”，问过后方知说的是炖手抓肉。那次见人做手抓肉，锅开后先滗去漂起的血沫，除了一把盐什么也没放。据说，那样肉香，汤也香。但炖手抓肉的关键，是煮肉过程中不断地扬汤。有一句谚语为证：“抓饭的关键在于‘炒’，炖肉的关键在于‘扬’。”做手抓肉，不仅用羊的后腿肉，还会用羊头、羊脖和羊蹄，这三种是产妇的特殊食品。“一只羊的营养，全在头上”，据说，产妇吃了羊头肉，喝了汤，有助于分娩，亦有助于下奶。

“羊肉好吃，贵在调味。”与羊肉构成微妙关系的是一粒粒小小的孜然。有人说“水是饭的翅膀，孜然是羊肉的伴侣”，烤羊肉串、炒羊肉、手抓羊肉等，都靠孜然调味。孜然的味道浓烈，与草原人的性格极其相似。与孜然有关的故事亦有不少，譬如一位牧民去山里放牧，到了下午赶羊回圈的时候，他的羊却还在远处吃草，没有回来的意思。他说让羊多吃一会儿草吧，我先回去了。别人都不解，难道他不怕羊被狼吃掉吗？他回去后生火做饭，往空中撒了几把孜然粉，过了一会儿，他的羊群便回来了。人们于是明白，羊也熟悉孜然味道，深谙此道的牧民，更是懂得用孜然味道吸引羊群回来。

草原上的蒙古人吃羊肉有很多讲究，从炖煮到端上桌摆放，再到如何吃等方面皆有忌讳。具体说来，是“羊肉的二十一条诡计”和“羊肉的二十四条花招”两个有趣的说法。其实羊肉并没有什么诡计和花招，草原人之所以如此郑重其事地强调其重要性，是为了教育孩子从小要懂礼貌。在“羊肉的二十一条诡计”中，有一条“儿童如果吃大肠，长大骑马会被噎”，便是借最熟悉的马让孩子知道，年龄太小就吃肠子会被噎到。还有一条“女孩子啃尾巴骨，出嫁时马会尥蹶子”，为的是让女孩子知道，在大庭广众之下手捧秃尾巴骨啃食，看上去不雅观。还有像“肩胛骨，大家吃”，则是让孩子懂得与他人分享是美德，不可贪婪独占。草原游牧文明的这一说法，与农耕文明的“孔融让梨”如出一辙。关于“肩胛骨，大家吃”的说法，出自草原上的一个传说。有一位一生以打猎为业的老猎人，在晚年终于拥有了一匹通体雪白的骏马。他虽然因为年迈很少出猎，但只要骑着那匹骏马出去，就一定会在马鞍子两边挂满猎物而归。“人穷了会被嘲笑，人富了会被嫉妒”，老猎人有白骏马的消息传入一个富人耳中，富人想拥有白骏马，他先后提出高价购买和用其他马交换，老猎人均未动心。恼羞成怒的富人心生歹意，骑着一匹黑马去了老猎人家，老猎人杀了一只羊摆下“肩胛术兀思宴”，那富人虽然有钱，但面对美味的肩胛肉却不顾体面，将肩胛肉吃得没剩半块。晚上，老猎人熟睡后，他偷偷摸出去毒死了那匹白骏马。第二天早上，那富人一脸坏笑地问老猎人，不好了，您的白骏马怎么死掉了？老猎人淡然一笑说，我在草原活了七十多岁，吃肩胛肉时从不独吞，怎么会遭报应死掉白骏马？他同富人一起去看那匹白骏马，原来昨夜一场大雪落下，富人的黑马因为落雪由黑变白，富人误将其当作白骏马下了毒，而猎人的白骏马仍然在悠然吃着草料。此事在草原传开后，便有了“肩胛骨，大家吃”的习俗。

肩胛骨在生活中亦有讲究，不仅它上面的肉要大家吃，而且吃完后要将其打碎扔掉。此等情景与谚语“骑了马要卸下鞍子，吃了饭要收拾碗筷”如出一辙。古人在占卜时多用肩胛骨，相传有一户富裕的牧民，因搬家时将吃剩的完整肩胛骨扔在了旧墟上，被强盗发现后占卜一番，追赶上去将那牧人家洗劫一空。

除了肩胛骨，在布克赛尔草原上另有趣事。每逢新年到来，人们便要举行一场“说好话的羊肉盛宴”，内容为唱诵祝赞辞，其祝赞辞即说好话。人们认为“话说出口会落地生根，花籽落进土里会开花”，所以要多说好话，对他人和自己都有好处。

炖熟的羊肉端上来，一场盛宴便宣告开始。有的人习惯先吃后说，有的人则喜欢先说后吃；有的人喜欢站在众人面前说，有的人坐在人群中说；擅长表演的人边表演边说，会用乐器的人则伴着音乐说。至于气势，要么一鼓作气说得行云流水，要么亮开嗓子说得狂风暴雨。通常都是用长声调喊一声“哎——”过门，然后开始说：“他骑马从很远的地方来，就为了给吃羊肉的朋友说好话。”那一声“哎”拉得长短，与那人来时的远近一致。吃过几块羊肉的人，会在别人停止吃羊肉的间隙，以一句“老宅子里才能藏着传家宝，老坛子里才有窖藏的好酒”，或者“炉上的茶壶已经煮得吱吱响，你该亮嗓子说出最好的话了”等方式作为开场白，然后开始祝福。

祝赞辞包含天地万物、事物因果、前世今世、历史典故、民族记忆、人情世故、世俗道理、为人处事等，都要一一祝赞。譬如马，会将耳朵、眼睛、鼻子、嘴、鬃、肩胛、马肚、马腿、马蹄、马掌等一一涉及。至于食物，譬如摆在面前的羊肉，则要对羊头、羊脖子、前后腿、羊蹄、羊尾巴等一一祝赞。尤其是羊脸上的肉，要给在场年龄最大的人吃，意即年长最有面子。而羊耳朵则要给在场年龄最小的人吃，意即你最小要听大家的话。当然，因为这是一场以羊肉为主的盛宴，所以要说“锅里还能煮肉，锅里还要做饭”，以示感恩食物。

用好话说上几个小时，基本已把生活的方方面面悉数说完，羊肉也就吃得差不多了，喝空了的酒瓶也在身后摆了一堆，但有关儿女的亲事却必不可少，一定要讲一番男大当婚、女大当嫁的事情。于是，留在最后的关于定亲的祝赞辞就开始了：“挽弓的好手在我们家，缝补的能人在你们家；牧马的好手在我们家，做饭的能人在你们家。”以这样的排列，把自己儿子、对方女儿的长处，一口气祝赞几十句上百句，最后把意思一转说出目的：“我家射箭的变成你家的如何？你家缝补的变成我家的如何？我家牧马的变成你家的如何？你家做饭的变成我家的如何？”无论是长是短，内容是简单还是复杂，无外乎希望有情人终成眷属。

所有的祝赞辞都强调“道理我都说尽了，看你还有啥可说”，有了这样的祝赞辞，和布克赛尔的蒙古人无论迁徙还是驻留，都“走的是习惯的道路，吃的是老味道的羊肉”。问他们祝赞辞是跟谁学的，他们说“祖先从故乡走了万里之遥的路，早已懂得用祝赞辞感激世界的馈赠”。

如果说羊肉真有二十一条诡计和二十四条花招，那就是温暖人心，吃得好，喝得好，说得好。有一次参加“说好话的盛宴”，见人们都不再说话，而且明显呈现出沉默寡言状，问过后得到原因，是说出“羊肉的二十一条诡计”和“羊肉的二十四条花招”容易，但要做到却绝非那么简单，所以除了在“说好话的盛宴”上说说，在平时要“管住嘴，祸不会来”。听那人那样一说，心便沉了，看来“说好话的盛宴”并非完全放松的娱乐，里面暗藏着严格的忌讳和宗规。又问所有人在“说好话的盛宴”上，都会畅所欲言，述说所有吗？对方摇摇头说不是，也有人不知道此中要义，在“说好话的盛宴”上只顾吃肉喝酒，从头至尾不光对别人，甚至对自己没有说一句好话，那样会不吉利。他说起一件在“说好话的盛宴”上不说好话的事：某一日，两个猎人在戈壁发现一只狐狸，便穷追不舍，欲将其捕获。那白狐边跑边回首，其表情或现妩媚之态，或露紧张之情，或显敌视之意。猎人被激得兴起，追赶的脚步快了很多。那狐狸着实漂亮，它虽在仓皇逃命，却不失优雅，尤其是媚态神情，委实动人。两个猎人骂了几句，将那狐狸追至一片红柳前，刚举枪准备瞄准，那狐狸低头一蹿，进入红柳丛中。它身影之快，犹如白色雪浪冲开红柳，转瞬便不见踪影。两个猎人用枪拨开红柳细枝，往深处探寻，很快便找到那狐狸藏匿之处。但那狐狸面对二人微笑，其神情像热情少女，又犹如深情眷侣。尤为激烈的是，其神情溢动，像是在说什么，又像是将话语含在唇边隐而不吐。前面一猎人为狐媚走神，举枪的手便软了，愣怔许久不能清醒。后面那猎人心硬，且不为狐媚所惑，于是举枪向那狐狸扣下扳机。那一刻出现了异象，一团黑影罩到那猎人身上，紧接着他的猎枪便炸膛，脸上满是红色血珠。那白狐倏忽一闪，便已不见。受伤猎人被另一猎人背着返回，那受伤猎人喃喃说出一事，他去年在“说好话的盛宴”上只顾吃肉喝酒，没有说一句好话，当晚梦到被狐狸诅咒。

背他的那个猎人，双腿一软，险些跌倒。

# 藏　锋

朱以撒

这个晚秋的午后，有人经朋友介绍来家里，他带了一提袋新近的书法作品，说让我看看。他次第取出，摊开。有取法秦汉简牍的，轨范二王行草的，致力北朝碑版的，还有涉及清隶，明显地取法邓石如、伊汀洲的，真是遍学百家非朝夕之功。看了一会儿，我便感到扎眼了，便问他为什么这么表现，满纸都是圭角毕露，锋锐难掩。如果是小青年也就罢了，与年龄相契，正少年意气裘马轻狂，总会不由自主地显示凌人之气。但一个人年过半百还如此，便不妥。

来者当然不同意我的说法，各说各的，这个午后注定是一个无果的午后。

就是我耐心和他如此说，也是没用的——每个人的情性都是独异的，你循古法，他喜新说，只能在一面缘之后，各行其道。依我的本意，执笔书写就是颐养情性，心事安和，而不是突兀争锋。只不过时日过去，人的书写意趣已异于既往，心如沸水，锋芒逼人。这很像《花样年华》在最后余音袅袅的惆怅里，字幕出现了："那个时代已经过去，属于那个时代的一切都不存在了。"

他走了以后，我站在楼上的书房里，透过大玻璃看到渐渐落叶的山景，已经空了许多，那些被秋风删繁就简的黄叶被藏到哪里了，只能说，此时要比春山更见出滋味了。

现在想起父亲，不论与谁相比，都没有见过如他这般敛约的——总是谦恭待人，和蔼得很，待青年人如此，待比他大的长者亦如此，笑笑地说话，语调绵软，从未急管繁弦，而修辞自然十分妥帖——他就是一位语文老师，完全可以拿捏正好。有的人认为敛约是自身天性怯弱，因为毫无成就，也就全无自信，说话也不敢声高。但父亲不是如此，他有许多荣光，省劳动模范、特级教师、政协委员……这些够别人开怀说道一辈子。但父亲如此不显露，以和气示人，我觉得有与生俱来的因素，觉得处世待人低调足够。教师这个职业也给予他修炼，打磨得越发平和收束。当然还有一些缘由不应忽略，那就是父亲曾处于运动频发的时段，内心的积郁不知有多少，只能忍着，自我消化。相信那时的许多教师都有如此忍受力，有的实在忍不住了，就峭拔而起，走极端了。父亲到最后，仿佛什么都不曾发生过，即使我后来有了一些识见，能和他说事，他也从不提及，可能觉得坎壈是人生成长的必须。我回老家时，邻居和我说起父亲，都用了“古意”这个词。这是老家土话称赞人级别最高的一个词，比起古人说的“从来多古意，可以赋新诗”深邃多了。一个“古意”人做什么都是让人信服的、放心的，也就全然不必如俗人那般夸耀。父亲从年轻到晚年都是写楷书，一个字一个字写去，宁秃勿尖，宁藏勿露，宁圆勿方，我认为父亲和温婉的楷书相契是一种必然。

几个研究生偶然看到我三十几岁时的行草书，都说不敢相信，那时的笔调一直有一种横纵无碍猛厉突进的气势，一往而不收，也就点线用得很奢侈，萦绕旋转，九曲回肠似的，很有倜傥气味。现在写一幅字，点线减少了许多，越发简省清空，豁然开朗。这样的转变全无刻意，是时光的流逝使笔下成了这般面貌，就像人的相貌，不必刻意思考由青年至中年、晚年有什么变化，时光悄无声息地就能把这个人工难以实现的事给做好，而且毫无破绽。一个人在中年时，如果故旧见了，说：“你和以前一样毫无变化。”一定会很受用。我认为这是对时间的无视，作为送给对方的一份虚空的人情。我只能回想当时是如此乘气而行，想表现得充分一点，像一把刀不愿躺在刀鞘里安睡，一定要抽出来让人见识。那时具体的动作是如何，我一点都想不起来了，就像《廊桥遗梦》中的老年弗朗西丝卡，她很难回想起自己二十二年前长得什么样，是倚在一根篱笆桩上，穿着褪色的牛仔裤、凉鞋，还有白色圆领衫，让头发在晨风中飘起？我只能看到我此时笔下的样子，有人说很像清初的一位书法家，有人则说像近代的一位僧人—— 每一个写字人都会有出处，学一些先贤笔法，再自己探究一些奥秘，用以托寄情性。因此也不爱与人交往，觉得书写是一己私事，自行其是最好。真文士的想法会与张伯驹比较接近，他说："我是个散淡之人，生活是琴棋书画。用我，我是这样。不用我，我也是这样。"我一直向往这样的自适态，每一个时期都有一种态度展示出来。以前是露，以后是藏；以前是浓，以后是淡，就走到如今这般。不能说如今的书写比过往就好多少，只能说现在更有滋味附着在笔调里了。

旧日信札展览是我乐于欣赏的——我向来认为信札的书写是人的情性最自在的反映，如果连写信都做作，那人生就太辛苦了。往往看一个信札展，看出了一个人两张皮囊的心性。我说的是一个人在书写时表现出来的鲜明差异，至少有两种情性、两套笔法，特别是一些官僚写手，的确写一手好字，写一些庙堂文字再也合适不过，如拉弓搭箭，力足劲满，其势不可抵挡。这些字是给帝王公卿看的，自然要提十二分的心力来做，做得八面观音，色相俱足。而到了信札书写，对方是故旧、相知、可人，则如同上朝回到家中，官服一脱，换上居家便衣，舒服多了。墨汁研好了，抽几张花笺出来，想着心事，信手写出来。羊毫小笔在纸上由上至下跃动，向对方倾诉的字句鱼贯而出，若风行水上或疾或徐，疾者似洪波涌起，徐者如涟漪轻漾—— 一封信轻松地在落下愚弟张三或李四和月日后，大功告成。接下来通篇扫了几眼，那些有错漏的地方被圈了起来或补了上去，多了一些涂抹之痕。正待折起，忽然想到还有一事需要补充，于是又摊开，在末了空白处写上几行字，特别标明"又及"。写信是人情性打开的过程，既然是私密的，不会放在展厅让众人欣赏，也就不必端着一个架子，势必要写得迥出畦径。信札反映了一个人的本真，而那些参与竞赛的作品则未必有多少真情性，用力、用意过大，一幅字的韵味就改变了。明人谢榛说得很形象："官话使力，家常话省力；官话勉然，家常话自然。"写信就是说家常话，脱口就来，未必严丝合缝，却再自如不过。俗常也认为：官告不如私告，私告不如简札。清代赵之谦不少大作品都是横刀入阵，观者如同提头来见，唯小品一般的信札，赵之谦的长刀融化成了阴柔。我发现许多人都是如此，我在信札里看到了一个人完全可以如此生存。或者说，看书法家的真实生存态，就看看他们的信札。

这也是有古人信札展出的时候，我会有点兴奋的原因。

书写的姿势可以追溯到很久—— 一个人坐着，或者站着，执一杆羊毫，或者狼毫，在称为宣纸的柔软吸水的面上挥洒。毫颖过处无声，但笔画却晕润开来，或者显出丝丝脉脉的飞白。书写的姿势是寻常状的，如饮食、睡眠，舒适为欢。只是服饰要有所更替，换上更为宽松柔和的，这个讲究我是读了丰子恺先生写李叔同的一段文字才确立的，他说："李先生一做教师，就把洋装脱下，换了一身布衣；灰色布长衫，黑布马褂，金边眼镜换了钢边眼镜。"这一转换的必要性，就是在心理上做一个提醒。我以为就是近朴素和普通，如同一杆笔，寻常的鸟兽毛羽，寻常的竹竿，寻常的石砚，寻常的松烟墨条，来自天生天养的自然界，真实不虚。书写者也须寻常，不是表演的优伶，书写切忌长袖善舞呵壁问天，闲云出岫最好。古人有非奇不传之说——如果大家都平静安和地写，使起承转合契于书写常道，好是好，就是太沉闷乏味了。总是有人要以异相独行，行于非常，溢于奇怪，可使围观者如堵，传之也远。这方面张旭和怀素抢了先机，他们书写的狂态虽无录像机忠实录入，却被文士们感性地纳入诗篇里，让人看到二人的嗜酒、酒后激情、狂飙突进，使酒徒辞客免费饱览其吼叫、大动作，须臾扫尽纸千张，瞬间惊到众生相。李颀、李白、戴叔伦、贯休这些名流居然赞叹不绝，让诗作生出许多煽动，以为善书写必要如此为作。后人果然学样，边吼边书，唯恐声响不亮动作不大。真文士是视此为鄙俗之举的——书写之姿如何，在我眼里就是判别斯文与否的准绳，五指执笔，中锋行之，雅气就拂拂而出了，像是端人佩玉徐行，清而不寒，有一种逸格，绝不是张旭、怀素那般横扫野战昏天暗地，流于不雅，合于江湖。后人却会津津乐道此二人，真乃奇也怪哉。倘一个文士雅集皆如此场面，又何以堪，真斯文扫地。实际上，张旭、怀素也有斯文作书的时候，张旭作《郎官石柱记》，怀素作《小草千字文》，都是谦谦君子之举止，可以想见正常人大抵如此。因为写字，好好地写就可以了，写字是不需要表演天才的。那些视正常而不见反而夸大奇怪，让人觉得有瓦解斯文的嫌疑，使书写失去庄重，拿书写取悦于人肯定是失算的，退一万步说，取悦也得含蓄点。

有人问我，南方人写字是否与北方人有很大不同？我长期生活在南方，只能说南方的感觉。南北方说起来是地理学上的概念，真要区分书写的差异，只好延用阮元说的："南派江左风流，疏放妍妙，长于启牍。北派是中原古法，拘谨拙陋，长于碑榜。"这样的说法很直截了当，像是有所褒贬，让南北方人各自去想。相比而言，南方更是一个看不清爽的隐喻，雨一下就是好几天，人泡在水分子的潮气里，没有谁可以解脱出来。在潮气中仍然要书写，笔墨晕润、纸张晕润，指腕动作也滋蔓起一些拖泥带水的不利落，不是秋日大开大合那样的快意。其实，艺文中的大开大合不是我喜爱的表现方式，看起来是痛快了，却往往缺乏沉着。古人说沉着痛快为书写之道，后人每每忘了沉着，风樯阵马放意无羁，在大开时已把所有的秘密泄露尽了，以致大合之后全然无物。南方的世界一年到头不知多少秘密藏于水汽氤氲里，不愿出来，这也使作娟秀简札的人无数，墨色滋润，少有枯涩，应合天时地利。在我印象里，南方人还是写小字适宜，这样会更不勉强，在润泽包裹中，小中见出饱满和硕大，可以让无处安放的想象横纵万里，看到南方的深邃之处。《兰亭序》是不是王羲之写的素来争议不休，但说《兰亭序》是一个南方土著写的，或来南方长居的人写的，殆无异议。南方人可以从《兰亭序》里寻找到旧日的世道人情——南方人的忧患与喜乐、顺应与叛逆、孤傲与苟且，都可以有个大概。当然，如同《兰亭序》是说不尽的，南方那些曾经活跃于湿润里的人事，是在地方戏的折子里出现的，没有什么人去听，就连我这个本地人也听不懂，只知道他们藏在拉长了的咿咿呀呀里了。

回老家时遇到文士雅集，总会听他们说起弘一，出示弘一的墨迹。他不是这个古城的土著，却是在这个古城圆寂的。在这个古城小小的寺院深处，他讲经传道，也写了不少字，以为礼佛宣传之用。现在的人和我谈弘一，多半是想表达对另一个方向的生活的见解——在李叔同时代他是锋颖毕露的，有如今日之演艺界红人；而到了弘一时代，则一反旧日行迹——既然行藏在我，还是藏吧。从弘一的年谱上看，弘一也不是深藏不露，但他的外出与当年的弦管填溢浪漫疏狂已毫无关系了。他通常在寺院间进进出出，讲律、静修、著书、编书。室空无须大，交结亦无须多，能如他出家的人毕竟鲜有，这是一条与常人相反的人生之路，因此喜欢以他为例，解说他，也解说他的书法。每个人都会觉得弘一的书法是脱略尘俗烟火气的，很简静，很简净，神情内敛，石瘦枝寒，是很不好看的。这个古城有他的气味，也就有人以他为范，学他笔法，连同韵致。学一位非常之人的书法，走一条非常路径，时日久了，还是会有点像，但更多的是不像。有人认为是后来者缺乏弘一的空门修行，跟不上了。我则认为是缺少李叔同早期那些妙不可言的风雅多情，以致不能洞见弘一后来的剧变——极端的经历，极端的体验，一个人的精神是不可忽略作为基础的前半段的。现在的人一上来就说弘一，不说李叔同，一上来就学弘一书法的敛约、蕴藏，舍弃李叔同的基础。这种舍取的结果，我往往会认为——徒劳。

许多把笔为文的人都得益于江山之助，烟霞恣笔端，林泉生气象，足迹靡所不到，似乎不如此广游周览不足以名作家。相比之下，福克纳则属于藏匿者，由于他无与伦比的文学成就，使他说的这段话尤其显示难以质疑的力量："我发现我家乡的那块邮票般小小的地方倒也值得一写，只怕我一辈子也写不完它，我只要化实为虚，就可以放手充分发挥我那点小小的才华。"这个想法使他的笔下空间，总是徘徊于密西西比州北部的一个平静小镇。一个人藏身于一个小地方，不为其所囿，还能写出让人惊叫的作品，只能说这个小镇已经不是一个物理意义上的空间了，连同小镇上的家族、苦难、屈辱、煎熬，都在他的虚构与想象中，超越俗常的喧哗与骚动。物理时空一突破，人在斗室横无际涯，不可羁绊。想想弘一也如此，李叔同时代出头露面太多了，出家后就多以敛藏为日常。俗常人以为寺墙内寂寞清寒，却不知蒲团之上的内心世界有多大。往往是一个人存身的物理空间狭小了，精神却凌空蹈虚，不计西东。似乎是自言自语，又似乎是面对不解和追问，只能说：“问余何适，廓尔无言。”——远方如此迢遥，说了也说不清楚，不费口舌了。他们都有一些相似之处，就是与不能实指的属性、意义、边界、内涵有密切的联系，譬如时间结构、消失与永恒，他们所理解的不会是我们说的这一套。

我和学生说——弘一的书法是用来品味的，能品出多少是多少，品不出也是对的。人是神秘的，书法也随之神秘，都藏得深了，才有那么多不解让人在他身后说道无休，比说道自己的父母还频繁。

以后还是会如此，说不尽。

一些人在史册显眼的页面上活跃着，让今人不时地念叨他们的名字。甚至他们有意无意说的话也不时地被人征引——名流就是如此。就像名流书法家、王公大臣，名留了下来，作品也随之留了下来。这样就不必担心散佚，成为史册上的面子。更多的人没有这样的运气，笔迹留下来了，名姓却随风飘散，成了不折不扣的里子。我对史上那么多无名氏的墨迹有着朴素的深情，数量那么多，汪洋一般，有的放在藏经洞里，如果不是王圆箓勘破天机，它们可能还在酣睡之中。如果言说抄写者，无非僧众、居士、经生一类人等，以抄经形式礼佛，在佛的面前卑微如草芥、蝼蚁，名姓是放不上去的，不像今人落款时大名写上、大印钤上。这也使我每次临摹写经前，要先致敬这些无名的书法先行者。我当然也可以学魏晋间的陆机、王羲之父子、王珣等名人，但从史册的褶皱处找出一些无名氏遗留，也是一种乐趣。经书神圣，书者谦卑，会比书写其他多出许多的恭敬，让人无端地相信出于单纯，从而自然。有身份、地位的人，或许会写得有技巧，却未必在自然程度上超越，那些目空的、睥睨的、自恃的习气总要高出抄经者许多。谢榛说的让人深省，“及登甲科，学说官话，便作腔子，昂然非复在家之时”，这种语言迁变，是与其身份的迁变相关联的。古代书法名家，大抵官僚，书法与官位相济便风头无两。明成祖曾称沈度为“我朝王羲之”，可以想见他下笔时的春风骀荡。至于官僚书法家与帝王切磋书艺，君臣欢悦也不老少，自然心中得意，生出不少被宠幸的暗喜。抄经者永远都在低处、暗处，阳光难以照彻腕下。他们完成经卷的书写也只是自己心灵的必须，也就素淡地写，一直写去。至于有无意义，相信没有人去思索这么古奥的问题，不会有这样的念想——不去想是对的，书写的日常性是谈不上什么意义的。如果像宫廷书法家那样，要应时尚之景，应权势之需，想着能得帝王喜欢，那就复杂了——伪饰的一面通常是如此泄露出来的。我的倾向是书写生活的平平淡淡再好不过，如同这些抄经人，心不寄庙堂之高，也不走极端处山海之远，只是虔诚事佛、抄经，任时日过往，无声无息。我不能见到他们的容颜，亦不能知道他们姓甚名谁，但能够与他们留下的墨迹相遇，以之为范，算得上是我的运气。

相对于出外的活动，我还是更乐意待在书房里。可以说几十年来家庭的外出活动，都是由我太太策划和具体实施的——我在这方面无能得很。二楼书房的氛围是我逐渐营构起来的，有人以为我整天都在书房里读书写字，其实很多时间是坐着，觉得如此舒坦。靠山的一面墙全做成了玻璃窗，一进来就可以看到青绿的山林，鸟雀鸣叫无休，芦苇随风俯仰，纯乎自然。暮色下来的时候，全然看不见了，但它们肯定还是如此。书房无疑是要和外边相对隔离开来的，即便有客人来，也不会请他们到书房，明显地不是招待人的陈设。书房肯定储存了主人的一些秘密的，譬如写了一半的文章，正在临写的一本字帖，壁上好几幅未能定夺的作品，凡是不愿示之以人的，都有秘密性。记得陈寅恪家里挂了一方黑板，随时板书，随时擦去。有一次他女儿忘了擦了，恰巧历史系一个人来，陈寅恪知道黑板上他的诗句被人看了，便心中不快。可示人与秘不示人是公开和秘密的两极。有时我过于敏感，书写前得把窗帘也拉上，以为远处、高处会有窥视的眼睛，让自己不能自由展开。我是一个不喜于艺文上交流的人，交流什么呢？自适其适最好了，独立地思考、实践，人藏于内，文行于外，即便无成也是自己一种独特的表达。和我想法相异的恰恰是时下交流太多了，不私享而分享。我不习惯这样的大方，总是紧紧地捂着秘密的口袋，守着自己一点点可怜的秘密。书房会使人有这样的自守情怀，觉得如此自处很平和温暖，像是智永安身的永欣寺。以前听说他于此习书几十年不出寺，觉得传奇而已。待到自己有了书房，才相信有如此空间可以把人留下来。空间和空间是不可替代的，我对于书房的质朴认识就是它把一个人的心绪安定了。一个进入书房的人，可以不与外界联系了，别人也不知道这个人在哪里。此时安坐，把没看完的书接着看下去，没写完的文章接着写下去。几个笔筒里都插着用过和没用过的毛笔，它们的柔软，让人想到古风、古意、古雅、古拙，还有古井，真的心如古井就好了。文士的许多识见和文本都是在静谧的书斋形成的，就像一个人独行，有时自己也不太清楚前程，只是静静地走去，内心涌动和流淌着热情。一个人在书房看到的永远是安静的力量，穿过薄薄的稿纸，一个字一个字出现，那是最初的草稿，顺应着文思的潮水。顾不上把一个个字写好，只是急速向前，直到终点。接下来是细致地改动、增删。每个字都规范起来——此时文思已经在草稿中固定了，全然可以慢慢抄写，不必担心它倏尔消失。习惯手写的人觉得如此最能记录自己的情调。我在青年时代不能及时热爱电脑以致不能形成快捷的打字技能，后来就跟不上，此生也就注定要执笔书写。有时候我头脑里只是一些零散的片断，如果手头有笔，就会在执笔画动的一下子连缀起来。这也使我手边经常有笔，有许多的笔。书房培养了我书写时的任性，至于笔下是否合于古应于今，倒是自己不曾在意的。如此，则快意横生。

颜真卿那么多书法作品留下来，有人问我喜欢其中的哪一件？他以为我会说《祭侄文稿》，因为圈子里的人大多喜欢，甚至觉得它不应屈居行书第二，而应超越《兰亭序》。但是，我说喜欢颜真卿的楷书《东方朔画赞》。这件作品除了浓郁的篆籀气味让人品咂不尽，还有一个不可忽略的特点——总是有一些需要出锋的笔画，被颜真卿深沉地控制住了，他终止了笔端的向前。像是一位剑客从剑鞘里将剑抽出一截，若有所思，又用力送回剑鞘里。我想起陆时雍的话了："善言情者，吞吐深浅，欲露还藏，便觉此衷无限。"

啊，还是藏锋！还是藏锋！

# 念母十章

周荣池

## 一

我的母亲姓赵，娘家在里下河平原的西首，那片土地被称为“高田上”。她的村庄名字很奇怪：阮湾。这里并没有阮姓，多是赵姓。这些对于母亲来说并不重要，人们都不在意自己毫无根据的家史。母亲的母亲是位和善的老人，老人与自己的姐姐当年是从“堂”里抱回来的（堂是孤儿院），就都起名“赵堂英”。母亲和她的妹妹又都叫“赵友英”。她们似乎不在意什么“大名”，有个“小号”就足以支撑那些潦草的日子。在娘家母亲行三，被叫作“三摆摆”，她妹妹属蛇就叫作“蛇摆摆”。“摆摆”为一种很奇怪的叫法，是姑妈的意思。这种来由无从考证也无须细究，彼时与现在的生活都有比对此盘根问底更重要的事情。

母亲早年是身材挺拔的姑娘，一条乌黑的大辫子甩在后面。如果不是因为她罹患恶疾变了身形，关于她的身材是不需单说的事。二十多岁时她得了一种恶疾“龟背痰”，本是可以救治的，她的哥哥还是位手法不错的中医。他当年逃荒“跑安庆”在外学得医术，还写得一手好毛笔字。后来回乡做了赤脚医生，西医的手法也懂得一些。他后来教我写大字时说，你母亲的病是“流痰发于脊椎关节”所致。他本是要给母亲治疗的，但无奈外婆相信自己姐姐的话，说这是“鬼背痰”，是迷了鬼神。请了神汉来施了“法术”，按着母亲喝了三碗香灰水，最终耽误病情成了驼背。

从此，高田上多了一个嫁不出去的老姑娘，村子里就改叫她“驼摆摆”。母亲总是阴着脸，但并不与人争辩。她没有办法对事实争辩什么，这是很多人的共同境遇。沉默是村庄里最为平常的表情和品格。

## 二

母亲在阮湾的日子是艰难的。高田上临近城市本比下河多些生计，但大多数农民依旧因为形势而捉襟见肘。那里的人们好多都是种菜的，这些村庄就是城市的菜园，用菜地上的辛劳去交换生计。庄稼汉并非因为懒惰而无计可施，他们只能靠着死守土地听候赏赐。很多人外出逃荒，这是自找体面的说法，实则就是端着空碗去要饭。

外婆望着一众儿女舍不得丢下，她带着姨娘去附近村庄要饭，母亲却坚决不肯低头。这并不是什么崇高气节，她说就是“怕丑”。外婆因此不给她吃的，实际也没有多余的一口。母亲夜里去附近菜园子里拾“菜边皮”回来烀着吃。“菜边皮”是农民理菜时留下的黄叶烂茎，这些也不是可以随便去拾的。所以要摸黑去，实在也是偷一样的。母亲认为这比端碗要饭好，不用看人家的脸色——夜色里心里的难堪只有自己知道。很多年后，母亲每每提起这段往事就有些骄傲——自己没有像妹妹那样去“勒棍子要饭”。后来姨娘嫁到了本村邻队的破落地主家，过上相对富足的日子。母亲仍然觉得当初自己宁愿挨饿而不要饭比妹妹做得好。

老姑娘成了家里的负担，舅舅庇护她却也不能总违拗舅母的脸色。她背负着身体的残疾，没有人愿意因为她过雪上加霜的日子。她总是跟着自己的哥哥，就像是一条贫困而无奈的尾巴，又似乎永远只能垂在地上，惹得一地令人心焦的灰尘。

后来——我多次听母亲和他人说过一件事，这可能是母亲人生中一个难堪的痛点，她也为此付出了一生的代价。她和舅舅去棉花站卖棉花——那时候日子已经有所好转，一些收入可喜的经济作物进入了村庄。棉花是一种让人艰辛但算是诚信的庄稼。彼时的收棉花站和粮站一样，是很有些派头的地方，有个熟人招呼一声那都是很有面子的事。

这个地方虽然距离村庄并不远，但人们却变得颇有些面目庄严。就是这些站所里的一条袋子或者一个笆斗，因为上面用红漆写了公家的记号和编码，到底也与平常的物什不是一种面目。装棉花的那种纯白的布袋非常厚实，常有人趁着不备"顺"回去另作他用——尤其做"被里子"那时被认为是极好的。母亲也跟着别人摸了一条回来，做先生的舅舅——乡间叫识字的人都作先生，医生或者教师都是——毕竟也是她的哥哥，既有些不安又有些慈爱地吓唬她一句：公家要来抓你的。

这句话成为纠缠母亲几十年的一句魔咒。

## 三

据说舅妈亲自为母亲做媒，她不知道如何晓得下河南角墩的情形，登门找奶奶谈这位老姑娘的亲事。彼时父亲也是著名的"老大难"。他的弟妹们结婚了，而作为长子又曾继承外户的他一直未婚。母亲的情况是隐瞒不了的，但奶奶还是无奈同意了这门婚事。父亲似乎也别无选择，接受了这个比自己大一岁的老姑娘。嫁妆似乎理所当然地微薄，就一条扁担挑过来的。稍微像点样子的是一个樟木箱子，里面装着几块色彩暗淡的布料。日后我见过那些簇新的料子，母亲一直视为珍宝。还有一个很精致的镜箱，上面有喜鹊登梅的图案，很长一段时间都是珍贵的家当。

母亲到了南角墩生活之后，"三摆摆"的称呼变成了"新姐姐"。这是对新娘子亲切的叫法，到了垂暮之年还这么叫。也有人背地里叫她"驼三子"，母亲装着听不见。因为父亲是有名的脾气暴躁，村里人也没有胆量惹她。特别是癸亥年元宵节母亲生下我后，人们对她和这个家庭的看法有了很大的改变。人们用一句很朴素的俚语描绘他们的日子：坏稻剥好米。

母亲并不埋怨这种说法，反觉得很骄傲。在那个年月里，生一个“大儿子”是一件很重要的事情。这在村人的言语中就可以辨别，因为生了女儿会被叫作“细丫头”。当然这些并没有给贫困的生活带来多少改变，种死田的父亲却又要因我多一份支出。本来以为一口奶水就可以养活的孩子，因为母亲旧病复发生活变得狼狈不堪。大概也是到了这个时候，父亲才知道母亲精神上的病情。母亲没有因为我的到来而喜悦，却又想起来之前舅舅那句吓唬人的话，成天念叨着最终丢下我回到了高田上。奶奶就用米汤喂养嗷嗷待哺的我，实在没有办法就把我抱去同村的产妇家讨一口奶。这人家是近亲结婚，后来发现孩子有些笨拙，我就喝着这样的奶水熬过那些饥饿的日子。其间母亲也回到过村里来，抱着襁褓里的我去找在地里干活儿的父亲。奶奶看到深深地叹了口气，以为日子总算是有些盼头了，谁知道回来的路上母亲不慎将我从木桥上掉下河去。听到她哭叫的奶奶，拿着取粪水的舀子把我从河里捞上来，捡回我一条小命。

从此，家里便不再希望她回来。

## 四

母亲出走南角墩并没其他去处，只有高田上那个依然贫困的村庄，步行十多里路程要半天光阴。这也许是她唯一记得的路途。迷糊的她从来没有走错过路。她的脚下只有两个村庄的距离。

我第一次清楚记得母亲已是五六岁间。父亲先是把我放在牛背上，后来我能自己走路就被丢在门口。奶奶就像看守小狗一样，忙家务的时候不时看看我。她最大的任务就是“看水”，只要我不下河就没有什么危险可言。有时候我闹腾起来，她也会解气一样骂几句，就像鸡飞狗跳后地上扬起的灰尘，不一会儿就平复了。实在顽劣得不可忍受，她就握着树棍追我，扬言要打断我的“箍拐”——这是南角墩人对脚踝的叫法。

那一次奶奶又拿出棍子来时，我爬上门前一棵老楝树的丫杈。她跺着脚苦笑着骂我时，母亲从暮色里走近。我知道她是母亲，但那是第一次清晰而深刻的印象。奶奶见了她脸色就阴沉下来，一言不发地回了自己的屋子。我尴尬地蹲在树上，就像一只局促不安的知了进退两难。不知道为什么我面对母亲心里满是羞赧。我比平时为难很多蹦回到地上，也没有喊她一声妈妈，却接过来她递给我的饼子。

这是一种表面有菱形的纹路还粘着砂糖的饼，是我这一生吃过的最美味的食物。

这一次她回到村庄就再也没有长时间离开过，在南角墩开始了她相对正常的生活。家里本有四间屋子，是父亲结婚前捕螃蟹挣钱所砌。他的弟弟成家之后分去两间，除了堂屋之外我们就住在厨房里隔出的半间。长年的油烟让棉纱的蚊帐沾满乌黑的油腻，就像那难以启齿的日子令人不安。后来奶奶在屋子西山墙搭了棚屋住进去，才又腾出一间宽绰了些。

母亲起早贪黑地忙碌——她也不想让别人见到她为难吃力的样子。天暗黑的时候她就起来劳作，并说这是娘家人教她的规矩——鸡叫一遍头梳好，鸡叫二遍水挑好，鸡叫三遍早饭好。那时要去河边挑水，驼背的她只能用水桶一次次拎。人们都夸她能干，也是可怜她的为难。父亲为此有些骄傲，家里的饭总是最早的，虽然每天多是枵得可以当镜子照的米粥。她总是先喝那些米汤，把稠厚的留给父亲和我。她说自己喜欢喝米汤。

母亲不会做针线，到南角墩后勉强学了点手艺，被奶奶斥之为“粗针大麻线”。她倔强得很，在夜里父亲带着酒味的鼾声里缝补衣服或纳千层底。那些纳鞋底的“骨子”是她搜罗的破布浆洗之后用面糊一层层贴上晒干的。梅雨季节到来的时候，她坐在门里纳鞋底，没有外人看到她笨拙的样子，她会轻声地唱起来：

早(啊)晨，下(啊)田，露(啊)水多谑，嗬，点点露水润麦苗啊。

杨柳叶子青啊谑，七搭七呢嘣啊谑，杨柳石子松啊谑，松又松谑，嘣又嘣谑，松松么青又青谑，哥哥杨柳叶子，青啊谑。

不知道她从哪里学的这首歌，待我日后上音乐课时知道歌词，发现一个字也不讹错。

## 五

母亲也是下地干活儿的，父亲并不十分情愿。

父亲并非怜惜她的残疾或不满她的笨拙，是害怕劳累让她旧病复发给生活带来更多的苦痛。但母亲做完日常家务之外还是希望下地干活。她清晨起来准备好早饭之后，拿好农具等父亲一起下地。最辛苦的收获季节，没有收割机的平原要靠手工去打理一切。土地上麦稻两季的收获，都面临着气象变化的危机，人们要与梅雨或秋汛争抢时机。收获的时候天气溽热异常，人们趁着露水去地里收割，这样谷穗就不会损失太多。

锋利的刀口在气象万千中与季节抢时间。父亲在割麦前一天晚上就磨好的两张镰刀本是用来替换的，但母亲坚持要一起下地收割。但意想不到的事情发生了，羸弱的母亲因为清晨的劳累失手割断了腿上的动脉。父亲丢下一切急匆匆地驮着她去合作医疗缝了十多针才止住血。她坐在门口的椅子上歇到一个月后夏播结束才恢复。父亲不无怨恨地笑她“有福之人害腿，无福之人害嘴”。她苦涩地笑着面对难堪的一切默默无语。

农闲时她要比平素更忙一些，每天忙完早饭后要去给猪打一篮子构树叶。这种粗糙的树叶流着诡异的白色浆汁，顽固地黏附在她辛勤的手上。猪喜欢吃这些苦涩怪异的叶子。养猪也是父亲对母亲最满意的事情。她还要去更远的三荡河边捡荒草，这些事情看起来对家庭无足轻重，但她从来没有把时间空下一点。她害怕空闲的时候想到苦楚的日子，或者又不想人们看见她艰难的样子而宁愿躲在荒野。我很少和她一起外出，并非因为我的懒惰，我是害怕听见别人在身后悄悄地议论她的艰难。有一次我在村头遇见背着柴草回来的母亲。她的步履中满是艰难，脸上的汗珠沾满灰尘。我抢夺一样背上那些令人难堪的草木。我知道她走在我的身后，脸上一定有着无言的骄傲。

她每年忙到大年三十才肯停当。等到父亲喝完酒收拾好碗筷，她又催我嚼着猪尾巴在大门后面往上爬。驼背的她害怕我个子长不高，据说除夕夜爬门是长个子的灵验方法。也许她每年养猪就是为了得到一条猪尾巴。冬至前杀猪的时候，她坐在锅膛边烧杀猪汤，总会嘤嘤地哭起来。她舍不得那头长了大半年的猪，还说自己的儿子也是属猪的。等我除夕夜吃完猪尾巴爬过门后，她就悄悄地跑到门前码头上去洗手。她听说除夕晚上的河水是有灵性的，洗了手来年就不生冻疮。她其实每年都生冻疮，红通通的手像干裂的馒头。

大年初一早上她不用早起，父亲下了汤圆送到床前来——这一点是她和村里女人们一样都有的一次福气。

## 六

母亲是会做菜的，父亲对此格外满意。

村庄碗里的日常主要依靠菜蔬。村庄临水有些鱼虾可以杀馋，鸡鹅鸭过节才舍得吃，至于猪肉是要下定决心才能买一回的。那时候卖肉人骑车串乡来到村里，早晚都会兜售一次，我总咽下口水看着父亲的脸色。他自己也忍不住的时候，就会去赊一二斤拎回来，让母亲烧成乳白的汤，随便加点菜蔬都会鲜美无比。

母亲也能把蔬菜烧得鲜香。她知道“咸鱼淡肉齁韭菜”的道理，一盘子韭菜从头吃到尾都有滋味。待到韭菜老了她就用来和丝瓜做汤，冷却之后鲜美堪比肉汁。红苋菜在她粗糙的手上被揉碎，就着新蒜下锅烀熟了，满是殷红的汤水。她只用那些卤汁泡饭，说这是补血的。其实少吃一筷子，可以让父亲多喝一嘴辣酒。苋菜叶子老了之后，她就把秆子剁成寸许，在那幽暗的卤汁里泡上几天，抓出来在锅里蒸熟，淋上几点麻油，满屋咸香。没有麻油的时候，她就会取笑我闯祸后被父亲打哭是“卖麻油”。她把丝瓜皮冬瓜皮也放在那坛子里，都能支撑吃了上顿没有下顿的日子。菜蔬们老了之后，她把种子都搜集起来，用草灰和泥土拌好贴在墙上，等待下一个春夏秋冬的轮回。

母亲很会煮小鱼。有一阵子父亲在村子后面支起来一架大罾，在水边过起了守株待兔的日子。收获并不稳定，但到底让生活有了点补充。“大的留着卖，小的烧咸菜，没有油就掼锅盖”——她没有掼过锅盖，总是默默地周旋着巧妇难为无米之炊的日子，从来没有让喝酒的父亲筷子没地方伸。小鱼收拾好了，在她“做汤煮”的手法里重新活起来。汤水也没有什么神奇的配方，但她知道火候深浅，坐在锅膛前知道什么时候放最后一把稻草。一把青蒜就像神秘的仪式，让那锅子里满是奇香。吃剩的鱼第二天被凝固在鱼冻里，似乎仍是活的。鱼冻是冬天失水却没有完全干涸的泥泞，依旧保持着鱼虾鲜活的生命。

她还会把菜蔬窖在门旁树下，这样在青黄不接的时候可以接续日子的滋味。不知她从哪里学来的这些手法，有些也是笨拙得很，却是我记忆里最顽固和深刻的滋味。我也吃过邻居家的菜食，从来不觉得隔锅饭香，可能我也遗传了她深切的自卑。她是从来不搬别人家碗，这让人既怀敬意又觉心疼。

## 七

不识字的母亲很在意我读书的事情。她说自己是“睁眼瞎”，扁担大的“一”字都不认识。她希望我能读书，但又说不出什么深刻的道理，就用邻家孩子的做法鼓励我。她说别人的孩子很早就起来在屋子后面读书，像和尚念经一样声音很大。我就很早起来在菜花丛中读书，背过的书的内容我都忘了，但芬芳的花香记得清清楚楚。

我写作业时，她在一边做笨拙的针线活，时不时把针尖在头发间刮一下。她头发上有一种淡淡的香味，涂的是很便宜的梳头油。她从合作医疗讨来棕色的空瓶子，每次只打一两，能用很长时间。学校有重要事情时，她也用梳头油给我搽一下头发。我觉得那种味道很好，但头发整齐的样子很别扭。停电的时候，她用棉花去了籽捻成灯芯，倒菜油在碗里作灯。那灯火也有一种香味。第二天鼻孔有黑色的灰烬，就像碗上留下的燃痕。

她看着我写字，说我的字写得很黑。

学校在村子南面的大队部旁，每天走很远的路往返。她总是留菜在锅里等我回来。有一回突然下起了大雪，教室外面白茫茫一片令人生畏。到快下课的时候很多父母都送饭来在窗外等着。待到人们快散去的时候，我见她佝偻着腰披着塑料布走进校门，连忙迎上去生怕别人见到她。她从怀里拿出装着饭菜的瓷把杯递给我，里面的饭菜是滚烫的。我让她赶紧回去，她却要望着我吃完咸肉青菜和米饭，才拿着空杯子回到风雪交加的泥路上。那段路其实并不遥远，但我觉得她像是走了漫长的一生。

每年底学校散学式后，我领回去奖状交给她。她像是贴春联一样庄重地用米粒糊在贫困的墙上，那些喜悦的颜色就像她满意的脸面一样。她说你以后也要做个先生，就不用再像你老子总受人欺负，也不用困在这村子里扯嗓子骂人。城里还有汽车可以坐，不用自己走路。她只在生我的时候去过城里的医院，除此再也没有去城里看过什么稀奇的景色。一九八三年春节上灯时，她难产被送进城里的医院，在元宵节的下午剖腹产生下我。她听别人说灯节生的孩子是文曲星，恐怕也不明白究竟是什么意思，只知道这天生的孩子“吃字”，以后肚子里全是黑墨水。她认定了我以后能读点书，但凡是看见我顽皮，就让我去把书念念，把字写写。至于读什么书、写什么字她也不管——哪怕我把书拿颠倒了，她看着都是满意的。

每年元宵节她都给我煮一个鸡蛋，说这是很早就有的道理。我不知道她如何知道这么多规矩。不识字的她懂得读书的好处似乎也并不奇怪，这是很多母亲都知道的事情。只是在于她却又显得令人心酸，因为她糊涂起来会让人觉得什么都不明白。她让我读书，我觉得不能欺骗她，尽管我也说过很多自以为聪明的谎言。

## 八

在高中会考之前，我一直没有回家，父亲也隐瞒了她的病情。我走出考场的时候，老师含着泪告诉我她病重的消息。这位高老师是我们本村出去的先生，母亲最指望我能够像他一样做个拿工资的人。高老师早年也艰辛，和父亲相依为命艰难地考学改变了泥腿子的命运。这在母亲看来是我最好的榜样。我从学校赶回家里，见父亲一个人坐在屋里喝酒。我一脚进了房门见到了几乎僵死的母亲。因为精神的疾病，她无助的哭闹耗尽了心神，走路也经常跌倒，无奈的父亲将床边用一块木板挡起来。

孤独无助的父亲摔了酒杯，那个家除了酒味似乎没有其他人间的气息。母亲的呼吸都是荒诞的，她好像随时要离开我们。我感到一种巨大的恐惧。很多年来我没有意识到自己这般在意她的存在，也没想到如此害怕她的离开。我决定辍学守着她，哪怕今后的日子一无是处。那些日子我就坐在三荡河边巨大的空虚里等待着，不知道是等待奇迹还是等待她离去。善心的同学意外得知了我的窘境，托人带给我一笔温暖的募捐。那时候大家的日子其实都不宽裕。我带着这些钱去为她外出求医问药。我直到最后都没有明白她到底得了什么病，只知道她糊涂起来就不管眼下不堪的生活，总是不停地哭闹。

我第一次坐车去了扬州城，听说那边有最好的医生。没有什么见识的我像母亲一样笨拙和自卑，在城里摸索了半天才坐上去医院的公交车，到了地头才知道坐反了方向。那时我觉得全世界都在和我这个穷人作对，包括生命垂危的母亲。找到医院后，在别人疑惑的眼神里，我哀求着买到了据说有效的药物，带着满腹委屈和挫败回到村庄。可进口的药物并不能改变生活的逼迫，她依旧在混沌中折磨着自己和父亲。我又哀求姑父开着拖拉机，拥着她坐在干枯的稻草上，去高田上求助她一位做医生的侄子。

那年的冬天是我遇见的最冷的日子。

在冰凉的病房里，我彻夜站立守候着一点一滴落在输液器里的药水。从那天起父亲开始给我散烟，他不再把我当个孩子。医生和我们签了生死契约，父亲害怕自己的决定让我失去母亲，而我坚信辛勤一生的母亲不会忍心离我们而去。我在奇冷而陌生的街头去买为她熬药的药罐子，这里是母亲娘家所在的集镇，许多年前也是在这里她被一句貌似玩笑的话折磨了一生。

她到底舍不得我们，在春暖花开的时候醒了过来。她清醒的时候好像身上没有任何病痛，轻轻说了一句：乖乖，你回去念书吧。

## 九

这年夏天我如愿拿到师范学校的录取通知书。

我从学校奔回村庄时，她和父亲坐在门口的桌子上吃晚饭。他们总是很早就吃饭。夏天晚上还把桌子搬到门口来，好像是炫耀碗里的捉襟见肘。我把自己录取的消息告诉他们时，他们高兴得一时无语，良久父亲才说了一句：我们家总算出了一个穷酸教师。母亲连这样的话都说不出来，只是脸上突然泛出了喜悦的红色，就像那天暮色里的红霞。

父亲把屋子后面的十几棵杨树卖光凑齐学杂费给我去他们没有听说过的城市。他们一辈子生活在南角墩，对于在村头经过的汽车所能抵达的地方都很陌生。这一年的秋凉来得比较早，扁豆花在路边开出来了，偶尔几只野蜂在其间发出微弱的声响，就像母亲有气无力的语调。她与父亲一起把我送到村头，走到公路边像是他们这一生轨迹的极限。等车来的时候，她从衣服口袋里摸出五块钱塞在我的手上，让我饿的时候就买点东西吃。

这张带着破旧褶皱的票子上有她的体温，在她的口袋里藏了很久。那是父亲给她的——他怕母亲糊涂出走的时候身无分文没有办法回家，或许能遇到好心人打一张车票给她。其实她这一辈子也没有走错过一次路，因为她只记得去高田上的路，那条她回家的路。后来她的母亲和哥哥们都去了，阮湾那个村庄也发生了翻天覆地的变化，她也没有走错过一次路。我曾经多次和她走过这条路，那曾是最开心的路。路上我像她身后一只调皮的小狗，不时地发现一些稀奇古怪的东西塞进口袋里。跟着她我不会迷路，这是她心里唯一一条对的路。

也有一次，我们是从水路回来的，坐的机帆船。看到两岸的景色有些陌生，她就警觉起来问：这是到哪里去的路？她的一生虽然多是糊涂的，但从来又都清醒记得自己的路。我离开了南角墩，不再需要那条泥泞的路。后来我走过更多陌生的路，却把回家的路变成陌生的路，不知道这是不是一件可喜的事。

## 十

毕业回乡之后，母亲和我们过了几年安静的日子。

我调动去城里安家之后，离老家就更近一点。六十岁之后，她的精神似乎又好了一些，念叨着自己“花甲子整了”。村里人似乎对岁月并不十分贪心，过了六十岁就觉得圆满了，以后的日子像是赚来的外快。母亲的哥哥们都没有到六十岁就离开了他们的村庄。一生困苦的母亲满足自己的寿辰，她说自己是“老病鬼子常八十”。她央求我们给她还“受生经”和“血盆经”。这是过去村庄里的旧风俗，带着念完两份经文得到的文疏，人们就觉得往生不再有罪过。其实他们所受的苦难，比念经还愿更能抵消这人世的罪过，而他们从来并没有任何罪过可言。

她也曾和我们在城里生活过几日，只是总觉得城里的房子满眼陌生。我一到下班就急忙地奔回去，就像去见急切盼望家人回来的孩子。她和我说要回家，我知道这里不是她心里的家。南角墩以及那个已经陌生的阮湾村才是她心里家的样子。

我料定了她会离开我们，悲伤到没有一滴泪水。和她困守了二十七年的父亲，在她出殡前的晚上号啕大哭：有她在一天，家里总是不要锁门的。我有些固执地把她安葬在村子里一个她熟悉的地方，我觉得这里的路途和草木她是熟悉的，这样她才不会走错地方。

里下河广袤的土地上有很多这样的村庄，也有很多这样苦难的母亲，这些事实和黝黑的土地一样平凡。无论时光如何变化，唯有土地是真实可靠的，就像母亲给予我们的一切。不管是顺当还是困难，有这些平凡而艰难的一切，生活就充满着依靠。迟早有一天他们都会离去，留给我们心里的一切都是坚实的。我们无论出走多远，都应该往那个或许已经消失的村庄，为母恩深情地磕几个响头。

# 那些渐行渐远的身影

舒晋瑜

总有机会拜访很多大家。每次拜访回来都觉得自己满面红光，精神上都有莫大的收获。而且随着年龄的增长，更体会到他们身上那些稀缺的品质，于当下是何等珍贵。他们的学问是常人不可企及的，他们的通透、豁达、谦逊、包容……潜移默化给了我很多的影响。在和他们相处的短暂时光里，聆听他们所经历的风雨人生，试着体会他们的生命感悟，我觉得自己也渐渐变得充实了、踏实了、富足了。

用文字记录着先生们的足音，记录他们灵魂深处所向往的自由。

## 那条叫“吴小如”的鱼

一恍，吴小如先生已经离开我们四年了。

常常会想起他。尽管我们认识得很晚，却天然地有一种亲近。这亲近，大概缘于吴小如先生是我所供职的《中华读书报》副刊的作者，是我们的“衣食父母”，也缘于他性格秉直、淡泊名利的处事风格，那是我所向往的。

很早就拜读吴小如先生的文章，也知道他是有名的“学术警察”，第一次近距离接触吴小如先生，却是2012年春天受邀参加《学者吴小如》出版座谈会，其实也是为纪念先生九十岁诞辰。因他声明不组织生日宴会，不接受礼物，他的学生们就以这种朴素的形式祝贺他的生日。那天，吴小如先生因病未能到场，但这个寿星缺席的庆生会，却开得真挚感人。那天我和严家炎先生夫妇、邵燕祥先生夫妇同席，主角不在场，宾客们倒是谈兴甚浓。邵燕祥说，吴小如博闻强记而又健谈，他常以没听过吴小如讲课为憾，因为大家常说听吴小如的课是一种享受。邵燕祥常常想起他们六十多年的交往，每次聚会东扯西扯都是很快乐的事情，是非常美好的回忆。“我们之间没有客套，每每想到古训所说‘友直、友谅、友多闻’，而我有幸得之。”北大教授严家炎说：“我所知道的吴小如，从不说人家的短处，自己从不摆功劳，有的时候，我想了解很多事情请教他，才会说。”

吴小如先生原来有那么多故事。我被深深地感动，参加完活动第一件事就是打电话约吴小如先生，希望能拜访他。先生说，得过些日子，因为正打算要去给母亲扫墓，但是出行很不方便。我立刻说：我陪您去吧！

吴小如先生说，原先有个学生说要陪他一起去的，现在还没有定下来。如果需要的话，再请我帮忙。

没想到只隔了一天，吴小如先生就打来电话表示感谢，告诉我说，学生已经和他确认了，去墓地不需要我帮忙了。同时和我约了见面的时间。

2012 年 6 月 18 日，初访吴小如先生。

他的房间格局不大，家具也是二十世纪八十年代的立柜、平柜，床上整齐地放着书籍报刊。先生清瘦得很，但精神不错。我们先从《学者吴小如》说起。他兴致很高，风趣地说：学生们说预备给我过九十岁生日，出一本《学者吴小如》，我很高兴，别人都是死后出一本纪念文集，我活着时看看这些文章，看看大家对我评价怎么样，免得我死后看不见了，等于是追悼会的悼词我提前听见了。

同时他也很清醒，说：“实际上，收进去的文章都是捧我的，但每篇文章都有实际内容。作者里有些是我学生，有些是学生的学生，好些我都不认识。看了以后，我想：这评价准确吗？好话说得太多了。”

那天我们聊了很多，几乎贯穿了他的整个学术人生。吴先生送我《吴小如手录宋词》时，用有些不听使唤的右手为我亲笔签名，并说：“认识了，就是有缘。”这种缘分，不掺杂任何功利的世俗，唯有真诚朴素的情感。

第二次拜访吴小如先生，是他获得“子曰”诗人奖。此次获奖的诗词刊发于《诗刊》的“子曰”增刊，获奖不久，他的作品《莎斋诗剩》由作家出版社出版，吴先生托学生送我，同时捎来话，说报纸某处有个失误。我的心中涌出无限温暖和感动，立即心生再访吴先生的念头。

2014 年 5 月 7 日，采访结束时，我提出想看看他的某本旧书。保姆和我一起扶起先生，搀到书房。他的身体真轻，似乎用一只手的力量就可以轻轻托起，可是他移步如此艰难，像是用尽了全身力气。

他在书橱前站定，先找椅子坐下来，让我打开橱门，挨摞书找寻。第四摞搬出来，他伸手一指，说：“在这儿。”拿出来一看，果然是。他亲自翻到我需要的那一部分，指给我看——先生眼力尚好，不需要戴花镜。

我们谈了两个小时。担心先生受累，我向他告辞。他伸出手来，轻轻握别，目送我离开。

没想到这一面却成永别。

采访后不到一周，我将写成的文章快递给吴小如先生。12 日上午，接到中国人民大学国剧研究中心青年教师张一帆电话，告知吴先生 11 日晚 19 时 40 分辞世。张一帆说，他 10 日接到吴先生电话，得知先生已看完我的文章，其中有些错误需请一帆帮忙修改。张一帆赶到吴先生家里，才知道先生感觉不舒服，要去医院看看。先生把文章中需要修改之处和张一帆交代之后，取了病历、钱包等，由学生送往医院。那是张一帆见吴先生的最后一面。

“这篇文章，是吴先生去世前接受的最后一次采访，也是他最后亲自审定的文章。”张一帆说，遗憾的是，吴先生没来得及再看一遍，更没等到这篇文章见报。

12 日，我再次赶到北大中关园，通往 43 号楼短短的几十米路，走得沉重而缓慢；陆续遇见前来送别的亲朋好友，脸上写满悲伤。“不设灵堂，不举行遗体告别仪式。”吴煜说，这是父亲生前的交代。

在接待我的那间卧室，先生常坐的沙发上堆放着整齐叠放的衣物。几天前，他尚端坐在这里，见我进来，合上手里的书；他依旧明亮的眼神注视着我离开……我觉得，我们还有很多很多话没有说完。

与吴小如先生有近七十年交往的作家邵燕祥，曾以“两条小鱼”形容他和吴小如先生在非常年代里“相濡以沫”的友情：“那条叫吴小如的鱼，还曾经尽量以乐观的口吻，给创伤待复的另一条鱼以安慰和鼓励……”他曾经有感于吴小如先生坎坷的际遇：“是非只为曾遵命，得失终缘太认真。”叹惋吴小如先生：“可怜芸草书生气，谁惜秋风老病身？”而吴先生的作答却充满豪气：“又是秋风吹病骨，夕阳何惧近黄昏。”

如今，那条叫吴小如的鱼，游远了。

## “老虎洞”里的高莽

2022 年 4 月的一天，接到晓岚姐的电话，谈及要为她的父亲高莽出版纪念文集的事情。我恍惚了一下，高莽先生离开我们已经五年了。

和高莽初次见面还是 2005 年的北京图书订货会上。我在《白银时代》图书发布会遇见高莽，同时见到他优雅大方又天生让人愿意亲近的女儿宋晓岚。让我特别意外和感动的是，我拿着书找高老签名之后，他提出给我画一张画。

“现在？为我画？”我惊喜。活动刚刚结束，很多人围着看高莽的现场素描。我又激动又幸福，红着脸在众人围观下当了一回“模特”。

画在《白银时代》的扉页，值得我一辈子收藏。流传较广的多是高莽画的名人像，其实他画的更多的是像我一样的普通人。“我自认为在画画上自己的手不懒，脸皮比较厚，不怕别人耻笑。明知真正的画家在身旁，我也敢胡涂乱抹，有机会有条件就画。”在《画事拾趣》里，高莽寥寥数语勾勒出自己画画中遭遇的若干趣事、傻事和无奈之事。但无论经历什么，他都没有舍弃手中的笔。画画虽只是业余爱好，却成为一种精神需求，滋养着他的多味人生。

若没有贯通中西的学养，他的文章大概不会这样视野开阔又胸襟宽广；若没有对中俄文化的深入了解，他的笔下大概不会对文学以及人物有如此浸透精神实质的理解。高莽何其幸运！他与这个世界沟通，可以有多种渠道，“绘画需要文化的底蕴作为基础，而有时，我觉得文字不能穷尽的，我就用图画来说；有时我觉得图画不能穷尽的，我就用文字来讲”。

这幸运是建立在他孜孜不倦的求知求学上。他不愿意翻译历史上已有定论的大作家的作品，他老想跟着时代走，在很多作家没有得到定论的时候，以此测验自己的欣赏水平和观察能力，判断这个人有无前途，能否成为大作家，然后把他的作品介绍给中国读者。

那一年，大约是2009年，我去拜访高莽先生。他说自己和妻子属虎，家就是个“老虎洞”，书架和陈列柜上摆了很多各种形态的虎，他慷慨地打开书橱问我喜欢什么书，喜欢什么都可以送我。那次我们聊了很多，知道他从十七岁开始发表译文，是屠格涅夫的散文诗《曾是多么美多么鲜的一些玫瑰》。读到屠格涅夫散文诗的时候，他已经在学校读了十年，爱上了俄罗斯的文学。屠格涅夫那首散文诗写的是老年在法国生活时回忆过去的日子，文字特别美，很短，却有一种说不清楚的韵律，深深地打动了高莽。

可实际上他又并不爱翻译这职业，他是在日本帝国主义占领的东北长大的。面对当时的现实，特别是看到有些奴相十足的“翻译官”，高莽十分厌恶。当时高莽用过至少有七八个笔名，其中一个名字是“何焉”，他是在反问自己：“我不喜欢做翻译，为什么还在做？”

直到1949年初，高莽见到戈宝权，跟他说了自己不想做翻译的想法。戈宝权说，那要看是给谁做翻译，翻译的是什么作品。几句话解开了高莽心里的疙瘩，他立刻领悟了，从此决心要为人民做翻译，并起笔名“乌兰汗”，即做“红色的人”的意思。从那以后，高莽用了新的笔名“乌兰汗”，意思是想当一个红色的革命者。

最早开始翻译，他似乎天不怕地不怕，什么都敢译。后来逐渐对世界历史、对祖国命运、对未来都有了新的认识，他很清晰地认识到，自己虽然做的只是翻译，但考问的是自己的灵魂。甚至有一段时间，高莽不敢翻译了，总觉得吃不透原文的精神。他印象中有位老翻译家曾讲过，晚年产生了不太敢翻译的想法，高莽当时还以为这是老人家的谦虚。其实他也经历了同样的时期。

这样一位谦和而勤奋多思的翻译家，也曾遭遇过不留情面的批评。很多年前有一位编辑对高莽说："高莽你的文字三十年没有进步。"这句话对他打击很大。高莽反思自己：为什么三十年没有进步？语言在发展、在进步，但是自己的翻译方法太保守。他接受了一些教训，意识到自己对中国文化理解太差，认真阅读中国经典作品，有意识地提高自己的文字能力。

后来高莽发现，阅读对自己的帮助确实很大，俄文不太讲究用字，一首诗里可能重复多次文字，看了别人的文章，他明白了自己的翻译有哪些缺陷。从事翻译的难度绝不低于创作，尤其高莽的东北方言，曾经是他做翻译时的一大障碍。年轻的时候他没离开过日本殖民统治之下的伪满洲国，以为全国人民都是这么说话，翻译出来的作品也是东北味儿的，翻译《保尔· 柯察金》的剧本，其中有很多台词也是东北话，后来别人提醒他才逐渐改过来。

2011 年，高莽获得翻译文化终身成就奖。他很开心，表达过自己很想翻译难度大的诗作。尽管年过耄耋，他还像少年一样对挑战充满信心。

一个开朗热情、对万物充满好奇之心的翻译家，因偶遇结缘，才使我后来有机会走近他，了解他。忘不了他把一只布偶的小老虎顶在脑门上的样子，当时我就想，我一定要为高莽先生准备一只不一样的小老虎！但是，再也没有机会了。

## 屠岸说，来世最好变成一只小鸟

每年年末，人民文学出版社组织的老干部茶话会，屠岸先生都会参加，他是非常受人尊敬的前辈，往那里一坐，大家都觉得心里踏实、温暖。但是 2017 年末，屠岸先生的座位是空的了……12 月 17 日，屠岸因患淋巴癌去世。这位想当一只小鸟的诗人，永远地飞向了天堂。

九十二岁那年，屠岸为孩子们写了十首儿童诗，和比自己整整小十二岁的金波联袂出版了《诗流双汇集》。两人互相评点，妙趣横生，似忽然吹来了一阵奇特的风，点化了我们对真善美的感受。

这一点，熟悉屠岸的朋友都会认同。“屠岸是执着的‘美’的不懈追求者；细心且有耐性地去发现事物中的美、圣洁、欢愉。直到晚年，屠岸的诗也仍保持着年轻的心态，一种不做作的诚挚的童心。”这是洪子诚、刘登翰在合著的《中国当代新诗史》修订本中对屠岸的评价。

是的，已年过九旬的屠岸始终觉得自己的心态是年轻的。尤其每有新诗，甚至会手舞足蹈。

拜访屠岸，这位儒雅敦厚的长者谈及对翻译的理解，谈及在人民文学出版社的诸多经历，令人感佩。他那么平静温和，却似黄河涌入大海，历经大风大浪却显出波澜不惊的宽厚与深邃。

屠岸是当之无愧的诗人、作家、戏剧评论家、翻译家和学者型的编辑家。他还爱好话剧、电影、绘画和书法。他看重亲情，他们家从2003年元旦开始坚持多年定期举行“晨笛家庭诗会”，在会上家人们谈诗论诗，从中国新诗开始，以诗人为单元谈，从胡适、鲁迅、徐志摩等谈起，直到艾青、臧克家……有人主讲，有人议论，然后朗诵诗人的代表作，亲情浓浓，其乐融融。这样的家庭聚会，也是独一无二的。

屠岸给人的印象是儒雅温和的谦谦君子，但他绝不是唯唯诺诺的老好人，而是“智欲圆而行欲方”。在有关民族道义的大是大非面前，他总是敢于亮明自己的观点。而他为学为人方面的正直和严谨，他的气度和风骨，也让人充满敬意。

屠岸曾给我讲述他“批评”和“被批评”的故事。1946年屠岸看了郭沫若的《沫若译诗集》后，觉得郭有开拓性，但是有译得不准确的地方。二十世纪五十年代人民文学出版社再版《鲁拜集》（波斯诗人奥玛尔·哈耶姆原著，英国诗人菲茨杰拉德英译，郭沫若中译）没有修订，屠岸就专门写了一封信寄给人民文学出版社编辑部，提出批评意见。过了一阵子，屠岸在长安大戏院观剧时见到郭老，问他有没有收到信。郭老很和气，说收到了。但他不太赞同屠岸的意见，说“酡”的意思就是脸有点红。屠岸说：“‘酡’这个字我懂。那首诗的原意是夜莺唱‘来酒’，叫蔷薇花喝酒，夜莺自己把面颊变红，并不是如您译的夜莺唱歌把蔷薇的脸儿唱酡。”郭还是笑笑，没有肯定屠岸的批评。

不久，屠岸就收到人文社转来的信，信是郭老写在人文社编辑给郭老的信上的批语。郭老用毛笔写道：“我承认屠岸同志的英文程度比我高，但菲茨杰拉德是意译，既然他是意译，那我也就不改了。”屠岸在信中批评郭老译错多处，不止一个“酡”字。

年轻时的屠岸，今天看来未免太认真，甚至太较真儿。李岳南翻译的诗集《小夜曲》，许多地方译错了，有的则是剽窃了别人的译诗，屠岸就写了《译诗杂谈》投给《大公报》，在1948年发表了，一点儿不留情面地批评了李岳南，也批了其他名家，包括李唯建、胡适、朱湘、袁水拍、高寒（楚图南）等。屠岸此后又写了《译诗杂谈（二）》，也在《大公报》发表了，批了徐志摩、傅东华，还批了周作人。当时有人说，周作人虽然是汉奸，但有学问，可以让他翻译希腊的文学作品。屠岸说不对，不能“让狗来说人话”。他是汉奸，这点屠岸至今也不予原谅，但他也改变了原来的观点，认为未尝不可以让他做翻译工作。

他批评过别人，也接受别人的批评。1950年，屠岸译的《莎士比亚十四行诗集》出版，在译后记里提到所见到的一些零散的莎翁十四行诗的汉译，其中有方平译的两首，指出其中的不妥处。1951年，《翻译通报》的主编董秋斯给屠岸转来一篇方平写的文章，对屠岸的译本提出批评，指出翻译上的多处错误。屠岸看到批评文章有些紧张，经过内心的剧烈斗争，他说服了自己应该“闻过则喜”。方平虽然批评了自己，但书稿经过改错，质量提高了，这是好事。批评不会使人对立，处理得好，批评者和被批评者会成为好友。他和方平就是不打不成交的好友。

屠岸的成长受父母的影响很大，父亲对自己的影响是必须爱国。他对文学艺术的爱好，则主要是母亲的影响。母亲是常州人，出身于书香门第，早年当过教师。屠岸还上小学三四年级时，母亲就教他读《古文观止》和《古文辞类纂》。母亲规定他读三十遍，屠岸就不能只读二十九遍。直到现在，他仍然能将王勃的《滕王阁序》以及杜甫的《秋兴八首》，李白、白居易、陶渊明等人的诗背得滚瓜烂熟。九十年代，屠岸翻译的《济慈诗选》获得第二届鲁迅文学奖翻译奖。他不止一次说过对美国十九世纪浪漫派诗人济慈的诗歌情有独钟的原因。第一，济慈二十二岁得肺结核，屠岸也是二十二岁得肺结核。在新中国成立前，没有特效药，肺结核是不治之症，屠岸最尊敬的小学老师余宗英，最要好的大学同学张志镳和一位邻居都是死于肺结核。他当时得病之后就感觉和济慈的处境非常相似，想到自己可能遭受到和济慈同样早夭的命运，因此，在感情上就时常被济慈打动，并被他吸引。第二，济慈和屠岸有相似的美学观点，济慈在《希腊古瓮颂》里讲道："'美即是真，真即是美'——这就是/你们在世上所知道、该知道的一切。"屠岸非常认同这个观点，济慈这两行诗成为屠岸的箴言，内容非常深刻，和屠岸的想法吻合。随着时间的推移，屠岸后来对济慈诗歌的爱好甚至超过了莎士比亚。关于翻译，屠岸有一个观点：真正要译好一首诗，需要通过译者与作者心灵的沟通、灵魂的拥抱，两者合一。

诗歌给屠岸带来精神上的寄托。他最喜欢济慈的三首诗《秋颂》《希腊古瓮颂》和《夜莺颂》，临终前仍然能够流畅地背诵这三首颂诗。晚上上床睡觉之前，屠岸常常在心里默念这些诗，就能慢慢地进入梦乡。

女儿问屠岸来世希望做什么，他说："还是做诗人。缪斯是我的上帝。我不会当小说家。爱画画，想当画家，但也不一定当得成画家；如果是当动物，最好变成一只小鸟。"

## 即便像蚂蚁爬，也要写下去

"我最想做的事情是周游世界。可是如今我只能卧游！"九十四岁的宗璞说话间朗声大笑，看不出丝毫倦意。她想到唐河父亲的纪念馆去看看。2011年就建造的冯友兰纪念馆，参观的人很多，可她一直没有去过；世界上许多地方她都想去，桂林、希腊……她笑着说，自己只能梦游世界。

实际上，她两年前有过一次中风，今年春天也因病刚刚出院不久。为了防止身体再出问题，中风恢复些时，她做的第一件事就是先把未竟的小说结尾写好。

我喜欢宗璞，她为哈代诗歌中的某句如何翻译得更为准确反复修改，她的坚持、严谨令我敬佩。近年来几次拜访，越发被她身上那种大家闺秀的开朗迷人的气质深深地吸引。我喜欢她大气磅礴、同时充满诗意和侠气的小作，也喜欢她细腻生动、展现孩子纯洁天真的内心世界的童话。她说，自己很喜欢写童话，写的时候觉得自由，不为现实生活拘泥，全凭想象。

“我这一生，一个求真一个求美。我一直在想，在民国时候常常提的真善美，现在好像不大提了。”宗璞说。她希望历史能够真实，不要瞎编乱造；希望艺术创作能够真的像个艺术品，不是很粗糙的一堆。

聊可告慰的是，她写了自己想要写的长篇小说。“看我和它谁先到终点吧。生命剩下的已经不多了。”语气既风趣洒脱，又有些许悲凉。

少年时，宗璞读到苏东坡一首《行香子·述怀》，最后一句是“几时归去，作个闲人，对一张琴，一壶酒，一溪云”，她觉得这正是自己理想的生活。可是现实生活的纷扰，让她永远也过不上那样的日子。现在的宗璞，自我评为“一只蚂蚁”，她的写作则像蚂蚁在爬，写一天病两天。可是如果不写完很不甘心。于是每天卧床之余，她仍会坚持一个小时坐在电脑前，继续写作。作为多卷本长篇小说《野葫芦引》的压卷之作《北归记》出版时，宗璞已九十高龄。从五十多岁开始“忧心南渡”，至九十岁“慨然北归”，有谁能像她那样，用后半生三十多年时间，从容不迫、气定神闲地完成这部大书？历时三十余寒暑，苦累经年终成百万字长卷，可谓一个文学奇迹。

写完《北归记》，宗璞先生在后记中平静地向大家作了告别。她写道：一是告别我经过和我写的时代。父母把孩子养大，好像重新活了一次，写一部书也是重新活了一次……二是告别书中的人物，他们都是我熟悉的人，但又是完全崭新的人，是我“再抟”“再炼”“再调和”创作出来的人。我把自己的生命给了他们，我不知道我的贞元之气能不能让他们活起来、活多久，可是我尽力了……需要奋斗的事还很多，要走的路还很长，而我，要告别了。

“痴心肠要在葫芦里装宇宙，只且将一支秃笔长相守。”宗璞自状“人道是锦心绣口，怎知我从来病骨难承受”。从二十世纪九十年代以来，她的作品几乎篇篇是同疾病斗争所得。从写《东藏记》开始，宗璞的视网膜脱落，头晕频频发作，半边身子麻痹，只能在助手的帮助下口述成文，七年才写完。《南渡记》写完，父亲去世了;《东藏记》写完，宗璞的先生去世了。经历越来越多，宗璞对人生的态度也有一些变化。现在她设计的《北归记》的结尾，和最初想的便略有不同。“在经历了‘文革’以后，对世界的总的看法已经定了。不过，经历了更多死别，又经历了一些大事件，对人生的看法更沉重了一些，对小说结局的设计也更现实，更富于悲剧色彩。”宗璞写得很苦，实在很不潇洒。但即使写得泪流满面，内心总有一种创造的快乐。小说里的人物都慢慢长大，孟灵己出场的时候十岁，回去的时候十九岁了，而且经历了西征的战争、李家大女儿的死、凌雪妍的死，尤其是玮玮的死，这都是影响她成长的过程。有人说宗璞每本书要死一个人，她说，生活就是这样，一面向前走一面就要消失，旧的消失然后又有新的。

# 早行者

祝　勇

## 一、莫道君行早

《征人早发图》是一件册页（北京故宫博物院藏），截取了宋人生活中一个常见画面——在一家客店里，女店主正在灶前忙碌早饭，她的孩子在她身边玩耍，仆人也站在栅门外，准备好了挑担，准备出发了，只有主人趴在桌上打盹，像要抓住救命稻草一样，紧紧抓住这最后一刻的睡眠。所谓的“征人”，即远行的人，想必就是指他吧。只是在画页上，他一睡就是将近千年，一直到今天，还不曾走出那风中的院门。

对于早行，我一直心怀恐惧。有一次，中国室内装饰协会陈设艺术专业委员会邀请我去大理演讲，我瞬间就答应了，心心念念着我的大理之行，直到订票时才发现，从北京飞往大理的直航班机只有一班，是早上六点多，我家远离机场，要早上三四点就出发，大理之行立刻变得无比艰巨，因为我是夜间工作者，喜欢“夜坐”，对我来说，早行是一件痛苦无比的事情。无奈之下，只好放弃了这次行程。

其实这世界热爱睡眠者并非我一人，中国历代绘画中不乏以嗜睡为主题者——五代末宋初画家石恪《二祖调心图》（日本东京国立博物馆藏）上，一位罗汉依虎而眠，另一位坐着就睡着了，一副贪睡的样子；南宋佚名《松荫闲憩图》（北京故宫博物院藏），一位老翁正依松而眠；元代佚名《竹榻憩睡图》（美国大都会博物馆藏），画中老者在榻上安睡，那么香甜，让我想起苏东坡的两句诗："畏蛇不下榻，睡足吾无求。"明代唐寅《梦仙草堂图》（美国弗利尔美术馆藏），一位书生正在草堂内伏案酣睡，一看就不好好学习，画上有唐寅自跋："闲来隐几枕书眠，梦入壶中别有天。仿佛希夷亲面目，大还真诀得亲传。"睡，于是成了一种文化现象，成为闲雅之士的一种生活追求，成为心灵放松、回归自我的象征。现世之上，又有多少人能睡得安稳、香甜。

但我也曾喜欢早行，尤其在少年读书时光，不早起是不行的。那时最常说的一句格言是："一年之计在于春，一日之计在于晨。"晨光熹微时刻，天地刚刚醒来，散发出一种清润、苍茫的气息；万物形状，也如米友仁《潇湘云烟图》卷，亦藏亦露，半藏半露，只藏不露，由藏而露。天地如处子，微雨众卉新，大自然的清洁、亲切，只有在那样的晨光里才能显现。在那样的时刻，天地间的事物，不是同步醒来的，像军营里听到起床号一样，而是一样一样地醒来的，先是风醒，再是鸟醒，然后是树醒，山里的各种植物，也依序醒来。在晨光里存在着一种秩序，万物在这个秩序里依次醒来，舒展，恢复原形，这样的变幻过程，唯有早行者能够体会。

那时的我，早行已是家常便饭，甚至比早饭还不可或缺。

早行，是生活的一部分，是一种生活方式，甚至是一种美德。

毛泽东词曰：

> 东方欲晓，
> 莫道君行早。
> 踏遍青山人未老，
> 风景这边独好。

毛泽东的词，我喜欢这首《清平乐·会昌》，另一首是《忆秦娥·娄山关》，刚好一首是写早上，一首是写黄昏（苍山如海，残阳如血），都有苍茫浩大的意境，也有鲜明独特的个人体验。

踏遍青山人未老，这是年轻时的豪情了。此时的我，青山尚未踏遍，人已然苍老。

## 二、顶着房屋走

《征人早发图》页，让我不禁想起晚唐“江东三罗”之一的罗邺的一首诗，名字就叫《早发》：

一点灯残鲁酒醒，已携孤剑事离程。
愁看飞雪闻鸡唱，独向长空背雁行。
白草近关微有路，浊河连底冻无声。
此中来往本迢递，况是驱羸客塞城。

罗邺才智杰出，笔端超绝，气概非凡，以七言诗见长，却一生不得志，参加科考十余次，屡试不第，后被朝廷补阙，做过一些小官。光启末年至大顺间(888—891)，罗邺以垂老之身，踉跄北行，任职于单于大都护府（单于大都护府，又称单于牙帐，它的前身是云中都护府，是唐代中央政府设在版图内最北的军政机构之一，位于今内蒙古自治区呼和浩特市和林格尔县）。这首《早发》诗，就是写他借着昨夜未灭的一点残灯，带上孤剑，在黎明时分启程，向寥廓、寒冷的大漠北行的景况。那时节，他听得见雄鸡在瑞雪中鸣叫，看得见大雁在长空中向南飞行。白草漫野，紫河冰封，他艰难地辨识着眼前的道路，一步一步地走完前往边塞之城的迢迢旅程。

谁人不晓被窝好？唯有早行不可少。古代交通不方便，驿站客店一律按行程而设，晓行夜宿，必须得掌握好时间，否则就可能像《水浒传》里的王进，带老母夤夜出京，望延安府而去，因“贪行了路程，错过了宿店”，而只能到九纹龙史进庄上借宿了。

在北宋，由于范仲淹、王安石大力推动经济改革，大力推广农田水利建设，改进农具，引进优良品种，在南方推广茶和棉花等经济作物，提高了农村的生产率（特别是水稻），使农村对劳动力的需求减少，“不少农民失去土地，部分被迫流入城市的工、商、服务行业，促进了新的城市小商人和工薪阶层的形成和扩张”（薛凤旋:《清明上河图：北宋繁华记忆》），也使农民对农田的依附性减低，大量农业人口有可能从土地上解脱出来，进入城镇，成为城市商业、制造业、娱乐服务业的从业人员，从而完成了非农业化的转身。商品经济的发展，阶层固化被打破，使得宋人出行的频率远远高于唐代，出现了人力资源的双向流动：“官员的出差、退隐、出仕，以及农民转向商业及仕途等流徙。”（薛凤旋:《清明上河图：北宋繁华记忆》）从《东京梦华录》看，当时的流动人口，“添数十万众不加多，减之不觉少”;《清明上河图》里，街衢里，虹桥上，有商人、小贩、船夫、挑夫、搬运工、官员、僧侣、文人，身份各异，人流如织，可见当时的人口流动情况。所以《水浒传》里，九纹龙史进的父亲史太公才说：“如今世上人，那个顶着房屋走哩。”

《水浒传》里，有多少人都是顶着房屋在走——王进从汴京去延安府，在延安府结识史进；史进逃至渭州，结识鲁提辖；鲁提辖拳打镇关西之后跑到雁门县，去五台山出家避祸，又大闹五台山，被智真长老发到汴京大相国寺；在汴京，鲁智深（从前的鲁提辖）结识了林冲，林冲被刺配沧州道，在沧州火烧草料场，才雪夜上梁山，《水浒传》的展开，好似一场接龙游戏，既是人物命运的接龙，也是地理的接龙、道路的接龙，《水浒传》在文字里，编织了一个以汴京为中心的四通八达的交通网络，把它的叙事线索，紧紧扣在这个物质的网络之上。因此，《水浒传》是一部历史之书，也是一部大地行旅之书，一部“公路电影”，几乎每个江湖侠客，都有一长段行旅故事，《水浒传》的许多经典段落，如鲁智深“大闹桃花村”“火烧瓦罐寺”“大闹野猪林”，都是在行旅途中“闹”出来的。

穿过《清明上河图》里的人流，我似乎发现了鲁智深的“身影”——在城门外不远处的一座寺院门口，可见一位侧身背对我们的僧人。假若他转过身来，我们会看到鲁智深那张熟悉的面孔吗？其实，《清明上河图》里，有多位僧人出现——有站在路边听“说话人”说书的僧人，有在大道交会处与儒生聊天的僧人，甚至还有从西域远道而来的行脚僧。究竟哪一位，有可能是东京大相国寺的和尚鲁智深呢？

和道路“配套”，有许多客店，罗列在道路周边。这些客店，有“国营”，也有“民营”，在全国主要交通干道上，按照里程分布。一些富有之家，留出一些客房给那些错过了住店的过客，也是常有的事。苏东坡一生行程万里，没有这些客店，不可能完成如此长旅。当然有些地方人烟稀少，也就谈不上客店了。比如杨志押送生辰纲，从河北大名府前往汴京，“五七日后，人家渐少，行客又稀，一站站都是山路”，因此才成就了“智取生辰纲”的经典情节。

《水浒传》里，描写过这样的客店，写得极美：“前临官道，后傍大溪。数百株垂柳当门，一两树梅花傍屋。荆榛篱落，周回绕定茅茨；芦苇帘栊，前后遮藏土炕。右壁厢一行书写：门关暮接五湖宾；左势下七字句道：庭户朝迎三岛客。虽居野店荒村外，亦有高车驷马来。”

## 三、宋代绘画第一神品

古人旅行的身影，留在那个时代的绘画里，至今可见。五代关仝的《关山行旅图》（台北故宫博物院藏），画的就是秋日荒山中的行旅情景。画面也是采取“三段式”构图，上方是巍峨险峻的山峰，气势撼人。画面中部，烟云深处流出溪水，从左上至右下贯穿整个画面，形成一种对角线构图。溪岸边是一条从山上蜿蜒而下的山路，有人有马，正在山路上行走。一座小桥横跨溪上，桥上也正有行人经过，他们就是那个时代的旅行者形象了。画面的下方，山中的小溪蔓延成河，河边有鸡犬人家，有茅舍商铺，等待远方人来投宿。（青木主编：《世界名画中国名画》；刘国生：《中国绘画收藏与鉴赏全书》）

那条溪流，在画面上下流动，成为一条有动感的线索，贯通了由空山通往人间的路径。所以关仝的《关山行旅图》，也可以叫《溪山行旅图》。

到北宋，范宽真的画过一轴《溪山行旅图》（台北故宫博物院藏）。范宽与董源、李成并称“北宋三大家”，元人汤垕说：“宋朝董源、李成、范宽三大家鼎立，前无古人，后无来者，山水格法始备。”存世作品有《溪山行旅图》《雪山萧寺图》《雪景寒林图》等。《溪山行旅图》民国时期曾收藏于国立（北平）故宫博物院，抗战期间随故宫文物南迁，1949年被运去台湾，是系于范宽名下的山水画中最受肯定的真迹，是中国古代山水画的巅峰之作，被誉为“宋代绘画第一神品”，影响了古今众多画家。《溪山行旅图》延续了“三段式”的构图模式：画面上部是巍峨高耸的山峰，展示出北方大山崇高雄峻的气象；中部是巨大垂直的山体，两峰中一瀑如线，飞流百丈，为画面增加了几许灵动，其作用和《关山行旅图》中的对角线溪水构图相同；画面下方，巨岩纵横，林木挺拔，有一队商旅，在水边山路上，踽踽前行。

## 四、早行者的孤绝意志

五代宋元画家中，有许多画家都画过《关山行旅图》或者《溪山行旅图》。这样的“行旅图”，几乎成了他们永恒的题材。比如，五代董源（传）（美国利弗尔美术馆藏）、南宋马麟（传）（台北故宫博物院藏）等，都作过同题绘画。无论是《关山行旅图》还是《溪山行旅图》，山都是主体，人看上去是那么地微不足道，似乎画家对人并不重视，人只是大山的陪衬，实际上恰恰相反，画家正是借助山的力量，来凸显行旅者的意志。山是不可一世的，像《溪山行旅图》中，无论是山体还是密林，皆墨色凝重、浑厚，涌出一股强烈的雄壮逼人之气势，连白天明亮的光线似乎经它一压也变得黯淡了，给人以“如行夜山”的压迫感（袁志正：《中国画名作鉴赏》）。但在山的威逼面前，人并没有却步，一旦出发，他们就不会回头了。远途行旅的艰辛，荒山夜雨的可怖，都不会让他们动摇，“迷途知返”。所以，山是强大的，但更强大的是人，这样的表达法，叫“先抑后扬”。这种“先抑后扬”的表达法，五代两宋的画家应用得得心应手。

他们表面上是画山，实际上是画人，通过营造困境，把人丢在困境里，以此来反衬人自身的强大。

在关仝、范宽的画里，“关山”抑或“溪山”，都只是提供了背景，是故事发生的舞台，画的主题，则是“行旅”，而“行旅”的主体，其实就是人，尽管那些人，有时要用放大镜才能看见，但在画中，他们却是最重要的存在。

这两幅“行旅图”，只说到了“行旅”，看不出是不是“早行”。《水浒传》里经常说“饥餐渴饮，夜住晓行”，所以一个人离开客店的时分，必定是在早上，否则，他就无法在日暮之前准确地抵达下一个客店。像王进，在史家庄园里睡到天晓，史太公声唤：“客官失晓，好起了。”否则，恐又要再错过一店了。

这是那个年代的“旅行须知”，而作为一部小说，《水浒传》里的故事，偏偏不按常理出牌，这样才有矛盾冲突。所以，“贪行路程”的事情在这部小说里反反复复地发生。假若所有的行程都按照时间表去进行，那些“意外”的相遇就荡然无存了，《水浒传》的情节也就不可能“击鼓传花”式地接续下去。

《雪麓早行图》（上海博物馆藏）是一件立轴，纵 162.5 厘米，横 74.3 厘米，绢本淡设色，展现的是深山行旅的宏大场面。与开篇所讲的《征人早发图》页一样，在标题里旗帜鲜明地标注了时间“早”，就省得我们费劲巴拉地猜测他们的出行时间了。此图旧题为范宽所作，范宽的画风在这轴画里很强大地存在着，但据专家考证，它并非范宽的亲笔，而应为宋代范宽传派画家的作品（具体画者不详）。《雪麓早行图》的构图方式是典型的“三段式”——在画幅的上方，依然是巨大的山峰，静穆，宏伟，有“泰山压顶”之势；中部是“S”型的山腰，上面丛林茂密，山坳中有茅屋人家，右方还有磨坊，山中瀑布汇聚于此，经磨坊流入溪涧中；下方是道路蜿蜒，在这寒冷的冬日拂晓，一支骡队已经出发了。与《关山行旅图》《溪山行旅图》不同的是，《雪麓早行图》轴在山岩道路上绘出层层白雪，以增加“早行”的难度，更加剧了行旅者心头的困顿，当然，它也反过来凸显出早行者的孤绝意志。

## 五、超长的行旅距离

翻读古籍文献，最让我吃惊的，其实是陆地行旅者超长的行旅距离。在没有飞机、高铁的年代，我不知他们以何等的耐力，完成了这样的行走。像鲁提辖，在渭州三拳打死镇关西之后，匆忙逃亡，行过几处州府，“一到处撞了四五十日”，就是说，从渭州到雁门，徒步要走上一个半月，更不用说鲁智深后来从五台山去汴京城，道路更加遥远。这样的距离，足够把鲁智深的故事展开，分散在不同的章回里。

《水浒传》里的英雄好汉，行迹大都没有超出黄江中下游和长江中下游，也就是华夏文明传统核心区的范围。他们的行旅，比不过唐代李白，比不过宋代苏东坡，比不过天下的文人士子。李白说：“不敢高声语，恐惊天上人。”在我眼中，李白就是“天上人”，他是从天山来的，所以简称“天上人”。我曾经花了两年时间，奔走在天山南北，拍摄了一部纪录片叫《天山脚下》，我知道了什么叫天山，什么叫西域，什么叫丝绸之路。丝绸之路不是一条路，而是一片路，因为在沙漠戈壁中，根本就没有路，或者说，哪里都是路。但天山是唯一的，只要以天山为坐标，一个行旅者就可以知道自己的位置，辨别方向。李白从他的出生地碎叶，吉尔吉斯斯坦北部城市托克马克城，沿着天山向东走，一路走到长江流域的四川，又从那里出发，过蜀道，进长安，一生的行程，东到大海，北到幽州，南到永州，一步步走成我们熟悉的那个李白。李白就是《溪山行旅图》《四景山水图》那骑驴的行旅者，他诗里巨大的空间感，不是写出来的，而是走出来的。

在西方的历史叙事中，航海者、探险者往往享有特殊的位置，成为许多文学、美术、电影作品里的主角。西方文明以海洋为中心，华夏文明以大陆为中心，因此，陆地上的行旅者在我们的文明史里的地位，理当不逊于西方的航海家们。他们的脚步犹如细密的针脚，把巨大的疆土串联起来，整合起来，构建起来。有他们的行旅，溪山才是溪山，道路才成为道路。

我想，这漫长的行旅中，定然包含了无数次的早行。在出发、投宿的无限循环中，早行是一个不可或缺的环节。但李白只写旅途，写“何处是归程，长亭更短亭”，没写过是不是起过大早——哦，他还是写了，《早发白帝城》，不是明明白白地写着“早发”吗？这个“早发”，与《征人早发图》里的那个“早发”，与罗邺《早发》诗里的那个“早发”，其实都是一样的“早发”，是时间、地点不同，但性质相同的“早发”。

## 六、指向无限的可能

“朝辞白帝彩云间，千里江陵一日还。”李白是大话王，经常满嘴跑火车，不对，是满嘴跑快艇。从白帝城到湖北荆州的江陵，远达一千两百里，是否一天可达，我心中存疑，但“朝辞”是可以确信的，因为流放夜郎突然遇赦，他巴不得早点离开那鬼地方。李白在乾元二年（759）的那个早上经历的事情，比如他有没有恋床，有没有吃早点，都已经不重要了，重要的是那一次早行，因一首诗被永远记住了，一千两百多年后仍然被咏诵不止。《早发白帝城》成了李白流传最广的诗作之一，它让我们看见了那个早上的彩云，听到了那个早上的猿啼。我们从李白的表情里知道，早行，未必总是那样凄苦、困窘，你看这诗里李白，行船轻如无物，云飞鸟逝，一路顺流而下，那迅猛，那轻快，唯有杜甫“即从巴峡穿巫峡，便下襄阳向洛阳”可以比拟。

唐人一首诗、宋人一幅画，把我们的目光引向千百年前的某一次早行。我突然意识到，出发是一件重要的事情，甚至比抵达还要重要。因为出发是指向未来，指向传奇，指向无限的可能。出发即无限，早行，其实就是一次完美的出发。

# 主　角

陆春祥

## 一

1984年9月1日，毕浦中学。安静了两个月的校园一下子热闹起来了，今日新生报到。刚毕业的我，担任高一语文老师兼一班的班主任。学生虽绝大多数来自周边乡镇的农村家庭，但依然是他们的父母肩担手提。包向红来了，短发大眼，看打扮，应该不是农村孩子。包父宽额敦厚，双眼有神，嗯，女儿像父亲。包母文文静静，自我介绍的声音柔柔的，她说，他们都在县越剧团工作，她是演员，孩子父亲是编剧。编剧包朝赞，就这样和我有了联系，彼时，他编剧的越剧《春江月》已经在江南大地红满了天。

2021年6月的一天，因写作需要，我看了一部叫《绣花女传奇》的老电影。以下是我看完老电影后记下的主要文字：

富春江边，一头大汗的阿牛，俯身双手捧起清水大饮了几口，又抹抹额头，然后沮丧地坐在江边等船，他要过江，回到他那茅屋里去。突然，师妹柳明月也急急赶来，她满含羞容，将那双新鞋重新塞到阿牛哥手上，天降大幸福，阿牛一时有点晕眩。“春江明月照春秋，山歌一曲唱悠悠”，远山含翠，船工慢摇着小船，富春江的碧波轻轻荡漾，阿牛与柳明月紧紧地依偎在一起，他们终于走到了一起，这一场幸福生活迟来了整整十八年。

柳明月是富春江边的绣花女，十八年前的新婚前夕，家门口突然冒出了个啼哭不止的小男婴，且呼喊尖厉的追兵已至，她知道，一定是婴儿的父母遭难弃下的，她见着了，就有责任保护，毅然冒认“私生”，使男婴躲过一劫。与此同时，未婚夫阿牛也见义勇为，主动承担未婚师妹“生子”的责任，并一起为柳明月抚养男婴宝儿担苦分忧，其间的曲折与苦难，只有他们自知，但他们爱情的种子依然坚强地埋在心底，那双新鞋就是见证。忠良后代宝儿考取了状元，宝儿的父亲官复原职，他们父子相认，柳明月也终于有了与阿牛哥长相守的机会。

我用了倒叙，老电影是顺叙，老电影就改编自包朝赞的《春江月》。

演柳明月的女一号，单仰萍，凭《春江月》一举成名，1988 年调上海越剧院红楼团，2000 年因《舞台姐妹》获第十七届梅花奖。演阿牛的男一号，陈雪萍，也开始在舞台上展露出英俊明朗的小生风姿。

包朝赞的剧越编越多，名气也越来越大，从《春江月》，到《桐江雨》《月亮湖》，以及《德清嫂》，几十年中，他写下了四十余部大戏，他的戏还成就了如单仰萍、陈雪萍、谢群英、陈晓红等数位梅花奖演员。四十多年过去了，《春江月》依旧是如今杭州越剧院二团（原桐庐越剧团）的保留剧目。

我和已经八十五岁的包朝赞老人聊剧本聊演员，他对那些演员如数家珍，他这样评价陈雪萍：她是范派弟子中比较优秀的，如她的老师一样，嗓音宽敞亮丽，张力大，但又保持了本色、纯真，是位刻苦努力的好演员！

## 二

2021 年 5 月 28 日夜，我和陈雪萍长聊两个小时。次日，又找老领导朱芝云聊了一个多小时，她原是杭州知青，曾在九岭公社下乡数年，陈雪萍多次说到了朱芝云。

我想还原陈雪萍的少年时代，寻找她心中的那粒越剧种子。

九岭公社，浪石大队，瑶母村，杭州城里的女学生朱芝云，1964 年下放在此。至 1972 年，八年的农村生活，已经将她锤炼得十分坚强而有思想。本来公社已经推荐她去杭州城里当初中教师，但因为结婚，又有了孩子，朱芝云还是选择了在村里当民办教师。我有些疑惑地看着这位老领导：为什么不去城里？她淡淡地笑着说：习惯了，浪石青山绿水，挺好的。我很熟悉眼前这位近八十岁老人的淡然，我到桐庐县委宣传部工作的第三年，她从文联主席的任上调来做副部长，分管宣传口，业余还创作，已经是省作协会员。她说话慢条斯理，声音磁磁的，我每次拿着《桐庐报》的清样请她签，她常常一手夹着烟，一手拿着笔，快速地浏览一下标题，偶有改动，然后签上她的大名。而以现在的眼光看浪石与瑶母，仅字面就让人遐想不已，两岸青山层叠，宽阔的分水江奔涌向前，水过浅滩，遇石相激，朵朵浪花从水面跳跃而出，在阳光下白花花一片，瑶母，千真万确叫瑶母，我没有考证过地名的来历，是不是附近有瑶琳仙境？总之，这个村就以瑶池西王母的名字命名，几百年了。

陈雪萍的家就在瑶母，朱芝云是她的老师。

全身都是文艺细胞的朱芝云，当了瑶母村小学的老师后就有了用武之地。她在全校选了二十四位各年级的学生，组成文宣队，自编自导并作曲，舞蹈，小品，越剧，故事，样样来，而仅十余岁的陈雪萍常是节目中出色的主角。

1972 年前后，中国农村的文化生活，仅靠几部样板戏及有限的电影撑着，文化生活哪里都贫乏，瑶母小学突然冒出个文宣队，一下子吸引了村民的眼球，朱芝云说，琴声锣鼓一响，就会有村民围观，他们连排练都看。文宣队的名气越来越大，像正规的演出团一样，外村也来请，别的公社也来请，最后，县里开大会，也要求文宣队去表演。

我问老领导：陈雪萍那时就会唱越剧吗？

朱芝云端起茶杯，轻轻呷了一口，我递她烟，她摆摆手，早戒了，早戒了：不会唱越剧，但应该深受越剧的影响。她举例，她们知青下放，演样板戏，没有京剧曲谱，就自编用越剧演，瑶母人特别喜欢演戏，村里原来就有戏班子，只是特殊年代，传统戏都被压着。而孩子们有模有样的演出，就如惊蛰过后突然响起的闷雷，虽不是十分响亮，却也辗过大地滚滚而来。说到此，朱芝云有些兴奋：个别请文宣队去演出的村，还像过年一样杀猪招待我们。想象如胶片般一一拉过，贫瘠而枯燥的生活，其间的喜怒哀乐，都被学生们的欢乐演出遮盖。

小学教师朱芝云在瑶母小学教了四五年书，后来，九岭中学缺英语教师，就调她去教英语。而此时的陈雪萍，正在九岭中学读书，朱又成了她的班主任。

这一下就到了 1978 年，桐庐越剧团开始招演员。中学教师朱芝云，嗅觉敏锐，她觉得对正在读高中的陈雪萍来说，这是一个机会。陈雪萍的底子好，虽不知道要考什么，但不管唱什么戏，嗓子总是第一位的，临时抱佛脚，朱芝云就自己填词，教陈雪萍唱《九里洲十里滩》的曲子，幸运的是，十六岁的陈雪萍考上了。

小时候看戏，陈雪萍说，她的戏剧种子，就是在那时种下的。大人们的演出，真让她开了眼界，印象最深的是《沙家浜》，朱老师演阿庆嫂，她叔叔演刁德一，她大伯演胡司令，而她父亲演的是地下党陈书记。因为没有京剧曲谱，他们竟然用越剧来演唱，配乐自己谱，戏台自己搭，从浪石演到另外的村，如胜畈、直里等。这个戏对她的影响实在太大了，虽是真真切切的草台戏班，但她知道了戏里的角色，分角色怎么演，还有角色演唱如何与操琴师配合等戏剧常识。京剧剧本用越剧来演，现在看来，未必不是创新，虽然草根，却也与百姓生活贴血贴肉。

对于报考越剧团，陈雪萍也笑着说：她是懵里懵懂，做梦一样考上的，以为也是唱唱歌那么简单，一千多半大女孩子，在县人民大会堂选拔，最后的结果是，当年桐庐越剧团只招四个学员，三个都是镇上的居民户口，只有她一人来自乡下，不过，待遇是诱人的，事业单位，每月二十二元五角的工资。

## 三

生旦净末丑，陈雪萍是生。你是一开始就确定演小生的吗?

陈雪萍一听就笑了：我们的工资里头，有九元是伙食费，和农村家里相比，剧团显然吃得太好，人一下子发胖了不少，团长说，你演小生吧。就这样，我就定格在了小生的角色上。

甫一进团，团里立即给每个学员配了带教老师，每人一位，陈雪萍的老师是许晓云，就是编剧包朝赞的夫人，包向红的母亲。许老师自己虽演花旦，指导陈雪萍却是细致认真。起初的三年，唱念做打，都是基本功。我请她举例如何学习。陈雪萍答：比如我学的第一首《我家有个小九妹》，是《梁山伯与祝英台》里面的名曲了，陈祖明老师是主胡，唱腔、音准、节奏，都要一一磨合，甚至识谱，都要一一细学。

想想也是，我虽很少看完整本剧，但对那些操琴师往往关注，我有时甚至只注意他们操琴的姿势，将京胡或者二胡架在左腿上，斜拉着琴弓，全神贯注，上下快速抽动，全身随着节奏而抖动，那姿势，要多帅有多帅。不过，琴师不是随意抽动的，他的每一个音符与节奏，都得与台上角色的每一句唱词相配合，不能有半拍的快慢，否则就是演出事故，要扣奖金的，无论演员或操琴师，都要相互磨合，老琴师碰上新学员，那么，新学员学戏的难度就可想而知了。台上一分钟，台下十年功，本意应该来自学戏，是任何成功角色的辛勤注脚。

一字一句地学，一招一式地练，三年的学员生涯很快结束，陈雪萍又去了浙江艺术学校进修了八个月，回团后，包朝赞的新剧《春江月》开始排演，陈雪萍变身为那个憨厚的阿牛哥。

《春江月》红遍江浙沪，乡下剧团，首次进入大上海，一演就是一个多月。能经得住上海观众眼光的长久注视，桐越的水准自然不一般，自二十世纪四十年代始，“越剧十姐妹”都在此结集，袁雪芬、尹桂芳、范瑞娟、傅全香、徐玉兰，等等，这样的标高，绝对全国顶级水平。让陈雪萍等一批年轻演员激动的是，徐玉兰、王文娟、范瑞娟等还专场看了她们的演出，并纷纷赞赏，领导一见如此情景，立即开展主要演员拜师活动，单仰萍拜师王文娟，陈雪萍拜师范瑞娟。

说起拜师，陈雪萍依然激动：范瑞娟老师要求，不搞烦琐的仪式，我向她老人家鞠个躬，叫她声老师就可以了，我真这样做了。显然，范老师也是有准备的，我鞠完躬后，她送我一个笔记本，上面写着常香玉的名言：戏比天大。我当时脑子就一个激灵，似乎一下子找到了异常明确的方向，前面光亮一片，尽管我知道前途充满荆棘与曲折，但我仍要一辈子为越剧事业努力。

我老师是著名的小生。我从陈雪萍的语气中，再次体验到那种自豪：我老师自小学戏，功底深厚，极其朴素，没有一点架子。只恨我学得太少，她演的梁山伯，情感丰富，我一直揣摩，受益真是太多了。

过了一山又一山，一身米黄新衣的梁山伯迈着快步轻盈上场。书童跟在后边挑着担，梁山伯的快乐，似乎要使脚步都腾跃起来，此刻，他恨不得立即长双翅膀，像高空中的鸟儿，一下落到祝家庄祝英台的窗台上。一边走，一边喜，因为同窗结连理；一边走，一边呆，因为不辨男女长三载；一边走，一边忖，想起了十八里相送到长亭。

我将陈雪萍的折子戏《十八里相送》(回十八)仔仔细细看了好几遍。我有了新发现，这就好比写一篇文章，起承转合十分讲究，好文章更讲究，而这越剧也是如此，除一招一式的准确外，个中韵味更重要，而韵味的显现，差不多都集中在梁山伯的那一双眼睛上。皓齿明目，神情顾盼飞扬，是因为梁山伯心生极大愉悦。目光呆滞，眼球浑浊如死鱼，是因为梁山伯知道了事情的真相，且永远无法挽回，悲愤一时从胸腔中发出，泣不成声。

陈雪萍如她的老师范瑞娟一样，将梁山伯前后的喜忧悲苦神态拿捏得寸准。梁山伯的欢乐，是所有沉浸在爱情幻想中年轻人的欢乐，梁山伯的苦悲，却是幻想破灭后需要他独自饮下的苦酒。舞台上这数十分钟惊天动地的悲欢离合，谁说只是梁山伯短暂的人生故事呢？

我盯着问陈雪萍：即便平时看，你的双眼也确实有神，你平时是如何练眼的？壬寅春节，我将陈彦的长篇小说《主角》仔细读过，那里面讲女主角忆秦娥为了练眼，向老艺人学习，长久注视只是一般方法，她甚至用烟火熏眼，直练得双目眼泪横流，但一双有神光的眼就这样练成了。陈雪萍笑笑：这个，越剧虽是大剧种，但只有一百多年的历史，没有专门这么练眼的，范瑞娟老师曾经手把手教我“回十八”，包括眼神交流，我演，她看，比如“楼台会”，我以前的欠缺点，她一一指出，并告诫我，戏要有程式，但好的演员，绝不会拘泥于程式的简单复制，特别是人物表情，每场戏都应有细微的区别，好演员没有完全相同的两场戏。老师的意思我懂，就是时时刻刻都要揣摩角色。眼神如同你们文章的立意，立意高，文章显然就好，人物的眼演好了，整个人物就活了，戏也就成功了。

戏剧形象梁山伯，自然是陈雪萍的保留节目，越演越有神。2005年，在日本举行的中国越剧和日本宝冢歌剧研讨活动，其中有展演《梁山伯与祝英台》选段，陈雪萍出神入化的表演，同样深深俘获日本戏剧专家的眼神。

二十世纪八十年代初，越剧在浙江大地如春风吹又生般重新苏醒，这也不稀奇，她的根原本就长在浙江。人们对文化生活的渴求，如被压抑了许久欲大口喘气活命的人一般，比如，解封后的越剧电影《红楼梦》，就成了人们饭后的主要谈资，我身边就有人连看十三遍，我也挤进电影院去看了一场，由此知道了徐玉兰，知道了王文娟，这些越剧大腕，都是浙江人，徐玉兰还是我们近邻富阳新登人，她的故居，我去采风过。一遇春风，百草疯长，《春江月》一炮走红，紧接着，包朝赞又拿出了《桐江雨》，不久，《月亮湖》也随之诞生，彼时的桐庐越剧团，成了浙江省内的头牌明星团，到处巡演，除了上海，他们的足迹遍布江苏、安徽的许多县市。

剧团红了，主要演员一定是红花中的红心，自然会“招蜂引蝶”，1986年，拍完电影《桐花泪》（越剧《桐江雨》改编）后，最先成名的单仰萍被上海挖走了，人心有些思动。谈起这一段，陈雪萍特别提到了当时县里局里的一些领导，这些领导都重才，他们更加关心青年演员的培养，整个团氛围好，无杂念，大家拼命演戏。“春江梅红”，桐庐籍的越剧演员，先后开出了五朵梅花，单仰萍、陈雪萍、谢群英、陈晓红、王杭娟，除了演员本身的刻苦与灵性外，或许，桐庐越剧的环境与氛围也是重要原因之一吧。

《桐江雨》中，男一号二龙。

《月亮湖》中，男一号田大喜。

《浊浪惊魂》中，男一号王元庆。

除了越剧新戏，还有不少传统越剧大戏、折子戏，一个俊朗明亮的小生，在舞台上风流倜傥，越来越引人关注。唱腔，人物性格把握，喜笑怒哀，一举步，一抬头，一甩袖，一招一式，陈雪萍都给人别致而亮眼的感觉。

从三十岁到三十四岁，陈雪萍担任了越剧团的副团长，不仅自己演戏，还协助团长管理全团的业务，甚至还要拆台、装台、吊幕布（都是女人，“小生”自然要先上）。此时的陈雪萍，她的全部生活都已经完全融入了越剧。她笑着说，丈夫有时也会嘲笑她，大大咧咧，不像个女人。哈，好的角色，一定是与生活融为一体的。

## 四

1994年，陈雪萍告别工作生活了整整十七个年头的桐庐，站到了省城更广阔的舞台上，虽有些恋恋不舍，但杭州越剧院小百花演出团的平台显然更大，而此前的三年，著名编辑包朝赞就来到了这里，他似乎爆发出比以往更旺盛的创作力。包的剧中，她几乎都是重要角色。

虽然奖项不是能力的最重要证明，但至少是一种极好的诠释。

《桐江雨》与《月亮湖》，陈雪萍连续拿下两届浙江省戏剧节演员奖的二等奖。进杭越的前一年，《浊浪惊魂》中，她首次在浙江省戏剧节中拿下了青年演员的一等奖。进杭越的当年，她在折子戏《柳湘莲》中拿下了中国小百花越剧节银奖。

1997 年，包朝赞又捧出了一个扛鼎之作——《梨花情》。

看陈雪萍如何扮演男一号孟云天。

孟云天与钱友良，两个角色相比，显然，孟云天的难度要大许多，无论生活还是思想，都有较大的反差与转折。陈雪萍虽然没有孟云天这样的人生体验，不过，生活中，那样的男子，她见过不少。舞台上，沉浸在爱情中的幸福与快乐，遭遇困苦时的无奈与沮丧，抛弃爱情时的踌躇与悔恨，富贵生活中的志得与意满，欲重归于好时的怜悯与赎罪，陈雪萍时刻在孟云天的矛盾与焦虑中体验，人物心理把握必须准确到位。虽然，此时的她，已经是一个具有近二十年舞台经验的老演员了，但她依然不敢放松，每当有些小懈怠，范老师的题词就如重拳向她袭来，顿时清醒有活力。

显然，孟云天形象的塑造是成功的，陈雪萍毫无悬念地拿下了中国戏剧节的“优秀主角奖”，对陈雪萍来说，在全国舞台上崭露头角，是她日后层次更上的一种必须铺垫。

《春江月》《桐江雨》《月亮湖》，内容虽属古代，但毕竟不是耳熟能详的如《五女拜寿》《碧玉簪》之类的传统古装戏，加上包朝赞在戏剧情节、人物塑造、唱词等方面的不少创新，人们纷纷评论说，现在的越剧，戏路宽了不少。对戏路问题，我问陈雪萍，她说，她们这一代演员，正好是越剧复兴的实践者与见证者，比如茅威涛，虽然年纪差不多，但茅老师是她心中的偶像，她也有意无意地向茅老师学习，学习思考，学习创新。我请她举例，有没有演过跨度比较大的角色？她随即说了《心比天高》这个外国戏，在剧中，她饰男一号思孟。

易卜生这个名字，我太熟悉了，《玩偶之家》中的娜拉为什么出走，外国文学课上老师就讲了好几节课。易卜生虽是现代戏剧之父，但外国戏也可以用越剧来演吗？陈雪萍笑着说，完全可以，女主演周好俊还因此剧拿到了梅花奖！

陈雪萍说，思孟角色的难度，主要还在于外国人的貌、中外兼有的复杂书生性格，好在，平庸而负心的男子，他们都有相通的地方，优柔寡断，迟疑不决，首鼠两端，彷徨，懦弱，这些性格，都要用游移不定的眼神来表达。而一旦对角色有了新的理解，表演起来就会神采飞扬。陈雪萍的思孟与周好俊的海达，跨海涉洋，打破时空，别开生面，时时拽住观众的心。

无论从哪个角度说，在杭越历练十五年的陈雪萍，已经完全具备冲刺中国戏剧峰顶的实力。2008年，这个时机终于来了，她与千余年前的喜剧人物陈季常合为一体。

## 五

陈季常的名字，不少人陌生，但“河东狮吼”这个成语，却家喻户晓。

洪迈的笔记《容斋随笔》之《三笔》卷三有《陈季常》：

> 陈慥，字季常，公弼之子，居于黄州之岐亭，自称“龙丘先生”，又曰“方山子”。好宾客，喜畜声妓，然其妻柳氏绝凶妒，故东坡有诗云：“龙丘居士亦可怜，谈空说有夜不眠。忽闻河东狮子吼，拄杖落手心茫然。”河东狮子，指柳氏也。

这个成语的影响力极大，早在明朝，就被戏剧家汪廷纳改编成戏剧《狮吼记》，我估计当时演的应该是南戏，高则诚的《琵琶记》也在那时问世。陈雪萍演的《新狮吼记》，剧情没有大的改编，但人物性格表现却异常突出。2008年开初，陈雪萍就全力投入到这个戏的排练中。

这几乎就是一个大喜剧，不过，剧演的成功与否，完全取决于主要人物陈季常。年轻时，导演怎么教，就怎么演，但她知道，那有极大的局限性，而主动学习才是演好人物的关键，她逐渐养成了一个习惯，每次拿到新戏，除了团里给的资料外，都千方百计另找材料研读，积累，反省，再体验，再总结，不同的比照，仔细地揣摩，特别是把握人物形象的细腻处与微妙处，最后才能塑造出自己理想中的人物性格。

从艺三十年，除梁山伯外，陈雪萍已经扮演过不少著名古人，《钗头凤》

中的赵士程，《青藤书屋》中的徐渭，《孔雀东南飞》中的焦仲卿，《荆钗记》中的王十朋，《小宴》中的吕布，有文有武，人物形象也各有侧重，而这一回的陈季常，还是有很大的不同，看经典的《跪池》：

柳氏愤怒之极，陈季常只好自罚认跪。男儿膝下有黄金，跪天跪地跪父母，岂有跪池认错，跪池不就是跪妻吗？可是，不跪，行吗？不行！肯定不行！绝对不行！醋心极大蛮又刁，一哭二闹三上吊，天长日久，有谁吃得消？瞪眼，苦脸，哭脸，自嘲，舞台上的陈季常，简直就是一个表情包嘛，而陈雪萍那双亮眼，时刻随表情转换，惟妙惟肖。陈季常这一跪下去，一时也不敢起来，于是仔细打量周边环境。天很高，蓝天上朵朵白云飘；地很厚，这百十斤身子不用担心地陷下去；池塘边，负氧离子充足。不错嘛，不错，呱呱呱，呱呱呱，池塘中的青蛙知道他心情不好，给他奏乐呢，这不是陪跪嘛，太好了！但是，那单调不变的聒噪，开始让他烦躁起来了，不听则已，越听越烦，这狗日的畜生，它们不是陪跪，它们是来嘲笑我的。

我是边看边笑，这个陈季常，就这点出息，难怪老苏要制造出一个成语来，这其实怪不得柳氏。女人的醋劲有多大？李世民对房玄龄老婆斩钉截铁地宣布：美女是我送的，你如果不同意你丈夫纳妾，就饮了这毒酒，此事绝无商量！房夫人死都不怕，还怕毒酒？她端起酒杯，一饮而尽。见此情景，李世民也怕了：此等女子我都害怕，何况玄龄！

2009 年 5 月 6 日晚，杭州大剧院，《新狮吼记》正式参加第二十四届中国戏剧梅花奖会演。此前一年，该剧在杭州市新剧目会演中脱颖而出。主场演出，陈雪萍的发挥，似乎到了极致，她心中已经没有比赛的概念，她只是在尽情地演绎一个宋代古人的滑稽人生，眼随心动，她与陈季常完全交融在一起，陈季常就是她，她就是陈季常。这一届的梅花奖，经过初评，共有京剧、昆曲、越剧、豫剧、川剧、秦腔等二十一个剧种的四十八位演员现场决赛。如果说在演出间隙，她有时还会胡思乱想，千万别演砸了，但真到了舞台上，她就全神贯注在人物的塑造上，三十年毕其功于一役，她一想起范老师给她的“戏比天大”那四个字，立刻热血奔涌，心无旁骛。

5月18日晚，余杭体育馆，这一晚，所有的鲜花似乎都为来自全国各地的三十五位梅花奖获奖者绽放，不，她们就是鲜花，她们用自己多年的汗水与智慧浇灌出了最璀璨的花朵。

说起获奖场景，陈雪萍有些淡然：高兴是自然的，四十五岁这个年纪，应该是冲击一度梅最好的年纪，说不定错过就永远错过了。但颁奖典礼过后，我却想到了更多，从桐庐人角度说，谢群英（1998年度）、单仰萍（2000年度）、陈晓红（2002年度），早就摘到梅花了，而茅威涛则是常开常新的三度梅。她们虽拿了大奖，却都低调，依然很认真在演。我将其看作是一个新的开始，后面还有长长的路要走，不过，获奖也是一种压力，它会督促我更加努力。

## 六

我相信陈雪萍的这种淡定。

2014年，《摄政王之恋》上演，陈雪萍饰演多尔衮，主角中的主角，有不少专业观众看了评论说，这是要去冲二度梅吗？

相对于京剧中冲冲杀杀奔马回旋的战争场面，越剧中的硬汉角色颇少，此前，陈雪萍演过《小宴》中的吕布，情节也只是吕布戏貂蝉，没有开打，算是文戏。

而这一回的多尔衮，是实实在在的硬汉。《摄政王之恋》的主要情节，讲的就是多尔衮与孝庄相恋而引发的一系列故事，残酷，凄美，却又柔情。

我问陈雪萍：多尔衮形象的塑造，难度不小，你从哪几个角度来把握？

陈雪萍告诉我：其实，七十多年前，我老师范瑞娟与傅全香就一起演出过，不过，年代久远，许多资料找不到了。我们这次演出，是全新演绎，和严谨的历史还有区别。拿到剧本时，我一边研读，一边寻找能找到的历史材料。关于多尔衮的材料还是很多的，也有电视剧，我都一一细看，我觉得，多尔衮身上的那种原始残暴的枭雄性格，应该剔除，重点要放在他英俊、勇敢、聪明上，为爱情，为统一，为王朝，且爱情与争斗等深深纠缠在一起而显现出的那种复杂性格。还有一个关键，全本戏的结构，场与场之间是用独白完成的（剧中的多尔衮还有不少独白，所有独白，要占全剧的三分之一左右），这虽然巧妙，但对演员来说，难度空前，越剧不是话剧，抑扬顿挫的独白也不是我们的强项，因此，仅这一项，就要比平时多花不少工夫。从唱腔讲，要充分表现多尔衮的性格，必然重音重句多，比平时的戏要用力许多，这个度也要掌握好，我就怕用力过度。

舞台上，多尔衮没有水袖。陈雪萍说，这前所未有。这是剧本对人物的定位，陈雪萍所演的人物中，除多尔衮外，所有的角色都有水袖。为什么不用水袖？不让多尔衮甩水袖，就是为了一种力量的表现，减掉一些越剧中一贯的柔软，用大段独白及多场景的武戏，来增加人物性格的刚强因子。

所有的改变，都是为了硬汉人物的全新塑造，演活一个人，似乎要脱一层皮。每演完一剧，陈雪萍似乎都有力气用尽的感觉，不过，台下观众凝神的眼光及热烈的掌声，又会让她下一场演出力量倍增。

## 七

2022 年 1 月 9 日上午十点左右，我伫立在临安外伍村“越剧首次试演地纪念馆”前的院子里，或许是建筑用材的原因，纪念馆正面墙的上半部分，在冬日暖阳的照耀下闪闪发亮，我在内心微笑，或许，这就是百年前的越剧之光？我来此就是寻光的。

天目溪畔的外伍村，紧挨着桐庐县的分水镇，一条碧江的上下游。

时光转换到一百多年前，春光明媚，中国南方普通乡村。

1906 年 3 月 27 日，清光绪三十二年农历三月初三，这一天，嵊县南派唱书艺人钱景松、李世泉、高炳火、袁福生、李茂正、金世根，在外伍村沿门唱书，农忙春耕尚未正式开始，乡民们东一堆西一群闲逛，他们饶有兴致地看着表演，纷纷叫好。忽然，一戏迷向艺人们提议：你们又会做身段，又会分五色嗓音，何不搭个草台，上台表演？艺人们倒没反对，只是苦于没有道具。接下来，外伍村立刻热闹起来了。这一边，竹布衫裙，长衫马褂，甚至化妆的鹅蛋粉，大家都在翻箱倒柜东拼西凑找道具；另一边，不少人在找稻桶和门板。众人决定，在程家祠堂前厅搭台，八只稻桶翻过来，稳稳地蹲在地上，再搁上门板，草台像模像样了，这是真正的草台呀。外伍村这一把戏剧之火，是越剧史上的星星，耀眼闪亮，亮光透过百年时空而越来越闪亮。

富春江最大的支流分水江，古名桐溪，别名天目溪、横港，源出安徽绩溪的云山岭中，自绩溪、临安，绕山绕岭，左纳右纳，往下游的桐庐迤逦而来，碧流行至天目溪边的瑶母，忽然作了长长的停留，她将百年前外伍上空的清丽之音一一搜罗归集，然后，催化成雨露，滋养着水边的树林，中国越剧界的大森林中，产自瑶母这一棵，也别有风姿。

行文至末，有些细节要核对，我打电话问陈雪萍，电话那头环境有些嘈杂，她抱歉解释：这一段时间，都在杭越二团（现在称桐庐县越剧传习中心），帮助排一出大戏，天天都在排练现场。打完电话，我若有所思，唱了多年的戏，演了这么多的主角，任何人都要退出舞台的，但戏大于天，作为一个卓有成就的艺术家，她又永远不会退场。

将经年累积的经验悉心传授于家乡的新人，应该就是陈雪萍今后的工作重点，她将新人们都看成自己的孩子。她被这个时代的雨露滋润着，她同样也滋润着别人。

# 在蒙古高原洄游

王樵夫

蒙古高原上的达里诺尔湖，是蒙古人心中的圣湖。“达里诺尔”是蒙古语，意为“像大海一样的湖”。因为盐碱度高，湖里的生物几乎绝迹，却生长着一种耐高盐碱的华子鱼。每年四月，它们逆流而上，游到一百余公里的河流上游，途中艰难困苦，死亡者十之八九。尽管如此，侥幸活下来的鱼，也要义无反顾地回到出生地，产卵繁衍，科学家称之为“死亡洄游”。

在当地蒙古人心中，这种“定时返回来的鱼”，创造了“地球上最伟大、最壮观的旅程”。

## 风把冰层吹化

三月。天上的月亮还没有升起来。“花儿”摆动了一下尾巴，随着四周漾起来的湖水，她眨着圆溜溜的眼睛。花儿心里知道，即使月亮升上来，也是清冷的，就像贡格尔草原上刮过的风，硬朗朗的，像刀子一样。

“花儿”是一条正值青春妙龄的母华子鱼。华子鱼，特殊的鱼类种群，体形梭状，当地的蒙古人称华子鱼为“查干拉吉”。

贡格尔草原上，没有树。星星挂在更加空旷的天宇上，冷冷地，眨着眼。

星星的倒影，一朵朵开在湖面上，像白灿灿的白凌花。

月，终于出来了，却是一弯残月，映照在深不可测的达里诺尔湖里，映照在刚刚融化的冰凌上。

湖面上，有风刮起来，白天的水蒸气凝成霜，挂在贡格尔草原的枯草上。

天，越来越冷了。这是黎明前温度最低的时刻，几乎把残月和星星的倒影也冻在湖里。

忽然，传来海鸥的聒噪声，它们早早起来，做好了大餐的准备。

花儿游在达里诺尔湖黑暗的深水中，听到千里之外强劲硬朗的北风，吹化了冰冻了一季的黄河，松动的冰块，裂成大小不一的浮冰，汹涌而下，咆哮着，一泻千里。世界上有些声音，人听不到，但是狗能听得到，鱼能听得到。在地球上，人类已经失去了某些特殊的聆听与辨认的能力。

也就是这一天，寒气渐渐退去。越来越大的风，蕴含着摧枯拉朽的力量，带着不可阻挡的气势和霸道，吹过广袤的贡格尔草原，在约二百四十平方公里的达里诺尔湖上，切割融化着冰冻的湖面。

湖冰逐渐融化。先从湖面开始，然后是湖的四周。冰面在缩小，逐渐露出波光粼粼的水面。微风吹来，清澈的水面漾起一圈圈涟漪，映出了蓝蓝的天空、白白的云朵。

暖风里带来刚刚化冻的泥土的气息，混着青草味，还有湖水的咸味，都在湿润的空气里发酵。

一只刚从冬眠中醒来的狗獾，从洞穴中小心翼翼地探出头，转着脑袋瞅了一圈。最先觉醒的是空荡荡的肚腹，干瘪的胃因为收缩而灼痛，急需食物的填充和抚慰。

狗獾的鼻子湿润而敏感，它把头扬起来，摇晃着，捕捉空气中更多的气息。每走一段时间，它就会停下，仰起头，伸出鼻子，寻找它期待的味道。

当它穿越一片草原，终于捕捉到风带来的信息。那微弱的一丝风，已经将信息稀释得微不足道。这也足以让它浑身一震，它立刻筛选出期待已久的信息。

它猛烈地翕动着鼻子，将更多的空气吸进鼻腔里。分析、比对，唤醒遥远的记忆，它已经判断出食物的源头和方向。

那是来自达里诺尔湖冰化开湖的信息，每年一度的华子鱼饕餮大餐，让它的胃条件反射地痉挛，它感觉到胃对食物的强烈渴望。它的舌头开始分泌唾液。

它开始一颠一颠地奔跑，像一只目标明确的追踪猎犬。它浑身置于美味的气息之中，那是鱼肉的气息，鱼血的气息。

狗獾在奔跑的途中，惊起了一小群海鸥。达里诺尔湖海拔高，光照条件好，水面广阔，人烟稀少，湖域岛屿垒垒，为一百多种鸟类的栖息繁衍，提供了良好的环境。

海鸥、苍鹭、天鹅、秃鹰、狐狸、草原狼，它们都渴望并守候着华子鱼的到来。

狗獾的奔跑声，海鸥觅食的叫声，惊动了湖水深处的花儿，她四处搜寻，发现游在她身后的石头不知跑到哪里去了。

“石头，石头！”花儿急切地喊了起来。

## 嗅到了淡水的气息

“石头”是一条公鱼，身躯修长矫健，在食物稀少的冷水湖，生长缓慢的华子鱼，能长得这么大，实属罕见。

在他还是少年的时候，在达里诺尔湖的深水处，愣头愣脑的石头，不经意间邂逅了娇小的花儿。从此，一条青涩幼稚的小公鱼，一条涉世未深的小母鱼，再也没有分开。

他们在湖水中慢慢生长着。石头大而结实，背鳍又弯又长，尾鳍坚硬有力。而花儿呢，体态玲珑，仪态万方，流线型的身体微微弯曲，让她在水里游起来，动作快捷迅速。她的嘴唇没有角质的边缘，薄薄的，眼睛圆圆的、鼓鼓的，始终湿润着，像蒙着一层朦胧的雾气。

夏天，他们在靠近岸边有水草的区域觅食；寒冬到来，游到深水区猫冬。

这期间，他们经受住无数次钓饵的诱惑，也曾经逃离过巨大的冬捕大网。一次次，他们相依为命，死里逃生。

鱼的心中，始终有一条母亲河。

湖水中传来“咔嚓、咔嚓”的声音，清脆悦耳，惊动了湖水深处的花儿。尽管声音很轻很细，但对花儿来说，不啻春天的第一声惊雷，如战鼓般激荡着她的耳膜。花儿知道，这是厚厚的冰层解冻破裂的声音，打破了达里诺尔湖漫长寂寥的冬天，预示着每年一度的华子鱼大洄游即将开始。

在欢快的游动中，在湖水深处，花儿突然嗅到一丝淡水的味道，她为之一震，这是出生时的味道，她马上循着这味道的来源，向前寻觅，流线型的身体游起来快捷迅速。

花儿的尾鳍迅速摆动，她兴奋极了，翕动着嘴唇，不停地嗅着，千真万确，这就是出生时的味道，这是家乡的味道！

花儿率先出发了，她奋力游向的方向，是贡格尔河道的方向，那里河道宽阔，水流平缓，河中杂草丛生，是花儿出生的地方。

石头在身后紧紧跟随。如同花儿的影子。

低温，依然是生命不可承受的低温。虽已是初春，达里诺尔湖依然寒冷彻骨，刚刚破裂的冰块，在冰冷的湖水上漂浮着，随着寒风摇晃，冰凌水包裹着花儿和石头的身体。可是他们来不及等待湖温升高，顶着冰凌，循着淡水的味道疾速游去。

没有哪条鱼发布了命令，却有如奔赴战场一样。湖水中，清晰地看到了洄游的华子鱼群，密密麻麻地挤在一起，浩浩荡荡地向河口奔去。

## 鱼　祭

但是，他们争先恐后抵达的河口地带，却存在着巨大的、无处不在的死亡陷阱。

成千上万只海鸥、苍鹭、白鹳、金雕和白尾海雕，张开翅膀，在贡格尔河注入达里诺尔湖的河口上空，盘旋着，鸣叫着，它们紧紧地盯着这支力争上游的洄游大军。

为了种族繁衍，华子鱼要用自己的肉体和生命，祭祀天、地和达里诺尔湖的鸟、兽。这是生命之祭。贡格尔草原，成了华子鱼向天地鸟兽献祭的巨大祭坛。

最擅长捕杀华子鱼的水鸟群——海鸥，在河口上空，织就了一片白色的“巨网”，一旦锁定目标，海鸥迅速紧缩双脚，然后俯冲垂直而下，利箭般，插入湖中，瞬间激起四处乱溅的水花，随即钻出水面，腾空而起，嘴里叼着一条华子鱼。其他的海鸥见状，意欲口中夺食，它们如离弦之箭，直扑空中的海鸥，奋力争夺它刚刚捕获的华子鱼。

海鸥的鸣叫声、落水声、抢食打斗声，河口狭小的湖面上，鱼跃鸟鸣，声传数里之外。

这些海鸥刚刚从南方迁徙回来，长途跋涉，体力严重消耗，成群结队的华子鱼，成了它们最好的营养补给。

在第一批洄游的鱼群中，以公鱼居多，他们不惜牺牲自己的生命，向天敌献祭，从而保护腹中满是鱼卵的母鱼。

他们的当务之急，就是快速离开这个被死亡笼罩的恐怖之地。但是，达里诺尔湖的湖水，和流入湖中的淡水，二者盐碱度不同，渗透压有差异，因此洄游的华子鱼，在冲过河口时，往往需要在咸淡混水区滞留一段时间，以适应生理机能的转变。这，无疑给了海鸥更多的捕食机会。

海鸥吃不了的华子鱼的尸体，横陈在湖面上，白花花一片，随波涛晃动着、翻滚着……

有些华子鱼好不容易穿入贡格尔河道，湍急的水流，将他们重新冲回达里诺尔湖主库区，但是，只要水流一缓下来，他们就会立刻返回身，重新向上游进发。

华子鱼冲过河口，躲过了海鸟的围追堵截，侥幸过关的华子鱼，十有八九也难逃死亡的噩运。

那些早已经准备好的狗獾也来了，在河水中拦截华子鱼。它们多出现在无人的夜晚，还有狐狸、草原狼……

最糟糕的，是蒙古高原变化莫测的天气。

每当初春季节，天气剧烈变化，西伯利亚和蒙古高原会形成超大范围的高压区，强盛的冷高压，致使冷空气大量堆积，受季风环流影响，寒潮携带大风肆虐而至，虽然到了四月，贡格尔草原已经升温，但是温度升得越高，就会降得越猛，贡格尔草原会出现“倒春寒”的反常天气。

尤其是到了晚上，高原的温度骤然降到 -10℃度以下，那些身强体壮的公鱼，似乎预感到死亡的来临，他们奋力挤到鱼群的最顶层。鱼群层层叠叠，像一块漂浮的陆地。经过一夜的降温，流水的河面上结起一层薄冰，叠罗汉般的公鱼被冻死在冰冷的河床上。他们僵硬的尸体下，大批的母鱼们仍然拥挤着，一堆堆、一群群，聚拢在一起，以各自的体温相互取暖，一伺翌日的太阳升起来，她们便如昨日一样，无所畏惧地前行，就像设定在华子鱼体内的固定程序一样，不容改变。在洄游的路上，她们没有退路。

最可怕的是草原上的雪，纷纷扬扬地下起来，落在河面上，落在河面的鱼群身上。随着深夜温度的骤降，河面落满了厚厚的雪。鱼在积雪覆盖的公鱼尸体下面扭来扭去。有雪落下来，鱼和雪搅拌在一起，他们大多脑袋拱出雪面，仰头望天，或尾巴翘在外面，这是自然界少有的奇观。第二天，河流解冻，冻死的华子鱼，白花花一片，随着雪块，顺流而下，堵塞河道。

湖水依然清澈，天空有如倒悬。鱼落十米，万物重生。当一条条华子鱼死去，沉到湖水深处，华子鱼的尸体，经过腐烂分解，把氮、磷等营养物质释放出来，通过溪流，滋养了贡格尔草原一百五十多万亩土地，然后土地生长出上百种牧草，牧草又供养了数以万计的牛羊。生生不息，唯变长存。

慢慢腐烂分解的尸骨，既是献祭，又是供养。

华子鱼洄游，在自然界中的意义，远远超出了单纯的种族繁衍，所养育的生命，可能比地球上任何一个物种都要多。

人类之于地球，宛如华子鱼之于草原。在华子鱼洄游的旅途中，华子鱼和人类及蒙古高原上的鸟类、兽类，被截然分成两个对立的世界。一边是贪婪的杀戮，一边是生命的繁衍；一边是死的领悟，一边是生的救赎。

沧溟之中，每一个物种的命运，都依照自身的演化规律沉默运行，又与生命世界的一切密切相关。唯人类对物质世界，追逐和占有的越多，灵魂就越是漂泊无依，无家可归。

## 没有哪条鱼是一座孤岛

花儿终于冲进了贡格尔河的河道。

贡格尔河发源于大兴安岭的最高峰黄岗梁，一路向西南蜿蜒而去，流经白音敖包自然保护区，穿过贡格尔草原，最终流入达里诺尔湖。它是赤峰市第一大内流河，是达里诺尔湖的最大、最主要的淡水补给河，也是华子鱼的主要洄游地。草原上的牧民亲切地称她为“母亲河”。

牧民把河流称为“母亲”，因为有河流，才有草原；有草原，才有牛羊；有牛羊，才有了牧民的幸福生活。

石头一马当先，他引导着花儿逆流而上，花儿紧紧地跟在后面。

初期洄游的鱼，还不多，但是随着时间的增长，河道里挤满了逆流而上的华子鱼。在浅滩、弯道、陡坡处，能清晰地看到成群结队的鱼群。不时有一两条华子鱼跃出水面，跌落在草滩上，搁浅，跳动。河岸杂草丛生，草丛中经常发现残留的鱼骨，那是贪吃的海鸟美餐后的残羹冷炙。

仍然是由公鱼开道。洄游队伍最前头，靠近两岸的，以公鱼居多，这是对母鱼最好的保护。

除了要躲避海鸥的空中袭击，花儿遇到的最大考验，是上游汹涌而下的激流。临近两岸的河水中，由于水流较缓，挤满了密密麻麻的鱼群，致使河流中间的水流量增多，流速更快更急。要想超越前行，就要躲开岸边的鱼群，从中间的急流中逆流而上。只有身体强壮的华子鱼，才能冲进中间的河道，前行数米后，必须马上挤进堵塞的鱼群里，借以喘息休息。

他们挤挤挨挨着，相互阻挡着，寸步难行。每一条小小的鱼，张着嘴，瞪着眼睛，仿佛用尽了全身力气。

歇息了一会儿，花儿又顶着湍急的水流上路了，她摇头摆尾，搅动着河水，哗哗作响。

塞外的早春，天气变化无常，贡格尔河上游周围山上的积雪，白天融化，晚上冻结，引起河道水位的忽涨忽落。

此时正是中午阳光最烈的时节，贡格尔河迎来了一天涨水的高峰，湍急的河水，让花儿举步维艰，她瞪圆眼睛，每一块肌肉，都绷紧了力，一米，二米……越过了一群又一群的洄游同类，她向前游动着，她瞥见一条堵在鱼群里的母华子鱼，向她投来羡慕而无奈的目光，她不禁笑了。她的笑声感染了一直陪在身边的石头，他用头顶了花儿的尾鳍一下，这是他们表达亲昵的方式。

他们游得更快了。正当他们欢呼雀跃的时候，一块冰冷的重物狠狠地砸在了花儿的头上，是一块随波而下的冰凌，花儿一下子被砸蒙了，顿时被水流冲翻了身体。在汹涌的激流中，迷迷糊糊的花儿努力摇摆着身体，保持平衡，终于停靠在一块水中的巨石边。

石头马上调转过身体，看到被冲出数米之外的花儿。

花儿狼狈的样子，身体乱扭的样子，让石头笑出了声。

可是花儿筋疲力尽、身心俱毁的样子，他看了，心底突然疼了一下。

她的背鳍、尾鳍，努力张开，给人一种在风中飘动的感觉。她是河里最美的精灵。

不能停，还得往前奔。他把头翘出水面，向花儿发出前进的呐喊。

花儿忍着疼，向他游过来。她一游动起来，自带水中霸主的气势。

鱼的声音，只有鱼知道。情侣的表达，只有情侣懂得。

傍晚，天空晴朗，天边的火烧云，似火一样。

夜幕降临。不一会儿，风刮起来，草原上更冷了。

花儿抖擞精神，重新上路了，她要尽快游到深水区。每到夜晚，气温下降，上游的积雪就会冻结，河里水位下降，很多鱼会被困在一个又一个的小河湾里。

在蜿蜒曲折的河道两岸，聚集了大量的海鸟，还有饥饿难耐的苍鹭，它们俗称“长脖子老等”，站在浅滩处，守在华子鱼的必经之路，轻而易举地捕捉送到嘴边的美食。

黑夜笼罩的河岸成了名副其实的“恐怖之地”，成群的狗獾、狐狸、猞猁、河狸、狼及野猪等野生动物，趁着夜色的保护，在河边频繁出没，开始属于它们的饕餮晚宴。

只有最强壮的华子鱼，才能坚持渡过一次又一次的涨水和降水，躲过一次又一次野生动物的捕食，才有机会游到终点。

太阳又升了起来，刚刚解冻的河水，在阳光下泛着金色的光芒，不急不缓地流淌着。

花儿和石头，跟随着成群结队的华子鱼，开始了新一天的旅程。花儿的周围，散落着被野兽吃掉的华子鱼的残骸，更多的，是无数耗尽体力的华子鱼累死在了冰水里。在尸体僵硬之前，他们仍旧保持着冲向上游的方向和姿势。

没有一条华子鱼退缩，华子鱼的一生，基本上只能洄游一次，他们宁愿选择死亡，也不放弃洄游。在自然界中，丧失生育能力，就等同于死亡。

从达里诺尔湖游向贡格尔河，地理位置是由低向高，洄游的华子鱼要跨过浅滩、冲过激流、翻越瀑布，甚至和守在岩石上的苍鹭和野兽做抗争。

石头的断崖，会在河里形成天然的拦坝。苍鹭站在拦坝的上端，张着血盆大口等待。

拦坝前，洄游的华子鱼越聚越多。

他们不断地从水中跃起，产生巨大的声浪，同时新的鱼群还在不断涌来，水面上全是鱼头和背鳍。他们跳动着，碰撞着，河水到处泛起白泡沫，水喧闹起来，像烧开了似的。

花儿游到河水平缓的地方，停止了游动。她在蓄积力量。

石头游到她的身边，嘴唇凑到她的嘴边，翕动着，吐出一个又一个水泡。像问候，又像鼓励。

花儿转着圈，在水里游了起来，游速越来越快。她游到坝前，她的尾部竭力击水，快速扭动着身躯，顶着激流腾空而起，借其高速向前上方斜跃出水面。她即将跃过石坝，一只苍鹭狠狠地啄了过来，她急忙摆头，躲开，此时身体如铅坠一般，重重地落回水中。失败了。

这样的跳跃，以华子鱼的体形来说，相当于人类跳过四层楼的高度。体格健壮的华子鱼能跳过一米高的水浪，这是他们经过数百万年的进化形成的能力。

在游进贡格尔河之后，花儿就不再进食了。因为生活在达里诺尔湖里，肠道已经适应高盐碱环境，突然接触淡水，肾脏和其他器官要适应突然缺盐的环境，于是她仅凭身体内的养分储备，踏上旅程，山高水远，险象环生，此时的花儿几乎消耗了所有的脂肪，她憔悴不堪，精疲力竭。

花儿一个长长的深呼吸，毅然决然地再次昂首直冲，对她而言，生死在此一搏。

花儿进行冲刺。几乎与此同时，石头也开始了起跳。

跃在半空中的花儿哽咽了，她知道，石头是在分散苍鹭的注意力，他是在保护她，用自己的生命。

泪眼模糊中，花儿感觉自己落在了一片平缓的水中，平稳着陆，她成功了。

但是，石头却重重地撞在石崖上，然后“啪唧”一声，弹落在花儿的身旁。华子鱼极薄的腹壁，经不起石崖的重撞。石头左侧腹部鲜血淋漓，肠子流了出来，触目惊心。

花儿抬起头，关切地注视着他。

他强忍着疼，眼里淌着泪，反倒傻乎乎地朝她笑了。他怕吓着花儿。

他顽强地从血泊中举起头，示意她先走，赶紧到上游去。可是，她坚决不。她分明闻到了血腥的味道，她的眼睛蒙着一层朦胧的雾气，始终湿润的眼眸中，明显含着担心和心疼。

石头挣扎着，调过头，撞了一下她的肚子，这是出发的信号。

拦坝下，数以万计的华子鱼游来游去，他们在酝酿着，试探着……终于，一条鱼跳了起来，她高高地跃起，摆动着有力的身子，优雅地向拦坝上跳了上去，落在了拦坝的石头上，重重地摔了下去；另一条鱼，也跳了起来，他使尽了全身的力量，奋力地向上跃起，却被守株待兔的苍鹭一口咬住，几乎在同一时刻，不断有鱼跃起，游上了拦坝。一条鱼的牺牲，换来了数百条鱼的安全。

没有哪条鱼是一座孤岛。

再老练的华子鱼也会遇到麻烦，尤其是第一年产卵的华子鱼，容易被激流冲回，更会辨不清方向。这是一场体力加技巧的竞赛。他们是名副其实的冲浪高手，是“飞鱼”。

越来越多的鱼群到来，纷纷飞跃而上。

石头的身前身后，有数不尽的受伤者：有的鱼鳞被刮破，有的鱼嘴被撞歪，有的鱼腹被撞破，有的直接撞死在石壁上。

也有数不清的华子鱼迅速跃上拦坝，在奔腾的河水中转瞬即逝……

## 一直游到湖水变淡

最初进入贡格尔河的华子鱼，精、卵没有完全成熟。在其后逆流而上的过程中，艰难地洄游，加速了华子鱼生殖腺的增长。

花儿的体腔里，充满了日渐成熟的卵子，她变得臃肿笨重。

她所积累的脂肪、蛋白能量，在艰辛的洄游道路上，孕育了数以万计的卵子。

花儿坚持往前游。她要游得更远些。为了避免刚产下的鱼卵，或者刚孵出的小鱼，被过早地冲入湖中，溺亡于高盐碱的湖水，她必须力争游到最上游，增加成活的概率。

花儿的性腺终于发育成熟，她精疲力竭地到达了最上游。她一刻也不能停歇，需要尽快找到合适的产卵场地。

花儿选择了一处宽阔、温暖、洁净的水湾，她摆动着尾鳍，清除掉水底的淤泥和水草，然后伏在河底的沙面上，把头迎向水流的方向。她的身子剧烈地摆动着，把沙砾分向两边，掘出一个比自己的身子大、椭圆形的浅坑，这是她育婴的摇篮。

此时的石头，靠在了花儿的身边。他遍体鳞伤，瘦骨嶙峋，奄奄一息。

石头挤挨着花儿，用头顶她的肚子。两条鱼的身体，极力地靠在一起。

花儿的身体弯曲呈弓形，伏在坑内开始产卵。她一阵阵痉挛，一粒粒小米般大小的、黄澄澄的、晶莹的卵粒排在坑里。卵是分批排出的，产在沙砾上，或者随水附着在附近的水草上。一条母鱼的排卵量在一万粒左右。与此同时，石头开始排精。他警觉地注意四周的动静，公鱼为争夺“新娘”，常常爆发“战争”。

石头最后用力摆了一下尾巴，长吁了一口气，恋恋不舍的眼神，望着花儿。他的身体慢慢地翻转，漂在水面上，露出了白白的肚皮。

花儿紧紧地追逐着石头的尸体，陪他一起在水流中翻滚辗转，花儿的眼神满含无限的悲伤、痛苦，往日的任性和高傲荡然无存。

石头的尸体漂向远方，花儿也贴着身游向远方。她的头，不断地触碰着他的头，那亲密的样子，仿佛在耳边呼唤，在耳边安慰。

“让我分担你的苦，让我痛着你的疼……”花儿的眼神在说话，“让我陪你一起死去……”

然而，九死一生之后，花儿需要活下去。

花儿与石头这对伴侣之间的爱情，如同贡格尔河的河水永远奔腾不息，如同曼陀山在大地上永远屹立，如同美丽的萨日朗在草原永远绽放。

更多的华子鱼相继死去。他们的尸体，凌乱地躺在河底或沙粒上，或者被河水冲刷成碎片，或者被河水顺流冲下，或被鸟类吃掉，或腐烂分解成为水中的养分，河水冰冷刺骨，等鱼卵孵化出来，成为新生的仔鱼成长的最佳食物。

花儿喘息着，伤心地守护在鱼卵旁。失去伴侣的伤恸，夜以继日的劳累、饥饿……两眶泪水，一阵哽咽。花儿的眼泪，融进河水里，只有河知道。

此时，蒙古高原上，已经进入了充满浪漫与活力的五月。白音敖包云杉林的树尖开始泛绿。黄岗梁的杏花已开；杜鹃花还没开，粉红色的花骨朵，已经圆圆地鼓起，正在酝酿情绪，准备盛大地绽放。

一场春雨降下来，贡格尔草原清新湿润，春雨过后，荒凉的草原便是花与草的海洋。

## 轮　回

这里是一湾静静的水泊，流水不急不缓。水是幽蓝色的，清澈，水温比别处高。丝丝缕缕的水藻，覆盖在水面上，给水下的生物形成了保护。

花儿的鱼卵黏附在一棵水草上，在水泊深处黑暗的保护下，鱼卵孵化成类似蠕虫的小生物，身长不足一厘米，细细的，只有头部是黑色的，全身几乎透明。鳃孔几乎完全被隐藏起来了。

刚孵化出的第一天，她靠吸收卵黄囊里的营养活着。

她有小小的脑袋，视力很差的眼睛，在潺潺流淌的贡格尔河水中，扭来扭去。

她迅速适应了淡水里的生活，身体长成了细细的柳叶状，眼睛小而鼓，颌骨变得宽而有力。腹部和背部长出了细细的、柔软的鳍。身体不同的部位，出现了深浅不一的青色、黑色和灰白色，上面覆盖着鳞片，鳞片极为细小柔软，甚至都无法被看到和触摸到，仿佛是一层想象出来的铠甲。

大多时间，她都是独自生活的。天冷的时候，她一动不动地躺在水底的淤泥上。太阳出来，她会从水底游出来，开始觅食。

她表皮上暗淡模糊的颜色逐渐消失，色泽变得更加清晰。她的生殖器官开始发育。背部变成青绿色，身体两侧变成银白色。她的尾鳍迅速发育，变得坚硬有力，她能够游得更快。她的眼睛变得大大的、鼓鼓的，突出在前额上，使她将来在黑暗的达里诺尔湖深处，看得更清楚。

她的食量与日俱增，大得惊人，因为没有母鱼的陪伴，她带着无依无靠、懵懵懂懂的怯懦，忍受饥荒和寒冷，她开始在空荡荡的水里慢慢地游动，在逼仄的河道里，偶尔和饥肠辘辘的姐妹们狭路相逢，在这里，她遇见了即将死去的母亲花儿。

花儿预感到死亡的临近，悄悄离开儿女的卵床，来到这片深水区，奄奄待毙。

一群饥饿的小鱼，扑向花儿的肉体，花儿忍着剧痛，任凭小鱼撕咬下一块块带血的肌肉，最终只剩下一堆骸骨。

天上的落日照在河里，母亲的肌肉，为她和伙伴们提供了出生以来的第一顿饱餐。她抬起头来，看向天空中飘浮的云朵，在九曲回肠的贡格尔河水里，听着昼夜不息的水声。

她终于听到了湖水拍岸的涛声，这是达里诺尔湖呼唤仔鱼回归的信息。她翕动着薄薄的嘴唇，摇动着细小孱弱的尾翼，开始小心翼翼地游动。她沿着浅浅的河道，向前游着，游着，终于一股浓重的咸腥味传了过来，这是达里诺尔湖水的味道，她的尾巴高兴地摆动起来。

她顺着母亲来时的河道，顺着水流，游向达里诺尔湖的方向。

一条，又一条，幼小的生命簇拥在一起。

身后，若干的尾随者，形成了一条长长的队伍。

每一条河流都有自己的生命曲线，每一条洄游而过的华子鱼，都是这个曲线上的有机构成。从一亿五千万年前的中生代至今，华子鱼就生活在达里诺尔湖，它们和鲁王城、砧子山、阿斯哈图石林、贡格尔草原，以及内蒙古高原上的牧民们，一起构成了达里诺尔湖的高原湖泊生态和流域文明，它们同样是达里诺尔湖、大自然的主人，应该得到呵护和尊敬。

蒙古人认为，每一条母华子鱼的腹中都会有九百九十九只鱼卵，加上母华子鱼本体，恰好是一千个生命，所以他们从来不捕食达里诺尔湖里的鱼，尤其是洄游时产卵的“额莫扎嘎斯”（蒙古语，母鱼）。蒙古族有一个古老的习俗，有羽毛的、四条腿的、水里游的、吃草的，不能随意捕杀。

当年，有渔民钓上鱼，哪怕是一条“额日扎嘎斯”（蒙古语，公鱼），老额吉也会花钱将其买下放生，如果没钱，就拿奶豆腐去换，也要把鱼重新放回河里。

老额吉说：“河里生，湖里长，最后，回到河里死。”

甘地说过：“一个国家伟不伟大、道德水准高不高，可以从其对待动物的方式来判断。”让每一条华子鱼安全洄游，达里诺尔湖才不会失去它的活力与生机。善待华子鱼，就是在向自然致敬，向生命致敬。

现在，牧民们把羊胡草扎成捆，放在洄游的河道里，为华子鱼制作了更多的卵床。

有效的封湖禁捕措施，华子鱼洄游的数量逐年增加。华子鱼曾经绝迹的河流，也再次出现了华子鱼的身影。

月悬中天，夜色空旷。她，花儿和石头的后代，沿着父母的足迹，循着浩浩荡荡的水声，一路长途跋涉，在一个月光皎洁的夜晚，扑通一声扎进了浩渺幽深的达里诺尔湖。

太阳升起来，月亮落下去。日夜更替，岁月如梭。

蒙古高原的长风掠过像海一样宽阔的水面，一波又一波的涟漪，闪耀着太阳的光芒，以及月亮的倒影。

蒙古高原降雨减少，植被退化，日光毒辣，达里诺尔湖的盐碱度日益增高，华子鱼的生存越来越难。

三年后，一条酷似花儿的华子鱼，笃定地行进在洄游的路上。

她体态玲珑，仪态万方；她眼睛圆圆的、鼓鼓的，始终湿润着，像蒙着一层朦胧的雾气。

海鸟在湖面上空飞翔。蒙古马在湖岸奔驰。牛羊在贡格尔草原上觅食。

风吹过，传来牧人的歌声：阿爸阿妈，给我温暖的家，太阳一样，一样的爱啊，抚养我长大、长大。阿爸阿妈，我心中的菩萨，月亮一样，一样的爱啊，伴我走天涯。我的阿爸，我的阿妈，孩儿有说不完的心里话，就像满天的星星啊，闪耀着您对我爱的光华……

歌声凄婉哀伤，贴着草尖，传到华子鱼生长的达里诺尔湖，传向草原四方。

# 食物变迁记

朱永官

## 鸡骨头

小时候物资供应基本是按计划的，需要各种购物票、粮票、糖票、烟票、布票、肉票……对大部分人家来说，肉是实实在在的紧缺品。为了补充平时肉和蛋的供应，我们家一直养鸡，其中两三只母鸡还可以轮流下蛋。

在那个时代，这样散养的鸡也无须特别的饲料，主要吃家里的剩菜剩饭，还有田野里的青草和稻田里的昆虫，以及掉落在地上的稻谷。所以鸡不仅给家庭提供动物蛋白，还是剩余食物的收集器、转化器和储存器。鸡可以把家里这些零星的食物或废物转化成鸡肉和鸡蛋，可谓一举多得。因此，在二十世纪七八十年代，鸡成了许多人家的“宠物”。

家里来了客人，没有别的高档菜肴招待，鸡是餐桌上的主角。

我从上初中开始，家里来客人，杀鸡的活儿基本是我包下来了。要在空地里捉住一只走地鸡，还是需要一点技巧和敏锐度的。我首先要用一把米把鸡吸引过来，待鸡们埋头啄食的时候，以迅雷不及掩耳之势下手拿下一只。不过，鸡一般都不长记性，下一次再来客人，我还是如法炮制。在捉鸡和杀鸡的过程中客人总会说“罪过”——为了表达对主人也是对鸡的感激之情。

菜烧好，客人上桌，席间母亲总是要热情地给客人夹几块鸡肉，边夹边说道：“没有什么菜招待啊，多吃点鸡骨头吧。”以“鸡骨头”替代“鸡肉”，表达了主人的谦卑和低调。

如今，鸡已经成为百姓餐桌上最常见的食材之一，“西装”鸡，走地鸡，竹林鸡……各种各样的鸡应有尽有。久而久之，吃鸡肉成了理所当然的事了，人们慢慢忘却了鸡一路走来，走到餐桌上的不易。

鸡是如何从一只普通的鸟变成人类餐桌上的美味的？

家鸡的驯化是人类走出丛林，从狩猎时代向农耕文化迈进的重要一步。但是，长期以来，“鸡是在什么地方和什么时候被驯化的”一直是一个谜。人们普遍认为红原鸡是现代家鸡的祖先，但是红原鸡有五个亚种，不清楚具体是哪个亚种。2020 年，中国科学院的科研团队发表了一项研究成果，他们收集了红原鸡五个亚种的基因组数据，以及分布在亚洲和欧洲许多地方的一千多种家鸡的全基因组数据。通过基因组数据的系统分析，他们发现家鸡的祖先是红原鸡中的一个亚种，这个亚种起源于中国西南部、泰国北部和缅甸东部一带。

家鸡最早驯化的时间大概是公元前 7500 年左右。关于如何被驯化的传说也很多，其中比较被接受的不是人类去驯化鸡，而是鸡主动向人类靠近。那时我们的祖先逐渐开始了漫长的农耕文明的演化，已经驯化了牛、猪和羊，开始种植水稻。这些本来以树冠为主要家园的普通的鸟，它们是温顺的，被人类种植的谷物所吸引，不断靠近人类生活的空间。随着水稻与其他谷物栽培的扩散，鸡和人类的关系变得越来越紧密。其实，刚开始鸡和人类的接触也是一个相互帮助。鸡从人类的生存空间获得它们的食物，而对人类来说，鸡不仅为人类提供优质蛋白，还可以帮助防控稻田里的害虫，以及为庄稼提供有机肥——鸡粪。

如今，人类对鸡的把控能力到了前所未有的水平。

前些日子，由于工作的关系，我走访了一家超大规模的现代化养鸡企业。从屠宰、脱毛、分解、加工到装袋，整个过程是全自动的。这个规模和速度与我小时候捉鸡宰杀的过程相比，可谓是天壤之别。

由于技术的革新，现在的鸡肉来得如此容易，而我们也变得几乎一天也离不开鸡给予我们的馈赠。

可以说，我们当今正处于一个“鸡”的时代。现今这个时代，地球上活着的鸡大约是二百三十亿羽，这是一个何等巨大的数字啊！地球上所有其他的鸟加起来也还不及这个数。根据可以统计到的数据，人类一年消耗的鸡约七百亿羽。假定地球上每人每天消耗半个鸡蛋的话，人类每年消耗的鸡蛋量也是一个天文数字。我不敢再计算，人类养那么多鸡需要的饲料以及饲料背后需要多少田地来供养。

从鸡的大规模饲养到消费，人类对地球资源的无节制的消耗可见一斑。科学家估算，在当今人类主宰的地球上，所有哺乳动物的生物总量大约是人类这一个物种的生物总量的十分之一；而被驯化家养的动物的生物总量则是地球上所有哺乳动物总量的十五倍之多。人类对地球生物圈的影响是何等巨大啊！更何况我们对地球的影响远不止这些。人类对地球上其他物质的消耗同样是惊人的，再加上各种各样合成的化学品，如塑料，正在不断污染我们的环境。人们不禁要问：不堪重负的地球还能承受多久？

地质学家对地球远古时期以来的演化历史的理解，主要是依靠挖掘地层中遗留下来的化石，特别是一些动物骨头的化石，如恐龙化石。而历史考古学家对人类文明演化的认识则主要通过挖掘和研究古人留下来的工具、饰品和文字记载等。我国河南殷墟甲骨文的发掘始于对大量龟壳——甲骨的挖掘。在清朝末年这些被认为是“龙骨”的甲骨被贩卖到京城中药店，因为一开始人们并没有意识到这些甲骨上的刻痕，更不知道其意义。1899 年，一个偶然的机会，甲骨入药后进入了金石学者王懿荣的眼帘，其后甲骨文才慢慢被破解。

倘如我们能够乘坐时光机器，来到一万年后的人类社会，并且有幸参与考古挖掘的话，一定会看到我们现在这个时代在地下残留的大量的鸡骨头。这些鸡骨头被保存在地层里，或许更早的一些鸡骨头已经变成化石。

让我们想象一下，一万年后的人类吃什么？人类在一万年前开始驯化鸡，把一种普通的鸟变成人类最为普通的盘中餐，也许，再过一万年的演化，人类不再需要养殖动物了。科技的进步一定可以实现在细胞工厂里通过试管生产动物蛋白，这样或许有更高的效率，更好地保护地球。因此，一万年后的人类一定会纳闷：为什么他们的祖先会留下那么多的鸡骨头。或许一万年后有学者会猜想，由于病毒感染导致鸡的大规模死亡？也有学者可能猜想，因为人类需要大量的鸡毛用于抵御寒冷？

让时光机器把我们拉回现实，地球上每个人每天都在不知不觉中消费各种食物。当我们围坐在餐桌边享用美食的时候，往往只想到食物来自菜市场，而对背后食物一路走来的艰辛全然不知。食物从生产到消费的全过程都在地球上留下了足迹，影响着地球的健康。为了人类的健康，我们不能光顾自己吃好了，还应关注地球上其他生物的健康。如果地球不健康了，我们吃得再好也无法拥有健康的生活环境。为了人类在这个星球上世代繁衍，我们需要保护地球这个共同的家园。鸡骨头是人类消耗地球资源的见证，保护地球，让我们从关注鸡骨头开始。

## 蚯　蚓

蚯蚓是再平常不过的软体动物了，可创立进化论的英国博物学家达尔文，称蚯蚓是地球的工程师，因为蚯蚓在保护地球健康中的作用不可小觑。蚯蚓可以分解枯枝落叶，蚯蚓可以让土壤变得疏松、更有活力。

蚯蚓曾是我的猎物，我不吃蚯蚓，蚯蚓怎么会成为我的猎物呢？

在江南水乡，从前的农业耕作通常是一年三季作物，其中初夏收获的作物被称作春花作物，即春天开花的作物，像小麦、油菜和蚕豆。每年初夏收获春花作物后，旱地马上要灌水，耕耙后种植早稻。蚯蚓不喜欢生活在水中。旱地灌水后，原本生活在土壤里的蚯蚓开始四处逃窜，就像我们看见雨后公园的蚯蚓爬到水泥马路上一样。这时田地里成千上万的蚯蚓随手可抓。

那时在江南水乡的人家一般都会养上几只鸭子，而蚯蚓是鸭子的美食。所以待田里灌上水，我就会拎上一个大桶，在田里飞快地捡蚯蚓。一大桶蚯蚓够鸭子吃上好几天。蚯蚓易于保存，只要在水桶表面撒一层土，放一些作物秸秆，蚯蚓就能活得很欢快。

记得那时还有不少养鸭的专业户，他们会摇着船把鸭子运送到各个村庄。每到一地，养鸭人把一大群鸭子有序地赶到灌满水的田里，鸭子们很快会在田里寻觅逃窜出来的蚯蚓，熟练地取食。一般是一两个钟头的时光，鸭子们就会满载而归。在主人的吆喝声中，鸭子们回到船上，再赶往下一个据点，追寻明日的食物。

当时的鸭子就是靠这些天然的食物的滋养，把土壤里不起眼的蚯蚓转化成人们餐桌上的美味——来自土地的馈赠。

蚯蚓成为我儿时猎物的另一个原因是，这是我钓鱼的极佳诱饵。在水乡河网如织，到处都是钓鱼的地方，小小的蚯蚓帮助我捕获河鲜美味。

进入二十一世纪，江南农业发生了翻天覆地的变化，过去一年三季的耕作制度大多改成了一季或两季。家禽也主要是集约化养殖，蚯蚓似乎被人们淡忘了。但作为研究环境治理的学者，我却越来越喜欢上了蚯蚓。

昔日的蚯蚓是我的猎物，而如今它成了我研究的对象。根据各种蚯蚓不同的生长和生活习性，我们研究蚯蚓如何帮助人类“变废为宝”。

随着人们生活水平的不断提高，从我们厨房里出来的垃圾越来越多，这些垃圾得不到资源化利用，既是极大的浪费，又会成为污染的源头。蚯蚓可以把我们日常生活中产生的厨余垃圾和农作物秸秆作为它们的饲料。因此，我们可以利用蚯蚓来处理这些随处可见的废弃物。蚯蚓原本就是优质蛋白，我们培养出来的蚯蚓可以替代来自大洋的小鱼小虾，成为集约化动物养殖的饲料蛋白。蚯蚓的粪便还是极佳的有机肥料，用来种植无公害的蔬菜或水果。这种“变废为宝”技术有个专用名词——蚯蚓堆肥。

除了蚯蚓，大自然还有很多昆虫可以成为我们直接或间接的食物。联合国粮农组织的统计资料显示，全世界有一千九百多种可供人类食用的昆虫，黑水虻就是这样一个代表。随着昆虫科学研究的进步，现在我们可以构建规模不等的昆虫工厂，让像黑水虻一样的昆虫们把我们日常源源不断产生的厨余垃圾转化成昆虫蛋白，成为我们的食物。

如今，动物集约化养殖依赖大量的配合饲料，而由于海洋资源的枯竭，人们从大洋里捞小鱼小虾越来越难了。这些昆虫工厂可以提供高质量的昆虫蛋白，用作饲料，替代小鱼小虾，恰好可以给大洋一个喘息的机会。

原本土壤里不起眼的蚯蚓或空中飞舞的昆虫，通过我们工程化的设计，它们就能帮助人类实现废物的循环利用。就这样，这些虫子把废物变成了我们餐桌上的食物，或成为我们食物的食物，滋养着人类的繁衍。

## 桑葚与蚕蛹

我的家乡桐乡是著名的丝绸之府，茅盾先生的《春蚕》就是在这里写成的。

早春的时节，草木苏醒，大地开始披上绿装。这时，桑树经过一个寒冬的沉寂也开始绽放活力，枝条上的嫩芽开始萌发。随着桑叶一天天长大，蚕农们也开始了忙碌的养蚕季。

当鲜嫩的桑叶滋养蚕宝宝的时候，桑葚成了我们儿时的鲜果。

二十世纪七八十年代，养蚕是江南水乡农业中比较挣钱的，各家各户都会精心护养自家的桑园。春蚕时节，绿油油的桑叶覆盖下的枝条上都会挂满桑葚。桑葚刚结果时还是青色的，慢慢由青变红，再变成深紫色。挂在枝条上的桑葚如此丰富，我们不需要采摘带回家，因为随时可以在桑园里边玩边吃，最为新鲜。我和小伙伴们吃够了桑葚后，满嘴唇都涂上了桑葚的深紫色，还有我们的双手，也变成了紫红色，沾满了香甜的味道。

高中毕业后我离开家乡，一直在外漂泊，再也没有机会吃到如此新鲜的水果。但桑葚一直是我对家乡的牵挂。后来家人知道我对桑葚的喜好，他们帮我采摘桑葚，然后及时烘干，制成桑葚干。桑葚干放在冰箱里可以储存很长时间，想吃时抓上一把，泡上一杯桑葚水，便可以唤起儿时遥远的记忆。

现如今，桑葚这一乡间的食物不断升格，成为人们广为喜爱的水果，进入各大城市的高档超市。

确实，桑葚是极有营养价值的水果。桑葚的深紫色是因为其富含一种叫花青素的活性物质，而花青素是极好的抗氧化剂，有很好的保健价值。

正因为桑葚的营养价值，现在市场上出现了越来越多的由桑葚延伸出来的食品。昔日江南乡野丝绸产业的副产品成了现代健康食品的新宠。科学家们不仅培育桑葚品种，还研发各种桑葚的加工技术。市面上有桑葚汁饮料、桑葚酒等，桑葚大大地丰富了我们的饮食。

桑葚作为一个不起眼的水果，具有如此多的功效，可谓浑身是宝，值得我们不断探究和挖掘。

除了桑葚，桑树以营养丰富的桑叶滋养了蚕宝宝。蚕宝宝把桑叶的营养转化成蛋白质，然后神奇般地吐出了蚕丝，被制成人类青睐的各种丝制品。唐代诗人李商隐用“春蚕到死丝方尽”来形容春蚕的无私和牺牲精神。其实，蚕宝宝的贡献远不止这些，比如蚕蛹是以优质蛋白而著称的食物。

蚕蛹有极高的营养价值，通常含有百分之五十左右的粗蛋白质，还有不饱和脂肪酸和饱和脂肪酸。儿时，春蚕收获的季节也是我们品味蚕蛹美食的时节。新鲜的蚕蛹用纱布裹着用力挤掉其中的水分，再从自家菜园割一把韭菜，就可以用新鲜的菜籽油烹制一盘美味的韭菜蚕蛹。几十年过去了，炒蚕蛹的鲜香一直留在我记忆深处。母亲深知我喜欢吃蚕蛹，为了让在远方的我吃上蚕蛹，她在春蚕收获的季节用盐水煮新鲜的蚕蛹，烘干后寄给我。煮好烘干的蚕蛹既可以做零食，也可以加点料酒姜丝清蒸，是极好的下酒菜。如今，家中冰箱里的蚕蛹成了连接家乡春天的纽带。

桑树，一棵原产于我国的普通的树，通过蚕宝宝的奉献，以丝绸为载体，演绎了持续数千年、横跨几大洲的丝绸之路。桑树，也通过舌尖上的味蕾传颂着人间美食的故事。

## 野　菜

伴随着社会变革而变迁的食物还有野菜，很多不起眼的野菜在不断丰富我们餐桌上的食物多样性。

荠菜算是一个代表了。儿时，到了春天，我们可以在田埂边、桑园里随处挖到荠菜。荠菜加些肉末可以成为老家用米面做成的包子的馅。荠菜本身具有独特的香味，当和脂肪混合后可激发出更为深远的鲜味，这种鲜味一直留在我记忆深处。如今，每次吃到荠菜馄饨的时候，那个悠远的草香味都会勾起我无限的乡愁。听父辈们讲，饥荒年代荠菜是名副其实的“救命草”。

除了荠菜，清明时节，老家有一样依赖于野菜的传统食物——芽麦塌饼。我总记得小时候冬天里母亲要浸泡一坛小麦，待小麦发芽后沥水晒干。晒干了的小麦我们叫芽麦。芽麦磨成粉加上一种神秘野菜的配合，就可以制成风味和口感独特的芽麦塌饼。这种野菜的学名是鼠曲草。当春姑娘来到江南，大地复苏，鼠曲草也快速生长。采集新鲜的鼠曲草，在锅里煮熟捣烂和芽麦粉混在一起就可以做成芽麦塌饼。我年轻时离开家乡在外求学，二十多年后再次吃到芽麦塌饼时，一下把我拉回了童年时光。芽麦塌饼的甜味来自小麦发芽产生的糖分，而捣烂了的鼠曲草的草香味和麦芽糖浑然天成。这种香甜味加上融入面粉的鼠曲草纤维，共同造就了芽麦塌饼特殊的口感。尽管清明时节江南各地都有吃青团的习惯，但是我吃过的所有的青团都不及家乡的芽麦塌饼。

蒲公英，一种遍布大江南北的野草，具有特别的花絮。迎着风吹散的蒲公英的花絮，成为拉近儿童与自然的距离的象征，成为人与自然和平共处的象征。

其实，蒲公英还是具有清热解毒功效的中药，在我国古代很多医书中都有记载。由于人们对健康食物的青睐，如今蒲公英已经被广泛栽培而上了餐桌。蒲公英既可以凉拌，也可以和各种肉搭配成为包子馅。另外，蒲公英还被开发成保健茶而广受欢迎。

随着生态环境的改善和农业科技的发展，很多昔日的野菜可以得到规模化的种植。如今，你在超市里可以看到越来越多的野菜。丰富的野菜进入我们的视野正显示了人们对多样化食物的渴望，与其说是渴望，倒不如说是我们返璞归真。人类在漫长的演化历程中，曾经以六千多种植物为食。1950 年在丹麦西部泥炭沼泽地里发现了保存两千五百多年的人类遗体，考古学家发现这具遗体的胃里还残存着由大麦和亚麻籽煮成的粥，同时还有大约四十种不同植物的种子，很多是野生植物的。目前，地球上的狩猎人群中，生活在东非坦桑尼亚的哈扎人，他们至今还以八百多种植物和动物为食。

人类从丛林中走出来，只有少数动植物得以驯化利用，开启了农业文明。但是如果我们过分依赖相对单一的物种，不仅会带来生态的灾难，也会让我们的食物系统变得脆弱。十九世纪中叶爱尔兰的土豆饥荒就是一个例子。科学研究告诉我们，食物多样性的提高可以更好地保障地球资源的永续利用。所以，为了人类在地球上持续繁衍，我们在吃饱吃好的同时，也要保护好生物的多样性，使地球在良性循环中变得更加健康。

时代在变迁，人类的食物也在不断演变。这种变迁，是为了让人类与自然更好地和平相处，和谐共存。

# 额尔古纳密码

吴颖丽

## 上　篇

是什么，让那些异乡人甘愿为你终日劳作，

又甘愿在你的怀抱里安息？

“父亲生前曾多次对亲友谈起，特别热爱和赞赏移民之地的壮美山河和四季神秀，多次望着下护林东南方不远的墓地说：‘下护林终南山其东青山密林，优雅肃静，其西大河奔流，波澜不惊，春来草木复苏，雪消绿荫，夏时草原无际，百花盛开，秋收麦硕花浓，如锦似金，冬临大雪飘飞，天地坦白，真乃安宁、静滢、吉祥之地，如果我能在那里长眠最好。’不期父亲心言兑现，长眠于让他魂牵梦绕、引以为豪、人生出彩的第二故乡的‘终南山’。”

这并非戏剧台词，也不是某种文艺腔，这是杨起勤感怀父亲的原话。杨起勤说，他的父亲杨胜印老人1900年4月出生在山东省泰安县马新宅村。杨家祖辈都是佃农，房无一间，地无一垄，始终住在给富裕大户扛活时在田边搭建的茅草棚里，缺衣少食，饥寒交迫。每到农闲，杨胜印的父亲便带着他的哥哥奔波在黄河以北的各地乞讨，而年仅八岁的杨胜印则在当地乞讨，供养身体瘦弱、几近失明的母亲和尚在襁褓中的弟弟。和许多山东人一样，十八岁的杨胜印也曾“闯关东”，在长春码头“扛大个”，在哈尔滨开铡草铺，希冀改变命运，让家人过上好日子。然而1931年日本人发动“九·一八”事变后，东北屈辱沦陷，不甘当亡国奴的杨胜印毅然关掉铡草铺，投身抗战，成为“抗联”秘密情报员，以邮差身份做掩护为部队运送物资、递送情报。杨起勤说，当年父亲赶着马车递送邮件的范围很广，从密山向北走遍了虎林、宝清、饶河等寒凉之地；向南则是一路鸡西、穆棱、牡丹江、海林、宁安、绥芬河、东宁等北地村屯。无论风雪肆虐、虎狼凶残还是敌寇狡诈，都没能阻止杨胜印一次次胜利完成看似全然无法完成的任务，获得“杨好子”美誉。“八·一三”事变后，得知老家泰安也掀起了抗日浪潮，杨胜印决然返乡，和老家人一起投入对敌斗争，并很快成为当地知名的抗日爱国民主人士。时光荏苒，到了1955年的春天，五十五岁的杨胜印又响应国家号召，带着儿子杨起勤和他无人照料的婶子一家移民到额尔古纳旗（现称额尔古纳市）三河镇的下护林屯，支援边疆建设。

在下护林，杨胜印先是带着自己的家人起早贪黑忙耕种，靠着吃苦耐劳，不到两年的时间，就让全家人不再缺衣少食。1957年，下护林生产队成立并逐步发展为国营农牧场，组织大家集体打牧草、拉烧柴、开荒种地。因为开过铡草铺，还赶着马车当过邮差，杨胜印被安排带着四名移民老乡负责五十余头（匹）牲畜的饲养管理。杨起勤说，父亲的工作听上去不起眼，实则责任重大——在当时的农牧业生产中，大牲畜是十分珍贵的生产资料，耕种运输靠的全是它们。父亲自然深知兹事体大，便一头扎进牲畜饲养工作，没日没夜地干中学，学中干，很快成为行家里手，熟练掌握了舍饲初期先喂秋草、寒冬喂伏天干草保膘、开春喂霜干草败火、产奶畜和哺乳畜补喂适量多汁饲料等精当的饲养方法，把牲畜们饲养得身强体壮。“父亲对牲畜好，绝不仅仅是为了让它们好用。”杨起勤说，父亲是在饲养这些牲畜的过程中日益爱上了这些富有灵性的“伙伴”。为了避开夏季蚊虻叮咬牲畜，杨胜印总是抢在早晚凉爽的时候放牧。为了避开中午的酷暑，他就把牲畜赶到山顶风凉处打盘休息。而为了及时照顾好牲畜，杨胜印还把自己宅院内设施较齐全的大马圈无偿献出，使自己的家一半成了饲养员工作室，一半成了饲养牛犊（马驹）的“育婴室”。每当母畜产下犊（驹），杨胜印都会毫不嫌脏地把浑身黏糊沾有污物的犊（驹）抱进自家屋内，把它们擦洗干净，脐带消毒后再抱出去，好让它们干干净净并及时吃上第一口初乳。到了数九寒冬，杨胜印就挨家挨户收集破旧棉被棉衣，亲手缝制成御寒被，每晚不厌其烦地披盖在身体较弱的仔畜身上。冬季舍饲期间，杨胜印几乎每天清晨三点多就起床清理棚圈，以免牲畜粪便硌坏牲畜乳房和身体，夜间又三四次起床，给牲畜补添饲草，提防野兽伤害牲畜。在很快成为饲养行家的同时，杨胜印还积极学习畜牧兽医常识，不仅能自行处理一般的牲畜小病，他甚至还从当地的华俄后裔老乡那里学会了土办法，用温毛巾加热后的砖头为产畜后乳头发炎的母畜反复揉搓消炎，虽然经常累得手腕酸痛，但效果奇好。杨起勤说，父亲对牲畜爱惜有加，牲畜对父亲也怀有特殊的情感，即使未被驯化、其他人难以靠近的牲畜，也会乖巧地依偎着父亲，讨要抚爱。

杨起勤说，也许正是在与下护林这片热土、与这片热土上的山水生灵之间日复一日的水乳交融之中，父亲逐渐爱上了“异乡”，爱上了让他身心得以安放的“第二故乡”，从而“异乡变故乡”，心甘情愿为它终日劳作，又心甘情愿在它的怀抱里安息。

当年，像杨胜印老人那样，从一个异乡人逐步转变为深深爱上额尔古纳这“第二故乡”的山东人还有很多，1890 年出生于山东定陶县、1955 年移民到下护林的沙瑞合，就是其中的典型代表之一。据沙瑞合的外孙、如今已是孩子姥爷的闫广庆介绍，初到下护林的移民们，对当地的气候、环境、耕种方式等都不习惯。尤其是到了冬天，一边是 -40℃的气温，一边是衣着单薄的习惯，导致不少移民冻坏手脚，冻伤耳朵，而孤身一人的沙瑞合过得尤其艰苦，但即便如此，他依然和当地的八十多户回族人家、十几户汉族人家，还有几户华俄后裔人家一道，克服了民族不同、方言不一、习惯各异等困难，互相尊重、亲和友善、共同创业，建设着他们共同的新家园。

闫广庆说，在姥爷的感召下，他的母亲和父亲也于 1959 年先后赶到了下护林，并很快成为生产主力。“那时的生产劳动非常艰苦，好多活儿都是手抬肩扛。秋收时是人工捆麦子，然后再堆集起大垛，由笨重的俄式脱谷机定位脱粒，再后由人工装袋，用马车运回村里的场院。那时没有电，清粮机也是手摇鼓风式的，不仅清粮质量差，而且速度慢，选种清粮的活儿一干就是一个冬季。互助组、后来的合作社就把这类农活主要交给女同志干，因为男同志还得干上山打柈子的活。”闫广庆说，他的母亲和姐妹们就是和村里的女同志一起，干着这些看似很轻实则很重的活儿。“她们经常开展劳动竞赛，一个组一个组地比着干。每天下班，她们个个累得浑身像散了骨头架子似的，回到家还要做饭，洗衣，照顾老小。那时农工姐妹遭的罪，是现在的年轻人根本无法想象的。”提起当年的母亲和姐妹们，闫广庆总会发出这样的感叹。

而提起带着不到八岁的自己、追随岳父和妻子来到下护林的父亲，闫广庆说他印象最深的，是父亲和一位叫韩经志的大爷为一架锯，和大家一样每人赶着两个牛爬犁到二十里外的山场拉柈子的情景。“他们每天凌晨两点多起来，喝两碗咸面糊粥后，揣上两个掺土豆的黑面饼，再穿上皮大哈、毡疙瘩去牛圈套爬犁，冒着零下四十多度的严寒在漆黑的夜里就出发了。二十多里的山路，老牛要走三四个小时。天亮了，他们也到了山场。甩掉皮大哈，喂上牛，两人就开始伐树。这是最不好干的力气活儿，每棵树锯的树茬儿不能高于十五厘米，他们只能单腿跪在雪地里弯着腰拉锯。把一棵树锯倒要休息好几次，汗水把帽子和内衣溻湿，而胡子和眼眉却冻上了冰霜。他们大约要放倒四五棵树才能够数，然后打枝丫掐成段儿，再装上爬犁。干完这些活儿，基本就到中午了。四头牛把带来的草也吃光了，这才开始往家返。他们就坐在爬犁上拿出系在腰间的面饼，边赶着牛边啃着饼算是午饭。大约下午三点多钟，牛爬犁才到家，他们还要分别把柈子给各户送到院子里才算完成了一天的劳动。”闫广庆说，因为这些经历，父亲和大家一样，落下了腰腿和肠胃方面的疾病，终身难以治愈。让闫广庆同样印象深刻的，是父亲挨家挨户送完柈子，在天擦黑的时候回到家里的情景。他说，父亲到家的时候，家里人早已把晚饭做好了，就在一盏小油灯下，一家人终于可以其乐融融地吃上一顿温馨的晚饭……饭后，当孩子们还在灯下写作业的时候，大人们就都累得上床休息了。鼾声会渐渐消除他们的疲劳，让他们重新恢复体力，再去迎接又一个凌晨……

事实上，像杨胜印、沙瑞合这样，从泰安、临沂、菏泽三个专区的曹县、禹城、定陶、临沂、郯城等县，移民到额尔古纳旗的“山东移民”整整有五百一十三户、两千三百九十八人。同期移民额尔古纳旗的，还有内蒙古昭乌达盟巴林左旗的一百四十七户、阿鲁特旗的一百二十六户，共二百七十三户四百二十一人——彼时，与苏联仅隔一条额尔古纳界河相望的额尔古纳旗地广人稀——据新中国成立后的统计，全旗只有两万八千人，而在这两万八千人中，苏联侨民就有九千之多——这些苏侨一部分是十九世纪末沙俄时期额尔古纳河对岸的俄国居民，由于长期进入额尔古纳北部地区放牧、打草而逐渐定居当地的；另一部分是二十世纪初苏联十月革命前后，在其本国困难时期跨过额尔古纳河来当地定居的——到了 1954 年，苏联与我国商定了“苏侨回国定居”事宜。据此，额尔古纳旗于 1954 年、1955 年分两次动员，护送近两千户九千余苏侨顺利归国——如此一来，导致全旗空出了上千所房屋，闲置大量农牧业生产工具，突然集中起来的大量牲畜无人饲养等问题也十分突出——而当时的山东省则刚好相反：人口达到六千多万，人均耕地不足一亩，建国虽已六年，但由于人多地少，特别是沂蒙山区土地贫瘠，有相当一部分农民的生活还很贫困，以致大多数移民到额尔古纳旗的山东农户几乎一无所有，有些人家甚至只用一只篮筐或一个包裹就装下了全部“家当”——从踏上移民的列车开始，国家就负担起了他们的一切吃用。而从踏上他们的“第二故乡”额尔古纳旗开始，国家又无偿为他们分配了房屋、生产资料以及口粮，甚至炊具和餐具，还要照顾好他们的衣着、医疗等，并安排了专门的干部群众几乎手把手地教会他们套车、扶犁、播种、收割、打草等生产技能，帮助他们适应新的生活，从而解决温饱并逐步走上富裕之路——据统计，那次移民安置经费有七十万元之多——在新中国成立后国家刚刚渡过恢复时期的五十年代，对于一个只有三两万人口的额尔古纳旗，那可是一笔不菲的财政支出——直到今天，一些健在的移民老人忆及往事，还会感慨万千，说他们“永远不会忘记党和人民政府为帮助他们摆脱贫苦走向富足而付出的代价，永远不会忘记那些干部群众的辛勤与真诚”……

## 中篇

是什么，让我的父辈视寒苦为清欢，

含辛劳如甘饴？

每每沉浸在“山东移民”的烟火人生里，我都会不由得想起自己的父亲母亲乃至爷爷奶奶——在三年困难时期，随着姥姥一起从山东寿光“逃荒”到额尔古纳旗上库力乡的母亲，岂不是一名少小离家的小儿女？岂不是克服了语言、生活习惯截然不同等障碍，从一名上库力乳品厂翻炒乳粉的车间工人开始，一步一个脚印地成长为技术员、小学教师、国家公职人员——而其间所有的辛苦，即使母亲很少说起，知晓那段历史的我又何尝会不晓得？而说到父亲，他又何尝不是十几岁的小小少年，就为了大家庭的生计，和其他人家的成年人一样，去山里放牧打草拾柴，即使顶着一整天的牛毛细雨也要披着一条破旧麻袋去野外出牧——而当年轻的父亲和母亲刚刚迎来新婚，本该享受人生中最珍贵的幸福时光之时，却和彼时的人们一样，遭遇了那场长达十年的身心浩劫——而今，每每忆及过往，已过古稀之年的父亲母亲，却绝少抱怨和遗恨，说得最多的，也就是那么轻轻的几句——“都过去了”“到什么时候也不能乱”……

而说起为躲避战乱从莫力达瓦达斡尔族自治旗移居到额尔古纳旗上库力乡宝格罗夫（该地的俄语名称。蒙语名为白音扎拉嘎，意为富裕的山坳。后称第二生产队）的爷爷奶奶，父亲虽然会说到彼时的苍茫四野只有不到十户人家，乃至外出农牧甚至会时遇黑熊、狼、狍子、狐狸的经历，会说到种种的生活艰辛，然而他为我们讲述最多的，却是永久封存在他记忆深处的那些美好——根河两岸鱼翔浅底任自由、鸟落院中和人语那天地风物的美好，民族不同、语言不同却总是互敬互爱的邻里乡亲的美好，爷爷奶奶带着他和姐弟们在一起过生活时那些温馨时光的美好……

我想，这也许是因为，对于我的父亲母亲，除了身心的安放，作为故乡的额尔古纳所蕴含的更重要的意义，在于它以自己的广袤、深沉和静寂，教给了他们宽宥、慈悲和隐忍，让他们懂得拥有一颗视寒苦为清欢、含辛劳如甘饴的心，才是安度人生的根本。

## 下　篇

是什么，让你山林高阔云水依，

草海茫茫无绝期？

如今的额尔古纳，早已不再是苦寒之地，“楼上楼下电灯电话”早已由老辈人的梦想变成现实。众多的“杨胜印们”“沙瑞合们”与当地的蒙古、鄂温克、达斡尔、华俄后裔等“老地户”一道，早已把额尔古纳建设成了“每一寸山水林田湖草沙都熠熠生辉”的大美之地，跃身成为少数拥有世界历史名城资质的城市，于2005年，在第七届中国地产节暨亚洲地产博览会上，被评为“中国最具发展潜力的全生态城市”；于2012年，经联合国人居署审议列入“100个世界城市”，成为集“全国休闲农业与乡村旅游示范县”“中国特色旅游最佳湿地”“中国最具民俗文化特色旅游目的地”“国家级风景名胜区”等荣誉称号于一身的宜居宜旅之地。

是的，今天的老家额尔古纳，正以其独有的森林、草原、湿地、河流合围而成的原生态绿色净土、以其独有的额尔古纳河文化吸引着世界的目光——多少国内外慕名而来的人们曾沉醉在它十九个民族和谐共生的多姿多彩里，沉醉在它“亚洲第一湿地”那高纬度、低海拔河湖林草的独特样态里。

是的，今天的老家额尔古纳，才终于向世人呈现出它蒙古语“捧呈、递献”的真正含义，为世代繁衍生息在它怀抱里的人们，为远道而来看望它的人们，捧献出一个美丽的新世界——额尔古纳，这片地处呼伦贝尔草原和大兴安岭过渡地带、素有“呼伦贝尔缩影”美誉的土地，这束中国雄鸡版图上最靓丽、最耀眼的“雄鸡之冠”，这座拥有六百七十余公里边境线、高居北纬五十度的英雄之城所独具的韵味，岂止是“羊群好像片片的白云，撒在草原上，多么爱煞人”，岂止是“轻骑踏月不忍归”……

有时我会想，是什么使得我的老家额尔古纳如一段不老的童话，任你风吹雨打，总能“山林高阔云水依，草海茫茫无绝期”？也许，这个问题会有许多答案，也许，这个问题只有一个密码——在那片热土之上，人与自然之间、人与人之间，早已相偎相依，不离不弃，早已天人合一。

★★★

# 提名奖

| | |
|---|---|
| 冯　杰 | 杨文丰 |
| 陈蔚文 | 刘致福 |
| 人　邻 | 吴晓明 |
| 草　白 | 黄跃华 |
| 周吉敏 | 盛　慧 |

# 山和人和汤

冯　杰

## 一、熊耳山下的曹植甫和洗澡

远看大山长得像一只熊耳朵，才叫了这名字，和一只真实的熊关系不太大。

卢氏县辖熊耳山之下，属于小秦岭范围，是河南省面积最大、人口最少的一个县，这座边城有中原“深呼吸小城”的美誉。我是第二次到卢氏，第一次是五年前到卢氏县城，这次到卢氏汤河镇。在汤河镇就不得不先说“洗澡”话题，再细说该是“曹植甫和洗澡”。曹植甫先生知之者甚少，知其子者要比知其父者多，曹植甫的儿子是翻译家曹靖华。

在我供职的河南省文学院，南北有两排青铜浮雕，南大厅是十位中原历史文化名人，北大厅青铜浮雕上有十位当代河南作家，分别是曹靖华、冯沅君、李季、师陀、刘知侠、任访秋、李準、姚雪垠、苏金伞、乔典运，诸位大师像文学树一样站着，只有曹先生拄杖端坐。曹靖华故居在卢氏五里川村，我第一次在2016年夏天到访，那年故居还未改造，凳子、门框、石阶、灶台，一一散发着乡土气息。2017年县里提升改造，改造后，诗友发给我看照片，觉得成了一个平常的游览馆，失去了一种气息。那次我还参观了卢氏县委办公的土坯房，胸佩党徽的讲解员说，县委的公仆们一直住在1957年建造的土坯房子里，平时作为媒体典型报道，对外号称是“身在土坯，情系人民”。幽默的是，不出几年，便有公仆犯案。

曹植甫先生也是一直住在卢氏土坯房里，这位二十岁就考取光绪十五年秀才的乡村教育家，一生致力于小秦岭山区一隅的教育事业，他在乡村讲台耕耘六十多年。儿子曹靖华和鲁迅先生有交往，鲁迅和他通过一百二十多封信，他给鲁迅寄过河南南阳汉画像拓片、卢氏的中药、柿饼甚至柿饼霜，为治疗鲁迅的哮喘。交流时曹靖华说过他父亲的故事。鲁迅先生感动于曹植甫的事迹，抱病写下《河南卢氏曹先生教泽碑文》，两年后，鲁迅先生去世，我查找资料，鲁迅著作中收录记载一生仅写过的两篇碑文，一篇给“未名社”的韦素园，另一篇是为曹植甫。后来被毛泽东看到，称之为“以不朽之文，传不朽之人”。

鲁迅写碑文时，曹植甫还健在，照中原风俗，活人一般不能立碑，鲁迅撰写的碑文一直没用。曹植甫先生去世后，卢氏当地把碑文刻在五里川中学学校里，建了一座“尊师亭”，我第一次去时曾拜谒过，碑文镀着金色。诗友从陕州给我寄来鲁迅的这篇碑文的一张拓片，我一看不是原拓，当地县政府作为卢氏文创产品送礼，用电脑印刷装成轴，印得很粗糙，降低了鲁迅先生书法的神韵，有点可惜。我就建议以后要做到原大精品。

曹植甫先生在小秦岭脚下，除推广乡村教学，更有“乡村士风”，他知道，士不近民，等于纸上谈兵。

洗澡前我在汤河镇特意查柜台上的宣传资料，说如今汤河裸浴温泉已经和云南天生桥温泉、勐拉温泉、怒江温泉、泸沽湖温泉，重庆东泉、乡城然乌温泉、丹巴温泉，西藏德宗温泉，并称中国九大裸浴温泉。中国人喜欢这类数字的“抱团取暖”，九大温泉有一个共同点，就是都有裸浴的风情民俗，有点噱头。

小秦岭脚下的温泉在河南有“中原第一泡”之称。做广告都喜欢“第一”。

汤河温泉位于熊耳山南麓汤河镇，俗称“汤池”。《卢氏县志》载：“汤池在熊耳山足，夏可熏鸡，冬可沐疡。”距今已有一百三十多年历史，也被称为

“百年古泉”。当地人给我讲温泉传说，泉山下压一太阳，乃后羿所射之日。才有了这些用不完的热量和热汤。和其他温泉不同的是，卢氏汤河温泉泉水是从石缝中自然涌出，水温高达49.5℃，化验后发现含硒、锶、硫、氟、钙、铁等四十多种微量元素。常浴汤池水可医治风湿性关节炎、皮肤病、麻痹症、神经痛等多种疾病，对痤疮、湿疹有较好疗效，这也是汤河方圆数里没有人得皮肤病的原因。可谓天赐温泉。

过去泡汤基本上是卢氏男人们的专利，女人只能在远处端坐，徘徊，“望泉止渴”。有着新文化思想的曹植甫先生觉得这不公平，从中调停，他用粉笔在汤河池边的青石板上写下“汤规”，列出规定，按农历划分，女人农历单日沐浴，男人双日沐浴。

以后的日子，在小秦岭熊耳山脚下，男女轮日裸浴，男女们面向蓝天白云，尽情沐浴，形成独特罕见的裸浴奇观，成为中原地区少有的“天人合一”的原始风情。甚至旅游向导讲解时加上八卦，成为一景，使无数外来度假的游客感叹、称奇。

2016年我第一次来卢氏时也充满好奇，那年夏天卢氏举办一个山水诗文大赛，我应邀去当两个评委之一，另一位是北京来的诗人洪烛先生。洪烛本名王军，少年早慧就成诗名，双方都认识，却是第一次见面，不料初见即终见，两年后他突发脑出血英年早逝。

活动里安排有观光大山裸浴这一项。车子在山脚下温泉对岸停下来，开旅游车的司机师傅下来抽烟，说，这个位置最好，你们看吧。

那天恰好是女人的洗澡日，车上的女士们说，我们不看，要是今天是男人泡汤日就好啦。有人马上说，女士们可在卢氏多待一天。

我眼睛近视，擦擦镜片，远望着对岸，绿水青山，一片模糊。有一诗人开玩笑说，冯老师在这里摆个摊子卖望远镜吧。

我说就凭你们十年也不来一次，生意不会太好。

大家在世俗的话题里感受山水，青山依旧，风俗依旧，阳光平静地照射在松涛之上，大山无语，熊耳山下的女人们晃动在青山绿水间，嬉笑撩水，她们以最自然的方式去接近蓝天，沉重里难得的片刻轻松。小秦岭的熊耳山下，天地有大美而不言。

## 二、沐浴时看到月亮

这次刚来时，汤河镇熊书记说，你上次来时没泡澡，到汤河镇不泡一次澡等于没来过，吃过饭我们也要泡澡。

汤河镇党委书记叫熊彦召，七零后。

他推广本土文化资源，泡澡如今成了汤河镇的第一品牌。这里除了自然的汤池，还专门设有度假区，分室内温泉区、露天温泉区、裸浴体验区、山墅客房区、民俗裸浴区六大部分。后来为了提升，设立五行汤池、温泉石板浴、温泉游泳池、溶洞汤池、木桶温泉浴、山墅汤池、裸浴汤池项目。

我说书记可要带领我们亲自下水。大家在月光灯光交映的汤河温泉区穿梭。山河一时如梦。熊书记说如果经常泡澡我腿上的滑膜炎也能泡好，还说，周围十里内村民没有得腿病的。我只泡一次，只能算尝鼎一脔或蜻蜓点水，上山时还是腿疼。

一个人在城市泡人工温泉常见，在大自然山里就少有了，感觉也不一样。这是一汪野池，温泉是在洗涤山色。在大山倒影里，泡在夜色里，泡在星光里，泡在月亮地里，泡在银河系里。热气腾腾的氛围里，抬头能看到熊耳山的月亮，月亮像熊耳朵一样向上耸动。下面还有细流在温暖涌动。

温泉池旁边，竟奢侈地立着一棵盛开满头白花的梨树，梨树不泡温泉，它的倒影在泡温泉，山树只陪着山泉。山风吹来，梨花落在温泉池，恍惚里分辨不出上面是梨花还是月光。满池山川草木的清香飘来，下面又有细细暗流穿过。

## 三、饮虎池

第二天还沉浸在熊耳山青梦里时，熊书记早早就来了，喊吃早饭，领大家吃卢氏独特的“锅盖面”。熊书记说，别看这道面一般，都上过“舌尖上的中国”栏目。

昨天刚来汤河镇时，我下车第一眼见到年轻的熊书记腰板挺直。我问他当过兵？他说没有，只在体校培训过。我说他不像我走路低头哈腰，像要捡钱。他说在乡下工作从没有节假日，有时累得也趴在那里直不起腰。他在基层干了近三十年，其他同事都升到县里、市里，他自己还在熊耳山下。他幽默一下，可能因为也不姓熊吧。部下个个都很年轻敬业，那天车子正在山路上盘旋，李干事说看到远处山坡像冒烟，马上下车去督促排查。

熊书记说，全镇一直想在景区打造些文化点，推广本地旅游，这里好景多得很，你看对过这块崖壁，像老虎，我们平时都叫老虎头。

我说这名字太平，像一只饮水的老虎，虎头下正好一方清潭，深不见底，该叫“饮虎池”，大家喝彩。王站长说冯老师还是书法家，要给我们题字。我答应了便后悔，说怕到时景点收门票骂我。后回到郑州，在宣纸上写了“饮虎池”，写后交给王站长转去，展字后调侃说，冯老师写的老虎怪性感。

小秦岭在汤河放生一只水老虎，它在小秦岭月光阳光里饮水，日夜饮水，独舔水中风月。这样一比，山里老虎比城里动物园里的老虎幸福指数要高，在自然里，哪怕它是一只稳定的石虎。

熊书记说，因为明天自己要带队，检查布置全镇森林防火工作，让老黄领我们上山，老黄是“山里通”。

## 四、老黄

第二天，老黄骑一辆旧式雅马哈摩托来了，说是老黄，比我还年轻，人长得敦敦实实，像小秦岭的一块石头，属七零后。我说黄书记，你和总书记都是书记，你是中国基层最小的却接地气的书记。

老黄脸一红，说，哪里哪里，我才当了不到俩月的新书记。

老黄是附近几个村组的书记，今年 1 月 13 日村党支部改选换届才走马上任，他当初心里并不想当这个书记。他在卢氏、三门峡都有自己的工地、公司，知道村里党务事麻烦，不想参与，熊书记多次做工作，才说通老黄回来，为家乡干点事。满打满算今天老黄才上任俩月。他说，我们是他上任以来接见的第一批“外宾”。

他对家乡一草一木分外熟悉，每一种山花野草名字都叫得出，同来的诗人在写植物诗，不断问老黄草名。山路上，我看到几棵山茱萸树下多出几个土堆，他看一眼就说是野獾昨夜拱的，春天的野獾喜欢吃植物的根，新鲜。

第一站到东坡村去，让他坐车一同上山，他说你们车只能开到半山腰，恐怕还没有我骑摩托快。果然，小韩把车开到半山腰就停了，大家下车步行。

老黄摩托车先到，他坐在石头上等着我们。

## 五、小秦岭的“清明吊”

在中原，清明节和“十月一”都是怀念先人的节日，我老家北中原风俗是“早清明，晚十一”，清明前一天上坟，最晚在清明节上午。豫西清明节前几天都可以上坟，但要选单日，不能双日，大家最习惯农历二月十五这天上坟。近年因为护林防火政策严格，大山里不让烧纸，不让放鞭炮，动静就稀少一些。也有胆子大的放鞭炮，结果被抓起来轻则罚款，重则拘留。

卢氏小秦岭的植被好，植被率百分之九十多，护林防火成为基层第一大任务。每年十月到五月，都在防火期里。护林防火是基层工作的重中之重，其他业绩再大一把火也就没了。

每到这一段时间里，熊书记和乡里干部们都提心吊胆，唯恐哪座山头忽然冒烟，出一股白烟，像个白色惊叹号。熊书记说，就是吃饭时一有情况也得放下筷子。

前一天正好赶上全县的“连翘花节”开幕。今年天气冷，满山连翘花低调，只开了二分之一，花开一半也算留余，有的地方看起来只是半山黄花。在上山路上，除了黄色连翘花，不时见到纵横树枝上，斜斜挂着一条一条白纸，白纸笺细细瘦瘦，在山风里颤抖，在和大山说话。

老黄说，这叫“清明吊”，如今不让放鞭炮了，大家就要多挂些“清明吊”。为了环境生态，小秦岭人不得不收敛一下寄托和情感。

卢氏之所以有中原“深呼吸小城”之称，有全县人的努力。我刚到卢氏，没下车手机先响一声，收到两条信息：第一条是人人防火，再一条是禁止捕杀野生动物。

## 六、老傅两口子

步行上山，拐个弯就是老傅家，这时，马上响起一地狗叫，大大小小四五只狗在合唱，还有两只猫掺和其中。老黄一声吆喝，狗也认得书记，叫声马上停止。院子主人老傅扛着铁锹正要下地，见我们来了便不再出工。

老傅叫傅维献，身体健壮，一点儿也不像七十七岁的人，村里唯一住户就是老傅两口子，可谓“两个人的村庄”。他在下面汤河镇退休二十年了，每天就是下地干活。

坐在老傅院子里。

老伴六十五岁，比老傅小一轮，是本乡的，在一边光听不说话，任老傅多言。大家开玩笑说，老傅当年是国家人员，人也齐正，还有工资，肯定吸引周围十里八村的美女来说亲。

我看到院里堂屋贴的门对是黄颜色，原来豫西民俗里，家里有人去世，第一年贴绿颜色门对，第二年贴黄颜色门对，到第三年才恢复正常贴红颜色门对。想起豫北风俗，家里亲人去世则三年不贴门对，还是小秦岭下的人间烟火气更浓一些。

老黄从走廊上提来一筐风干的柿饼，老傅又从配房提出一筐核桃，让大家吃，柿饼晒得粗糙，上面泛着白霜，老傅说要吃霜多的柿饼，发甜，柿饼放到一定时候上面白霜还会退回。我想到卢氏人曹靖华给鲁迅寄柿饼霜的故事。我吃了两个，有的柿饼皮还没削净。我吃时找到了小时候在北中原乡村赶集会上吃的感觉。

我问，咋不卖？老傅说，屋后山上柿树结的，秋后都没人摘，自己留着吃，其他留给鸟吃，这柿饼卖相不好看，但好吃。

老傅的院子坐落在山坡，背靠大山，周围全是自己开垦的田地。一个儿子在广州打工；两个女儿早已出嫁，大的近在本县，小的远在邯郸。现在交通方便，但十多年里他竟没看过在邯郸的女儿一次。我开玩笑问，是亲生的吗？一直沉默的老伴在一边才开口说话，咋能不是亲生的。

老傅自有不出门的道理，说现在自己用老年手机，只会接听。在手机上不会使用支付宝，不会微信，出门还要那啥外？我说是 WiFi。老傅说出门怕自己丢了，进城搭公交都得手机支付，连喝羊肉汤都用手机。干脆哪里也不去，就在山里待着。

老傅说，两口子冬天也不生火，习惯了。我问，要是天冷了咋办？老傅说，冷了就扛个铁锨上山干活儿，人一干活儿就不冷了。他有自己的道理，说人长期烤火也不好，自己不烤火从来没有感冒过。

两只猫听着山中话题，卧在阳光里，无动于衷。

黄书记说汤河镇大部分是山，地少，人均四分地，不过现在没人种地了，种一年还不如外出打工半年收入牢靠。老傅自己靠气力开垦了二十亩地，这些年国家“退耕还林”政策出笼，限制了他的土地扩张计划，要不然他还能开更多。

他说，主要是种玉米，种玉米不紧张，收割期十天半月里都行，不像收麦三天紧张。老傅养成习惯了，一年四季都下地，他说种地不图效益，身体好是最好的效益。不下地的日子，只要是单日，就下山去洗澡。

他说的下山洗澡，也是在山下当年曹植甫先生制定“汤约”的汤河温泉。

坐在老傅的院子里，我一时没有时间概念。院子里有一方捣米的石臼，没有先人数百年摩擦，不会有那样的包浆，山坡放着一架木头犁，坯墙边放一架木头犁，两架木头犁让我一时恍惚，觉得时间在大山深处傅家院子里凝固了，从汉代到此刻，耕地一直是木犁，和农具图谱上的木犁一模一样，中原其他地方见到多的是铁犁。

他说，这些木犁都是自己做的，有弧度的木犁把不好凑，需要平时留意山里有弧度的木石。

老黄指给我看，还有一个“马脚”，就是三条腿木架，平时为锯树稳定。小韩建议我带走摆到书房里，说会更像农民诗人。我对老傅说，木犁放在地上时间一长，会糟透长木耳，最好把这两个木犁吊到墙上，以后办个汤河农具展，再说木犁上还有你的感情。

老傅说，我哪有闲心捯饬这闲事。

从院子缺口处看到山坡下是他开垦的大片田地，老傅说那是玉米田。提到玉米，老傅马上说到野猪的事，说下面自己开发的五亩地这几年都种玉米，秋后不怕人吃嫩玉米，就怕野猪吃，野猪像过山风，过来整个玉米田都糟蹋了。去年在玉米田架铁丝网抵抗野猪，光买铁丝网就花了三千多。老黄叹息道，这野猪也聪明，嗅觉灵敏，单凭鼻子闻闻风向就知道哪一块地玉米甜。

我说，城市人和城市猪早已迟钝啦，说罢忽然羡慕起这里的生态环境。下山路上，老黄却说出一个担忧，这里空气虽好，只是医疗条件差，设施空档，全镇老人平时不检查身体，有病也不去医院，说泡泡澡就好啦，一旦有大病，便来不及啦。

## 七、出乡和回乡

东坡村三十七户，如今都成空房子了，在家住的有三户，五口人，岭上村有五十一户，住人有两户。我说都成空心村了，老黄坚持说，能有一人住就不算空心村。老黄不无忧虑地说，十年之后，二十年之后，这些四零后、五零后没有了，山上最后的坚持者消失了，谁还来？恐怕那时才彻底叫空心村了。

到石门上村，这里一个居民组，一共四家人，老黄说前天我来这一家还有人，领着我们上坡进院，屋门没上锁，却空无一人，鸡圈里鸡食还是新鲜的，看来院主人刚刚出门。院子里只有一树桃花开放，阳光一照，满树鲜亮，树一点儿不寂寞，我看惯了城市超市里布置的假花，一时觉得那桃花有点不真实。

老黄说，附近上面那一家是我岳父的院子，我也一年多没上去过。

我说，老黄你不能三过家门不入，去看看。

老黄岳父家院子地势好，坐北朝南，一棵大核桃树枝在八面出锋。出来一位年轻人，老黄说是他丈哥，两人站在一块相比，我笑了，丈哥长得比妹夫还年轻。他丈哥一直在城里住着。丈哥说屋里有开水，我掂一把凳子，端着一瓷碗水到外面阳光下喝，大家都不进屋了坐在阳光里。我看到身边几丛新篁，黄竿子不像本地绿竹，他丈哥说前年做生意时特意从西安拉来栽下。我说他有雅兴，丈哥说平时也不来，今年清明节来上坟才来一次。

下面一户人家院子显得原生态，杂花生树，同样没人住，阳光注满院子。打个招呼，主人今天刚从城里来上坟，才有机会观照院子，他扛着一棵银翘树，要栽在自家山坡地里。

在阳光里聊天容易瞌睡。我问丈哥每年来几次，他说平时不来，今天上坟就来了。诗人在一边问，这里多好，山清水秀，你咋不常来？丈哥说县城也好。诗人接着又问，这么好的地方，你老了难道不想回来住？丈哥说并不觉得好，县城里有暖气，冬天也不冷。

我说，人家好不容易走出大山，奋斗到城里，你们咋一个劲动员人回来干啥？

诗人想想说，也是，和我想的不一样。

下山路上，看到一家孤独的小屋，屋脊上长满青苔。院子里坟头上的纸幡似乎还泛着新光，院里坟上绑着新的“清明吊”。

一个高个子年轻人正在关门上锁，见到老黄，打个招呼，问：黄叔，我骑了摩托在山下面，需不需要载人？我和年轻人交谈，他叫李启龙，在苏州打工，1999 年生，年轻得很，清明节前特意从苏州回来给父母上坟。走在山路上，小伙子比我还高一头。他对我说，平时路远不能回来。清明节一定得回来，坟不能不上。

我问，你以后还准备回老家吗？

小伙子很实诚，说，现在还没考虑这么远，等挣够钱再说吧。

看着他下山的背影，老黄对我们说，这孩子命很苦，是个孤儿，两岁时母亲就去世了，二十岁那年父亲去世。在连翘花下，老黄身边的诗人听得眼圈湿润，说像根刺卡住了喉咙。

路上不时见人上山，有开车的，有骑摩托车的。这位最基层的书记说，平常山里除了野鸡，你根本见不到这么多人，今天来的都是在外地的本地人，来给逝者烧纸的。

我忽然冒出一个书生念头，尽管“乡愁”被诗人在文字里反复抄袭，成千上万吨了，如今可还有人再理解“乡愁”这个概念?

## 八、老刘家最后的电器

对过那个村子叫山后沟村，有四五户人家，如今剩下老刘两口子一家住在山上。山路陡峭，要是冬天下雪肯定上不来。他和东坡村老傅家喂狗不同，他多喂了一群鸭子，刚进门一院子鸭子声音来欢迎，比老傅家的气氛显得平和多了。

大山里平时就他们老两口，今天人来得最齐，儿子、媳妇抱着六个月的孙子站在院子里，也是清明节的缘故，我问老刘的孩子，小伙子说一年四季都在三门峡打工。

小秦岭布满各种各样的花草，卢氏一直是中原的中药库。山路两边，垂挂满一种白色花，一条一条的，同来的诗人在手机上核查白花的名字，最后对我说学名叫“绣线菊”，问老刘，他说那叫“石梦梢”。我们都觉得绣线菊没有石梦梢名字好，翻译成古波斯语就叫“石头在做白色的梦要飞翔”。

一枝一枝的石梦梢在大山里挂着，寂寞地在清明前开放，倒像这里怀念故人的一串串“清明吊”。老刘说，人都下山了，屋后连山楂红了都没人摘。老刘没有东坡村的老傅会经营田地，宁可荒着地也不翻腾。我看到厚厚的山茱萸核倾倒在屋外山崖下面，觉得可惜。老黄说，山茱萸皮剥掉核就没用了。

我捡拾一颗，用牙都咬不动，觉得可以穿一串珠子。

老刘没有老傅年纪大，却没老傅的气色好，有一年因腹腔积液伤了元气。老刘不像老傅那样喜欢种庄稼，他不种庄稼的原因主要是山上有野猪，有花鸡，说种一年还不够花鸡、野猪糟蹋。

老刘说，庄稼长熟时，花鸡先从屋后飞来一大片，枪早收走了，又不能打。他说的“花鸡”原来是中华红腹鸡，属于二级保护动物，来前我见过三门峡民间摄影家张明云，老张今年专门拍摄中华红腹鸡专题，他说那就是民间传说中的凤凰。去年春天老张带着一尺多长的大焦距镜头，曾带领我们在灵宝中华红腹鸡定点拍摄棚里，说这是有一年专门为一大领导搭建的用于拍摄红腹鸡的。那次我们也观察了一下午，却没见到一只凤凰来到人间。小韩说，要是这次老张来，肯定喜欢得不得了。

除了花鸡添乱，老刘说糟蹋厉害的是野猪。老黄就建议，你也应该像老傅那样用铁丝网网一下。

老刘说，我哪有那么大的铁丝网，这么大的山得用多大的铁丝网，才能不让野猪下山？干脆不种去尿。看来，老刘想网住屋后一座大山，不想网住自己那一小块玉米田。

老伴抱着孙子马上笑了，孩子嘴里没牙，大家都笑了。老刘也为自己的想法得意。

老黄领着我们在一座一座空院里转悠，院子上方天空辽阔，地上长满杂草，屋顶长满瓦松，墙上挂满玉米皮，有一家门口还放着一方凳子，似乎院子主人昨天才下山，凳子等着主人来温存。

老黄下山时，手里掂着一件“电器”，是他在空院子废墟里捡的一个老式手电筒，这种手电筒山下早淘汰不使用了。我对它很有印象，小时候上学走夜路带过，没有手电筒走夜路只有靠唱歌壮胆。

我问，还能亮吗？老黄摇晃一下说，家里还有一盒一号电池，下山后试试，肯定能亮。

下山路上，我悄悄问老黄，你也经常泡汤吗？

老黄一笑，白牙显得脸黑，他幽默地说，我把热汤水都让给人民洗啦。

# 一次别离

陈蔚文

## 一

“今天路过老师大，穿过校园，看到几个穿校服的孩子，个头与乎相似，不觉心里难过。别的同龄孩子还在父母身边，每天下学回家，乎已去沪独立上学。觉得自己着实善感，不该这样，匆匆出校园。”

去秋日记中的一段，儿子乎乎十五岁去沪读书，在校住宿。决定有些突然，之前从没想过他这么早离家，也因为突然，有些猝不及防，及至他走，仍未恍过神来。家里一下空荡，以前他在家时，我总抱怨没有多少自己的时间，要忙着对付他。能推的活动尽量推，有时去下健身房，课一结束便以百米冲刺速度往回赶……这些，都不需要了。上紧发条的时间骤然陷入停顿。家里没有个孩子在等着投喂，不需要看班群——因教育模式不同，乎的学校很少发与学习有关的信息，包括考试之类。

时间大片地空了出来，空得有些刺目，空得如梦魇午后，空得让我与自己的相处无所适从。

他十五岁了，是个大孩子了，会照顾好自己。你当年不也这年纪离家住校了吗？

是啊，就因为当年这年纪离家，遭遇了各种集体生活的不适与困惑，甚至别扭痛苦，所以才担心他。

那是你，你怎么知道他不会过得比在家更自由开心？

是，我还担心他的学习，贪玩如他，现在手机使用放开，能管理好自己吗？

与其担心，不如相信。不少父母最担心孩子的事情往往会成真，因为你的不信任一直在向孩子投射。

我知道，可……

类似对话，不停发生在我与乎爸，以及我与我之间。

最初的本能的情绪——担心、难过、不安、后悔之后，我逐渐地冷静一点。

我看到“分离”带来的负效应，看到自我消失的逼近，也突然意识到，“分离”像死亡一样，原来是需要学习与面对的。

## 二

我注视这“分离”，看到过去的岁月里，与孩子的高度连接。这大概是这个时代许多家庭的模式：操心（焦虑）的母亲加忙碌（缺席）的父亲。法国作家班博说：“要养育，要教育。要去广场公园玩，要采购，要做菜。所有这一切，没有人会去感谢你。年轻的母亲和隐形关联。因为和隐形相关，她们变得无处可见，无所不能，无所能。”

某个阶段，最能看见“无所不能”的母亲形象的是孩子，孩子和母亲互为独立世界。当孩子成长，离去，移除了母亲的可见，于是缺失到来，将她们吞噬。

再往前审视，是我不够幸福的童年带来的后遗症，造成对情感的不安全感与依附。当婚恋的热度褪去，彼此回归到个体，孩子就成为最理想的替代，他成为那个最依恋、需要我的人，极大满足了我的不安全感与存在感。这种满足提供了一种无比充实的感觉，孩子由此成为我，以及许多妈妈生活的主要核心。

儿子去沪后的第二个月，我旧疾复发，住进医院。出院后，因为不便爬楼，我们迁去了另一套有电梯的房子。那套方便他上幼儿园、小学与初中的老房，原本是借住父母的。老房完成了使命，越来越荒疏。我隔三岔五地从老房带些东西去新居，伤感忍不住围袭，房里熟悉的气息、用品，使昔日浮现，蒙灰的物品宣告一段时光的封印。

在这套老房里，一个孩子成长，从童年走向他的青春。我们老去，去向离得不远的暮年。

丰子恺先生说，“渐”的作用，就是用每步相差极微极缓的方法来隐蔽时间过去与事物变迁的痕迹，使人误认其为恒久不变。是的，在儿子离家前，我沉浸在“恒久”的错觉中，在夹杂着一个孩子带来的忙乱里无暇想太多。

在充塞着太多回忆的老房，房间被荒置的阴凉中，我看到自我伤感的荒谬。时光必然前行，无法回溯。不可能像古巴小说家卡彭铁尔的小说《回返根源的旅程》那样，一个男人在倒叙中后退，退回到中年、青年、童年、婴孩，一直回溯到母体内。那就像要求飞禽变回雀蛋、毛毡变回草原上的羊群、桌椅变回树木一样，荒谬。

没有返源的旅行。承认分离，也是承认时间的不可重返。

## 三

“我们将他养育至其自身的最高处，我们注视其间所有的发生”，对父母而言的分离，对孩子或许是逃离。逃离管束，去向更大的自由。而父母，只需承认他是他自己，除了肉身曾是你的一部分，他已与你无涉。

许多悲剧因不承认他是他而起。曾在母胎里的事实会让父母觉得孩子不仅是身体，他的精神也永远是自己意志的一部分。因为是自己的，不接受分离，即便他在地理上与你拉开距离，父母仍然放不下操控的心。

读到写罗兰・巴尔特与母亲的一则随笔。1977 年 10 月，著名法国作家、思想家罗兰・巴尔特的母亲在经历半年疾病折磨之后辞世。母亲的故去，使巴尔特陷入极度悲痛之中，他甚至想到过自杀。

从母亲逝去的翌日，他开始写《哀痛日记》，历时近两年。母亲的形象没有随着写作而淡化，反而愈加清晰，疼痛也如此，“我剩下来的生活，一直到死，一定都是坏得无法形容”。

随笔的作者感叹，巴尔特母亲用一生守护着儿子，她不但是巴尔特的生活缔造者，也是巴尔特的灵魂的养育者和庇护者。

但，突然觉得有哪里不对。在这段因儿子离开而自我省视的日子里，我对“母爱”或者说过度的母爱有了警惕。能否说，至少在“分离教育”方面，巴尔特的母亲并不成功？而这是亲子关系中重要的一环。

“他制造假象，复制过去，他不能接受与母亲分离的事实。”某种意义上，巴尔特在情感上还是个孩子，对母亲的极度依赖使他像个尚在哺乳期的婴儿，他无法独自面对一件原本正常不过的事：任何人都必须面对的生老病死。

我想起一位旧同事曾采访过的一位经商男子，男子母亲去世后，他每夜去母亲的墓地待上几个钟头，他怕母亲孤独。几个月后，他扔下妻儿，在家中自缢。

是不是因为俗世生活里的其他痛苦？我问旧同事。他说，据他了解，应没有，主要是不能接受母亲的病逝，他和母亲感情一直很好。

这样的“孝情”让人不知说什么，就像巴尔特对母亲之死的痛苦。

不只是巴尔特，搜下文学史上的作家们——

法国作家普鲁斯特的巨著《追忆似水年华》中的主人公马塞尔，对母亲怀有依依不舍的深情：他很娇惯，临睡前一定要妈妈来吻他，向他道晚安，给他读乔治·桑的小说《弃儿弗朗索瓦》。这正是作家本人的真实写照。1905年9月，普鲁斯特因母亲去世而深受刺激，住了六个星期的院，他觉得自己“不再拥有任何活下去的理由”。之后他的健康每况愈下，失眠日益严重，以至于为了隔绝噪声，不得不把卧室墙壁加上了软木贴面。

英国作家约翰·拉斯金被定义为维多利亚时期的天才，拥有大批拥趸。他母亲是一名极端虔诚的信徒，从小就给拉斯金灌输宗教思想，希望他以后能进入教会。拉斯金对此很抗拒，和母亲之间隔阂颇深，他在回忆童年时写道：“没什么是我可以去爱的。”

拉斯金进入牛津大学基督教堂学院后，母亲在附近寄宿，她雄心勃勃地希望他成为坎特伯雷大主教，致使他的大学时光生趣全无。在拉斯金二十九岁的时候，依从母亲的愿望，与一个女孩结婚。但这个女孩却一直爱慕着另一位画家，两人的婚姻只持续六年便结束了。

“她对拉斯金的‘爱’，让母亲（mother）这个词变成了窒息（smother）。”

爱－窒息，这对词也常会混淆。包装成爱的窒息，像伪装成植物的蛇，有看去和爱一样的表征，内里却是越缠越紧令人透不过气的扼杀。

亲密是人类的基本需求，然而亲密一旦逾界，它会从一条温柔缎带变成绳索。

## 四

健身房的俞姐告诉我，因为疫情，她有四年多没见到在美国求学的儿子了。四年中，儿子从一城到另一城读研，有了女友。这些变化她都是通过与他的视频了解。

“孩子总归要长大离开的。”她说。让她难过与遗憾的是，她母亲去年初离世，儿子没能见到把他带大的外婆最后一面。

俞姐和我说这些时，正是儿子刚去沪不久，我最怅然时。健身房几位姐姐以她们的实际例子安慰我。欧阳姐的女儿在香港工作，女儿希望她过去替她带孩子。欧阳姐说，我不去，我在这里有自己的生活，香港我人生地不熟，只能当女儿家的保姆。

换了我，一定会去吧？孩子需要我，我多半会放下一切，听从他的召唤。

她们为什么可以接受分离？

在心理学上，分离焦虑往往和依赖的人格特质相关。害怕被遗弃，常常把自己的需要依附于其他人身上。当然，大部分人都不会到人格障碍这么严重的程度，但多少都会存在一些依赖型人格的特质。而分离又是必然的，无论是生离，还是死别。

童年时，父亲在部队，大概两三个月有一次探亲假。我并不希望他回来，甚至害怕。每次他将回的消息都使我忧心忡忡。他逼我背乘法口诀表，因母亲的告状而毫不留情地惩罚我——像是弥补他因为不在家对妻子的亏欠。

一个孩子能犯什么天大的错呢？不听话又能顽劣到哪儿去？大抵功课不够好，放学没按时回家，在父母眼中，这些全是严重过失。

父母分离带来的后果就是母亲因劳累积攒的怨气与父亲对我们加倍的严厉。

小学的寒暑假，父母常让我和姐姐回浙中老家。父亲把我们送上车，那边由在铁路工作的二姑父来接。总是深夜到达，父亲事先告知姑父我们的到站时间。在黑黢黢的站台上，旅客快走光了，我和姐姐守着行李等待。姑父也许有事耽搁，也许他一直是那么漫不经心。

在远离家的站台上，我们像两只战战兢兢的小鸟。因为与家的分离，因为等待的惶恐，那一刻，我们原谅了平素急躁的父母。

再后来，从小庇护我的外公去世，这位慈祥的老人即使生活清苦，承担着一大家子的重负，也毫不吝惜地让我挑自己喜欢的玩具。他离开那年我十岁，寒冷的冬天，目送他的灵车拐过小街，我头顶的天空缺掉一大块，余下的那块布满阴雨。

分离是件糟糕的事，这是成长中各种“分离”告诉我的。

那些分离带来的不快记忆使我惧怕分离，它制造了截断、静止与孤独。

我看各种心理微博和书籍：

“对那些有过分离创伤的人来讲，分离不仅仅是接受一个事实，更重要的是安抚那颗衔接了过去痛苦经验的破碎心灵。”

“分离的痛苦常常是因为它唤起了一个人心底深处曾被彻底剥夺，但不允许再被剥夺一次的东西。”

有一次看本书，作者是位女性，丈夫去世时孩子还很小，她不想把伤心带给孩子。她告诉孩子，爸爸去了忽忽星球，但一直会守望着他，如果他想爸爸，可以和爸爸说话，爸爸能收到。

“爸爸，我很想你，现在我和妈妈要准备睡觉了。妈妈今天做了我最喜欢的番茄牛腩，她说这也是你最喜欢的菜。妈妈还给我买了一辆新的小汽车，因为我很乖。明天下午四点钟，妈妈会去接我放学，带我去游泳。爸爸，我会跳水了。爸爸，我在新的幼儿园里很开心，我的好朋友叫叮当。爸爸，我很想你……”孩子躺在小床上，最后一句话说完，房间里突然安静了，只能隐约听见窗外晚风拂过树叶的沙沙声。母亲捏紧了被子，脚趾头都紧紧地抠住了床单，努力让自己平静下来。

她在教给孩子如何面对分离，以他这个年龄能接受的方式。

“此时，如果我也由着自己的性子任情绪宣泄，那我们俩一定在抱头痛哭了。长此以往，‘爸爸’这个话题将成为一颗催泪弹。但是，如果我能控制好自己的情绪，或许一切都将不同。我想，这是一个母亲必须拥有的坚强和勇气。”

她从不对孩子说，“将来你一定要好好爱妈妈啊”“你会一直陪着我吗”“我老了你别丢下妈妈啊”……诸如此类让他给出承诺的问题。“正因为我是单亲妈妈，我更不会说这种话。”

她教会孩子面对至亲的死亡与离去，那是每个人早晚要习得的功课。

## 五

在动物的世界里，幼崽总是早早与父母分离，开始独立生活。比如鸟类，有些雏鸟一长出稚嫩翅膀，就会被鸟妈妈丢出巢穴，迫使它们学会飞翔。

有些还不及成年，便要与父母分离。比如鲑鱼，产下鱼卵后老鱼死去，鱼苗吃着浮游生物，独自从淡水河游向大海，途中它们会遭遇危险，有可能丧生。但这不会改变它们的生存模式。鲑鱼的生命周期与整条河的生命周期息息相关。

在广阔的自然中，许多动物与父母分离后，再也不见。即使再见，恐怕也是多年以后，不一定能相互认出。

比起动物们，人类的孩子与父母共处时间应当是最长的。真正的分离多在青春期后，如果前期没有建立分离意识，很可能青春期后的分离只是形式上的分离，父母与孩子仍是共生状态。

“父母从第一亲密者的角色中退出，让位给孩子的伴侣和他自己的孩子，由当事人变成局外人，最后父母走完人生旅程，彻底退出孩子的生活……而检验一个母亲是否真正具有爱的能力，就看她是否愿意分离，并且在分离后继续爱着。”

心理学家的这段话，精准地击中我。“是否愿意分离”，是考验一个母亲是否合格的重要标准。儿子去沪后我的伤感是否也证明我不算一个合格母亲？

我依赖着孩子对我的依赖。当有一天，他不再依赖时，我失落至极。在这看似不舍的母爱中，难道没有掺杂“共生”的潜意识？

共生，自然界普遍存在的一种生物现象，是生物适应环境的一种策略。但移植进人类关系，它往往两败俱伤。它往往与控制纠葛一处，不分彼此。共生是以爱的名义，却造成事实上的控制。

女友说起母亲，一位全心为儿女操劳的女性，把对儿女的付出奉为人生至高意义，但在这爱中的“共生”倾向令儿女们不无沉重。女友自己成为母亲后，与女儿关系融洽。有一天女儿远去异国，工作定居，有了伴侣——“从女儿有伴侣那刻，感觉她真正地离我远去了”，那阵子她像被抽离了一部分，失落痛苦。但她走了出来，不再像她的母亲那样，全身心扑在儿女身上。她写作，学英语，四处旅行，为自己而活。一个不包含孩子的自己。

## 六

“曲终人不见，江上数峰青”，离别是中国古诗词中的关键词，仅唐代离别诗中出现大量名作，传诵至今。

离别是乡愁，是美学，是中国传统文化的一部分，它指向的是团聚。“中秋”这个节日被列为第一批国家级非遗，也因为“聚”在这文化中的重要。

人生，往往却是聚少离多。

“各在天一隅，长当从此别”“但去莫复问，白云无尽时”“人生不相见，动如参与商”，古人的离绪，付与明月，付与杯酒，付与一叶孤帆，付与马背上远去的身影。今人的离绪，付与驰骋的高铁，付与气流中的飞机，付与等待回复的微信。

儿子的微信回复总是很迟，有时精炼到一个字“嗯”。

“正常！”朋友们说，我家的也这样。“嗯”字表明他很忙，有更重要的消息需回复，他的朋友圈日益扩张，父母退居一隅，要钱时才会想起。他会愈走愈远，直至“用背影告诉你，不必追”。

追也追不上，这注定是个分离加速的时代，南来北往地求学，迁徙，移居，都必然带来分离。分离，这种原本忧伤蚀骨的情感，被现代化的加速以及各种不确定在逐步稀释。古人的离愁别绪已被置换语境——在那个物质与交通都尚不发达的年代，每一次别离都承载了忐忑与风险。一个人出门后，唯凭书信联络。书信万一中断，便意味失联。

即使如李白这样“欲上青天揽明月”的豪爽汉子，也常向友人表达“请君试问东流水，别意与之谁短长”的曲婉离情。南唐一国之君李煜面对离别，更是满腔“离恨恰如春草，更行更远还生”的惆怅。

当分离已是普遍化与常态化，当无数流动与离别布满大地，无数具身体摩擦、碰撞的声响加总在一起，赶赴各自命运时，犹如一片强光将远近事物溶解成一片跳荡的虚影。

多年前，齐秦唱过的歌《离家的路》中，“昏黄的灯光不停掠过身旁延伸到无穷远处，车以不变的速度把灯与灯之间的空隙填补。”——这一幕，已是时代常景。在站台，在机场，人们南上北下，交错擦肩。

或许因为联络的便利，见面变得不那么迫切。亲戚孩子在南方，高铁返乡时间不到四个钟头，却已有两年多没回过家，因为工作忙，后来因为疫情，与父母的语音、视频替代了见面。还有位朋友，因事业与妻子分居南北，主要联络方式是微信。“没什么，不少住在一块的夫妻也靠微信联系”，朋友的话，是玩笑也是事实。

“情之所至，一往而深”，这样一种描述真是太古典了。人与人的黏合度变低，与物——譬如电子载体的黏合度越来越高，手机成为人须臾不可离的一部分。

儿子对于手机的依赖无疑胜过对我们的依赖。他正畅享独立后的自由，网络向他打开了一个令人眼花缭乱的世界，那个飞速旋转、充满物与声光电的魔盒。

## 七

电影《美丽人生》中犹太父子在集中营的分离，《东京物语》中父母与子女的分离，《泰坦尼克号》中情侣的分离，《死亡诗社》中老师与学生的分离，《忠犬八公》中人与狗的分离……几乎所有优秀的电影中都贯穿着分离，这使得所有电影仿佛可以拼接成一部跨越时空的大电影。

电影使分离具有了诗性，现实中，这“诗性”却往往是一种残酷。

乌克兰，小城哈尔科夫的一位姑娘联系不上在基辅的男友，她焦急地在网上求助，等来的消息却是她的爱人已参战阵亡。他们原准备几个月后结婚。

一位女友，疫情中她的父亲去世，因为隔离，她无法去为父亲送行，只能在视频中与父亲作最后告别。

“无数波浪从四面向我们袭来”，如歌德诗中所说。波浪猛烈处，带来不可测的离散。决定人们命运的，是更强悍与莫测的人类事务。

各种分离，终会在时间里凝固成记忆。

外部传来波浪越来越湍急的水流声，它拍打沿岸，卷起白浪，我努力从一己分离的漩涡中拔身，乎成长的时光有时难免如影子穿闪而过。稚气的话语，童真的小脸，那时的时光有如波纹闪烁的平静水面，阳光倾泻而来。彼时世界尚未有疫情，战火遥远，白桦林还在风中摇曳，第聂伯河还未染血。当他进入中学后，时间进入了另一种维度——疫情与抗疫，战争与反战，停课与复课，时代列车驶进另一条轨道，那被繁荣的物质文明、科学革命与大数据掌控的现代日常生活，产生了巨大变道。

儿子近年的学习生活有如盲盒，线上与线下间来回切换。这个三月上旬，某天中午学校突然通知停课，停一周，还是两周？没有答案。做完核酸后他匆忙收拾行装，乘高铁于深夜到家。我们松口气，至少不用为他在外捏把汗。

转眼网课两个多月，暑假临近。好处是，每天与他朝夕相处，虽然这相处除了三顿饭其他时间都隔着一扇卧室门。他关门在他的小世界中，手机和电脑使他拥有了一个远高于父母的世界，使他有足够理由沉浸其中。

他在我的身边，我们只隔着一堵墙壁，我却仍清晰地感受到分离——原来，分离不只是地理距离，还是一个生命走向全然独立后不再对你发出交流的邀请，至少在现阶段，对总是试图以“正确的人生”影响他的家长，他们的话语犹如深海雷达被干扰的沙沙声。他不需要“正确”，只想一个人待着。他有着他这个代际清晰的自我。

除了吃饭洗漱，睡前在运动 APP 上打卡，他很少出卧室，如密室修行者。我在书房阅读：在心理学上有个比较扎心的词，叫“精神上的弑母（弑父）”，意思是斩断与原生家庭的共生关系，孩子才能展翅翱翔。那种黏腻的、带有侵略性的“爱”，会让孩子在成年后无法背负责任，继续赖在婴儿的壳里。

那扇从早到晚关着的卧室门，像一个惊叹号：请勿打扰！心理学家说，为什么关门？因为他要解决高度聚焦的问题。他想通过这样的形式，拉开父母过度关注的空间距离。

“孩子的走神可能只是冠名了他完全的在场”。他和父母曾交互相融的世界，变作了两个平行世界。我想起小时候给他讲托马斯和他的朋友们远行的故事，他说，妈妈，长大了我不想去好远的地方，说着他眼圈红了，用被子蒙着小脑袋。

那时我想，无论他今后漂泊到世界哪个尽头，只要回来，我一定在家等他。甚至，我想，我才不愿葬在什么冰冷的公墓，我希望乎将来有个院子，院中有树，就把我葬在某棵树下好了，这样我能一直守望护佑着他——我后来听一位女友说起昔日婆婆，为儿子操各种心。她患病去世，追悼会前夕，父亲交给儿子一篇署着他名字的悼词。是他母亲知道自己患病后写的，因为知道儿子从小不爱写作文，她替儿子写好了一篇。这个儿子，也就是我女友的丈夫，婚后常用他母亲的标准要求妻子，口头禅是“我妈”。

“他需要找一个替补的母亲，一个能永远接住他的容器，而不是妻子”，女友离婚了。

我想起自己曾经的愿望，葬在能看见儿子的树下——我和那个婆婆其实差不多，把爱变为了一种戏剧性的、自我感动的痛苦，一种让孩子主动放弃自我责任的东西。显然，这并不是爱的真谛。

在那个遗愿背后，是个始终有一部分未成长、害怕孤独与分离的小女孩。当看清这一点，这个与自我的隐秘约定被解除了。我和那个小女孩应当挥手告别，同时为儿子从一个闭合的圆奔向外面的天地而高兴。

不停刷新的消息、数字出现在他的朋友圈，海量文图将他面前的世界赋予一种纷扬飘旋的碎片形状——但那已非童年万花筒中带有梦幻感的晶体碎片，而是更具体的片状。课堂不再是闭环式，它连接着喧哗世界。当一只蝴蝶扇动翅膀，或引发一场大范围的飓风。前方等待的是什么，现实或超现实？两年后，他会与我们更长久地分离，也许会“把一座陌生的城住成了家，把一个临时地址拥抱成永久地址”。

我们能做什么呢？向蒲公英学习吧——它为了分离，甚至自带独特的“飞行机制”——在蒲公英种子上方的空气会形成一个“分离涡环”，是由其种子毛茸茸的冠毛所形成的一种环形气泡，这种涡环有助于蒲公英与种子本体分离，让种子飞得更高、更远……

## 八

饭后我们邀他下去走走，“不去”，他必然这么回答。电脑键盘闪烁炫光，流行乐回响，屏幕上若干对话窗口。

我们在小区走着，戴着口罩，踩着趋近晚年的步伐。话题常围绕儿子，讨论不断翻新的疑难。疑难中，我们保持着对他的信——也是对一切成长的信，对动荡之后亘定的信。想起去秋伤感的日记，发现自己已渐渐走出分离带来的那个暗涡。

分离，加速了他的成长，也使我对生命有了另一番打量与体悟。我甚至，部分地理解了父亲当年的急躁，他十七岁高中毕业后，为减轻家中负担，自浙中兰溪外出从戎，辗转数处，定居赣地，于家乡成了永远的游子。在赣地，他始终未摆脱异乡人的失落，这大概也是他当年急躁的原因。

夜晚的小区安静，邻居们自觉保持散步距离，有时会有猫忽然从小区路边出现，一路跟着。像蒋勋先生写台湾疫情期间，他住进乡间一处独栋农舍。有一只不知哪来的流浪猫会陪他散步，一直跟在他脚边。

“这只猫总在田野间遇到，总陪我走路，中央山脉黄昏时满天红霞，田野尽头九号线公路路灯亮起，我跟它说：‘回家好吗？’它就跟我往回走，然后不知不觉消失在暗下来的田野间。”

“我很怀念这只猫，怀念每个黄昏一起走路却两无挂碍的关系。回想起来像是自己老去时一段淡淡的黄昏之恋。”

与人，包括亲人也如此吧。完成一段“相互支持的、灵魂的对接”，然后各自前行。

分离是痛苦的，它是熟悉在场的消逝，是消逝后人要面临的孤独。但同时，分离也是积极的，它有助于人看到生命实相，更省惜当下。

《西游记》四十回中悟空说：“一叶浮萍归大海，为人何处不相逢。”说这话的悟空不仅是行者，也是智者，他知道，许多分离都必将以某种形式汇合。

曾有媒体发起一个特殊征集：如果人生即将到达终点，你希望自己的墓志铭是什么？在近四千个回答中，有个回答印象深刻：“已进入自然程序。”

分离，也是自然程序。

《诗经·小雅·小明》中：“二月初吉，载离寒暑。”离，是经历、经过之意。有谁不是在离开之中呢？

人，终将从与人的分离走向与自然、与世间的分离。

那是个沉重的过程，也是个逐渐轻盈的过程，是纳克索斯打破那面自我映照的湖镜，让水奔流而出，通向大海……

# 无事便是好人家

人　邻

## 一

竹林，一夜间，拱出来好些笋子。

周爸爸很早起来。果子听见声音，说，太早了，天黑着呢。周爸爸说，挖回来，天就亮了。

道理奇怪，可也是理，真理。没有不亮的黑天。

周爸爸一脚泥泞回来了，背着半背篓笋子。果然，天也亮了。

早饭后，跟着果子去竹林。不时见到拱出来的笋子，好肥。肥，本是形容别的，这里，却是素的，有点丰腴的新鲜的素。

挨着笋子的泥土，裂开了。笋子长得太快了，猛地一撑，泥土就裂开了。缝隙里，看见杂草的密密根须，有些极细，丝织一样，若有若无，恒河沙数也似，地底下生命太多了。缝隙里，更有爬来爬去的小虫，不知忙些什么，旺盛得叫人不可思议，甚至有点密集恐惧。若是挖几下，更深地方，必是新老竹根交错，生死纠缠，爱恨情仇，要纠缠一万年。原来地面大千世界看到的，多是蒙蔽。也有的笋子，只顶出来一点，胖乎乎地嫩，想叫人抱它出来亲亲。另有一个笋子，比着一截小树枝。果子说，我昨下午插的。这一根，一夜长了三寸多。我想起有人说过，雨后竹林里方便，一不小心，笋子会忽地拱出来。果子是女孩，跟她不好说这个。

竹子的颜色，是生长太过迅疾，就特别，尤其清晨，那竹竿的绿含着蒙蒙白雾一样，非要形容，只能说那绿似乎从竹子内里渗出，是活着的绿，有点不易觉出的荡漾。

这里僻静，奇怪，似乎但凡有竹子的地方，都僻静。阳光斜射在笔直向上的竹竿上，撇撇捺捺的细竹叶在光影里幻觉一样。有风微微，不仔细，觉不到竹叶的细微抖动。

忽地，几只鸟箭镞一样，飞进竹林，“唧令令、唧令令”，不歇气地，一串叫着。因着叫声，这鸟是鹡鸰吗？一会儿，不知因了什么，几只鸟忽地飞了。飞着的鸟，眼看要撞上竹子，却倏地一下左一下右，赛车手一样敏捷。

鸟飞起来，压着的竹枝忽地弹起，竹叶上的露水，“唰”的一阵，落下来。

叫声消失，竹林里更静。南北朝诗人王籍曾写“鸟鸣山更幽”，该是亲历。这一句先，他还有“蝉噪林逾静”，我却不以为然，“鸟鸣”“山更幽”，“蝉噪”却不一定。夏日“蝉噪”扰人，尤其午寐时，若心里有事，会恨不得连同那树一并焚净。结尾王籍还有两句，“此地动归念，长年悲倦游”。一个“动归念”“悲倦游”的人，真是忍心，狠心，能领受那一份静。

## 二

竹林青青，地上却是旧年落了的竹叶，枯黄，枯白，而后灰黑。枯黄，尚有一丝生命挂碍，枯白却是寂然淡然，是不怜惜，亦不告别，灰黑则是于生命的弃绝，亦是悄然无语的刚健。尘世人多画竹，竹梢上，若是能在墨黑之间，画几片近乎透明的枯白，萧然，无味亦是有味的枯白，才真正叫人钦佩。而若是能画出那种不畏惧的灰黑，该是莲花顶上，不容商量。倪道人有洁癖，清晨着童子扫落叶，也扫竹叶的吧。可这，又何须扫呢？只是踩过的，别是俗人，哪怕大字不识，也好。

挨着山坡，有巨石，重千万斤不止。这石该是当年有罕遇震动，随风化山岩，山上滚落下来。巨石周匝，亦是密匝匝的竹子。竹根气力大，能把一切，包括石板都顶起来，可这巨石太沉，竹子只能忍气，石头下摸索，暗中横着生长。及至出来，顺着石头一侧，赶紧竖直了长上去。巨石似乎有磁场，那些竹子还一律往那边斜着少许。

巨石因近山坡，阴阳几个面，都有苔藓，崩裂的边缘，棱角本来的犀利，因苔藓覆盖隐去，全是浑朴气象，似有“大朴”两个字，那天地鸿蒙之意，文字是刻不出来的。

竹林后面是树林，愈往山上愈是茂密，不透风，更不透人影。可山上有人声，果子说有人伐木，正运木头下山。这里偏远，不过分，寻常人家砍一根大梁，几十根椽子，或伐一棵树，打一张床桌子凳子，即便村干部也并不多问。侧耳听，伐木头的人，喊起号子，该是动作起来。听不清喊什么，领着的人，每句只三个音节，大概是“要过那，嘿过起”，其他人齐整地应和，“要过那，嘿过起”。干过这活儿的人懂得，肩上重物，不是玩笑，号子十分紧要，不如此，脚步力量不齐，不仅无法动作，甚至会出事，伤人死人。想起蚂蚁抬着，拉扯着什么，慌里慌张，脚步亦不整齐，实在是因气力太大，却总也没事。

号子声遥远，听不真切，不真切却更好。似乎一群远古的人，膂力无穷，正从山上渐渐下来。到了平处，卸下肩上的木头，抹抹汗，席地而坐，捡一块石头，没有的只用粗厚的手掌，拍打着泥土，豪迈唱起：

日出而作。
日入而息。
凿井而饮。
耕田而食。
帝力于我何有哉！

一群不理会皇帝老儿的粗实汉子，惊得草木都慌乱，可也唱得真好。这边的“要过那，嘿过起”，大约也是这意思，“要过那，嘿过起”，是任谁也拦不住的。

地边上，还有周爸爸去年清理出来的根部朽了的青冈，原本结实的木头，风蚀雨浸，像是挤压成块的谷糠。青冈可烧炭，这里的人也许不懂这个，若懂，可以造了炭窑烧木炭，寒冬里取暖的。

几株梨树，花落了，娇嫩的一朵朵、一瓣瓣，落在褐色的泥土上。

空气好得没办法，吸一大口气，新鲜得几乎刺痛了肺泡。

## 三

周爸爸又背了半背篓枇杷回来。没注意哪里有枇杷树。果子指着说，种了枇杷树的那一家，在那边。后来那家人不在那儿了。

不在那儿了，枇杷树却是在的。那人家去了哪儿，周爸爸该知道，毕竟是多年，甚至是几辈人的邻居，去哪儿，因着不回来了，会来告别。可也许，悄悄就走了，有什么说的呢？也许还想着回来，哪一年回来，可是再也回不来了。

山下的田里，稻子已经长出一截。周爸爸不种稻子，种花生、菜蔬，前几年还种红薯。孩子都去了城里，他们也住到了镇上，不过是每年春天来这里，可以算是种着玩，并不觉得辛苦。种过地的人，只要有空地，就想着要种些什么。土地，不敢浪费啊。体力自然是要付出的，可种地不影响生活，也就不急。一切无所谓，不过是舍不得不认真罢了。

周爸爸这一代人，不会说土地母亲伟大什么的，可他们知道，万物都是从土里长出来的。土养人，比起土地，别的什么都不是。土地永在，别的生生灭灭。《汉书·高帝纪上》亦有“令民得田之”。农民出身的刘邦懂得“令民得田”方能安居。民安了，帝王才能安啊。

山坡那边，有人巡看稻田。这边田里水多了，要过到那边。这人不用铁锨，只是弄一个小口子，他们叫“缺缺”的。他蹲下，轻轻拨开堵着的泥土，水就过去了。温顺的水流，懂得人的心意。心想，人的手原是可以这样的，随手一拨，水就“哗啦啦”流了过去。手才是万能的工具。

稻田里，一溜七八只鸭子，追来逐去，不时屁股朝天爪子拨拉着，钻到水里。浑浊的水里，鸭子能看见什么？鸭子喜水，可能不只是找吃的，似乎更是贪玩。它们欢愉啄食的自在样子，怎么也不会想到它们的最后。鸭子的无知，也许是天赐的“智慧”，不思彼岸，只度“鸭生”，不像人，时时有着未雨绸缪的焦虑。

忙着，似乎也安闲无事的这人，五十多岁，头戴竹笠，衬衣却是西式的，裤子也是，脚下是解放鞋。竹笠和西式的衬衣搭配，裤腿则是挽起，看惯了，倒也不奇怪。乡里本来的粗布，现在若谁穿着，倒会觉得奇怪，毕竟现代了。城里过时的军绿色解放鞋，结实，耐脏，又便宜，却成了乡里男人，甚至是女人几乎永久的劳动鞋。

看着水流汩汩过去，泥水沉浮着，一会儿，渐渐清亮了。这人就着清凉的水，搓搓手上的泥，涮涮，甩甩，衣襟上蹭蹭，站起来，往远处看一会儿，走了。他的家，在那边。他的孩子也应该去了城里谋生，可他的上几辈人，该是埋在了这里。埋了亲人的土地，才真正是自己的土地。

## 四

果子伯伯的田，离这边不远，常可以看到他。没事时候，他去镇上打零工，一天可以挣几十上百块。他攒了一些钱，总舍不得用。

一会儿，伯伯在下过雨的小路上，扛着镬头慢慢走过来。这边的镬头，刃很宽，大约是因着泥土湿润，无须多费力气。看着他肩上的镬头，不知怎么忽然想，镬头也可以成为艺术。多年前，一个岷县画家朋友就在家里的扫帚把上，用纤细的小楷写了长长一行，跟扫帚相关的宋词。伯伯不会在镬头柄上写一行字，可用了很久，摩挲的几乎玉化了的镬柄，人间风雨包浆一样在上面，有着多少劳作时光。再想，是我的愚，人世间哪里那么美好，城里的扫帚尚可，镢头柄上即使写上旖旎宋词，气息也是汗泥。

怕泥水弄脏了裤子，伯伯的裤腿挽起来，一边高一边低露着小腿。雨后，飒飒凉，果子怜惜伯伯，喊他休息一会儿，不要去田里了。伯伯只说了句，不冷，就接着往前走。伯伯节俭，没有雨衣，披着果子爸爸以前穿过的棕编的蓑衣，戴着斗笠。脚上的塑料凉鞋，大约是坏了，剪去一些，拖鞋一样穿着。

伯伯走远了，背影是斗笠、蓑衣，像是古人。

更远的山坡上，大雾还没散净，半遮半掩处，叫洞子坡，悬崖上有一个洞，早些年来了土匪，人们在那儿藏身。

回想起跟伯伯一桌吃饭，他半天没一句，偶尔一句，也是吃！那是我劝他夹菜时，他回我的。这样一个人，一生说过的话是有数的。也都是有用的话，下地，犁田，浇水，割稻子，再就是吃饭睡觉。即便累了，累得很了，也不会说，不过是从田里疲惫地拔脚出来，坐在田埂上，茫然地望着远处。

## 五

果子家宽裕一些，前一段翻修了老屋，屋前的地面用水泥抹平，还围了栏杆。上次见过的那条狗，一边卧着，似乎睡着了。想想，本来也只有人，在屋里才能彻底躺平，野外的动物是不敢的。野外危险，要随时警惕。山里的狗呢，跟人久了，也就安心。

狗，偶尔动一下，也斜着眼看人干活儿，也许会生疑问，人忙些什么呢？也许，狗会觉得人真蠢，为什么要干那么多活儿呢？

坝子下面的花生苗，半尺多高了，一簇一簇，横横斜斜的碧绿，几何图形一样好看。种的时候，每隔一尺多，丢几粒种子，脚跟着一拨土，踩一下。别处花生如何种，不知道，这里却是剥了壳，说是容易发芽。可剥了壳的种子，小鸟也喜欢。《易经·师卦》里说“田有禽”。这是吉卦，可无妨有另解，“田有禽”意思的另一面，是田里亦有作物，即是有吃的。鸟来啄食，可以是吉相。周爸爸下种时候，小鸟就开心看见了。人一离开，它“叽叽喳喳”呼朋唤友飞来。可人有办法，地里竖几竿竹子，绑上红布条，风一吹，“呼啦啦”吓唬。可吓唬久了，狼总也没来，小鸟会学聪明的。

西北地方，开春会有“虫祭”，用法术告诫害虫不要伤害庄稼。这“虫祭”，虫子能感觉到么？也许。不然，不会流传下来。

这碧绿的花生地，也有乱一些的。周爸爸规矩，一行一列，间隔多少，不含糊。周妈妈不，想种哪里，就种哪里。多年的习惯，周爸爸也无奈周妈妈。

笸箩里有去年的花生。我在想，花生为何有连着两个，亦有三个、单个的。问知道的人，原来是子房中受精卵的数目不同。植物的受精大约是美的，蜜蜂“嗡嗡”携带，还是风一吹，就带了过去？几乎无痕，自然而然的天意。而动物的，人的，即便阳光下的亲热，也并不能说是美的。自然驱使动物神秘繁衍的力量，肉身横斜乱动，难免不雅，甚至是狰狞，哪里会美。虽然数年前，我写下过一首赞美诗《阳光明媚》——

这儿
生气十足的哗哗阳光，神喜欢。
一切阳光下的，神都喜欢。
甚至是那些自由的马，其中的一匹
胯间“哗哗”的撒尿声。

以至于草地上的爱，阳光下的爱，
都不必遮拦，神都喜欢。
只是，神说：阳光刺眼。
神的意思是说，是叫偶尔路过的人，
那一会儿，都稍稍幸福地闭一下眼睛。

闭一下眼睛，神也是喜欢的。

写这样的诗，只是一时一地的自圆其说。人之美丑、善恶，难说。越说越累，越说，越说不清楚。

## 六

村里的地，还是荒芜了一些。人，大多出去了，剩下的见面尤其亲。熟人过来，干活的人吼一声，这边的人，喊是说作吼的，随意就歇了。拍拍土，递根烟，两个人抽着烟，就说起来，说农活儿、孩子，说不明白的外头的事，也说到什么政策。

人少，不是亲戚，也像亲戚一样。谁家没盐巴，没油，没米，谁都可以去借一些。所谓的借，也并不要还，不值什么，也无非是一时不便去买。菜呢，更是，谁家种了，谁都可以去地里摘一些。菜多了，也就跟野草一样，到处都是，人种下了，又不能挡着不让长，只能任着它们。菜太多，“呼啦啦”，风一吹，地里就绿油油疯长起来。

果子闲着，想去看看伯伯伯娘。手里闲着，顺便拎一些菜过去。伯伯家自然有，可这边多，吃不完，不管了。

伯伯去镇上了。伯娘则在灶房忙着做豆花。村里人什么都自己做，盖房子，打家具，前些年就连衣服鞋子也是自己裁缝。男孩子，是稍稍大一点就学农活儿，兼带着学木匠、篾匠、石匠，这些不求精，但要会，遇到什么事，得能帮上忙。女孩子呢，家里各样的事，洗涮烹煮，缝缝补补，杀鸡杀鸭，都要会。豆子头一晚泡上，这会儿已经泡透了。伯娘一边说话，一边抓一把泡好的豆子，倒进磨眼，用小木棍往里捣捣，就“格啦啦、格啦啦”磨起来。磨子小，一尺略大，是专用来磨豆浆做豆花豆腐的。磨子下边一扇，有一个石嘴，一边磨，一边往磨眼里加水，石嘴那儿就有豆浆流下来。磨子虽小，可毕竟是沉甸甸的石头，磨起来，劲要使匀，才能把豆子磨碎，磨得细腻。

伯娘头上的汗淌下来，她手背抹一下，随手擦在围裙上。看着简单，我试一下，却用不对力量，疙里疙瘩，一下快，一下慢。伯娘笑笑，接过去继续磨。豆子磨完，伯娘把接在桶里的黏稠浆汁，倒在悬挂着的纱布兜子里。眼看着，细白的浆汁就过滤下来。浆汁滤得慢了，伯娘舀一瓢水，倒在纱布兜子里，用手在纱布外面揉揉，浆汁就再次下来了。反复几次加水，伯娘还用手攥住纱布兜子使劲挤压，兜子里就只剩下豆渣了。豆渣，这里是喂猪的。困难时候不用问，一定是人吃。这里怎么吃，不知道，从前京城贫苦人家吃豆渣，是加水煮开，去了豆腥气，再把水滗出去。有油时候，锅里倒一点油，下葱花爆香，下豆渣炒炒，放一点盐。没油时候，只是一点盐，豆渣粗涩，难以下咽。可做母亲的遇到那样的年景，有什么办法呢。

伯娘家的锅大，近乎三尺，盛满了新滤出的豆浆。伯娘不急不慌，她已经做了几十年豆花了。锅开了，豆浆在锅里翻滚着。伯娘用勺子小心地撇着浮沫，黯淡的灶房里，满是豆香味。伯娘家的灶房有些古老了，说是简陋，近乎原始也可以，除了简单的水泥灶台，其他的，诸如泡菜坛子，盛什么的七八只大小不同的瓦缸，舂米的石臼，都是几十年前的旧物。尤其是灯，一盏白炽灯泡，悬在梁上，只是一点昏黄。灶房里半明半暗，还借着从窗子和屋顶几处地方漏进来的天光。高处，有一道黑锈的铁丝，挂着十几块去年腌制的腊肉。地是造房子时候铺下的灰暗的粗劣石板。

这里不用煤，煤得花钱买，都是用山里的柴火。山里树多，一秋一冬的断枝残叶，随便捡拾一些就够了。

豆浆煮好了，晾凉。伯娘将一种叫作胆巴的盐卤水，小心地倒进豆浆里，轻轻搅动。过了一会儿，看见豆浆慢慢往下沉去，凝结起来。多出来的一些水，浮在上面。盐卤水，伯娘不管比例，只是靠经验、大概，可这大概，一丝不差。大概，也是一种艺术。据说德国厨子学中餐，师傅教他，盐少许。德国人就傻了。

## 七

回去时，周妈妈在做午饭。桌上，两碗炒好的腊肉，香气四溢。这里习惯用碗。我无端地总是觉得用碗盛菜与人更亲。不像碗的蕴含收敛，碟子是敞着，寡相地袒露。古人盛菜，最初也是用碗，因炒菜历史短，许多菜肴都是带了汤水的蒸煮。商晚期贵族使用一种叫豆的陶器，腹部略深，先是祭祀用，后来才转为实用，盛肉酱肉羹。不过陶器贵重，百姓人家是用简单的木碗，有专门的匠人寻一块木头，粗粗凿一个凹形，就是木碗。碟子的出现，最早是用来盛放果子之类的祭品，因碟子的浅平，跪拜的人可以看见。有可以看见的祭品，心里踏实，就可以安心祈求。

果子从伯娘家里带来的酥肉，也放在碗里端上。新炸的酥肉，外焦里嫩，也就无须加工，有辣椒盐巴的蘸碟就好。

灶房外头，那条狗还闲闲地卧着，不时往这边望一眼。要到吃饭时候，狗才起来，人亦不管，任它钻到桌子底下，蹭着人的腿，等着谁丢下骨头。

空地上，有一个直径三尺、深一尺的整块石头凿制的盆子。石盆外侧有排水孔，一问，才知道是用来洗红薯藤、洗猪草用的。井边提水过来，倒进去，用脚踩踩，踩踩，换水，再踩踩，一直到干净了。猪吃了有泥土的猪草，会生病。

人还不齐，几样热腾腾的菜已经在桌子上了。一只母鸡，站在门口，凝神地朝屋里看着。果子在桌边守着，怕鸡飞到桌子上。

前一天，果子还从镇上买了茴香。我好奇茴香的用途，问，西北的茴香，是用来包猪肉饺子的，这里怎么吃？我却没想到，茴香竟是用来炒胡豆的。胡豆，也就是蚕豆。刚长成还嫩着的胡豆，用油炒了，加一点盐巴，快出锅时候，下切碎的茴香，翻匀提味。胡豆青涩的甜，跟茴香混在一起，有一种难以说清的青涩又浓郁的香味。

桌上还有一碗煮熟的青豌豆。青豌豆的香，很淡，吃了带着茴香味的胡豆，换一口青豌豆，味道忽然淡下来。

周妈妈又端上一碗焯过的荨麻，这里叫红霍麻，油和盐巴一调，清香里带着一点山野气息。

酒是果子从城里带来的散高粱酒。翻修屋子时，果子还特意让周爸爸在一间闲屋底下里安置了酒窖。果子备酒。心里感激她，多半是为了我。几只酒坛子，二三十斤的，五十斤的，存了好几坛。那么多酒，什么时候去喝呢？

米饭还是上次的样子，不习惯，软，比粥稍稍硬一些。这该是过去的习惯，因由那时粮食匮乏，总不能结结实实吃一顿干饭。习惯了，粮食多了，还是那样。

桌上还有跟鸭子烧在一起的笋子。不是兰竹胖胖的笋子，是水竹的笋子，细嫩而长。看着灶房里一大锅跟鸭子烧在一起的笋子，真是奢侈。城里宴席上的珍物，这儿却遍地都是。笋子生着时候，果子尝了尝，说，脆脆的，有点甜。也许，这笋子该可以生食，或略略焯水，一焯即出水，淡淡调一点油盐就好。

午饭还有折耳根。果子带我下去找折耳根，也就是鱼腥草。以前在陇南吃过，地里却是第一次见，四瓣的白花，中间是柱状的黄色花蕊。跟轻盈娇弱的花瓣相比，花蕊太沉了。

上次来石臼里有姜蒜，忘了问，舂好了要做什么。这一次依旧是忘了。回来才又想起，也许是没吃到，心里总隐隐约约没放下。

灶房外面，三四丈地方，是那口井。上次过来，井口给野草快遮住一少半。前一月，因着翻修屋子，周爸爸索性一并将井淘洗了。另换了井盖，井口的绿苔也清理了。井不深，水几乎汪到了井口，弯下腰就能舀出来。周妈妈洗菜就在这里，几次见她舀了井水，将青菜放在盆里淘洗，而后搁在带去的簸箕里控水。看着清凌凌的菜，心想这样的新鲜翠绿哪里还舍得烹煮，生吃就好。

上次挖黄精的地方，新的黄精又长了出来。那一次挖的黄精，生着嚼嚼，微微苦也微微甜。记得哪本书里写着，道士是依着这个养生的。果子常吃，怪不得不用功就那么灵气。看她几首诗，好到恨不得是自己写的。沉在人世，而浮于苍苍逝水，心恋恋，而不拘泥。不苦楚，亦不甘甜，温暖而已——果子还写过这样几句话，写得真好。

旁边一样东西，果子说是搭斗，用来打稻子的。晒干的稻子，抓起一束，用力在搭斗的边沿摔打，稻粒就摔打下来。没想到这里还在用这样原始方法，不过也好，不用电，再说这里人家要打的稻子，不过是一些口粮。

田埂外面，有去年清理芜杂时候，集中起来烧过的树枝野草，并没有都烧成灰烬，残存的一些，焦炭一样。新长出的野草在焦黑间的鲜嫩，叫人怜惜。“野火烧不尽，春风吹又生”，白居易也必然是亲见了野火后的焦黑余烬，才有了这样的诗句。

另一处，立着几根木杆，稻草一束束挂在上面晒着。这样的好处，即便下雨，雨水外面流，里面还是干的。一束束稻草像是一个个肩着稻草的男人，女人在家，临近傍晚，要肩一些回去烧火的。

草地上，还有一个长条凳子。谁搬过去的呢？是果子么？坐在那儿，望望四周，田里山上，一望的碧绿。

## 八

雨停了，果子去哪里摘了一些阳雀花。《中华本草》记载，阳雀花，甘，微苦，归肾经，主风湿痹痛，跌打损伤，浮肿，痛经，乳少。在周家湾这里，阳雀花却是切碎和在鸡蛋里蒸，说是补阳气。周妈妈自然是从老辈人那里知道的。老辈人的老辈人，不知道哪一辈的人，要多不容易，也极偶然，才知道了某一种草木的药用。大自然慷慨，也有它的秘密，吝啬的秘密，要人熬着熬着，到哪一天，忽然知道了。所谓神农氏，其实是古远一辈辈人有意无意的偶得。

地里的莴苣，雨后干净得没办法，叫人的心眼，忽地鲜绿。城里哪里会有这样的莴苣，新鲜得像是梦里。这里种菜不打药，却是没虫子，奇怪那些虫子去了哪里。

门前水泥地上，一前一后两只小蚂蚁，衔着细细的一条虫子。一只大蚂蚁赶来，急匆匆拦着，要将虫子抢走。小蚂蚁毫不相让，跟大蚂蚁拉扯着。一会儿，不知怎么赶来了三只小蚂蚁。也许，这两只小蚂蚁会发出求助的气味信息。赶来的三只小蚂蚁，碰碰触须，似乎商量一样，最后是其中的两只小蚂蚁上前帮忙，衔起虫子的中间部分。另外的一只，往哪儿走了。前后中间，四只小蚂蚁衔着拖着虫子，大摇大摆，庆祝什么一样地走着。大蚂蚁再次围追，看看真的堵不住，才放弃了。日本老画家熊谷守一，曾认真观察过蚂蚁，说蚂蚁行走时候，总是先迈左边的第二条腿。不知确否。没有放大镜，若有的话，也许凑近了还可以看见小蚂蚁脸上的得意扬扬。

一会儿又看见一只蚂蚁，也是小蚂蚁，说不定就是刚才走了的那一只，衔着一种不知什么小虫，身子很小，翅膀却极长，像是举着一柄长长的透明扇子。蚂蚁小，给小虫的翅膀根挡着就看不到，只见那扇子一样的透明翅膀奇怪地竖着，能自行一样。

我闲着看蚂蚁，周爸爸却忙着。是果子闲着，闲着生事，央求爸爸给她做一个花瓶。所谓花瓶，是改造一个竹根。周妈妈给果子挖来一个竹根。周爸爸说，闲事。闲事，就是没用的事。没用，做它干什么呢？口里说是闲事，他还是帮忙，用电刨子上下磨平。

前一段果子闲着，闲着就在坝子下面的空地种各样的花，三角梅，芍药。周爸爸也说是闲事，可这几天花开了，他也站在一边流连着看。

橘树，也开花了，特别香，香熏醉人。果子说橘子花就是落在地上，好几天，也香得不得了。我过去，闻闻，捡起地上的，闻闻，真是这样。花朵为什么会那么香呢？为了什么？香气是它的求爱么？人呢？为何没有香气？据说一些原始部落的女人为了有更浓郁的性臭，也就是体气，有意蓄发以吸引人。这性臭在男人，以为是女性的魅惑。

回屋时候，果子顺手采了一枝淡绿的枣子一般大的野果。果子不认识，不认识也不妨采一枝，插在玻璃花瓶里。花瓶透明，衬着野果子清雅的绿，直是林风眠的画。

那竹根花瓶，木然地在一边，等着要插些什么。

桌上，玻璃杯里泡着几叶薄荷。水，已经冷了。

雨停了，屋檐水还滴滴答答。从敞开着的门往外看，电线上有一只鸟，一动不动，似乎想着什么。果子看着小鸟，说，两个傻瓜。还有我，加上我，是三个。

太阳出来了，外面的水泥地渐渐干了。果子去扫雨水打下来的落叶。太阳出来，暖和了，蜻蜓蝴蝶飞来飞去。蜻蜓，一点一点，落下去，起来，起来，又落下去，玩耍着，认真数着什么。一只蝴蝶却是跟着果子，绕着她手里的扫帚飞，赶也赶不走。

正扫间，斜坡上滚下来一个什么，不时跳一下，近了，却是一个枇杷。一会儿，又是一个，像是孩子的顽皮。

## 九

晚饭后无事，看看几间屋子。地板有几间换了，这一间却没换，还是原先的灰石板。果子说，石板地，似乎永远扫不干净，扫扫就行。可怎么看都亲。

上次我住的那间，现在是果子住着。没有漆饰的架子床还在，裸露的木头泛出微微的土灰，苍老石头一样的土灰。这架子床，是周爸爸打制的，床腿床框粗实，可以用一二百年不止，似乎要永远在这儿的。架子床的好处，是上面不空荡，即便冬天也挂着蚊帐，笼罩着人。不像城里的床，人睡在上面，孤独地朝天裸着。床上面还是要罩着什么，低低的天幕一样，俯身的母亲一样，人才睡得踏实。

储存杂物，上面开盖的大柜子，还在。也会一直在。没有理由它不在。

天渐渐黑了，果子说，今天干了很多活儿，天黑了，不知道干啥了。

山里，天黑得早，也特别黑。

去睡吧。睡吧。果子说。

什么也没想，却半天睡不着，披衣起来，隔着玻璃往外看看。橘树那边，明明灭灭，是萤火虫。白天，果子问起，周妈妈说，这树上就是。果子看看，不敢动手。周妈妈却一把将一只萤火虫捏下来。我凑近看看，金黄色的身子，后半部是褐色的。发光的尾部，褐色要更深一些。

搜一下，真是叹服古人，萤火虫有那么多名字，夜光、景天、熠耀、夜照、流萤、宵烛、耀夜，真是好美，似乎该想象的，都为古人想象完了。

果子也没睡着，给我发微信说，刚修建房子的时候，姐姐弟弟都无所谓，可修好了，他们都舍不得走了。现在，逐渐有人回村子里修房子了。

那只萤火虫呢？周妈妈给果子放在一只玻璃瓶里，夜里，它发光了吗？也许，果子已经忘了。

果子不回，果子睡着了。

夜深了，雨又下起来，淅沥沥，淅沥沥，母亲一样的安眠曲。

## 尾 声

离开十几天了，果子还在山里。

早上六点，果子醒了，微信：天还不亮，重新睡。

一会儿，有人用锯子——电锯，锯树了。

天亮了，山中大雾，我在扫地。

山里的时间，跟古人的时间是一样的，漫长之后，还是漫长，时间总也过不完那样。

古人说得好，山中无岁月。

# 春天里的雕塑家

草　白

## 一

他热衷于在石头上击打出火花，有时候——他使用木头、泥土或青铜；到处都是迸溅的火花，灼热、耀眼，就像来自心灵深处的风暴，就像真正的碰撞与燃烧。他使用锤子、斧头、凿子、雕塑刀，还使用刮刀、铁丝、胶合板，也使用虚无缥缈与无所事事。室内、野外皆为他的工作场，玩与劳作并无明确界限。诗心游艺，一任自然，也有紧张焦虑、彷徨四顾的时刻；那时候的他，拒绝会客，也拒绝会见自己；目光灼灼，宛如炽焰燃烧，模样像狮子，像豹，视野所及都是他的猎物，都是他的山河林场。

有无数个挣扎在石头、泥土、木料和青铜中的“人形”，他要将它们一一解救出来，好像只有自己才能解救它们，才能将它们带至这个世上。在不同时期的工作室里，曾诞生过孔子、苏东坡、林和靖、弘一，还有朱彝尊、王国维、茅盾、徐志摩等一干知名人物，有些还不止出现一次。他感谢那些人像，它们的存在让他可以解释眼睛看不见的东西，为什么有些躯体像一架可以弹奏的提琴；有些人像的脸庞上一无所有，只存一只变形的鼻子；有些头颅呈扁平状，而脖子又如此修长……他脑海中的世界便是如此。

我说的这个人便是本城雕塑家陆乐，默默工作四十余年，在泥土、石头与青铜的陪伴中，耗去半生时光。人群中，总有人天生为某件瞩意的事情癫狂，为弈棋、绘画、花事、写作、音乐……而陆乐找到的是雕塑。除此之外，大概没什么东西能真正打动他。他唯一的表达便是渴望投入工作的表达，最大乐趣大概就是忘我劳动的乐趣。除了扮演木匠、石匠、泥水匠、钻孔师傅等角色外，他还是一名无所事事的白日梦践行者，时常对着完成或未完成的雕像陷入沉思默想状态。他从不同角度打量它们，经常性地改动它们，以此获得无上乐趣。

作为一名雕塑家，他知道自己能做的实在有限，生命中的大部分时间都献给静观与等待。他等待某个理想形式的出现，一个形状、一根线条就能呼唤出一个崭新的世界。也有过那样的时刻，手与心灵乍然接通，如入幻境。他从玉璧、流水、印刷术和先人的钻孔术上，获取灵感，从驳船的航行、运河的涟漪、光影的晃动中感受时间流逝。

与创作中的人物相处既久，再见到日常生活中的人，通常会有无边的恍惚感袭来；这些真实生活里出现的形象变得无比生疏，好似从未见过。贾科梅蒂也有过这种感觉，某一天，当他坐在巴黎蒙帕纳斯的电影院里，忽然发现屏幕上的画面变样了，而身边的人变得无比陌生。自那一刻起，他意识到要用手中的画笔或刻刀来重新解释看到的一切。

这也是雕塑家陆乐的工作；他迫切地需要工作，就像花朵渴求阳光的照耀，禾苗期待雨露的滋润。他的手指尽管只是在木头、黏土、树脂以及石头的表面上抚触，却像是触摸过整个世界版图般，充满机敏与慌乱、欢乐与战栗；尤其是泥土——它们柔软、包容的本性，从来都是人类双手的亲密伴侣。

人类在使用工具中所触及的动词——凿、挖、刨、削、钻，都与雕塑家的工作息息相关。他们以一系列复杂、断续、隐秘的动作，完成某个空间里的三维造型，既是体积，也是意象。这项古老的职业致力于人像数量的增加，一个名人可以拥有成千上万具塑像，且彼此各不相同，相差甚大。它们诞生于不同雕塑家的工作室，有些会获得快速传播的机会，更多处于静默无闻状态，直至被丢进时间的回收站里。

也许是某个春天里，来自湖石孔洞的前朝背影，让雕塑家决定将它们从无垠的时空深处打捞上来。有人说，空气是万丈深渊，而雕塑成了填充；它的出现是人渴望面对自己的造物。雕塑者与人像之间肯定存在某种隐秘的联系，是一个人身体内潜藏的“自我”创造了那些人像，而不是那个习以为常的自己。在不同时间里，雕塑家以自我的姿势接近它们，他熟悉那种感觉——就像熟悉自己身上某道不为人知的创口。

由此，雕塑者与人像的时间出现短暂重合，就像现实与梦境的交织。

## 二

随着时间流逝，这个以不同形式塑造过众多人物的雕塑家，在世人眼里越来越呈现出某种纯粹而一致的面容，是弥勒佛、孩童、艺术家与匠人的合一。很多年前，我在景德镇的大街上看见他手捧一只高大的白胚素瓶，俨然孩童捧着好不容易搜罗而来的珍宝，即使累得额上冒汗也绝不松手。我们不知他为何要买一个上面什么也没有的素瓶，瓷都的大街上到处都是图案精美的陶瓷器皿，应有尽有。而且，那个花瓶看上去很高，比一个七八岁的孩童都高，他紧抱着它在异乡的街头疾走，脸上流露出某种神秘而天真的笑容，带着畏怯、羞赧，却又兴致勃勃，丝毫不顾自己怪异的形象正惹得路人频频回首。

这个画面曾长久地驻足在我脑海里，像某种无法消除的印记，没有更强烈、更直观的形象来取代它，也没有获得进一步解释，就像一个谜。此后，我们从未照过面，但我在这个城市街头漫步时经常看见他雕塑的人像，安置在公园、学校、剧院、广场或名人故居的门口。

这些雕像的存在，让我看到平常无法看到的东西，好像它们创造了另一个空间，一个只存在于此时此刻的空间，它不同于人物所创设的风云激荡的历史时空。我们可以从各个角度进行观看，侧面、微侧面、背部，甚至凝视、仰望、俯瞰——我们由此实现对这个城市的审视与想象。

当年，法国作家让·热内对雕塑家贾科梅蒂说：“我要收藏一件你的人像放在家里……它一旦放在某个房间里，这房间就成了一座庙宇。”

显然，比起画家，一个雕塑家以动词击打出的火花，所占据的体积、所焕发的能量似乎更为庞大，也更为持久。人群中，陆乐好似会使隐身术，将自身隐于作品之中，并因此获得庇护。他没有自己的形象，既然那些人像雕塑已经展示了他的部分形象；他也没有非说不可的话，既然那些石头、木头和树脂材料，已经代替他发出沉默中的歌吟。

雕塑家陆乐身上委实叠存着太多身影，有些属于他本人，有些源于他所雕刻或塑造的人物——他们来自不同年代，有迥然不同的地域背景。这些人物实在丰富极了，光彩夺目。在他与他们之间大概存在着一条隐秘的通道，如此也意味着一个世界由此缔建，并始终保持万物敞开的本性。就像大型雕塑群《痕迹》中那条荒草丛生的石板路，它们位于七千年前的荒草丛中，通往荒凉而生机勃勃的古遗址现场，通往一个不断生长的空间。

我在一篇叫《直到长出青苔》的文章里写到那座雕塑群，“它成了建筑高楼、公园展馆、树木绿化的中心，它既是源头，也是出发地。它孕育和生成了一切。它寂寥、荒凉，众生平等；它无增无减，远离生机勃勃。恰恰是这样的所在，成了一切风景的‘母本’和出发地。”

现在，我们看到雕塑家面前的路成了一切道路的出发点，它以那条布满圆形孔洞的石板路为载体，以先人的道路为自我的道路，通往最终的应许之地。

## 三

2022 年某个春天的下午，我们来到陆乐位于城南某闹市区的工作室，那里离马家浜文化遗址公园不足十公里，驱车不过二十几分钟。创作于 2003 年秋的巨大作品《痕迹》被永久地摆放在那里。这些年，它已经成为这座城市隐秘的坐标，一切风景的出发地。在它四周，房屋高楼鳞次栉比，建筑场馆恢宏壮阔，无数个空间皆因它而起。

很多年前，那里还是荒野星空、落日余晖，是田野、泥石路与庄稼地，如今是齐整的绿地，麦浪翻滚，幸亏还有金鸡菊、红花酢浆草、粉花月见草以及叫不出名字的野草野花，漫漶出一片隐秘天地。

当年被他用心捧回的景德镇大街上的白瓷素瓶，仍是素净的瓶身，一无所绘。

这些年，他在白瓷茶杯上绘制蓝色山水，以白色纸浆做各种造型，但那只花瓶还保留着初始模样。或许，他在等待合适的时间去描绘它，也有可能永远也不会动笔。

这些年，我们通过《痕迹》雕塑群，通过汉白玉孔子像、苏东坡像和林和靖像来认识陆乐，但那已是十几年甚至二十几年前的他。在时间面前，一切都变得魔幻，他人眼里的“雕塑家”还停留在过去，并以此来作出各种自以为是的推断或评介，但这一切早已与雕塑者本人无关。他早已丢掉人们心心念念的过往，随时准备着去往应许之地。只是，羞涩和爱惜旧物的本性，让他把这个像密室的工作间，堆得满满当当。早年的麻秆作品、木雕、陶塑、铜铸、焊接、治印、竹刻以及汉白玉人像，还有近年来的水墨作品、树脂人像、纸浆创作以及林林总总的小玩意儿，挤挤挨挨站在一起。

当我兴致勃勃地询问某件作品的出处或来路，就像问起一截过去的流水或一片云彩的过往——这些确凿无疑的往事，似乎很难引起他的谈论兴致。他热衷此刻、即兴、随意，自性自在，无所挂碍。

无论时间的方阵呈现怎样虚幻的模样，在雕塑家那里依然可感可触。它是某个人物的形貌脸庞，是木头的纹理走向，也是湖水的涟漪微荡，更是材料的生命延续。雕塑便是给无生命的无机物贯注以生气。雕塑家所做的正是神的工作。东方的女娲与西方的耶和华等人都抟土造人，都赋予黏土灵气，都想让它们活过来。

如今，这工作的本质并没有发生变化，依然是雕、刻、塑，依然是熔铸、焊接、打磨与抛光，只是雕塑家对时间的感觉发生了变化，不再像早年那样快速做出一样东西，将之雕塑成型，交付出去，再也没有机会修修补补。他希望所有的作品都回到眼前，在触手可及处。他随意拼贴、摆弄、捣鼓它们，毫无取舍心和分别心，一切都回到“心之所至，意之使然”。

他热衷在碎屑里拼贴万千奇迹，于虚无中成全时光情状，这个举刀雕刻之人开始尝试另一种塑造时光的方式。

日本美术家冈仓天心——同时也是茶艺爱好者，认为茶室是“虚空之所”，需刻意留下空白和未竟之处，交由想象力来填补。但陆乐的工作室却不是这样的所在，它充满物与生命的气息，满满当当，皆为饱满的触觉，皆是时间的馈赠。它是真正意义上的工作场，一个不断敞开的空间，无须遵循既定的美学秩序，因为它本身就是秩序，是创造一切的场所。

博物馆或美术馆里的展厅多以时间或主题来布展：一切都被固定下来，一目了然。但工作室不同。它是肉身的道场，也是精神的往来之地；它混乱无序，泥沙俱下，但也生机勃勃。在此，所有过往之物被不断调整、修补、更替，推陈出新。

他迷恋的正是这一过程，被修改，被调整，被赋予新的造型语言、新的观看方式。当面对那座位于某工厂门口的大型雕塑——“裂变”之被铲除，他大概也觉得这是时代发展之必然动作，并不感到怎样惊诧。关于它的黑白照片就悬挂在工作室的墙上，他的所有景观雕塑都有墙上照片为证，就像哀悼。关于“裂变”，仅仅目睹纸面上的形状，便给人一种类似“核能”的爆发感。正因为它是庞大的、抽象的、变形的，才具备磅礴、撼人的气势。它看似并没有创造什么，但一切都在酝酿之中，在即将抵达的路上。至今，他还记得这种感觉，一种喷薄而出、随时可能创造出什么东西的感觉，带来火焰飞舞般的声响。

此刻的他，仅仅想给那些虚无缥缈之物、横无际涯之物、生生不息之物，一个单纯明亮的形式，它们不是抽象，也非具象，而是它们本来的样子：用双手将它们从石块、木料中直接取出的样子。

一个物安静、坦荡——最接近生命本然的样子，也是春天里的样子。

## 四

与其说陆乐的汉白玉人像系列——孔子、白居易、苏东坡、西施、林和靖，塑造的是人物的形体与面容，不如说他定格或捕捉的实则是一个生命落在时间荒野里的身影与姿容，关乎美与风骨，关乎生命本身的光明与莹洁。它不是客观记录，或强烈变形，只是一段缥缈的印象，就像音乐或气味给人的感觉，让人想起“空山无人，水流花开”，想起“幽人独往来，缥缈孤鸿影”。

它们不是雕塑家以各种复杂技法精雕细琢而成。事实上，陆乐使用极少的笔法与细节，甚至隐而不用，避而不谈。这些汉白玉人像几乎是整体“晕染”而成，自然真率，天生化成。

如果说人像雕塑是叙事诗，但它的本质不在叙事，而在诗，是春天里的万事万物于枝叶婆娑中生成的天然姿影。雕塑家对材料体积所做的减法或加法，最终呈现的却是乘法，是一生二，二生三，三生万物，是无穷多，是浩渺无尽的宇宙时空。

一开始，可能仅仅是材料激发了灵感，那种叫“汉白玉”的石头，细腻洁白，尤其在光照之下，给人一种隐隐的透亮感。而最终成型的人像——白居易、苏东坡、西施、林和靖，人物身体修长呈片状，内里散发出模糊的光。于隐约和光影浮动中，于形体的隐显凹凸中，雕塑家以平缓的层叠，以圆润的拐角，塑造出人物的内在结构，一种超越形似之外的神韵。不仅关乎神韵，还给人真切的感动，直抵人心。

有位知名雕塑家曾说过，任何形状都可能成为一件雕塑的起点。陆乐汉白玉人像的灵感或许来自古老的玉璧——片状或圆板形，中部有孔，自带光亮。或许还有江南皮影艺术的影响，人物造型趋于扁平状，在特殊光线的照耀下显得瑰丽而晶莹剔透。无论玉璧还是皮影，雕塑家真正在意的是人的形象，即如何从汉白玉中发现并召唤出最后的身影。

陆乐塑造了带光亮的人体，轻盈、飘逸，宛如御风而行。它们呈片状平面、半透明，并非强烈触目的形象，更像于波光流动中自然生成。白居易、苏东坡、西施、林和靖——他们曾于某个年代出现在江南的西子湖畔，一处玉石般温润的地理空间。如今，这些汉白玉雕塑被收藏在杭州望湖宾馆里。雕塑家在赋予这些莹亮洁白的大理石以生命的同时，似乎也召唤出时代与人心。千百年后的观看者可由此揽镜自照，艺术家从来不是道德家，却致力于塑造、提炼整个时代的身影。人物的心灵、品德、行动，以至精神面相都在此显露无遗。

汉白玉孔子像似乎走得更远一些，人像身上甚至没有明显的雕琢痕迹，脑袋与身体缺少明显分界，几乎连作一块，于混沌中自然生成。

无垠的时光中，一位白须老者双手合拢，呈作揖状。这一个模糊而虚化的形象，类似团块的造型，却比任何写实的雕塑人形更具美感与震撼力。它的源头必然是东西方文化的渗透与融和，由东方的石鼓文、汉碑、汉画像砖以及魏晋造像，溯及古希腊雕塑、罗丹、布朗库西、亨利・摩尔、贾科梅蒂等人，并回到怀素、梁楷、八大山人这里，中西融合，灵思相济，才诞生出这一尊孔子像。

这位两千多年前便行走在中国大地上的人物，不断育人、逃难、著书立说，不断求道、碰壁，风尘仆仆——度过了惶惶如丧家犬的一生。如今，他的人生几乎成了标本式的存在，既是所有中国读书人精神上的父，也是入世者的楷模，或许还可以成为普通人遭遇困厄时的引领者。

陆乐的这一尊汉白玉孔子像，似乎从大蛮荒中来，向着文明与光亮的世界走去。每个站在塑像前的人，大概都可取出部分的自己与此共鸣或碰撞。雕塑者早已剔除所有无关之物，反复推敲线条、体积、块面……只以天然作雕饰。是一种强烈的、不顾一切的情感将此呼唤出来，就像梦，做梦者将梦中之物带到人群之中。

无意间，雕塑家的作品完成了时空与梦境的切换。

## 五

亨利・摩尔的雕塑《拱门》是一件奇异的作品，它几经周折——从公共绿地里被拆除，在仓库中度过若干闲置岁月，如今又被安置在伦敦肯辛顿花园里。面对《拱门》，人们可以走进去，穿行其中，从另一端出来，从此步入另一世界。它是自然天地的一部分。陆乐的《痕迹》中那条布满孔穴、荒草丛生的条石路也是如此。通过它，人们可穿越到先人劳作的现场，一个庞大原始、天地草木共存的空间，一处无增无减的场域。

消逝与抵达在此同步进行，并可无限进行下去。雕与刻，木与石，泥与水，塑造与生成——雕塑家探索石之纹路、树木生长之纹理，以及流水之走向。

渐渐地，物质材料在雕塑家之手的抚摸下，起了波澜。

于是，我们看到一个庞大的现场，眼前的石碑、石条、图腾柱，好像不是雕塑家凭一己之力完成，而是这些东西原本就应该在那里。人们从看到它的那一刻起，便觉得事情本该如此，是那片风景呼唤出这些雕塑，就像泥土对草木的呼唤，沙漠对雨水的呼唤，一切如此“欢会神契”。

从雕、刻、塑造乃至最终的生成，生命的能量在此流荡，转化，一个新的空间就此诞生。云冈、麦积山等地的石窟，乐山、卢舍那大佛，霍去病墓前的石雕以及英国伦敦西南的巨石阵、吴哥窟的佛塔，它们不是旅游景点，不是地域奇趣，而是雕塑作品与自然世界的完美融合。

雕塑面向未来而生，实现今人与古人间的沟通。它们是纪念碑，也是时光岁月的馈赠。当人们看到森林里的落叶、河滩边的卵石、洞窟里褪色的壁画，总能感受到那股延绵而至的力量，在人类和自然之间传递，经久不息。时间会消逝，木头会衰朽，石像的表面也会长出青苔，并出现裂缝、残缺、腐蚀，逐渐呈现出“败给时间”的征象。但这也是日本美学家四方田犬彦在《摩灭之赋》一书中所认为的——是不断逝去的时间让旧物变得光彩照人。

后来，我在陆乐名为“东西”的工作室里，看到那团乌黑发亮的黏土——宛如可以食用的巧克力，不由惊诧万分。它来自一定深度的地下空间，被取出地面已达数十年，活力依然。当我得知，由黏土塑造的雕塑品中，也会长出青苔、植物菌丝以及深深浅浅的绿痕，居然感到意料中的欢喜。

《痕迹》诞生已近二十年，仍矗立在田地桑园的深处。春天的麦田里，九根木质图腾柱宛如烧焦的黑木，围拢起遗址腹地上一个隐秘的空间，远望好似一场火焰之后新生的景观。雨后抵达，空气中弥漫着湿漉漉的草木气息，既清新质朴，又雄浑苍凉。

那一刻，我才真正感到这座雕塑群的活力，任何外界的行为都不能减损它的光芒——只要它仍屹立在天地自然间。对一座景观雕塑而言，最好的背景只能是天空与大地。在古希腊，那个国家的雕塑家为了纪念死去的士兵，通常将石头做成人像竖立在道路两旁，雕塑所在的地方成了某种缅怀活动的现场。

《痕迹》也是如此，那是一片可以大口呼吸的荒野，一处不断敞开和生长的空间，那是我们这个城市深邃、璀璨的过去，也是一切风物景致的诞生地。城市里的人应该多去那里走走，最好是春日黄昏暮色降临之时。此刻，荒烟野蔓，荆棘纵横，风与流水歌咏着万物的自由；而路边风摇花枝，花香漫溢，有如云蒸霞蔚，有如流水淙淙。

九根木质图腾柱是来自时间深处的指针，也是从天而降的箭镞，它接通闪电，并向着所有的春天敞开。

# 时间深处的戏魂

周吉敏

参军戏是汉唐古剧，是中国戏曲蓓蕾时的情态。1987 年，黄岩灵石寺塔出土了六块吴越参军戏人物砖。这是东南沿海迄今为止发现的唯一的宋之前的戏曲文物。

宋室南渡之际，中国最早成熟的戏曲形式——南戏，在温州诞生，而后走向全国。台州与温州，同属东瓯故地，地缘相亲，文脉同源，五代时都在吴越国治下。在这片大海馈赠的古老大陆上，戏神早已降临，等待一个时机的到来。

## 一、杨花似雪弄参军

“楼台重叠满天云，殷殷鸣鼍世上闻。此日杨花初似雪，女儿弦管弄参军。”晚唐诗人薛能的《吴姬》诗里，柳絮飞白，弦管流转，歌声绕云，弄参军观者如潮。好一个明媚的春日啊！在吴姬的杏眼里，江南的春水似乎又涨了几分。

那日，我在黄岩博物馆看到的黄岩灵石寺塔出土的六块吴越戏剧人物砖，似乎就是“吴姬”弄参军的场景。这些戏剧砖阴线浅刻，其中四块长方形砖上各刻了一个人物，另外两块方形砖上各刻了两个人物，与佛像砖、花草砖、铭文砖陈列在一起，呈现了五代时期江南戏剧演出的情状。

站在这些戏剧古砖前，刚开始你是一个人看，而后你会感觉到围观的人越来越多。他们从时间深处赶来，就如现在村里请戏班，乡人们脚步参差，身影晃动，汇聚到戏台前——小儿坐在大人的肩头，后排的人努力踮起脚尖，引颈而望，指手画脚，人潮拥挤，人声鼎沸。

戏开场了——

首先上场的那个戴着幞头，两条幞带上扬，着交领窄袖袍衫，腰间系带，身体微微左倾，双手斜持一长竿，竿上一根长带，临风飘舞。“参军色执竹竿子作语，勾小儿队舞”，这不就是那个汴京沦陷后，南下临安，思念旧都繁华，而写了一部《东京梦华录》的孟元老的声音吗？这就是所谓的“引戏”吧。

接着上场的那个，脸方正平展，戴着硬角幞头，身着圆领中袖大袍，腰围宽带，穿着靴子，双手捧着笏板。这是一个“官”。“弄假官戏，其绿衣秉木简者谓之参军”（《因话录》）。说话的是唐代赵璘。我看，这千年前扮的假官跟现代戏曲中“假官”的样子并无区别。

一个右肩扛麾的上来了。他也戴着幞头，两条幞带尤长，呈弧形下垂，身着武职袍服，双手握于腹部上，一足挺立，一足支架，麾旌迎风飞扬，垂眉蹙额，显得那么孔武有力。“参军色……亦如唐代协律郎之举麾乐作，偃麾乐止相似”（《宋元戏曲考》）。王国维先生在说话。

再看那个，则戴着冠，身着短衫裤，胸前与两肩均有带结飘垂。左手持觞形物，右手举着一截竹竿，扬于头上，其眼角上挑，嘴角微笑，身姿后仰，神情飞扬，全身心投入地指挥一支乐队，真是陶醉其中啊！这指挥之杖与竹竿子都系“麾”演变而来，是节乐之器。

接着上场的两人，一前一后，一大一小。那个大人在前，戴着幞头，着中袖袍服，身躯侧转，上体稍仰。那个童子，着衫裤，双臂前摆，跟随着大人。这小人，或许也是侏儒，唐章怀太子墓壁画中就有一个随身的侏儒俳优。

台下一阵骚动，主角出来了。前面的那个浓眉大眼，戴四脚幞头，两条头巾带翅挺于脑后，另外两巾则交系于头顶。身上穿着交领窄袖袍衫，腰围大带，脚穿绮履。他的双手叠于胸下，身躯左倾，颔首低眉，神情木讷，一副受到奚落而委屈的样子。他是“参军”。后面那个扮演“苍鹘”的，分明是女扮男装。你看，“他”杏眼小口，戴两脚幞头，两翅上扬，身上穿着交领窄袖袍衫，腰间系带，下穿连裤袜，脚蹬绮履，双手则拢于胸前，身躯右倾，引颈启口，眉目传神，戏弄着前者。这一愚一谐，斗智逗趣，插科打诨，在歌舞的助兴下，愈显滑稽。

台下，笑声、起哄声，裹着泥土的气息，掀起滚滚春潮。人们走过荆棘，走过彷徨，一场戏谑，抖落尘土，在诙谐、调笑、机智，甚至放诞中，生活似乎一切可参。

我却看到，那个“吴姬”与“苍鹘”，她们在时空中互递了一个眼神，历史长河中那些戏魂顷刻相逢。

## 二、时间藤蔓上的灰色花

“善戏谑兮，不为虐兮。”《诗经·淇奥》里这句话是称赞卫武公说话幽默风趣，对人不刻薄。此时的“戏谑”已有幽默、风趣之意。孔子评价《诗经》为“思无邪”。这“戏谑”也是先人大脑里萌出的一叶天真的诗意，汲取天地和生活的营养，长出思维的藤蔓，穿过时间的河床，抽出一张张幽默的、诙谐的、机敏的、嘲讽的叶子，而后在枝叶间开出一朵朵灰颜色的花来。

这些灰色花就是古代的俳优。《史记·滑稽列传》记载了一个叫优孟的俳优以诙谐的演技助人的故事，后世称为“优孟衣冠”。

诸侯争霸的时代，辅佐楚庄王坐上霸主地位的宰相孙叔敖积劳成疾死了。为治水倾尽了家资的孙叔敖，死后没有留下一点财产，他的儿子生活非常贫困，无奈之下去求助优孟。于是优孟就穿上孙叔敖的衣冠，化上妆，模仿孙叔敖的动作，一年以后就学得无不毕肖。于是，优孟在楚庄王面前表演孙叔敖复活。楚庄王想让优孟做他的宰相。“孙叔敖”说要回家跟妻子商量。三日后，“孙叔敖”对楚庄王说，家里的妇人不同意他为相，认为孙叔敖生前为治理楚国竭尽全力，死后他的儿子连立锥之地都没有，我也会遭受他那样的结局。由此楚庄王才醒悟自己的行为，“于是庄王谢优孟，乃召孙叔敖之子，封之寝邱四百户，以奉其祀，后十世不绝”。

古代的俳优跟随在达官贵人和帝王身边，以滑稽进谏，除了优孟，还有优莫、优施、优旃等，他们讽谏的事迹被记入史册而流传了下来。《文心雕龙·谐隐》云：“谲辞饰说，抑止昏暴。”这“谐隐”二字，真好啊，明心见性。“谐”是心，“隐”是性。这二字是刘勰对于俳优职业精神的深层次认知。中国的隐逸文化，是士人对现实的逃避，是一种取舍，一种进退。“隐”于“谐”，是一种精神的创造，似一种哲学。“谐”，是古代俳优的“魂”，也是戏曲古老的“魂”。

参军戏是在“谐隐”基础上发展起来的一种科白类的优戏。它的形成颇为有趣。此时，时间的藤蔓已爬进了汉代。

《太平御览》引《赵书》，记载了这样一个故事：

后赵的周延参谋石勒军事，而后被任命为馆陶的县令。在任上贪污了数百匹黄绢，因爱其才，以八议宽容了他，但并没有就此放过。每次宴会上，让他头戴帻，身穿黄绢单衣，让俳优戏弄嘲讽他，经久才放过他。

周延免了身体痛苦，却要经受精神的折磨，成为反面教材。想象一下周延当时被戏弄的场景——

“你是什么官？”

周延低着头嗫嚅着说：“我……我是馆……陶……县令。”

“你怎么在我们这些人当中？”

周延抖了几下黄绢单衣，面露难堪，说：“正是为了这个，今天才来到你们中间。”

在座宾客哄堂大笑。周延掩面而下。

这场另类的惩罚中，细细寻味，很是有趣——帻，是一种平民的头巾，说明周延已被革职。黄绢，是他贪污的标志，穿着示众，有喜剧效果。二人表演，一问一答，推动情节发展，这是表演手段。中间还有动作，抖擞单衣，成为大家的笑料。戏曲的一些元素，比较之前“优孟衣冠”等一些独角戏，如草木萌芽，顺势而发。

周延被释放后，这个角色就被俳优替代，一些社会实事也被拿来加以夸张，达到教化和娱乐的目的。那个被戏弄的为参军，那个戏弄人的为苍鹘。此时的参军一词已消解了原来官职的含义，成为固定演出模式中的一个固定角色。这种优戏被称为参军戏。

曾在中国国家博物馆见过西安市鲜于庭诲墓出土的参军戏俑。二俑皆为男性，头戴幞头，身着绿色窄袖圆领衫袍，脚穿黑色尖头筒靴。一俑双眉紧锁，低视撇嘴，面作愁苦，袖手斜身。一俑噘嘴瞠目，扬眉斜视，拱手直立，盛气凌人。参军和苍鹘，一愚一谐，形象鲜明。

常在东南沿海一些庙台的柱子上看到这样一副对联：

> 你看我非我，我看我，我亦非我
> 你装谁像谁，谁装谁，谁就是谁

这副联语可谓是“谐隐”的当代阐释。从先秦的优戏，到汉唐时的参军戏，到现在的戏曲，历经多少个春秋更替，但“寓庄于谐”的原始特质几乎无处不在、无时不在。

## 三、大唐荼蘼情未了

戏的流水，吸纳沿途之风情，逐渐充沛丰茂。

黄岩灵石寺塔砖上的参军戏中，有扮假官的，有指挥音乐的，有勾队引舞的，风吹花树般地喧腾着。那个女扮男装的苍鹘，一双杏眼溢出来的风华，姿姿势势的。这样的风华，只属于盛唐。

“兰陵美酒郁金香，玉碗盛来琥珀光。”李白的诗里充满了异质、想象、摩登、华美、骚动、自由等诸多气息。那个朝代所有存在的东西为盛唐文化的美酒增添了新的风味。关于歌舞杂戏，请看唐高宗龙朔元年（661）的一道禁令。

《旧唐书》记载：“皇后请禁天下妇人为俳优之戏，诏从之。”禁，可见其盛行。当然禁不了。初唐时，女性加入优戏，赋予优戏伟大的孕育性，也就是塑造性。

而妇女习俳优之风，其实来自帝国宫廷。玄宗朝举办了一场国际性的文艺盛会，这是中国戏曲史上开天气象的事件。

开元二年，“京都置左右教坊，掌俳优、杂伎，自是不隶太常，以中官为教坊使”（《新唐书》）。

看看教坊的情状。杜佑《通典》言：“散乐……俳优歌舞杂奏……玄宗以其非正声，置教坊于禁中以处之。”这里的“俳优”与歌舞等，统称为“散乐”。段安节《乐府杂录》中记载了“驱傩”“熊罴部”“鼓架部”“龟兹部”“胡部”“舞工”等表演情况，看各部命名，可见教坊“散乐”之来源和盛况。

教坊里的散乐可归纳为两大类：科白类的滑稽表演系统和杂伎所擅长的有情节的歌舞表演系统。从艺术发展来讲，教坊是一个大熔炉，它们之间会产生无限的化学反应。从艺术形态来讲，教坊就是五彩缤纷的大花园，唐玄宗、杨妃和优伶们，就是蜜蜂和蝴蝶，他们在各种花朵上采蜜，然后酿各种味道的蜜。其中的《霓裳羽衣曲》是一种荔枝蜜，级别最高，酿蜜者是唐玄宗和杨妃，一个谱曲，一个创作舞蹈。曲是天作之合，人也是神仙眷侣。他们在各种花朵上尽情采蜜，然后尽力酿蜜。其实，对于他们是在刀尖上舔蜜。在马嵬坡，当杨妃接过白绫的那一刻，作为法曲的《霓裳羽衣曲》已在她的身体里响起，引领着她飞升到月宫里去。音乐不会随肉体一起消失，从白居易的《长恨歌》到洪昇的《长生殿》，从歌舞到戏曲，他们最后“隐”于戏。这也是属于教坊的一件跨时空的艺术成果吧。

唐玄宗的教坊当然也创造了许多科白类的优戏，不过被“霓裳”遮盖没有剧本流传下来，但几个俳优的名字在诗歌、笔记等历史文本中隐匿了下来，如狐狸跑过雪地，哪怕历史的雪一直下，还是掩盖不了他们的身影。

段安节《乐府杂录》记载：“开元中，黄幡绰、张野狐弄参军……有李仙鹤，善此戏。”这些人都是教坊中的伶工，以擅演参军戏闻名。

在教坊中，尤以黄幡绰最为有名，他被誉为盛唐才艺品德第一优人，按现在的说法是“德艺双馨”。今人只能从“幡绰”这个艺名中感受他演参军戏的情状。“幡”是旗幡，古时传递命令用的三角小旗。黄幡绰演参军戏，肩头上常插旗幡。而“绰”，就是绰动。幡绰，不就是肩上小旗抖动乱飘，滑稽得让人忍俊不禁的形象。

唐玄宗非常欣赏幡绰，视为知音，随侍在侧，曾假以绯衣。

李德裕《次柳氏旧闻》中记载了一件事情：

唐玄宗与他的兄弟们关系密切，称宁王为“大哥”。有一次，唐玄宗与诸王一起吃饭，宁王吃饭时呛了一口，打了个喷嚏，饭渣喷到了唐玄宗脸上。宁王惊惭不已。唐玄宗见他既惭愧又紧张，想安慰他，便问：“大哥，你呛饭了吗？”黄幡绰在一旁答道：“这不是呛饭，是‘喷帝（嚏）’。”唐玄宗听了大笑起来。幡绰一语双关，解了尴尬的场面。

《因话录》也记载了上面这个故事，并注曰：“幡绰优人，假戏谑之言警悟时主，解纷救祸之事甚众，真滑稽之雄！”此赞誉不及“谐隐”，不解俳优活命的不易，和那份隐藏内心深处的悲凉。

天宝十四载（755）冬，与唐玄宗、杨妃一起跳胡旋舞的安禄山反了。玄宗奔蜀，许多教坊艺人落入叛军之手，如乐工雷海青拒绝为安禄山演奏后被杀害。而黄幡绰凭着自己的狡黠和机敏自由地出入安禄山宫中。一日，安禄山梦见衣袖很长，直到阶沿下，黄幡绰圆梦说：“这是垂衣而治天下。”安禄山梦见殿前槅子（类似书架的家具）倒了，黄幡绰圆梦说：“革故从新。”后长安被唐军收复，黄幡绰和叛军一起就擒，被带到唐玄宗面前，唐玄宗怜其敏捷，宽恕了他。这时，有人告知唐玄宗，黄幡绰曾多次给安禄山圆梦，而且都是歌功颂德。唐玄宗问黄幡绰如何解释。他说：“微臣不知道皇上已去了蜀地。我既然被贼人俘虏，怎么能不让他们一时高兴，好留下一条性命？今天能再见陛下，更知道给贼首圆梦那是假的。”唐玄宗问何以见得。幡绰说：“逆贼梦见衣袖长，是指出手不得；梦见槅子倒塌，就是胡不得！”唐玄宗大笑而作罢。

“渔阳鼙鼓动起来，惊破霓裳羽衣曲。”据说，黄幡绰最后流落到了昆山，在当地教曲习戏，把宫廷雅韵传到了昆山。宋代昆山人龚明之在《中吴纪闻》

里说，“至今村人皆善滑稽，及能作三反语”。当地有山名绰墩山，是幡绰所葬之地。

盛唐的教坊，犹如一场花事开到荼蘼，花瓣入泥。那些花，是花，又非花，是一颗颗种子，撒向大地。而作为曾经的园丁——唐玄宗，在后世被戏班尊为戏神，也是出乎他意料的事吧。

## 四、一瓣心香飞落海隅

历史的每一次动荡，相对应的都是古中国人口的流向，中原文化也随着迁徙的跫音泄入南方的山川水泽。

安史之乱，致使宫廷教坊的乐工伶人四散流离，而一批朝官则被叛军掳至洛阳，其中就有协律郎郑虔。肃宗继位后，诏“陷贼官以六等定罪”，郑虔以“三等”罪，被贬谪到偏远的台州任司户参军。

“台州地阔海溟溟，云水长和岛屿青。”这是杜甫《题郑十八著作虔》诗中的首句。可见，中唐时的台州，还是蛮荒之地。“乱后故人伤别泪，春深逐客一浮萍。”这是杜诗的第二句。是谁被放逐到了台州，像浮萍一样飘荡？是杜甫的挚友，题中的“郑十八”，就是郑虔。

郑虔（685—764），字若齐，原籍河南荥阳。开元十五年（727）任左监门录事参军，继任协律郎。唐玄宗爱其才，置广文馆，以为博士。虔写诗作画以献，唐玄宗署其尾，曰“郑虔三绝”，迁著作郎。

至德二年（757）寒冬腊月，郑虔以老弱残身，长途跋涉来到台州。郑虔在偏远的海隅，衣冠言行，不同时俗，台州人与郑虔相互认为对方怪异，有“一州人怪郑若齐，郑若齐怪一州人”之说。郑虔则自叹“著作无功千里窜，形骸违俗一州嫌”。

虽被贬为“台州司马参军”，还被州人嫌，但这位在长安多才多艺、扬名京华的协律郎，并没有就此放浪形骸，悠游山水，而是以教化台州百姓为己任，以地方官员身份首办官学，选择民间优秀子弟来教导，大到冠、婚、丧、祭之类的礼仪，小到升、降、揖、逊之类的礼节，以身作则，使得台州的民俗日趋文明，士风逐渐奋起。郑虔在台州任上，教授了数百名子弟，以致郡城“弦诵之声不绝于耳”。

关于协律郎一职，《新唐书·百官志》曰：“协律郎二人，正八品上，掌和律吕。”《辞源》里“协律郎”释为：“历代承袭这种制度，掌管举麾节乐，调和律吕，监试乐人典课，属太常寺。”所谓“太常寺卿”，是专司祭祀礼乐之官。而作为“举麾节乐，调和律吕，监试乐人典课”的协律郎，其实是太常寺中的乐队指挥，抑或是艺术总监这个概念。唐代的太常寺，直接管辖音乐机构和鼓吹署外，与教坊和梨园也是相互联系密切。郑虔贬谪台州，带来宫廷礼乐，自是毋庸置疑。参军戏作为一种可以戏谑社会的表演形式，被郑虔沿用到教化当地人的文化教育体系中去，完全是有可能的。

宝应元年（762）有“降官流人，一切放还”之诏，此时郑虔已年高七十八。远贬东南边陲，一朝遇赦，怎能不走？弟子恳留，送至八叠岭脚，恋恋不舍，于是师徒以对对子相决，对得上则留，对不上则去。郑虔出“石压笋斜出”，弟子对“谷荫花后开”。郑虔深感自己教化有效，于是回城任教终生。广德二年（764），郑虔于台州官舍病逝。后世，郑虔被台人尊为台州的人文始祖。

郑虔的玄孙郑瓘也为协律郎。《民国临海县志》卷十七中载：“郑瓘，虔之孙，为协律郎，文雅有祖风。”据王晚霞在《郑虔研究》书中考证：郑瓘，字茧之，是郑虔的玄孙，生活时代约在德宗贞元末至宣宗大中年间（803—860）的中晚唐时期，有文广公遗风，后来不愿在京为官，回台州老家过东篱下的日子。他的好友杜牧临别赠《郑瓘协律》，诗云：“文广遗韵留樗散，鸡犬图书共一船。自说江湖不归事，阻风中酒过年年。”（《樊川诗集注》）郑瓘归隐家乡，以其洒脱的性情，诗酒之余，倾心当地文教事业，教习宫廷礼乐和歌舞戏剧，也是完全有可能的事。郑氏两代协律郎，对台州的文教影响甚远，是毋庸置疑的。

到了中晚唐，参军戏已有年轻美貌能歌善舞的女子表演，其中穿插有彻云的歌声和动听的音乐。范摅《云溪友议》云："（元稹）廉问浙东，有俳优周季南、季崇及妻刘采春自淮甸来。善弄参军，歌声彻云。篇韵虽不及（薛）涛，容华莫之比也。"可以想象，姿容美丽的刘采春，那风情自是男性优伶所不能比拟的。李商隐《娇儿》诗云："截得青筼筜，骑走恣唐突。忽复学参军，按声唤苍鹘。"小儿以模仿参军戏为乐，参军戏在民间已盛极一时。

宋孟元老在《东京梦华录》载："亦如唐代，协律郎之举麾乐作，偃麾乐止相似，故参军亦谓之竹竿子，由此观之，则参军色以指挥为职。"王国维《宋元戏曲考》古剧之结构中说："参军色手执竹竿子以勾子（引队）。"可见，协律郎本身有时就成为参军戏中一个人物角色。黄岩灵古寺塔戏剧砖，那个举麾人，不就是协律郎郑虔吗？而那女扮男装的苍鹘，是吴姬，抑或是刘采春这样美丽的女优。

戏在时间的河床上流淌，从北方到南方，从先秦至南北朝、隋唐，摇曳生姿，时空交错，不断地遇见，交融，生成，到了宋代，始合成一条大河。五代吴越国黄岩戏剧砖上的参军戏，上承唐代，下启宋代，是戏曲的大河即将汇成的前夕。"苍鹘"的一双杏眼，如一个湖泊，波光粼粼，又似老梅树上绽出的蓓蕾，明媚又青涩，像一个时间的预言。

## 五、拈花一笑的国度

细雨蒙蒙，分不清是雨还是雾，抑或是温黄平原磅礴的地气散发开来。雨和雾都是古老的事物，跟时间一样老。

灵石寺坐落在灵石山下，现在灵石中学的校园内。教学楼的正前方和右边各有一方荷塘，是宋白莲池的遗迹。南宋吏部尚书谢克家（1063—1134）曾任台州刺史，退休后，宋高宗把灵石寺赐给谢克家作为谢家的香灯院。秦桧复出后，其长子谢伋随即辞官归隐灵石寺，在此建"药园"，采药著述。朱熹曾题诗"谢公种药地，窈窕青山阿"。清同治九年（1870），黄岩县令孙憙改其为灵石书院，学堂功能延续至今。

历史的隐逸之气，在此氤氲着。越往山边走，这种气息越浓。穿过实验楼，拾级几步，看见一座七级浮屠赫然矗立在深郁的山野上。它的后面就是灵石寺。寺前一棵山茶，青叶白花，开得超凡脱俗，古意悠然。

灵石寺塔，是一座七级六面砖塔，在时间洪流的冲刷下，遍体斑驳。绕着灵石寺塔，逆时针走，时间被拨到了十世纪。其时，唐朝那件华美的霓裳羽衣，经历安史之乱的罡风，最后被黄巢起义撕扯作“五代十国”。长江三角洲下游以及沿海地区，在吴越国的统治下。这个偏安东南沿海的国家，她的脐带一直连着中原，思维却向着广阔的大海，是当时中国最繁荣富庶的地方。

吴越国钱氏三代五主奉行“善事中国”“保境安民”的国策，扶持佛教。在它的政治中心——杭州，有寺院二百余所，后来总数达到四百八十所，环西湖一带，灵隐寺、净慈寺、宝成寺、云栖寺、灵峰寺、保俶塔、雷峰塔、六和塔等，禅刹林立，佛塔挺秀，梵香缭绕。这个江南的国度，在那个分裂割据的时代，形成一方独特的护国气象。

而北方，战争的博弈从未停止。公元960年，赵匡胤在开封建立了宋朝。之后，宋军相继吞并了杨行密所建的吴国、马殷创建的楚国。吴越国的君主钱弘俶，尊奉祖父钱镠的遗训，向北宋朝廷称臣，并将自己的名字改为钱俶，以避赵匡胤父亲名字的讳，只求地兴民安。

来自北方的强大王气，还是让钱俶感到不安。他授意国师德韶在吴越国境内兴建佛塔，以求国祚长久。同时还铸造一批阿育王塔，赐给各地寺庙和佛塔。灵石寺塔在北宋乾德元年（963）开始兴建，于北宋乾德三年（965）竣工，就得到其中一座阿育王塔，上面铸有“吴越国王俶，敬造宝塔八万四千所，永充供养，时乙丑（965）岁记”。在灵石寺塔落成之际，当地举行了盛大的祈福活动，乐舞杂戏自是不可少的。

安史之乱和会昌灭佛后，中国佛教中心南移，越州、杭州、台州、温州、婺州等地，大寺林立，名僧辈出，江浙成为唐以后佛教的中心。而五代时的吴越国，远离中原战乱，延续了唐代的礼制，优戏发展有丰厚的土壤，佛寺又为优戏提供了广阔的舞台。台州，隋代高僧智顗在天台山创立天台宗，至唐代，天台山已是名闻东亚的佛教圣地。始建于晋代的灵石寺，一直以来香火鼎盛，有戏剧演出舞台，或有如楚州龙兴寺般有固定的戏场，是可能中的必然吧。

公元978年，钱俶纳土归宋。随着历史洪流一起泄入大宋的不仅是吴越国的国土和子民，还有高度发展的五代戏剧。至此，中国戏曲也从孕育期进入了形成期。中国的朝代江山，给戏曲提供了肥沃的成长土壤。

## 六、陌上开花缓缓归

是谁把一场活泼泼的参军戏刻在灵古寺的塔砖上呢？这些粗朴的线条泄露了一些消息。反转镜头，去戏台下找他吧。

他是个爱看戏的人，戴着幞头，身着缺胯衫，总站在离戏台一米距离的位置，这样才看得分明而尽兴。他的眼、耳、心、脑一起感受着台上优伶们的每一个动作、每一个眼神，和身上的衣饰。当参军和苍鹘上台的时候，他甚至伸出右手的食指，在身旁那一片狭窄的虚空中划来划去，频繁地搅动着空气。人潮中，谁会注意他的举动呢？除了那个骑在大人肩上的孩子多看了他一眼。

戏散场后，他向灵石寺走去，然后蹲在寺旁山地上堆垒的一排已半干泥砖坯前，拿起一块，砖面朝上，掏出一条竹签，在砖面上比画着。一个个戏里的人物在他的心里翻腾。

春风骀荡，柳絮飘飞，鹧鸪声声。他抬头看了看天，又望向灵石寺。此刻，钟声响起……那颗忐忑的心顷刻之间沉静了下来。他下手了。刀锋犁开紧实的砖面，发出一种沉闷而细微的“哧哧”声，他“呼”的一下吹开翻出的泥花。这些不连贯的小声响，有一种被小心翼翼包裹着的兴奋，似泥土拱出芽叶那般不易觉察，估计只有地上的虫子能听得见。在时间的推动下，他的手越来越放松，刀下的线条像山野草木般地生长起来。那些青灰色，或土黄色的砖面上，像底片浸过药水后，一个个人物活泼泼地浮上来。最后几笔，他留给了她。台上的她，女扮男装，杏眼流转，腰肢如柳，载歌载舞，一转身杏眼一瞪，是一个“苍鹘”。真好看啊！刀尖往上一拐，连上那张小口的刹那，插科打诨之声，配合着眼神流转，像山间春水似的哗哗流淌出来。他站起来长长地吁了一口气，检阅着自己的作品，然后笑出声来。

他在六块砖上，一共刻下了八个戏剧人物，这是一场参军戏的主要阵容。他把这六块砖连同其他砖一起搬进砖窑。他站在窑前，像站在戏台下看戏那样看着熊熊窑火吞没了“他们”。黑夜与白天的几次交替后，窑火熄灭，塔砖慢慢冷却。他看到了苍鹘的那双杏眼，灵动声色。这是他一生中唯一的一次艺术创作，为佛祖而作。

一千多年过去了，“他们”在灵石寺塔中经受住了时间的窑火。当我看到了“他们”时，那些声音、身段、语言，并没有失去神韵，并把创作者带到我们面前——一位无名氏。他，也是我，也是你，是这片土地上的每一个人。

眼前的温黄平原，烟雨中草色越发清亮。行于阡陌，“陌上开花，可缓缓归矣”，似一朵飞花般降临。这是吴越国的第一代君主钱镠思念回临安的王妃，书信中催其回家的一句话。“陌上开花”与《钱王遗训》中“家道和则国治平矣”的气息相通也。在这片土地上，“陌上”的花气，与“拈花”的禅气，相互交融氤氲，如雨雾温润着江南大地。

我们一路向西，翻越括苍山脉，返回温州。青葱的山脉，分割温台两地，又把两地连在一起。想起唐开元二十一年（733）的岁末，孟浩然经天台取海路前往乐清访张子容。在张宅宴会上，瓯地卢女唱《梅花》大曲，引二人诗兴大发。张作《除夜乐城逢孟浩然》：“远客襄阳郡，来过海岸家。樽开柏叶酒，灯发九枝花。妙曲逢卢女，高才得孟嘉。东山行乐意，非是竞繁华。”而孟答以《岁除夜会乐城张少府宅》：“畴昔通家好，相知无间然。续明催画烛，守岁接长筵。旧曲梅花唱，新正柏酒传。客行随处乐，不见度年年。”这旧曲《梅花》是唐代大曲，一种来自北地的舞曲，在唐玄宗时盛行于江南。这瓯地的卢女，应该也是似吴姬那般美丽又有才情的女子吧。

唐末，钱镠割据钱塘时，以去温州的道路悠远，此地人物稍繁，且无馆驿，乃析剡县一十三乡置新昌县，从而打通了杭州到温州的陆上通道，实际上打通了钱塘江与剡溪水道、瓯江水道的联系，开启了向东南沿海发展的时代。

这些通道，是贸易军事的要道，也是精神的。

到了宋朝，这些通道的精神效益开始显现出来，反映到学术上，是浙东学派的兴起，以及南宋时以叶适为代表的永嘉学派；反映到文学上，是温州出现“永嘉四灵”这样的文学流派；而反映到世俗层面，是宋室南渡之际，中国最成熟的戏曲形式——南戏，在温州诞生。

想起一个春风沉醉的夜晚，去看永嘉昆剧团搬演现存最早的南戏古本——南宋温州九山书会创作的《张协状元》，曲调里有“台州歌”，这是一支台州地方小曲。剧中的副净与副末，一个木讷，一个机巧，插科打诨，古拙诙谐，还是参军戏的魂。

# 夕阳笼罩的珊瑚

杨文丰

珊瑚殇是地球村所有走向灭绝物种的隐喻，

更是大海中的人类镜像。

——手记

## 一

你关注“珊瑚屋”经年，眼前的珊瑚屋，怎么看都像房子——人的庇护所。

光天化日下，人们将一块块珊瑚石任意削切，赋形，叠砌，还不用什么黏合剂，水一浇，珊瑚石就已粘结，垒起坚硬的墙，珊瑚屋即耸起焉，冬暖夏凉，台风吹不倒，雷霆也难轰——可在你看来，其却是已终结生命的东西，是死亡的风景和传奇……仍要其在日升月沉中，面朝大海，听海的呻吟……

近日你更惊恐地发现，任由大写的人若无其事出入的珊瑚屋，乃至海洋中死亡的珊瑚礁，纵然不适合叫碑，其形其质，竟也百分之百像碉堡——“珊瑚堡”！

当然绝非常规意义上的碉堡！而是反生命的、内殓一条条死亡微生灵——珊瑚虫尸骨的碉堡！

想一想，这世上的碉堡，有哪一座不是弹洞着历史，伤痕着血雨风云呢？哪一座不是朝人间“哒哒哒”发射仇恨子弹的呢？

那座也含“堡”字的大堡礁，作为昆士兰象征的澳大利亚著名的大堡礁，你多年前是去过的，夕阳下，你惊异，那望不见边的大堡礁，这被选入世界自然遗产，全长两千零十一公里，最宽处达一百六十一公里，纵贯澳洲东海岸的大堡礁——小生命还在灵动的珊瑚礁，对这座世上最大的珊瑚群聚地，不久前，就已有海洋生物学家毫不客气地预言：假如生态恶化不急刹车，再过七十年，大堡礁就将完全死亡！

也就是说，那时的大堡礁，就将沦落为世界上最大的“珊瑚堡”！

显然，现在的大堡礁，还不全然是“珊瑚堡”，因为其上尚存珊瑚虫在苟延残喘；只有全然丧失生命的珊瑚，才算“珊瑚堡”。

世人似乎经常忘记，这地球村的珊瑚和我们人类，都是平等的、活生生的物种，而珊瑚，主要散落在太平洋—印度洋赤道两侧、南北纬 30° 内的范围内，大西洋的，则局限在加勒比海地区。珊瑚曾经存在七千多种，今天已减至两千多种了。我国近岸的珊瑚礁，也缩减了百分之八十。至于海洋中有造礁能力的珊瑚，当今已仅存五百多种，这类造礁珊瑚，全生活在不超过五十米的浅海水域，海水寒暖，在 22℃—32℃ 的海水中，珊瑚才适宜生活；一旦海水低于 18℃，珊瑚就只好命归阎王了。

透过显微镜，我们可清晰见到珊瑚上聚集着无数珊瑚虫，天授神与的珊瑚虫，无花容月貌，形象并不太入人眼目：只有褐色水螅型个体，圆筒口袋形身子，最长者也只有三毫米，针尖尖大小，头与躯干并无啥区分，身体中部便是著名的独具消化和吸收功能的腔肠，珊瑚全直肠直肚，多数还雌雄共体。

珊瑚虫还无神经中枢，只具弥散神经系统——受到外界刺激，必风声鹤唳，激起全身反应，顶端的虫口，绕环八条伸屈自如之羽状触手，触手均对称生长，开放的树枝一般，亦似敦煌飞天双双柔荑，情态万千，你才见“舞手”向上向前向后，倏而就忽左忽右焉，“舞手”着生刺细胞，刺丝囊可以麻痹猎物。浮游生物被水浪带到身边，这也算萍水相逢吧，珊瑚虫会瞬间展现该出手时就出手的大英雄本色，迅即出手，活捉到的猎物旋即被塞入消化腔，从下部排出的，当然是消化过的东西。

珊瑚虫有脊梁吗？没有，因为其并无脊椎，但是，虫们的骨骼却犹同无数的并蒂莲，亲密、紧密地联合了起来，珊瑚界该也崇尚“民以食为天”吧，虫们总是共用一个“胃”，就像袖珍公司也要分职能不同的一个个部门一样，虫们的胃循环腔总是分八个隔膜，六个隔膜内的纤毛将水流引入胃循环腔，另两个隔膜则能将水导出体外。

海上明月升沉，日夜寒暖的珊瑚虫，对尘世的要求并不高，只要海水清洁，环境良宽，就能自在、本分地过日子，吞吐日月，以芽基发育的方式，着生在先辈的遗骨上，代代繁衍。

值得一说的是，珊瑚虫遗骨，中轴坚硬，润泽晶莹，化学成分主要是 $CaCO_3$，从不像人类那般野心膨胀，一直在过慢生活，每年体积仅“膨胀”5毫米—28毫米，此可谓“慢生长”——这就是世俗所说的“珊瑚”，这海里“出生”、海里成长的“硬货”，也可称之为骨头吧，早期“光荣”的骨头，衔接堆积，就构成了珊瑚的底层，依时兴的说法是平台，更精准的说法叫奠基——给生死奠基，担当使命，让外层和上层活着……

## 二

宋以前、唐以前、夏商周以前，珊瑚就已被人类盯上，强行掳其出水，施以刀斧，然而，人类残害珊瑚，很长时间内还只是局部的。

珊瑚被披上浓重的神秘外衣。希腊神话里的蛇发女妖、英雄波修斯的花饰，都是红宝石珊瑚。古罗马人视为“红色黄金”的红珊瑚，神秘色彩尤重，被视为通灵镇宅之宝，认为其可驱邪魔，佑平安，防闪电，退飓风。航海者更是多佩戴红珊瑚。印第安土著早就以红珊瑚护身。

在印度，在西藏，珊瑚还是宗教仪式饰品。红艳如火的红珊瑚，被琢成温润明艳、晶莹剔透的佛珠。红珊瑚在古中国称为“火树”，被琢成“蜡烛红”“辣椒红”和“关公脸”。

珊瑚被世人赋予了可掌控的神幻，却也被用作国画色料、丝绸的染料、烧窑之釉料，还被入药，说是可养颜保健，活血明目，清热解毒，活血祛瘀，明目镇心，可以促进血液循环，珊瑚似乎也是人体精、气、神的观测站。

拥有珊瑚被视为身份尊贵的象征。当年西藏王爷头上顶戴的顶珠就是红珊瑚，清朝也唯有一二品官员才具备佩戴红珊瑚朝珠的资格。

据传北宋书画家米芾获赠一座铜底座的珊瑚笔架后，欣喜异常，挥毫即写《珊瑚帖》，且赋配画诗一首：

三枝朱草出金沙，来自天支节相家，

当日蒙恩预名表，愧无五色笔头花。

此帖为米芾晚年之作，看似随笔为之，却奇异超迈，宽绰疏朗，神韵十足。元代施光远称其“当为米书中铭心绝品，天下第一帖”，米之“墨皇”。可作为今人，我视之倒徒然生些别样滋味，人，无论以艺术心或功利心，抬升珊瑚的“地位”，说穿了在喜悦的背后，都或隐或显以珊瑚生离死别海水家园变作僵尸的代价；而且，世人殃害珊瑚，无非是出于私利，却要打着爱美的旗号。

几年前一秋日，我参观台湾省台东绮丽珊瑚博物馆，甫入馆，就与一棵巨无霸“佛手”打了个照面，着实一惊！

当时，我眼前的那个巨无霸，据说就是阿卡赤红珊瑚，竟近一米高，重二十多公斤，果真形同佛手，解说员说这是人类至今捞“出水”的最大珊瑚。

这棵自台湾东北海域“上岸”的“珊瑚树”，罩在真空玻璃箱，细枝温雅内敛，主枝粗壮沉寂，已成“碑”焉……可其似活珊瑚一样包裹着泥黄色保护皮的一双双手，精瘦而弱的手，仍无声地长伸着……

我不忍久看，可心生一念：“佛手”啊，你尚带慈悲的温度吗？

按说打捞深海的红珊瑚，不亚于海底捞针……最古老最流行的，是以船挂拖吊着重锤的渔网，顺着潮流在深海拖曳而行，可以想象，无论哪一株珊瑚树遭遇围网，都将阴阳两隔。

1985年5月5日，“佛手”刚刚“登陆”，即被日本收藏家高价私藏，十六个春秋后易主辗转进入台湾，才“荣升”为这家私人博物馆的镇馆之“宝”。

珊瑚有天敌吗？有，与其争夺地盘的海藻，将其当口粮的鹦鹉鱼、核果螺和长棘海星，均是，还有台风、海啸等。然而，在工业革命以前，珊瑚还不至于有“全军覆灭”之虞，所遭遇的一应深深浅浅“创伤”，珊瑚都基本还能修复，总体上可以承受——整个物种，还绝不至于沦落为“珊瑚堡”！

真正导致珊瑚坠入全球性劫殃、滑向毁灭者，只能是工业革命以来越来越掌控“科技神”的人类，除了沿岸开发、污染海洋，最为可怕的，是至今仍在全球性失控大量排放二氧化碳，以致“球温”仍一天天抬升！

联合国《气候变化2021：自然科学基础》警示令人触目惊心：十年来，全球地表温度比1850年—1900年已升高1.09℃，这可是自十二万五千年前冰河时代以来从未有过的升温水平，刚刚过去的五年，竟是有记录以来最热的五年。今天，海平面再升高六米，只需再升温2℃……后果真不敢想象！

人类是将大海作为二氧化碳最天然最深邃最辽阔最方便更不花一分钱的吸纳场了。二百多年来，因为吸纳二氧化碳，海水酸性像芝麻开花节节升已增加了百分之三十！

可真是可持续发展的“酸海”啊！珊瑚又何以安生？……

## 三

亿万斯年以来，云起浪飞，珊瑚以固守的信念，以顽强的生命力，承受飓风暴雨、火山爆发的冲袭，假如没有工业革命以来人类的“伟大作为”，珊瑚又何至于呈现日薄西山之象？何况浅海里的珊瑚与藻类，早就建构了极铁的共生关系。

“是珊瑚的绿光芒，照亮了共生藻回家的路！”这是日本国家基础生物学研究所 Jun Minagawa 教授研获的珊瑚“天机”，他发现活珊瑚的蛋白质属“绿色荧光蛋白”，经短波光一照射，即泛荧荧绿光，正是这绿光，充当了茫茫海水中共生藻进入珊瑚虫玉体的“路标”。

主要分布在我国台湾、日本、地中海和中途岛的桃红、赤红、粉红和宝石红珊瑚，都是生活在一百一十米至一千八百米的海域，它们的体内不可能有共生藻——因为这么深的海域已见不到阳光，终年为漫漫长夜，即便有共生藻，欲找珊瑚却是既无灯更无“门”，更遑论有共生藻能在珊瑚体中进行光合作用……珊瑚宛若朝霞的红艳，全是吸纳海水中的氧化铁所致，它们只能挥舞触手捕食为生，倘若海水深度酸化，一样会沉沦为“珊瑚堡”。

唯有汪汪阳光可照入的浅海，与珊瑚共生的藻类，才叫“共生藻”。“共生藻”堪称与珊瑚共享日月的“房客”，可誉为“太阳能”发电机，通过光合作用转化的糖，竟可解决珊瑚虫百分之九十的“稻粱谋”，至于珊瑚虫的排泄物，当然该是其独享的佳肴。

这种共生关系，难道还不值得我们举手加额、放声歌唱吗？

在这个尘世，海葵与小丑鱼，肠道里的益生菌（肠道菌）与人类，其实也是共生关系。有些“共主”还会接纳共生对象进入细胞体内生活。

依我看来，如此两种或两种以上的生物，相互取暖，互为依赖，互为感恩，近乎天作之合的关系，才是地球村难得的共生关系，它已超越“一个好汉三个帮”，亦高于团队合作，已是光，是色，是诗，构成了可持续发展的生命共同体！

若问：天地间最完美的生态关系，是共生关系吗？

为回答这个问题，我们有必要先考察自然界存在哪些生态关系。

我认为，自然界花团锦簇、林林总总的生态关系，除了共生关系，还存在同样需人类敬畏的“关联关系”和“寄生关系”。

所谓关联关系即非生物间的关系也，譬如，宇宙间行星的关系，基于引力或能量联系而构成，共在共存，共存共行，相与携手，谱写出美妙绝伦的运行旋律，这是大自然最壮阔宏大的交响乐。

而包括人类在内的所有生物与自然的关系，我认为主要还是寄生关系。人类经由大自然孕育、抚育而至成年，然而，只有人类从幼年一天天走入成年这一脉时间河段，大自然，才真正是人类的母亲——哪个哭喊人间的婴儿离得开“母亲”哺育呢？然而，当人类成年后，人与自然的关系即顷刻“政变”，母子关系立马蜕变为人是自然的寄生者之关系。

“人是自然的寄生者”，我这样说确乎不太好听，但“真言”却断断是客观事实。试想，假如人与自然还是母子关系，“子”岂能、岂会如此普遍地、没日没夜地祸害其“母”？只有寄生之“虫”，才可能也才会过河拆桥，不存感恩之心，才胆敢僭越“生态位”欲当主宰……想一想，我们人类，对“寄主”索取无度的“血光”行径、前赴后继的祸害，有哪一条江河能有其浩渺呢？让人类重新变回自然之“子”，不是“偏向虎山行”吗？

昆士兰科技大学的生物学家做过一个实验：请长须飞盘珊瑚，进入盛满十升海水的水族箱，十二小时内，将水温由26℃加热至32℃，维持32℃水温八天，通过显微拍摄之视频，他们惊见：随着时间的推移，珊瑚会很无奈，总欲以“脉冲膨胀”驱逐共生藻，当珊瑚的身体猛然膨胀得比平常大百分之三百四十时，即产生一股节日焰火般喷射的爆发力，“呼”一声就将共生藻弹出体外……

这个实验事实裸呈出一个结论：在这“人的世界”，在“球温”仍然上升的地球村，所谓的“共生关系”，即便再海誓山盟，哪怕还灯红酒绿，依然存在“土崩瓦解”的可能！

珊瑚与共生藻共生，不过是小小的“双主体”式共生，只是局部的“小共生关系”；拥有“小共生关系”的珊瑚，若想与共生藻地久天长共度日月，若想躲过整体沦为“珊瑚堡”的生死劫，不和谐入包括人类在内的所有生物和非生物的“整体共生圈”，行得通吗？

嗟夫！任何“小共生”，唯有和谐入地球村的“整体共生”，方能和美共生，美美与共，各美其美，万物兴旺！

# 四

珊瑚本是地球上最古老的海洋生物，本是具奇异大灵知的生物，约五亿年前就诞生在这个地球，在风波不断的海洋里，被忧恐包围，而对自己的境遇，我想其该也是洞若观火的。

生物学家莱格特就认为，人类一直认为珊瑚很简单，其实相当复杂，珊瑚与人类在远古时代还是“亲戚”，珊瑚的基因和蛋白质，在数量上，与人类也是难分伯仲，甚至很多基因，在地球始有生物之初就已始行演化，尽管没有眼睛，但不代表珊瑚对光会没有感受能力。

那天，列维刚踏入昆士兰大学哥德比尔实验室，就对名叫“隐色素”的蛋白质，情有独钟，兴趣浓厚。须知属蓝光受体的“隐色素”，虽达不到眼睛那样高级的功能，却对太阳光波里的蓝光有反应——生物在尚无眼睛的早期，感受光线的变化，靠的就是隐色素细胞。“隐色素在某种意义上就是视觉传令器”，是“身体闹钟”，可调节新陈代谢，引发机警反应，等等——这些，列维肯定心知肚明，可那天更让他产生灵感的，却是布满珊瑚的海域，何以海水总是特别蓝，非常蓝，比幽蓝的勿忘我更蓝——列维是将海之蓝、“隐色素”与珊瑚缘牵起来了。

由是，列维不断推进对多孔鹿角珊瑚的研究，发现这种珊瑚上竟生活着上千种珊瑚虫，他以强度不同、颜色不同的光波分别照耀暴露的珊瑚虫，果真，最为活跃者就是珊瑚的 CRY2 基因——由此他推断：隐色素的庐山，就隐在 CRY2 基因里；敏感感知蓝色光波的，正是这微妙的“隐色素”。

这个研究非同小可：证明了珊瑚的确身藏敏感感受蓝色光的大本事。

珊瑚，正是仰仗这个奇异的本事，才得以团结起来，步调一致地打出奇幻的生殖牌，高高擎起呼呼飘响之生命至上、培养接班人的大旗！

原来，珊瑚的生殖季节和繁殖方式不尽相同，有少数珊瑚还只是一种性别，只能够像水稻分蘖那般无性“克隆”——“新芽”抱贴成熟的水螅体生长，因是近亲，易致物种退化。

因而，绝大多数的珊瑚，是将精子和卵子全然“喷洒”入湛蓝的海洋“夜合”，这“月下老人”是谁？正是包含蓝色光波的月光！

这可是天静月圆之夜哪，正大潮，更准确地说是正退潮，你脚下是大堡礁，辽阔的海里，亿亿万珊瑚们，突然就似得了神谕，更全然不发一声喊，就将一束束、一批批、一波波、无边无际的粉红色的卵子和精子，齐刷刷地朝月光下的海面喷射——“这无法不是奇迹！哪怕你坐在一块珊瑚前面，看着这些粉红色的精子从珊瑚体内里直喷出来，四处漂流，看着就令人狂喜！我深信这是大自然最壮观的情景之一。尽管珊瑚一直以来都这么做，但在二十世纪八十年代以前，人类都还不明白这回事。”莱格特教授感慨地说。

看着这些喷涌向海面，很快就挤满银光闪烁海面的一朵朵英姿飒爽的小灯球——莱格特教授形容的“月光下珊瑚的产卵大交响”，你会幻觉自己正面对的，是刮自海波下的红色暴风雪，你感觉眼前的海面，蕴藏万钧雷霆！那些汹涌着、完完全全恣肆敞开自己、无边无际的精子和卵子，性谲欲诡，雨起云生，终成好事……这些动着歌着泣着的受精卵，恰像巧借风力传播的蒲公英种子，趁着退潮，载浮载沉，一荡一荡地，被带向更广阔的海域，更远的远方，待发育成纤毛覆生的浮浪幼体，才专心下潜“扎根”珊瑚礁，出落成新一代的水螅体。

一轮满月下海上如此伟大的交响乐，真是奇异地彰显出珊瑚的大灵知啊！

这是珊瑚打出的最伟大也最羞心摇曳的性之牌，是将尘世讳莫如深的性，以最美丽、最开放的形式裸呈于光天化“月”之下了！这伟大的交响乐，这是珊瑚与向光、向美和“共生关系”并重的生存之道，也是紫色的基建战略、生命哲学。

然而，其间却隐匿着一个问题：“产卵交响乐”，何以总出现在满月之夜？

对此，我查阅过不少资料，虽说是书山有路，可答案就是不甚了了，我现在只能逻辑推断：朗朗月光，不是包含蓝光吗？满月之夜，月亮岂不是最明最亮最大最圆？值此良夜，经月亮反射至海洋上的阳光显然最多——相应反射至大海的蓝光，不也最多吗？——蓝光既然在满月之夜最为“丰盛”，那么，向光、追求蓝光的珊瑚们，能不性趣盎然共振、性高采烈吗？吁呼！ 上演“产卵交响乐”，选择在月圆情浓的春晚、玉盘圆润的秋夜，不是再自然不过吗？

应该说，亿万斯年以来，珊瑚都在打惊天动海的“多子祈福避灾牌”，但是，这“牌”在人类出现前后的性质和意义已迥然不同：人类出现前的“产卵交响乐”，固然汹涌性的张扬和红红白白的浪漫，然更多的还是为了物种繁衍，而在人类出现后，在当今这“人的社会”，仍打这种“牌”，最主要也最要紧的，却已蜕变成寄希望于“虫口”规模这根稻草了；是忧恐深长无奈之下，以生命的数量应对不测，也是不屑羞耻的殊死抗争——纵然子子孙孙身陷绝境死去百分之九十九，仍有百分之一的子嗣有望在阳光下遗海独立，物种得以尽可能长时间地延续……

海水苍茫，惊涛拍岸，究竟溶混着珊瑚多少不堪洗濯的无奈、哀痛和悲壮啊！

## 五

在地球村，珊瑚是最古老最多姿多彩的“海上长城”，最珍贵的“海洋热带雨林”，尤其是海洋生态中不可或缺的生态链条，最美的生态系统，海洋生态的晴雨表。

> 珊瑚傍岸兮衰减波浪，
> 鱼类相嬉兮浅海美央，
> 珊瑚礁丛兮大繁殖场，
> 珊瑚自在兮旖旎风光。

“一树红花照碧海，一团火焰出水来，珊瑚树红春常在，风里浪里把花开。哎！云来遮，雾来盖，云里雾里放光彩。风吹来，浪打来，风吹浪打花常开。哎！”这首歌剧《红珊瑚》插曲，从二十世纪六十年代初始传播开来，珊瑚的境遇和珊瑚之美，已然萦回在我们的记忆深处。

三年前我在苏黎世动物园，近距离观赏过珊瑚之美，那些在水族馆硕大玻璃箱里“自在活着”的众多珊瑚，千姿百态，形象各异，像中国砚台，像千年灵芝，像木耳，像鹿角，像树枝，像红宝石，像春草，像吸管，像苔藓，像蜂巢，像大脑纹层……五彩斑斓，有的还随着水浪，彩带忽左忽右忽前忽后，忘情地跳起摇摆舞……有人曾撰文说，她戴着白色的潜望镜潜海，对着眼前的珊瑚曾大喊一声“变”，必是声波的作用，盛开得灿烂的褐色珊瑚，瞬间就如变色龙一般变了颜色，羞羞答答，犹如徐志摩笔下最是那一低头、水莲花般不胜娇羞的妙龄女郎……

的确，谁能识尽奇异、神幻的珊瑚之美呢？

潟湖是海洋中由环状珊瑚和坝状珊瑚围隔而成的湖，准圆形，隐约海波上下，待落潮，才显露庐山面目，潟湖均比外海浅，绿茵如翠，游鱼活跃，还是潜水爱好者的天堂。

想想看，在浪花起伏的海洋中，犹同吾乡客家“围龙屋”一般，这准圆形水井栏似的“珊瑚围”，是如何团体式地做到基本同步、同速生长的呢？珊瑚，天生就有神奇的圆式审美能力？

何况潟湖里还生长着圆冠珊瑚，一朵朵晶莹硕大，宛在水中央，花蕊，或泛绿或酱色，那花瓣秀成半弧外披，宛若美人的裙裾，盛开……

这已是大圆套生小圆了，圆润，圆满。

……

然而，本为滋生千年的溢光奇树，蕴藏在浪波下的神秘火焰，沧海里的高贵，集绚丽美、神幻美和不可取代的生态功能于一身，如此神奇美幻的珊瑚，岂能长遭殃祸？本该永享最不受伤害、最美善的待遇才对……

## 六

珊瑚，逃得脱那个殡仪馆时间节点吗？即科学家预言全球珊瑚全部死亡成为现实的时刻，这个时刻，不只是珊瑚的问题，更是地球村生态大恶化之象——我们，又焉能逃避省思？

珊瑚和人类，都是地球村地位平等的物种，谁都无权剥夺珊瑚在良善海水中生活的权利，这是珊瑚的基本生存权！

可而今，又有多少人会忧恐珊瑚正一天天滑向“珊瑚堡”？我们什么时候真正善待过珊瑚？珊瑚什么时候碍过我们？

珊瑚，生死相铆，居死地而生，增量陆地，甚至连一个国家都可以建立于其上……如此的微生灵，纵然生也有涯，又怎会心甘走向灭绝！

何况珊瑚一直是按美的规律在塑造自己。自然界的一切本来都是美的，也必然是美的。珊瑚已然承受的遭遇，已迫使其生命，再也无法“万事如意”地绽放了——珊瑚在苍茫远古那种总能自然而生、自在美好、幸福摇曳的日子，牧歌般的日子，早如流水一去不复返了……

只是，珊瑚之殇与人的异化却是同步的。地球生态滑向苍茫暮色，主要，还是归咎于人的异化！

“当——当！”地球村生态危机的警钟长鸣，钟声回荡着一个旷世难题——人类，该如何“做人”！

工业革命以来，过山车般的科技强势裹挟着人类，一天天旋入“生态纪”。人类，就日益走上机体退化和思想双双坠落的“异化人”歧路……想当年，“自然人”融入自然，自然地生活，日出而作，日落而息，初心一片，敬畏自然，与所有生物一样，似懂非懂地服膺生态规律，接受自然律的制约，更重要的，是能恪守“生态位”，仅从大自然索取生活必需的、有限的生活资源。

而异化人呢，作为被人类中心主义阴影笼罩的人，一边大树“科技神”，膜拜科技神，又依仗科技神，大逞无底线掠夺自然之威风；一边却又企图全面掌控、操纵科技神，没想到反而陷入“科技囚城”，沦落成科技与欲望的“双重奴仆”……

在今天的地球村，谁否认得了“生态人”是生态使命的承担者，是真正走向朝暾的大写的人呢？唯生态人，才会自觉地顺应自然，尊重自然，对自然心存“新敬畏”，科学地敬畏自然律，敬畏各种生命的价值，才会在自然面前谦卑地低下头，履行生态职责，感恩自然，呵护生命；生态人已然是超然于工业文明、商业文明和消费文明的人，是唯一能够跨入地球村最高层文明——生态文明门槛的人！

“异化人”能否脱胎换骨成“生态人”，已上升至人与自然的关系能否走向和美，地球村还有没有未来的普世问题……

## 七

行文至此，我只能将事件的场域假设在七十年后之某日——这一天，阴云密布，作为“珊瑚人”，你伫立在一座曾经著名的“珊瑚堡”上。

七十年前，福建省宁德霞浦水门乡有一林姓中年男子，十三岁时，手脚突然长出瘤状物，不久便长满全身，被称为“珊瑚人”，他说：“最初只是些很小的硬颗粒，越长越多，不久胳膊、腿、背部，甚至头上都快长满了‘硬壳’，感觉自己快变成石头，身体很难动弹。”

这一天，石灰样的硬壳也包裹着你身体的许多部位，海风凛冽，站在“珊瑚堡”上，你孤单吗？你回看身后，涌现如雨后春笋的“珊瑚人”，蹒跚着，正一个个朝你走近……

这一天，乃全球最后一只珊瑚虫上西天的日子，听着海风的呜咽，你想：今天该命名为“全球珊瑚灭绝日”吧！

其实，对这一天，七十年前海洋生物学家已发出过强烈预警：未来三十五至七十年间，假如二氧化碳排放量翻两倍——全球的珊瑚礁就会全被漂白，酸海将杀死所有的珊瑚虫！

1997 年被联合国命名为“国际珊瑚礁年”，呼吁全人类保护濒临恶化的珊瑚礁……2016 年 3 月，潜水员发现澳洲珊瑚大堡礁的大片珊瑚已白化而亡。2021 年 7 月，联合国教科文组织已将大堡礁列入濒危清单……

海风，呜呜咽咽了七十年，而今你站在珊瑚堡，你竟转而想：珊瑚会是健忘的生命吗？

你想起了“忘川”的故事：据说忘川是汩汩流淌在世上的一条河，濯洗古今，可谁也不知其源头。在《理想国》里，柏拉图曾描述一行魂灵，风餐露宿，被驱赶着横穿遗忘平原，那平原全然不见草色，酷热烘烤犹同炉火，一个备受煎熬的黄昏，焦渴的魂灵们终于全然扑向忘川，一阵狂饮后，果然忘却一切。

还有个中国神话说黄泉路和冥府之间是忘川河，不喝孟婆汤，就过不去奈何桥，而喝了孟婆汤，那些旧日烟云，浮沉得失，便会忘得干干净净。

你突悟：这眼前的海，不就是更辽阔的“忘海”吗？

珊瑚不是曾一直喝这“忘海”水吗？

然而，无论多伟大的神话，终归也只能是神话。

珊瑚，有大灵知的珊瑚，可能不记恨人类吗？有可能不记恨人类明知珊瑚早已命垂一线，却仍要大“发展”危害珊瑚之勾当，而不是果决地真正地携起手来通力遏制“酸海”的发展吗？……

饱受忧恐的珊瑚，果真可能将自己一天天走向灭绝的记忆，刻骨铭心的记忆，在集体断崖式“上西天”前的那一刻，全然相忘于海洋吗？……

苍天在上，有作用力就有反作用力，作恶就必生反恶，这从来就是天经地义的因果律。珊瑚那些形形色色施予人类的大大小小的报复，每一个，都镌刻着怒目淌血的名字：“报应”！

那些在珊瑚物种“临终”前，风起于海洋的一拨一拨生态祸殃，不早就是对人类的“报应”吗？

假如人类能及时实现全球“碳中和”，珊瑚，又焉能全然沦为“珊瑚堡”呢？

谁又能制止“珊瑚堡”停止碉堡的“职能”呢？

忧思至此，被忧恐包围的你，竟下意识地机械地蹲低身子，僵硬的手指，触及了一面头颅大小、镜子厚薄冰凉的死珊瑚——袖珍“珊瑚堡”，你费力地抚之，心，竟霎时悟得“古镜未磨，照破天地”的含义，你定神端详，只见那“古镜”上，缀满一个个枪洞似的洞口，像瘆人的眼睛，正盯着人类……

# 吾乡吾土

刘致福

故乡是我永远追赶不上的背影

——题记

## 老屋的气息

老屋在村子的中央。

门前是一条贯通东西的老街，向西一里余可接省道，北去威海，南达文城，向东可入连绵大山。老街是不规则的石板、碎石铺砌路面，西高东低，平缓宽阔，可行马车、汽车。村街两边房屋连接紧密，南为前街房屋只开一扇小窗的后墙，北为后街院墙门楼或过道。邻家屋檐相接，院墙毗连。屋墙、院墙多为碎石插砌，不少门旁墙中镶有青石雕镌的拴马石。我家老屋布局与邻家不同。院落更深，门楼与大街之间隔着一块空地。空地右侧是草垛、羊舍，左侧是一片稀落的树林。邻街有一块大青石，石面平整细滑，原本为上马的脚踏石。那里是祖母的专属宝座。祖母已年届八秩，每日大半时光坐在那里看街景，看人们忙来忙往，与西院的文婆、东院的曾婆谈天说地。直到太阳西沉，直到上山的父母和上学的我们一一归巢，祖母才放开盘腿，扶石起身回家。

跨进院子，是碎石铺砌的甬路，从门楼直通正屋门口。甬路右边是厕所和猪圈，左边是空地和一棵大槐树，夏天就在树下空地吃饭或纳凉。靠近老屋西屋墙外又是一间厕所。一院两厕这是全村唯一的。一直搞不明白为什么一个小院竟有两间厕所。男女分用？曾经问过母亲，母亲说这房子一二百年了，买来就这样。有专家认为，胶东民居，是典型的古代兵营规制。联想老村街巷的布局，可攻可守，可进可退，典型的兵营城垒设计。如此看来，我家老屋该是指挥官的官邸也未可知，左右两厕抑或是官兵分隔使用之故。

小院墙外有一棵葡萄，根部粗近手臂。藤蔓爬过院墙，盖满了小院上空。春末夏初，葡萄开花，一串一串的小黄花，引得蜜蜂嗡嗡飞舞。葡萄成熟时节，紫色的葡萄如一串一串玛瑙吊在半空，格外诱人。葡萄是上佳品种，极甜，产量又高。每到成熟季节，父亲和母亲都要踏着凳子，拿剪刀剪上半天，一篮一篮的葡萄自家吃不完，母亲总要打发我们左邻右舍地分送。

满院的葡萄，为小院搭起天然的凉棚，夏天午后在地上铺上凉席，头顶是片片绿叶和成串的绿的、紫的葡萄，凉爽而又惬意。童年时不敢一个人躺在葡萄架下，总是担心葡萄架上突然会掉下虫子或蛇。屋后有一棵一人粗的老枣树，老家称饽饽枣。树冠巨大，如一张巨伞，铺展在老屋的上方。每到初秋，树上的枣子熟了，满院都是白里透着赭红的大枣，枣很大，圆鼓鼓的真像小饽饽一般。枣肉甘甜脆爽，是幼时难得的美食。

院子西侧那棵老槐树，靠近南墙与西墙的墙角，树身足有水桶粗，听母亲说是搬来时祖母与父亲栽植。那年祖母病重，医生诊断后只是摇头。村里老人说赶快打副寿材冲一冲。一时找不到更好的木料，父亲找来木匠，把大树伐了，为祖母打了一口棺木。棺木打好，祖母的病竟真的好了。祖母康复后，走出屋门，看到大树崭新的茬口，默默地抹泪。第二年，这棵大树的根部又长出一棵新芽，长势很快很猛，一年工夫就长到手腕粗，窜过房顶。几年后搬家时，已经长成一棵碗口粗的大树。

老屋共有四间。正间东西两盘锅灶，锅灶向里直至北窗是磨道。一盘石磨，全家人所有的粮食都在这里磨成面粉。小时最不愿干的活计就是推磨，一圈一圈地转，单调乏味，转得人头晕目眩。但不推就没有吃的。记忆中经常在母亲嗡嗡的推磨声中入睡。干一天活儿的母亲，洗刷完锅灶碗筷，打发孩子们睡下，自己再拾起磨棍推磨，为第二天早饭准备玉米面粉。

东屋为主卧兼客厅，靠南窗是盘土炕，炕前为方桌和立柜，中间一条长凳，来了客人坐在方桌前的长凳上。西屋两间，一为祖母和两个哥哥的卧室，一为储藏间。粮食、杂物都在西屋。小时候感到西屋就是一个宝库，里边藏满了好东西。花生、苹果，过年过节的肉食、饽饽，以及亲戚来往的点心、罐头都在这里。孩子们总会瞅大人不在时溜进去大快朵颐。

小院不论是屋墙还是院墙，没有一砖一瓦，外墙全是巴掌大的手抓石插砌而成，里墙则是土坯和夯土，既坚固耐用又冬暖夏凉。不论外墙还是内壁夯土，历经一二百年风冲雨蚀竟无半点松动。工艺虽不复杂，但技术含量极高，令人不能不感叹先祖们的聪明智慧。从门楼到老屋，屋顶全是草苫而成。窗是木制窗棂，上下两扇，夏天可以开启，用木棍支起来，凉风就会呼呼地吹进屋里。窗棂用白色粉连纸，每年开春糊贴一次，既亮堂又能遮挡风尘雨雪。

老屋和小院，是父母结婚不久，用一囤麦子换来的。这一囤麦子，在刀耕火种的年代，不知年轻的父母和年迈的祖母吃了多少苦才攒下的。我和哥哥姐姐都是在这个小院出生，长大。说起老家、童年，自然想到的就是老屋和小院。院里屋内，一土一石，一草一木都刻满了岁月与生命的印记。我们一家三代七口，最健全、最完整地在这里度过了一生中最温暖、最美好的岁月。这个院落对于我、对于我们全家每一个人都是何其重要。那时候，只知道这里是休养生息的暖巢，不曾想过这个院落的前世今生。不知道老屋和小院竟有一二百年历史，不知道一二百年前谁建了老屋和小院，不知道在老屋住过的一代一代的先祖都是何许人。

孩子们逐渐长大，老屋越来越拥挤，父母筹划盖新房。问祖母，祖母说盖。盖好搬家时，祖母却不搬。无论怎么说，祖母就是不动，她要自己住在老屋。每天照例在门口大青石上盘腿而坐，无论谁做工作都不为所动。父母无奈，每天过来送饭，晚上轮流陪她住在老屋。僵持了半个多月，不知父亲如何说通了祖母，总算将老人家用小车推到了新家。那块大青石也搬到了新家的门口。直到离世，祖母仍旧每天在大青石上盘腿打坐，眼神迷茫地望向南方，那一定是盯着再也回不去了的老屋。

多年以后，我再回村的时候，村子已经重新规划布局，老屋所在的南街早已经夷为平地。但我内心萌生出一种强烈的不能抑制的对老屋的思念之情。算下来我在那里只生活了十一年，但却有一种深入骨髓的牵扯与挂念。而且随着年龄的不断增大，越来越强烈。儿时的很多细节，也由原本的模糊日益变得鲜活清晰。

老屋的位置已经记不清了，只是根据村路与仅存的一两幢老村旧房，对大体方位有一个判断。但是越往里走，似乎越是清晰。旧时的街巷格局，慢慢地复盘。突然之间，我看到一片蓊郁的槐树，有几棵已经长到碗口粗。我的内心豁然开朗，老屋、小院一下子清晰如昨地立在我的眼前。我想起祖母和老槐树。那几棵碗口粗的壮实的槐树，应该是我家老屋那棵令祖母落泪的老槐树的第三代、第四代了。

我抚摸着槐树粗糙的树身，感到一种从未有过的亲切与温暖。我的眼泪哗哗地流淌，内心体会到一种电流接通的感动。老屋不在，祖母和父母都已远逝，兄弟姐妹各奔东西。但是槐树还在，承接着老屋的气息，一代一代，繁衍成林。我似乎触到了老屋的灵魂与血脉，脚下土层的下面，槐树的根脉还在伸展，我知道，明年，眼前这片不大的林子，还会长出一片蓬勃的新芽。

## 柳树之惘

村里很多人已经忘记了村口曾经有一棵大柳树。我和姐姐争执了半天，她才记起好像是有一棵老柳树，在村口小桥的外侧，鸭子湾的南沿儿。树有一搂多粗，是常见的旱柳，树身皴黑斑驳，内侧已经半空了，可以容下一个小孩。树有四五米高，两根大腿粗的枝杈撑起巨大的树冠，一根伸向桥面，一根伸向鸭子湾。伸向桥面的那枝长得旺盛，柳枝稠密，把整个桥面罩住，像一个大凉棚。伸向鸭子湾的那枝有些半枯了，枝叶稀疏。

谁也不知树的年龄。奶奶说她嫁到村里时那棵树就那么粗。那时候奶奶正年轻，奶奶的弟弟和侄子都是地下党员，后山的八路经常在我家开会。奶奶便坐在门口的上马石上眼盯着大柳树望风。大柳树是全村最高的地方，上面住了一窝喜鹊。喜鹊一嘎嘎叫着飞起来，奶奶便赶忙起身回屋报信儿，舅老爷便带着八路从后窗跳出去往后山跑。

奶奶对柳树敬之若仙。小时候我和姐姐头疼脑热，奶奶便跺着小脚去老树下作两个揖，从树缝儿里挖出几块树油回来，用开水煮了让我们喝下，很快便好了。奶奶称呼老树都是“老仙儿”。经常嘱咐我们可不能不敬着老仙儿，说村里没有老仙儿不知道的事。白天它站在那儿，村里村外都看得一清二楚。晚上村里人都睡了，它还睁着眼睛替我们守着呢。老树的年龄应该和村子一样长久，爷爷以及爷爷的爷爷都没有熬过它。村里世世代代红白喜事、大事小情老树都见证过。老树立在村口，挨过日本鬼子的火烧，吃过国民党还乡团的枪子儿，看过欢庆解放的秧歌，目送多少村人离村远行，又迎来多少游子归乡回家。老树是一个不露声色的老者，默默地守护着村子，陪伴着一茬一茬的村里人不断地成长，那一圈一圈的年轮该收藏了多少故事。老树真如奶奶所言，是“老仙儿”，是村子的祖宗，村子的灵魂。

夏天的时候老树会铺下一地荫凉。下地的人们回来先在树下歇会儿抽袋烟再回家。上工时大人们会聚在树下，一边就着湾边的水磨镰，一边抽烟拉呱，等人聚齐了队长分排完活计，各自奔赴各自的地块干活儿。有调皮的孩子趁大人不注意爬到树上，扒了裤子冲树下撒尿。树下的大人初以为是下雨，摸一把热乎乎的，仰头看天这才发现站在树上的孩子，正咯咯笑着嚷着下雨喽下雨喽。大人嘴里骂着兔崽子，弯腰脱了鞋佯装要上树揍他，调皮孩子却咯咯笑着猴子似的爬到了树顶。

晚饭以后树下最为热闹，孩子们老早就扛着凉席板凳过来占地方，纳凉听书是传统的保留节目。开场前孩子们或者举着扫把扑蜻蜓，或者玩捉小鸡游戏。小桥上蜻蜓特别多，有一种绿色的马蜻蜓，全身葱绿，个头是红蜻蜓的两倍，样子酷似军用直升机，却不知怎么被称作马蜻蜓。马蜻蜓很少，又很难捕捉，碰到一次孩子们会兴奋得嗷嗷叫，谁若是捕捉到，身价立马飙升，孩子们会一窝蜂地拥过去，争相目睹和把玩。捕到的孩子双手捧着，趾高气扬，俨然打了胜仗的大英雄。

天黑下来，人也聚齐了，坐在桥中央的红山大爷会清清嗓子开讲。红山大爷曾经是志愿军汽车连连长，因为毒气弹中毒得了肺病自己要求复员回村。我们多么希望他讲讲朝鲜打仗的故事，他却很少讲，只讲《水浒传》、讲岳飞。因为肺病咳得很重，烟瘾却很大，每讲几句都要咳咳地吐几口痰，却照旧讲得眉飞色舞，大人孩子都听得着迷入神。没过几年红山大爷因肺病去世，他的弟弟红进大爷接过去继续在桥头讲书，却怎么也比不过红山大爷，听书的人也越来越少。天逐渐转凉，老树下开始变得清冷寂寥。

冬天下了雪，老柳树黑黑的枝丫上顶一层雪被，地上厚厚的雪把小桥、鸭子湾还有通往村外的小路都覆盖了，连同村外的田地连成一片白色的原野，黑黢黢的树干与枝杈立于其间，构成一幅动人的剪影。树顶的喜鹊窝也被雪盖了，太阳升到树顶，偶有喜鹊扑棱棱飞起外出觅食，震落枝杈上的积雪，扑棱棱落下一片雪雾。

外出的人踏雪归村，茫茫雪野，村子也是一片雪白，只有村口老柳树的轮廓清晰地伸展虬枝，如一位老者立在那里相迎相接。我上大学的第一个寒假，因为雪大路滑，汽车到达县城车站已是晚上八点多，接站的二哥听车站说没车了，便早已回家。那时通讯还不发达，村里不通电话，我一个人背着行李往回走。雪下得很大，公路上的雪白天刚清扫过，仍然没过脚脖儿，十几里路走了大半夜。通往村里的小路没人清扫，路已经看不出来，只能凭着记忆和路两旁的树行找到路基。一脚下去，雪已经没过膝盖。我几乎是匍匐着向前走。村子西侧路北是一片茔地，白天一个人从这里走也很紧张。黑夜里只看到一棵一棵黑乎乎的柏树，像一个一个的人立在那里。风吹着树枝呜呜乱响，像有人在哀哭。平日我是不信鬼神的，但此刻头皮仍旧麻麻地发凉发炸，不敢抬头，闭着眼睛跌跌撞撞地往村子的方向赶，不知不觉间迷失了方向，一脚踩空跌落到路边沟里。挣扎着好不容易爬上地堰，却找不到去村里的路了，我急得想哭却不敢哭出声来。东一头西一头地跌撞，泪眼迷离中突然看到村口老柳树魁梧高大的身影，我心头一热，像看到了久违的亲人，一下哭出声来。我知道已经快到村口了，浑身也充满了力量，扑腾着身子连滚带爬地向老柳树的方向扑过去。

这之后我对老柳树便有了一种特别的亲近与敬畏，老柳树已经不仅仅是一棵老树，而是从内心里敬重的“老仙儿”、老祖。不论走到哪里，只要想起故乡必先想到老柳树。几次梦中遇到难事，总是老柳树化作慈祥的老爷爷伸手相助。但是没过几年，村庄规划，村路取直，填了鸭子湾，拆了村西小石桥，老柳树也被砍了。听到这一消息，我心里“咯噔”一声，像有什么断裂。没有老柳树的护佑，我不知道村子会成为什么样子。树砍了，那些古老的故事没有了承载和依托，随风而逝不知归处，几百年的老村似乎没有了灵魂，散乱无序。

我无法想象老树轰然倒地那一刻的悲怆。我试图找到老柳树的躯干，哪怕几根枝杈也好，但四处打探均无果而终。找不到老柳树，我感到一种空虚与茫然。村子已经不是原来的村子，儿时的记忆似乎已经被抹平了，我好像来到一个陌生的地方，找不到方位坐标，几次大白天开车回村都走错了方向。

没有了老柳树的接引与支撑，我的归乡之路便陷入迷惘，我不知道该向谁发问，“老仙儿”安在，乡关何处?

## 村庄的背影

单鲍产这三个毫不相干的汉字组合在一起，成为一个地理识别符号纯属偶然。

遥想几百年前先祖开村，这里还是一片蛮无人烟的荒野。北面是莽苍苍的山林，南边是一条水波轻漾的大沙河，中间一片平缓的坡地，确实是难得的风水宝地。

有小溪自北山流向南河，成为一脉天然的分界线。单姓居溪东偏北，鲍姓住溪西偏南。经过世代开垦、拓展，规模不断扩大，人丁日益兴旺，逐渐形成两个自然村落，分别取名单家产、鲍家产。后有刘、丛、张、陈等杂姓迁入，村庄规模不断扩大，两村边界日益模糊，至民国后已基本融为一村，取名单鲍产。

产字作为村名后缀（读 shǎn），大概是村、庄、屯的意思，但字典、词海中此字既无此音亦无此解，遍访各地村名史籍均无此例，村庄的历史因此平添了几分神秘。后来刘、丛两姓家族繁衍日隆，而单、鲍两姓逐渐式微，虽然村名还叫单鲍产，实际单、鲍两族已是势单力薄。单家还好，尚有十几户，鲍家从我记事起已经不存一户，只听大人说起鲍家后人现在内蒙古。

记得那年村里整修大寨田，村西茔地刘、单、丛三姓村里有后人的祖坟均已迁走推平，只余下鲍氏祖坟孤零零地躺在那里，村里不知通过什么途径通知了远在千里之外的鲍氏后人。是个冬天的下午，鲍姓后人从内蒙古赶回来。

冻雪开始融化，路上、地里都很泥泞。鲍家后人是一个高大的汉子，身穿蓝色呢子大衣，脚上穿着锃亮的黑皮鞋，沾满了泥巴。鲍家汉子直接进到地里，墓地已经挖开。有人在墓坑中忙活。墓坑中零散的棺木碎板和已经不成形状的骨殖，也都沾满了稀泥。鲍家汉子倒很冷静，戴着白色的细线手套，将墓坑提上来的骨殖一块一块堆到一边的玉米秸秆和棺材板上，提起旁边的柴油桶，咕咚咕咚倒上去，然后慢慢跪下，磕了三个头，起身点火将玉米秸点燃，火腾地升起来，噼噼啪啪地响。鲍家后人蹲下来，拿一根棍子拨拉火中的骨殖耐心地焚烧。有一种焦糊的气味熏得围观的人们远远地避开，只余下鲍家后人独自蹲在火堆前忙活。

傍晚时分火堆慢慢熄灭，鲍家后人从背包中取出一个铁盒子，将骨灰一块一块装进去，封好，又从墓地挖出的土堆捧了两捧土装进一个袋子里，连同盛骨灰的盒子一起装进旅行包中，站起身，摘掉沾满泥巴的手套和村干部握手道别。村干部邀他进村，他摆手拒绝了，背起旅行包，向远处的村庄看了一眼，毅然走出那块埋葬他祖先的土地，头也不回地消失在暮色中。

那时我还是少不更事的少年，长大后我不止一次地想起这一幕。我不知道那一刻这位鲍姓汉子，身背祖先的骨殖，脚踩祖先开拓、世代耕种过的故土，与那个因他祖先姓氏而命名的古老村庄告别，他的心里该是奔涌着怎样复杂的情感。这就是故土，已经无亲无戚的故土，他面对的只有别离，他此行的使命就是结束与这片故土唯一的联系，这种一去不返的别离，让人想起便感到一种无比的沉重与痛楚。

作为留在这个村子的异姓后人，一代一代都会不断地感念那位鲍姓先人，选择了这块风水宝地，开拓耕耘了这里的山水林田，村里乡亲得以世世代代地繁衍生息。尽管没有见过这位异姓先祖，也不知道当年开村的具体情由，但是发自内心的感念一直在人们的记忆中传承延续。以至外出经年，见到鲍姓人便会生出一种天然的亲近与温暖。

相对单、鲍两姓，我的刘氏先祖肯定是后来者。先祖在单鲍产落户，一定得了鲍氏的接纳与支持。但是刘氏家族后来居上，人丁繁衍很快，传说来时是三兄弟，不断扩展分枝竟很快分蘖几十户。而鲍姓族势日益衰减，人丁渐次零落，最后不知什么原因出走东北，鲍家产村再无鲍氏后人，而刘氏成为最大的族系。其间逐渐有丛氏王氏张氏陈氏迁来，但都没有刘氏势大族旺。从我记事起，刘氏一直是村中第一大姓。村中唯一的地主出自刘氏。村中唯一可算作古建筑的刘氏家庙，体现也见证了刘氏家族的繁荣兴盛。

家庙位于村子的西南隅。

西南隅应该是刘氏先祖入村定居的发祥之地。定居西南隅是先祖明智的选择。西南隅邻近南河，地势相对低凹，水多地薄，不易引起鲍氏先人的警觉与排斥。可见先祖低调处事、韬光养晦的智慧和偏居一隅、由远而近、逐步向里发展的策略。西南隅住家全是刘氏一族。房子自西南向东北由碎石到顶逐渐转为砖混再到斗石奠基青砖到顶，房顶则是由全草苫到半草半瓦再到全为细瓦，清晰地反映出刘氏先祖稳扎稳打、由穷而富、逐步向村子中央发展的过程。

而刘氏家庙就在几排砖瓦房的正东方，旁边是一条曲弯流转的小河。虽叫庙实际就是祠堂。大概有六间房的空间，比旁边的住房要高出数尺，前檐带有出厦，门前是三级青石台阶，门外是一个篮球场大的空地，族里的重大活动都在这里举行，据说当年斗地主的场子也设在这里。家庙的建筑十分考究，外墙窗台以下是一色的青色斗石，窗台以上则是大号青砖到顶。房顶是清一色细瓦。屋内横梁全为一搂粗的圆木，中间三根为更粗一圈的圆木立柱。单从建筑体量、规模和用料即可看出刘氏家族当年的实力。

小时候常听老人们讲，家庙内一进门是一张大八仙桌，桌上靠墙摆了一个半米多高的神龛，供奉先祖牌位和家谱。神龛上方墙上悬挂一幅不知画于何年的刘氏老祖画像，不知经过多少年代的烟熏风蚀，裱纸已经泛黄，画面上的老祖方面长髯，一袭长袍。面容已经看不清晰，但可以感受到一种透出纸背的威严与肃穆。这是家庙的核心与灵魂。农耕时代，家庙是家族精神依归的圣地。奶奶经常讲起，刘氏家庙一年四季香火不断，逢年过节神龛前会摆上猪头、宰好的鸡鸭和八大碗，各家送来的大饽饽堆积如山，刘氏一族家家户户都要扶老携幼，来这里进香叩头，祭拜先祖。人来人往，香烟缭绕，比大集还热闹。

平时白日家庙就是学馆，族里雇人在这里教授孩子识字读经。晚上则是族里议事的地方，谁家子女不孝或犯了族规，要在家庙过堂接受处罚，家里家外的纠纷也要到这里由族长评断。

过堂时庙里庙外灯火通明，族长净手上香请出族谱，叩首禀报先祖犯事人的姓名与门派枝系以及所犯何事，然后侧立神龛一侧。犯事人跪在八仙桌前，听候族长审案问责。族人不论长幼均肃立于门外场院，既是观望也是接受教育。平日里不论多么张狂的莽汉，到了家庙都会敛声静气，听凭发落。

掌管家庙的族长，自然是家族中辈分最长又德高望重的长者。最后一位族长是与我家刚出五服的京爷，他的一儿一女后来分别成为本乡学校的老师和校长。

我记事起庙里的神龛、画像、香炉、八仙桌等都已经被当作封资修清理了，偌大的空间显得空空荡荡，后来改为仓库，成为生产队存放贵重粮食和油料的地方。每年春天，各家各户剥好的花生种都要送到这里排队过秤入库。后来这里还曾改作粉坊和油坊。这两项营生都招来孩子们围观、玩耍。碰到粉坊师傅高兴还会盛一勺粉豆给孩子们打牙祭。油坊炒出花生饼料，更是诱人，胆大的孩子会瞅大人不注意，偷抓一把花生，或偷掰一块还热乎的花生饼，油坊师傅睁只眼闭只眼，有时装模作样地吼一声，却并不真管，孩子们便得意地跑出门，有滋有味地品咂。

后来我外出读书，村子却经历了前所未有的改变。村庄统一规划，南边的旧房子全部拆掉向村北山坡上迁移、集中。西南隅那些刘氏世代聚居上百年甚至几百年的老房子，包括家庙陆续被推倒拆除。这些房子特别是家庙论年代应该是文物，但是那时的族人没有这种意识，也没有人去认定，更没有人出来维护。那一砖一瓦都带有刘姓家族世代繁衍发展的痕迹与信息。房子在，家族的历史、脉系等信息尚有依托，房子拆了，一切信息也随之土崩瓦解。我曾经不止一次来到家庙旧址遍地寻觅，想找到一点可资纪念的旧物，但总是空手而归，哪怕一点砖瓦的碎片也没有找到。潮流之下，族人只顾得上谋求眼前的衣食温饱，而无心去计较思虑更谈不上保护自己的脉源根系。整个村子一点历史的痕迹也看不到，统一盖成了红砖红瓦的方块简易房，倒是整齐划一，但是历史、文化与传统的承载无影无踪，乡愁已经无迹可寻。

包括我在内的刘氏后人对于自己先祖以及家族的历史认知近乎空白。先祖是谁，什么时间、从哪里、为什么来到这里，在这个小村繁衍生息几十代、目前已有几百口人，却没有一个人说得明白。我小时曾听奶奶说过，老祖从南海上过来，哪个南海？南海哪个地方？有几种说法，但都模棱两可。还有一种说法，产里人家都是来自远疆戍边的异族屯民。查过县志自然没有记载。这样一个大姓大族，曾经是有传承、有记载的。家庙祠堂里供奉的族谱不知所终。那场史无前例、荡涤一切的浪潮连这样一个小山村也没有躲过，浪潮过后，一切痕迹荡然无存。

族人中曾经传说，家庙拆除时有人从房梁上拆到了家谱，但是家谱在谁手里却众说纷纭。有人说在一位族叔那里。这位族叔粗通文墨，曾经做过生产队会计。但据这位族叔说他这里没有，是在一位族兄手里。二哥和其他族人曾问过这位族兄，他矢口否认，不知是真的没有，还是秘而不宣。后来族叔去世了，这位族兄也成了植物人，他的子女翻遍了家里所有的犄角旮旯也没有找到半块纸片。再后来这位族兄也仙逝而去，关于家族源头的所有信息全部断裂。这一族人的来龙去脉再无半点消息。我们到底从哪里来，这一恒久之问彻底无解。我感到自己走进了看不见尽头的黑洞。

县志上记载，本县刘姓来自三个方向，目前集中居住的地方都没有记载单鲍刘氏这一支。二十世纪八十年代，村南曾经立过一块石质的村志，背面记载单鲍产建村为清朝嘉庆年间。这块村志现在也已无处可寻。谁立的，依据何在？都已无解。我曾经拜托做文史研究的朋友，查访了现存所有相关文史资料，都没有单鲍产刘氏的任何信息。确实，在历史长河中，一个小小的家族，是激不起浪花的，倘若自己没有刻画标记，那么很快便会在潮流中湮没消失。

去年八月，老家再次传来消息，村里要整体拆迁，整个村子全部搬到十几里外的社区集中居住。我匆忙回村，想最后看一眼这个我出生、生活几十年，祖祖辈辈繁衍生息几百年的小村。我进村时村子已经面目全非。数台大功率挖掘机正隆隆叫着像外星人一样，挥舞着抓斗向破烂的赭红砖瓦民房房顶砸去。我家也不例外。走到门口，门窗早已被人拆走，家具也已搬空，我推开房门，屋里一片狼藉。在这里我和父母兄姐生活了几十年，这里承载了我们多少美好、温暖的记忆。我和哥哥姐姐都是在这里成婚然后独立门户，开枝散叶。当然也有痛苦和悲伤，在这里我们先后送走了奶奶、父亲和母亲。这是我最后一次站在这里，往事历历在目，这个曾经维系了我无数牵挂的家，这个我魂牵梦萦的地方，过去的一切再也不会有了，眼前的一切也即将消失。我知道，只要我一离开，那轰轰怪叫的机器就会将这里砸得粉碎。

我和陪我回来的二哥在门口最后一次留影。眼泪模糊了我的双眼，怎么也睁不开。离开村子，我扭头回望，心里一阵悲怆。不久这里将被夷为平地。以单鲍产三字标识的地名将会从地图上消失，存在了几百年的村子顷刻间归于虚无。没有现实的存在，也没有文字的痕迹。不知道从哪里来，世人也不会知道这里曾经有人世世代代生活了几百年。

汽车驶出村子时太阳已经西斜，在村西路口我停下车，这里应该是当年先祖进山开村的入口，也是世世代代无数村里人走出去的出口。今天我从这里走出去，就再也无法回来。我摇下车窗向南凝望。眼前是一片静谧的田野，田里的庄稼油绿茁壮。我知道，在那下面先祖的骨殖已经和泥土融为一体，化为滋养庄稼的强劲地力。我的思绪又回到几十年前那个冬天的冻雪融化的下午，我已记不清鲍氏先祖坟墓的位置，但是鲍氏后人那高大的身影，特别是身背先祖骨殖义无反顾消失于夜幕的背影却是异常清晰。我想这次轮到我了，只是我没有鲍氏后人的幸运，我身后没有乡亲挽留的凝视，也不再有赓续几百年的烟火缠绵，我连先祖的骨殖也无法找到——先祖的坟墓几十年前已经被推土机无差别推平。回头再看一眼即将消失的故乡故土，先祖以及几百年来世世代代族人生活、奋斗的痕迹都埋没在这里，不久的将来这里就会长出成片的工厂、学校和现代化的楼宇。我能带走的只有属于我自己的不完整的记忆。村庄、故土从今而后，只能是永远也追赶不上的背影。在人类历史的大河中，一个地理符号存在了几百年已属不易，一个家族、一个村庄的勃兴与消弭，是偶然，也是必然，是终结，也是开始。

我重新启动汽车，夕阳如火，满天红霞，不管怎样我都要继续前行。我感到身后似乎有无数双眼睛，盯得我浑身燥热，一种从未有过的底气与热力在我的体内奔涌、弥漫。我与汽车一起迎着晚霞融入茫茫夜色。

# 春茧图

吴晓明

某年农历四月，我刚好从部队转业回到海安，在家待分配，趁机将一些细碎时光留给七万二千五百条蚕。

## 一

五月初的一个清晨，这是蚕农的时间。它的到来如同太阳和地球那样，依然相安无事，精准让世人穿越。因此，坐落在苏中平原上的这座农宅，和往日一样，太阳翻过黑夜的墙，跃上地平线，如期而至，依旧像一个快乐的孩童，毫无倦态，潇潇洒洒从宅院围墙孔中爬了进来，与周围的翠竹、花卉、梧桐树、水杉等交相辉映，构成一道亮丽的风景线。

但就在日出之前，一批可爱的小精灵已悄然潜入苏中平原的每一个角落，甚至每个农户家。它比一缕缕晨光埋得更深，潜得更远，晨光无法穿透的每个皱褶，它却能逐一到达。无孔不入的小精灵——蚕，正源源不断在绿色的世界里悠闲地游动着。

那时我并不知情，催青好的蚕种已从菜籽粒那么大的卵变成了会爬行的幼蚕。

放大镜下，七万二千多条蚁蚕轻手轻脚、行动迟缓地将自己的身体从桑叶丝的夹缝中搬到细细的叶丝上，静静地匍匐着，像七万多头无知无畏的小精灵穿行于森林之中。如女性之躯体，发丝般柔软，灰白色的头部，墨绿色的身体，毛茸茸的脚。别看它“人”小，但个个都是机灵鬼，看到眼前碎而又绿的桑叶，它们便用力跨出腹足，靠布满细细的茸毛足推动身体向前行进。有的胸足把持桑叶进食，有的尾足附着在桑叶上，有的腹足驱使身体正在前行。

怪不得从古到今，在人们的眼里，蚕是一种神圣的“动物”，被尊为“蚕神”“蚕仙子”或“蚕宝宝”，这可能与一个凄美的爱情故事有关。

据《蜀图经》记述，相传帝喾高辛氏时期，蜀中某女之父被人掠去，只剩所骑白马返回。其母伤心之至，便发誓道：谁只要能将其夫救得生还，就把女儿嫁给他！于是，白马闻言仰天长啸，挣脱缰绳疾驰而去。几天后，白马载着其父返回家中。其母见此反悔，不再提及嫁女之事。

从此，白马整日嘶鸣不止，不思饮食。其父见状，心中为女着急，取箭将马射杀，并把马皮剥下晾在院子里。但那马皮突然飞起将姑娘卷走，不知去向……数日后，家人在一棵树上找到了姑娘，但见那马皮还紧紧包裹着她，而头已经变成了马头的模样，正伏在树枝上吐丝缠绕自己。从此，树称为“桑”被人栽种；吐丝“马头”为“蚕”被人类驯养，涅槃为丝，前往深邃和广阔，美如浩瀚苍穹，为开辟“丝绸之路”奠定了基础。

我放下放大镜，将其中一竹匾中的上万条蚁蚕连同碎条桑叶一分为二倒进了另外两个空匾中，用一根鸡毛，将黏在桑叶上的它们轻轻扫到了新鲜、干燥的桑叶上。或许是因为它们太小的缘故，倒进的一刹那，似乎蠕动了几下，又似乎没有，实在是看不清。

面对这样的意境，我的眼神，甚至我的嗅觉都能感觉到蚕亲昵地逼近，而我就在那一刻，本能地向前走了一步靠近它们，用手轻轻地触碰了一下，脑海里却奇怪地跳出康熙《御制耕织图》（下同）中的几行诗：

农桑将有事，时节过禁烟。
轻风归燕日，小雨浴蚕天。

当它们还是一粒粒蚕种时，又是经过了谁的双手而生呢？当然是来自我爷爷之手。起初，蚕种放在跟一本书大小的网状盒子里，隔成两半，上下两面都是纱布，四周是木制框。透过纱布可以看到蚕种如菜籽粒那么大，黑乎乎的，将它们放置在预先消过毒的蚕室里，需适温孵化。大约几个小时后，蚕纸上的卵开始蠕动，转瞬如雨后春笋破土而出，黑乎乎的小点点变成了一大片。

伴随它们而来的，是爷爷取出蚕种纸，迅速用一根鸡毛将一只只蚂蚁大的蚕刷到竹匾里。安顿后，将采摘而来的鲜嫩桑叶，切碎覆盖在它们的身上。十来分钟后，桑叶出现一个个小小的孔洞，探出了一个个小精灵的脑袋。

几万条勇猛的小精灵，在食物的森林里奔突奋进，狼吞虎咽般啃噬着桑叶，如镰刀收割麦浪，风卷着残云。我仿佛看到，苏中大地上其他蚕农所饲养的千千万万条勇猛的蚁蚕，也正在桑叶的森林里狂奔向前，发出春雨打在万物之上的沙沙声，整个天地被雨声织进了一只巨大的茧里。

这是我第一次养蚕，或准确地讲，是首次正式参与进来。因为在这之前，每年的春季蚕或秋季蚕的饲养都是由爷爷一手操作，即使我参与进来也只能做些辅助的活儿。不过，这次却不同，我得从头学，学手艺，学技能，学技术，将这五千年人类遗留的古老产业传承下去。

## 二

我爷爷，叫吴德辉，出生在一个贫寒的家庭。在他八岁时，他的父亲就撒手人寰，先天失明的母亲艰难地拉扯着只有几岁的兄妹仨。爷爷作为长兄，用稚嫩的双肩过早地挑起家庭的重担。

据说，在那个年代，为了能学到这门技术，爷爷只能利用去大户人家当短工的机会，像做贼似的，在一旁偷偷听、偷偷学。到了新中国成立后，尤其是农业学大寨那个年代，实行了农业社，蚕都是由集体供养，桑田是集体的，最后的茧子也是集体的，爷爷便成了队里养蚕的骨干和懂技术的土专家。

想想亦是，能在“土专家”门下做学徒，我太幸运了。即使我笨，在当下还不具备养活这七万多条蚕的能力，但有爷爷在，我信心就在，相信它们一定会平安，一定能平安。

眨眼工夫，幼蚕已渐渐长大。已过二眠期的蚕，它们的身躯颜色正逐渐变为银灰色，犹如涂上了一层月光，耀眼照人。

凌晨一点，蚕在桑叶上发出春雨打在万物之上的声音，恰巧与真正的雨声交织缠绕，将天地织进一个巨大的雨茧里。

一个影子破茧而出，穿过幽暗的走廊，向着蚕室缓缓移动。影子形状奇特，像一头行动迟缓的怪兽，又像一棵移动着的树——一个稍胖的女人两手分别拎着一大篮子桑叶，低着头，喘着气，垂着双臂，两只腿像灌了铅似的，沉得迈不出步。走廊的顶灯照在她花白的头顶上，照不见她的脸。影子在地上蹒跚前行，被走廊外飘进来的阵阵春雨打湿。

那人正是我奶奶。她将桑叶一篮子一篮子地运到蚕室里，一趟又一趟。而我和爷爷将这些桑叶轻轻盖到七万多条蚕的身上，像是给一垄垄的庄稼施肥。搭建如宝塔似的一层层竹匾中爬满密密麻麻的蚕，犹如巨大的二维码图像。这是爷爷的杰作。为了让蚕舒适、增大蚕室空间而又便于人的操作，爷爷别出心裁用木棍架起如梯子形的床，离地五十厘米，将空间划为三层，方便我们三人站在地上俯身或直着腰就能喂蚕。蚕太密集了，爷爷就连同桑叶抓起来，挪开，弄匀，用的是巧劲，不会抓伤蚕，然后再放到事先准备好的空匾中。

春深处处掩茅堂，满架吴蚕妇子忙。

料得今年收茧倍，冰丝雪缕可盈筐。

《御制耕织图》中的诗时时在我眼前浮现，不绝于耳。不绝于耳的，还有一个声音——“宝宝，宝宝”，像对着怀里的婴儿呢喃。这是爷爷在跟蚕讲话，虽然我听不懂，但从他发音的口型我能想象出他叫蚕“宝宝”，而不是“蚕宝宝”，像是略掉了人姓名中的姓，语气比屋外的雨丝更轻，比记忆里的烛光更柔。

我将一片桑叶轻轻放在一条蚕身上，蚕昂起头，抬起白胖多汁的身体，去嗅，去够，如婴儿的嘴一接触到乳头便疯狂吸吮，咀嚼的频率极高。爷爷告诉我：蚕有耳，能听得懂人间的话语，因此，蚕室不可有淫声秽语，不然，蚕闻之即僵，其结果就不堪设想了。

桑叶没了，我自告奋勇去拎。两只篮子装满了有一百来斤重，来回两三趟，两条胳膊感觉不到疼，只觉得越来越紧，一股无名的力量让我驻足，喘喘气。我们喂好一间蚕，关灯，轻轻退出。再到另一间，从梯子形的底层向上来回往返……

我至今都记得，在喂蚕的过程中，最有乐趣的是，当把桑叶撒向蚕时，犹如雨滴落入湖面，泛起一圈一圈涟漪，一间一间的蚕室里次第响起沙沙的“雨声”，屋外下着夜雨，整个苏中都在下着一场持久的雨，他知道吗？我爷爷能分辨得出两种“雨声”吗？又或者，他从来就没注意过。

是的，无须关注。蚕喂完，已是凌晨两点半，二老显出一种极为疲惫的样子，太累了，我叫他们回去睡会儿。可我，此时睡意全没了，这也许是因过了睡眠点。他们走后，我从身后的蚕匾上轻轻撮起一条眠着的蚕放在手心里。

它正停留在一个梦里，一动不动，与我手心接触的，是它细嫩的腹足，凉凉的、极细微的痒顺着神经传至我头顶。其实，蚕是有眠期的。它从幼蚕到上笼结茧，要经过四眠。刚孵化出的小蚕，三天进入一眠，以后的二眠、三眠，每次间隔为三天或四天不等，眠期不到一昼夜。四眠又称大眠，从三眠到四眠需要五天左右，眠期则要两昼夜。此刻，蚕已逐渐进入四眠，有些已经不吃不动，且头和胸都挺得高高的，少数的已经如生如死地沉睡着，尾部正在蜕皮，肢体透出淡淡的青紫色，像人的静脉，又像玉石，凝固在时间里、梦里。

> 村舍家家帘幕静，春蚕新长再眠时。（是二眠）
>
> 只因三卧蚕将老，剪烛频看夜未央。（是三眠）
>
> ……

它会做梦吗？会做什么颜色的梦呢？梦里，它是游弋的丝绸，鱼的尾翼，溪中的云影，半截月光，深潭的波光，光年之外的星云，一段古老民族的传奇，一句诗里的泪滴，还是，剥去层层意义后最普通的一条虫？

第一次，我觉得，虫是美的。

## 三

清晨，天光慢慢放亮，二老的对话打破了整个庭院的静寂。

爷爷说：老太婆，我去胡桑田摘叶了。

奶奶应答道：行，你去吧！

爷爷急匆匆地挑着两只空箩筐，用手拉开围墙东门的门闩便踏门而出。就在他迈出的一刹那，他与初升的太阳撒下的一缕缕晨曦重逢。但随着步子的加快，他的身影却越拉越长，犹如一张黑白分明的雕版图，刷印在白色玉版宣上的那种——只有重点，没有背景的图。这样的图，或者讲，这样的画，这种姿势与造型便是江海平原上农民饲养桑蚕的日常。

爷爷今年刚好七十三岁。爷爷在前，我紧随其后，绕过屋后的竹林，踩着夜里被雨水泡软的泥路，高一脚低一脚深一脚浅一脚像两条船蹚过一浪又一浪的碧波，穿过一片胡桑园。我穿着一身旧军装、解放鞋，再戴上草帽，手里还拎着两只竹篮子，像一个地道的采桑工。幸好没下雨，否则我真难赶得上爷爷轻盈的步伐。身临其境，东方古国不用金戈铁马慑服远方，而是用最柔美的力量，一枚绿茶化为无华杯水，一片柔桑化为如水丝帛，不具统治性，却摄人心魂。

我和我们的影子，连同这片胡桑园，映照在苍穹的蓝天之下，是多么地普通，多么地安静！在时光里静静站了五千多年，时光选中它成为“东方自然神木”，选中曾日夜噬咬它的虫为“蚕”，让它们相互作用、相互成就，在人类文明进程里，璀璨如火石，如光，如电。

吐丝成茧，然后作为精灵，尽情飞翔。我走着、走着，耳畔忽然响起宋代叶茵的《蚕妇叹》、汉乐府的《陌上桑》和南北朝的《采桑度》，我好像看见康熙久久伫立于采桑图前，画中的年轻男子爬在桑树上往树下扔着桑树果，树下一位男子正撩起衣襟仰头去接，一位红衣孩童蹲在地上捡着落下的果子。就在此时，康熙仿佛听到了桑田中采桑男女的欢声笑语，便挽起衣袖，一气呵成，挥笔写下：

桑田雨足叶蕃滋，恰是春蚕大起时。

负筥携筐纷笑语，戴鵟飞上最高枝。

这早晨的桑田里，虽然没有戴鵟鸟，也没有踩着桑梯爬上桑树如鸟儿般歌唱的采桑女，但空中却有一朵朵白云像洁白无瑕的棉团飞驰在桑园之上，雨后黏成一团的湿气，被一声声锐利的“咔咔”声啄破。

飘向远方的白云，我爷爷没在意，如果有戴鵟鸟飞过，也许还会瞧上几眼。他蹲下身来，“咔咔”地剪着桑枝，一会儿又得站起来，顺着枝条从上往下或相反方向摘着叶子。古稀之年的脸藏在用麦秆编织的一顶草帽下，由于长期光照的辐射，皮肤显得黝黑而发亮，中等身材但人偏瘦，上身穿着一件灰色的小领长袖布衣，脚上是一双绿色的旧解放鞋，整个人显得有点旧，但绝对具农民范儿。

这三亩桑园，喂养着家中的七万二千多条蚕。爷爷剪一枝桑枝最多只需二三秒。左手抓住桑枝，一拗，右手的剪刀顺势一绞，一枝枝桑枝，瞬间臣服在他两条老桑枝般的胳膊之下。一棵桑树有六七根桑枝，他用不了一分钟就能完成，而我不行，要用爷爷的几倍时间，刚刚才剪下十几枝，虎口已被压出一道道深红的印，感到有些刺心的疼。当然，这些印爷爷曾经也有过，不过因岁岁年年，如今早已变成老茧。

我抬起头来，看着爷爷干活儿的背影，眼睛不由一酸。

从蚕种孵化到收蚕茧，约一个月，每天凌晨一点开始喂蚕，喂好蚕，睡一会儿，天一亮就得去地里采桑叶。二十四小时要喂三四次，其余时间采桑，剪枝，整理桑叶，晚上九点多喂好蚕，十点半左右睡觉，一天只能睡五个小时左右。最辛苦的，要数四眠期后，即进入五龄期的蚕，随之而来的将是食叶量的猛增。据爷爷讲，七天左右蚕的食叶量要占到总食叶量的百分之七十五以上。由此，接下来人的辛苦程度可见一斑。

不过，一个月的苦对养蚕人来讲，已成常态，让他们担惊受怕的反而是：无桑叶进肚。这样的例子，几年前，在邻居家发生过。眼看秋蚕将熟，好不容易养大的蚕，到了最后一周却断“粮”了，活活饿死，几乎绝收。

怕蚕生病，僵掉；怕苍蝇寄生，蚕不能正常生长，最终导致茧子穿孔；怕蚕茧卖不掉，十五天后就会变蛾，咬破蚕茧，茧子就废了；怕蚕茧卖不出好价钱……

是的，养蚕极具风险性。五年后十年后，或者多年以后，还会有当下的“公司＋蚕农＋基地”的运行模式吗？胡桑园还能长久地保护与传承吗？散落在民间的养蚕人家还会有吗？这些自问，我也无法回答。我摇了摇头，走到爷爷的身旁，便问了一个极为普通的问题：爷爷，您养蚕几十年了，觉得苦吗？

爷爷没有马上回答，而是想了想：晓明呀，我这一生，养了四十多年的蚕，总算没白过。养蚕虽苦，但从中也给我带来了不尽的乐趣，我有成就感。之所以我特喜爱这行，其意义在于蚕儿一天接着一天，一年接着一年，一代接着一代，在桑叶中编织着自己的梦与真，这才让它们的生命得以绚烂！

言罢，爷爷继续干着活儿。

我顿觉释然。“苦”于爷爷而言，已不再是事了。在他的人生字典里，养蚕，才是他的事业，一生的追求！在华夏大地上，正是由千千万万个和他一样的人对养蚕技术的追求，深邃与不凡，所以，栽桑养蚕这一传统产业在民间扎根，生生不息，也才使中国率先开辟了连接东西方的“丝绸之路”。

在不知不觉中，灿烂的阳光已从头顶上穿过树叶间的空隙。爷爷挑着两箩筐沉甸甸的桑叶，走在田埂上。我们一前一后，穿越于这片桑园之中，满载而归。

## 四

时间来到大眠后的第七天。每条蚕都比最初的蚁蚕大了好多倍，特别是爬行的幅度也是史无前例地大。所有的蚕几乎在同一时刻，用同一样的力跨出腹足，尾足掰出响指，尾角点匾，身体向前推进。但好景不长，刚才还显得狂躁不安，又似乎自信满满的蚕，猛然间像霜打的茄子似的，变蔫了。

第一次看清它们的样貌。头部很大，白色的皮和皮叠皱在一起，凹凸不平，像一个老者，眼睛漆黑两点，没有光，口器很小，黑褐色，质地看起来比肉身坚硬得多。它们的足上布满细细的茸毛，尾部有向上的肉刺。身体两侧成对有序排列的黑点是气门，用来呼吸，也可调节体温。我第一次这么认真看，想将它们印在脑海里，因为于本期蚕而言，有可能是我给它们喂的最后一顿食了。

的确如此，还是爷爷看得准。蚕的食欲开始减退，身体开始萎缩，颜色也变得如玉石雕琢的黄白色，这样的蚕就是老蚕，即将完成最后的使命：吐丝作茧。

早晨七点，已经有了薄薄的一层细弱的丝，在晨光里反射出微弱的光亮，因这异彩的光，忽然变得神圣。它们就在那一团光里面吐着丝，和五千年来所有的桑蚕一样，和苏中平原千万条桑蚕一样完成了自己的使命。

上笼后的蚕，不会很快安静下来，而是要用半天左右的时间不停地慢慢地爬着，当它认为此处最为安全时，就再也不动了。

频执纤筐不厌疲，久忘膏沐与调饥。
今朝士女欢颜色，看我冰蚕作茧时。

结茧，既复杂又艰难，分四个阶段。蚕吐丝的时候，头忽高忽低，来回不停地摆动将丝吐出，做一个松软凌乱的茧丝网用作结茧的支架，将茧的位置固定下来；再以S形方式吐出细而脆的丝，结成有茧的轮廓的茧衣；然后，蚕将吐丝方式由S形变成∞形，大量吐丝，形成松散柔软的茧丝层，称为蛹衬；之后，蚕的身体大大缩小，摆动速度减慢，吐丝凌乱，茧越织越厚，直至用尽最后一丝力气。渐渐地，一个个丝团变成了一只只椭圆形的茧子，薄如轻纱，茧色洁白，个头均匀，呈绒毛状，镶嵌在一块块方格簇中，尘埃落定般地肃静，像是进入了永远醒不来的梦。而它们，簇中的一个个亮点恰巧构成了一幅幅春茧图，犹如银河系中的繁星璀璨夺目，浩瀚无比，极为壮观，让人叹为观止。

但令我惊奇的是，爷爷讲过，一条小小的蚕竟能吐出一千多米长的丝，并且一只茧全由一根丝织成，丝束的拉力竟相当于同截面的铁丝。如果把一万四千条蚕吐出来的丝连接起来，可沿着赤道绕地球一圈。不难算出，七万二千五百条蚕吐出的丝可绕地球多少圈？

难怪古人很会想象，连造字都别出心裁。“蚕”字拆开便是“天虫”，意喻上天赐予人类的神虫。可见，这一个个顽强而悲壮的生命，是蚕，亦是神，无疑是从高高的云端降临到人世间最为纯洁的精灵和最为美丽的天使。

自昔蚕缫重妇功，曾闻献茧在深宫。
披图喜见累累满，茅屋清光积雪同。

如此的场景，雪白的蚕茧，面对这一幅幅排列有序的春茧图，我像耕织图中的蚕农般欣喜，但于蚕宝宝而言，却耗尽了一生心血，最终吐丝作茧，茧成身亡。

那我应该是喜，还是忧呢？内心充满矛盾的我，却想到了唐代诗人李商隐曾写下的“春蚕到死丝方尽”。这一名句，感动了千百年来千千万万的人。

事实证明，我想多了。很多时候，我们都应该感动于蚕用生命的丝线织茧而栖，沉沉而睡所带来的美学意蕴，因为它又一次完成了生命本质的飞跃。其实，蚕吐尽丝做成茧，蚕并没有死，它是在做一个坚实的梦、未来的梦，正蕴蓄新生命又一次的复活，循环往复……这就是蚕到茧、茧到蚕的价值所在。

## 五

炊烟处处绕柴篱，翠釜香生煮茧时。
无限经纶从此出，盆头喜色动双眉。

这是康熙笔下的“练丝”环节，也是古代蚕农“煮茧抽丝”的真实写照。

海安人亦是如此。亿万年前，大海与长江的激情涤荡和温柔绞缠中，冲刷出长江入口北岸——海安这片沃野，于是，就有了“气候温和，雨水充沛，日照充足，四季分明”的自然环境。南唐时期，生活在这片神奇土地上的先民，凭借着天时地利人和的条件，开始了“栽桑养蚕，蚕结茧，茧抽丝，丝织成绸”的耕织，而传承至今，可谓历史悠久。

近百年来，世界蚕丝业中心发生几次大转移，江南沿海一带蚕桑业渐渐衰落，蚕农挖桑种粮、缫丝厂悄然倒闭纷至沓来。所幸的是，有着“中国茧丝绸之乡”美誉的海安，在二十世纪六七十年代，努力“破茧化蝶”，桑蚕产业蓬勃兴起。进入二十一世纪不久，无论是桑园面积、年产鲜茧量，还是家蚕发种量、蚕茧产量均居全国各县（市）之首，名副其实成了华夏蚕茧第一县。丰富的蚕茧资源，也为海安丝绸服装业的发展奠定了基础。

海安是幸运的。一条条天蚕、一片片柔桑、一只只茧子从历史深处传来的窃窃私语，正沿着时光之河，浩浩荡荡，一路获得越来越多、越来越响亮的回应。

就在前不久，我以乡镇领导的身份去了趟市缫丝厂学习参观，条条生产线都冒着蒸腾的热气，好一派繁忙景象。在缫丝车间，我恰好遇见了多年未见的高中同学，有着二十年工龄的她，已是车间主任。除了拉一些家常之外，她更多地向我介绍了缫丝生产的一些知识点、工序与关键技术。

其间，我问了她一个问题：厂里招工难吗？

她点点头：是的，难。因为缫丝是个纯技术活儿，刚招来的新人到成才，需要几年的培养与打磨。并且你也看到了，缫丝工是很辛苦的。所以，现代年轻人也不太愿意来我们厂。不过，当下还行，但我最担心的是，到那时有没有人愿意来，就很难说了。

毕竟我掌握的信息量比她要大得多。我随口讲了一句：将来不需要用这种手工缫丝机了。

她跟进一句：是不是自动缫丝机有了？

是的。

她连连点头。

看得出，仪态温婉的她，是在用心做这个行业、这件事。临走时，她送我一把成品丝，我没有拒绝而收下。

丝成练熟时，万缕银光皎。

是缫出的丝！它发出的光，如幽凉的银光，如白发千丈。

我拿着如水中蜂蜜形状的丝，眼前却出现了这样的画面：

远古年代，一束丝的来处，把茧浸入装有水的大缸中，一位老奶奶在水中利索地揉搓脱去丝胶，若遇双宫茧将其剥开，再撑开蚕子，一层层套在手上拉成正方形的蚕丝小片，再套入一个小竹弓。丝绵兜会变成云朵雪花般又轻又软又滑的蚕丝被，轻拥起一位新嫁娘的梦，老奶奶也曾有过的梦。

没有缫丝机的年代，一束丝的来处，有蒸汽弥漫，有一双双因常年泡在热水里缫丝而异常发白的手，极易受伤，一根丝线都可能将其割开一道血口。蚕茧化蛹后，就要不分昼夜地缫丝，否则蚕蛹破茧，蚕丝就断了。手工缫丝更繁复，要搭丝灶、烧水、煮茧、捞丝头、缠丝窠、炭火烘丝，一天只能睡两三个小时。

眼下，一束丝的来处，有一双灵动的手。做了二十多年编丝工的李静，手指轻捻一枚尾部带刀片的特制小钩针，双手如蝴蝶翻飞，从丝束里找出常人肉眼几不可见的唯一头绪，再从每一束丝里勾出一朵“浪花”，将一串“浪花”用钩针穿在一起，打结。短短几秒钟，让人眼花缭乱，唯有赞叹。

……

这些手，在伸向与蚕桑有关的一切时，如轻唤婴儿般无限柔情。蚕桑，对于这些手的意义，就是生计，就是衣食，就是天。

## 六

书房安静如初。回来后，我将老同学送给我的那一束丝和自养蚕做的茧一起，摆在《御制耕织图》旁——书柜的居中位子。然后，我后移两步，看着“书·茧·丝”的组合，我好像听到了书页里有人走动的脚步声，会不会那些人闻到了茧丝的气味而醒来？打量着那七万多条新来的小生命？

那本书是康熙的《御制耕织图》。南宋临安於潜县令楼璹曾作《耕织图诗》长卷，图文并茂详尽描绘了耕织农事，多年后，康熙南巡得遇《耕织图诗》，对织女之寒、农夫之苦“惓惓于此，至深且切也”，命内廷供奉焦秉贞在楼绘基础上，重新绘制耕图、织图各二十三幅，亲自题写序文，并每幅“制诗一章”，又命木刻家朱圭、梅裕凤镌版印制，“用以示子孙臣庶”。其中的《织部诗》呈现了浴蚕、二眠、三眠、大起、捉绩、分箔、采桑、上簇、炙箔、下簇、择茧、窖茧、练丝、蚕蛾、祀谢、纬、织、络丝、经、染色、攀花、剪帛、成衣等一整套完整工序。

此刻，宣纸上的男女老少们纷纷跃下桑枝、墙头，或从蚕架后探出身，从茧簇前抬起头，或挪开染缸，爬下织机，穿过深蓝色的封皮，跳下书架，与七万多条蚕宝宝窃窃私语。其实，它们的生命与他们已经在一起了，在时光之河里永生，传承，周而复始。

不是吗？

纵观春蚕记、春茧图，可以看出，《御制耕织图》不仅是一个时代的缩影，更是远古与现代一脉同轴的互应版。但它的积淀绝非一朝一夕形成，漫长的光阴，有多少故事与传承的接力，默默守护这份古老的财富。

五千年前，蚕是一只桑虫，时光选中一位先民发现天虫吐丝的秘密。

汉代，时光选中十六岁的刘细君成为中国第一位和亲公主，她将蚕籽藏在发髻中带到西域。漫漫岁月中，纤纤蚕丝连起了他乡和故乡，一点一点加固着丝绸之路，和亲公主们却早已蜡炬成灰，湮没在时光深处。

唐代，时光选中李商隐在某个无眠之夜，留下了那句千古绝唱：“春蚕到死丝方尽，蜡炬成灰泪始干。”

已成束帛又缝纫，始得衣裳可庇身。

清代，时光选中年近古稀的左宗棠收复新疆，带领人们开荒，种菜，设蚕桑局，教当地百姓养蚕制衣，他离开时，塞外江南的风中哭声一片。

时光来到二十一世纪上叶，选中了一个词语“一带一路”。一对俄国专家夫妇彼罗热科·维克多和莉吉娅来到湖州师院，建立了一个中俄双语网站，想让“一带一路”沿线的俄语国家民众了解中国，感受丝绸、湖笔文化的源远流长……

时光选中丝绸成为东方古国的皮肤，神秘，绚丽。时光选中丝绸之路和万里长城，成为东方古国的血脉和脊梁，柔韧，刚硬。时光之河滚滚向前，选中什么，遗弃什么，留下什么，是偶然，也是必然。那些最珍贵的，早已成为时光之河的一部分。

当我们把目光投向 2006 年，会发现作为江海文明的发祥地，有着“中国茧丝绸生产基地”之誉的海安，已将蚕桑和丝绸文化刻入基因，丝绸产业发展有了个繁盛时期。全市形成了较为完备的茧丝绸产业链条，具备了从栽桑养蚕、收烘处理、缫丝加工、面料纺织、染整加工、服装制作直至后整理等诸多工序的完成能力，成为全国唯一有最完整桑蚕茧丝绸生产加工产业链的城市。

而今，海安丝绸，“日出万匹，衣被天下”。

……

时代赋予丝绸文化以生命，丝绸文化因应时代而繁荣。

也许若干年后，在中国苏中、江南的版图上，再也找不到哪家是最后一个养蚕户，看不到哪家是最后关闭的缫丝厂，或染色厂，或制衣厂……但此时，或将来，我都无意以文字修补什么，只想记取那些辉煌的过往。当然，我更相信未来，养蚕技艺也好，丝绸产业也罢，都会随着岁月更迭、时光流逝而变得更好、更强！

# 故乡的原风景

黄跃华

我的故乡在美丽的苏中平原，那里土地肥沃，四季分明，物阜民丰。离开故乡几十年，可她一直住在我心中最柔软的地方。

## 蚕豆青青

春天来了，第一个绽放的是蚕豆花，母亲说，蚕豆花是春天的女儿。小时候，我们最盼蚕豆花开，蚕豆花开了，不久就能吃上蚕豆。蚕豆花近看像无数睁开的眼睛，不停地闪着光芒，远看仿佛千万只漂亮的蝴蝶，随风悠扬飞舞。蚕豆花有灵气，电影《柳堡的故事》就在北边宝应拍的，我们无论大人还是小孩都会唱那首歌："九九那个艳阳天来哟，十八岁的哥哥呀坐在河边，东风呀吹得那个风车转呀，蚕豆花儿香呀麦苗儿鲜……"

春末夏初，蚕豆花长成了蚕豆荚，碧绿的地里，豆荚一个个笑弯了腰，好似一串串精致的小香蕉，扁扁的，长长的。这时候我们最喜欢跟着母亲去摘蚕豆，只要母亲一喊，我们便欢快地跟着她下地，嘴里哼着歌，学着母亲的样子，轻轻抓住蚕豆根茎，朝着生长的反方向顺手一拉，便能轻松掰下豆荚。新鲜的蚕豆又嫩又脆，剥几颗塞进嘴里，一股清甜的气息立刻在舌尖弥漫。煮熟后的蚕豆则甜中带糯，既可当饭又可当菜，最有趣的是母亲帮我们用细线把一颗颗蚕豆串起来，挂在脖子上像项链，小伙伴们一见面便比着谁的“项链”长，谁的豆子大，想吃时就拽下一粒抛向空中，然后仰着头，高高地让它掉进嘴里。我们咀嚼着蚕豆长大，那美好的滋味始终荡漾在心间。

去年母亲节，我回老家看望母亲，母亲正在地里摘蚕豆。母亲一年前动了大手术，身体已大不如从前，摘不了几把就要直起身，拿手按着腹部。母亲失去了往日的麻利，蚕豆地里再也听不到她爽朗的笑声，我的心头蒙着一层阴影。

我拿了个布兜，跟着母亲摘，母亲看到我摘了上面的嫩豆，立即提醒道：“摘豆要从根部摘起，根上的先老，由下而上，拉的时候千万不要把茎上的皮撕破，嫩豆还要长。”我嘴上“嗯嗯”地应着，在母亲心中，你岁数再大也永远是个孩子。

脆嫩如碧玉的蚕豆炒咸菜或者蒜苗最为适宜，鲜嫩清甜，入口酥绵。但蚕豆太娇嫩，吃的时间不到一周，而且要现剥现炒，放上几个小时便发黄，味道大不一样。正如《蚕豆谣》所云：“蚕豆青，蚕豆黄，青的嫩，老的黄，由青转黄太匆忙。”往年这时节，母亲最忙碌，我们兄弟三个加上妹妹全住在城里，为了让我们吃上新鲜的蚕豆，母亲每天都要起早下地，先摘下蚕豆，剥好，再割下蒜苗，分成四袋，骑着三轮车分别送到我们家。每当我从睡梦中醒来，拉开门，看到满头大汗的母亲拎着蚕豆和蒜苗站在门口时，总会吃惊地问一声：“您几点下地的？”老家离城里二十多里，四份蚕豆和蒜苗收拾好需要两个多小时，也就是说，母亲凌晨三点就下地了。

母亲手术后再也不能骑三轮车给我们送蚕豆了，她不停地拿手擦着额上的汗说：“你们要吃蚕豆的话，提前打个电话，我给你们剥好了，你们回来拿。”

我将母亲布兜里的蚕豆倒进竹篮里，连忙说：“您别操心，要吃蚕豆我们回来自己摘，开车很方便，十多分钟。”为了让母亲高兴，我告诉她：“吃来吃去，还是我家的蚕豆香，好吃。”

母亲脸上浮出一丝笑容：“那当然，人家垩化肥，我们垩厩肥，化肥垩出来的有苦尾子。”

太阳升到头顶，火辣辣的，母亲头上冒出不少汗，不停拿手擦，我抓过母亲的布兜，劝她回去，母亲坚持说再摘一袋。我说："太多了。"母亲说："不多，顺便带些给别人。特别是那个帮你打字的孩子，人家帮了你不少忙。记住了，有恩于你的人，一定要记住人家。"我连忙点头说："去年也送的，人家让我带信谢谢你。"母亲搓搓手，把眼光从蚕豆地里收回来，叹了口气说："明年可能就摘不成了……"

我一惊，忙说"摘得成、摘得成"，但眼眶一热，眼前立即模糊起来。

## 杨柳依依

河堤上的柳树第一个听到春的讯息，苏东坡曾云："东风有信无人见，露微意、柳际花边。"一夜间，鹅黄新绿的柳枝上便爬满嫩黄的芽苞，像一只只破壳而出的小鸡苗，张开惊奇的眼睛，抖动着鹅黄的绒毛，可爱极了。用不了几天，它们便长成忽闪忽闪的长睫毛，青青绿绿地挂在柳梢上，摇曳于风中，似水波轻漾，似春光流泻，若隐若淡，漾动出春意恬淡，生长成如烟葱绿。

小时候，我们最爱柳树，人从柳下过，柔嫩的柳枝拂过脸颊，如水一般地爽滑、温柔。折一枝青绿的柳枝，轻轻拧一拧柳皮，抽出柳枝，放在嘴边信口一吹，便会发出清脆悦耳的声音。放学后摘下碧绿的柳芽，兴高采烈带回去给母亲，母亲用柳芽摊出清香扑鼻的面饼，连夜里做的梦都是香的。我们还折下柳条，编成帽子戴在头上，追逐着天上的风筝，留下银铃般的笑声，那是少年最快乐的时光。

还有一个人跟我们一样喜欢柳树，他叫四爷爷。春风染绿柳枝时，他便到河堤上等一个人，等一个叫"龙哥"的爷爷。"龙哥"爷爷十九岁去新疆当兵，在那儿成家，他每年都要回来一趟，每次回来都带给我们糖果、核桃还有葡萄干。

四爷爷接到"龙哥"爷爷，两个人会坐在柳树下大着嗓门说话，他们已七十多，耳背，四爷爷大声喊“龙哥”，“龙哥”爷爷大声应“四小”。我们觉得好笑，调皮地也跟着喊：“龙哥！四小！”四爷爷听后大声骂：“细打摆子，龙哥、四小是你们喊的？”我们赶紧改口，“龙哥爷爷、四小爷爷”围着他们叫。

两个爷爷为什么这么好？我曾问过四爷爷，四爷爷捋着胡子自豪地说：“我俩呀，小时候好得夜里钻一条被窝，白天吃一盒饭。”在城里念书，“龙哥”爷爷把每天带来的饭匀一半给四爷爷吃，四爷爷家穷，不是“龙哥”爷爷他一天书也念不了。当初那个饭盒至今仍放在四爷爷的条柜上，擦得锃亮锃亮。“龙哥”爷爷到新疆后带给他一件黄呢大衣，花了一个月的工资。那大衣穿在身上可威风呢，不少小伙子相亲都向他借，我父亲也借过。四爷爷现在过年还拿出来穿身上，天冷里面加件棉袄，鼓鼓的，我们笑他像“鸵鸟”。

父亲告诉过我，“龙哥”爷爷的父母在的时候都是四爷爷帮忙照应的，种麦收稻，挑粪卖猪，就连动手术都是四爷爷签的字。

“龙哥”爷爷父母去世后，四爷爷仍把老屋打扫得干干净净，过年门框上都换上新对联，内容还是老一套：“春风杨柳万千条，六亿神州尽舜尧。”我们笑四爷爷：“现在什么年代了，还写这么老掉牙的？”四爷爷捻捻下巴上的胡须，也不回话。

去年“龙哥”爷爷回来时人瘦了一圈，原来“龙哥”奶奶去世了，四爷爷听后不停地叹气，同时他也告诉“龙哥”爷爷一条坏消息：“龙哥，我肝上长了瘤，怕活不过两三年。唉，这辈子我们怕见不上几面了。”“龙哥”爷爷吃了一惊，差点掉下河。

次年再回来，四爷爷还是去接“龙哥”爷爷，令他想不到的是，“龙哥”爷爷告诉他：“四小，我再也不走了，儿子去了外国，你嫂子我也背回来了，以后咱们可以天天在一起。”

袅娜摇曳的垂柳下，两个老人蹒跚回家，一前一后，前面的大声喊：“龙哥，家去吃擀面。”后面的大声应：“好哇，四小。”

春风温暖，杨柳依依，不负春光不负卿，杨柳与春风永远是最好的朋友。

# 芦苇葱葱

芦苇是家乡最普通、最常见的一种植物，有水必有芦苇，那些芦苇一簇簇、一片片，密密麻麻，郁郁葱葱，一眼望不到边。

芦苇叶似竹，茎中空，它长在水边，纤细、单薄，不事张扬。早春二月，乳牙般的芦笋破土而出，抽叶铺绿，河水很快被染成绿色。夏至一到，它霎时间便窜出好高，亭亭玉立，满目青翠。细鱼小虾不谙世事，整天穿梭在茂密的芦丝中，此时的我们最兴奋，成群结队下河，沿着芦苇双手向里围，围到芦苇根部，冷不丁双掌一合，一只小虾在掌心活蹦乱跳，一扬手扔进嘴里。父亲说过，吃过活虾才会凫水，水乡少年个个都是浪里白条，这本领便是小虾教的。沿着芦苇向上寻，冷不丁会发现一个鸟窝，里面躺着几只鸟蛋，我们欣喜若狂，几个星期闻不到荤味，这鸟蛋是最好的美味。上得岸来，折一枝芦管，斜削，就成了一管芦笙，我们个个顿即成了神乐手，芦笙里吹出“红星闪闪放光彩”，吹出“西边的太阳快要落山了”，我们还比赛用芦叶折船，比谁折得大、折得漂亮，将它们放在水里，让它们开进长江，开进东海，开进太平洋。

父亲第一个闻见夏天的味道，带着我们撑着小船去打芦苇叶子，打叶子讲究在清晨进行，剑一般的叶子上闪着晶莹剔透的露珠，一晃动便如细雨般滑落。父亲带着我一头钻进芦苇丛，只见又长又滑的苇眉子在父亲手里俏皮地跳跃着，像一个个精灵在翩翩起舞。回到家，父亲放一大盆清水，将芦苇叶子养在里面，芦苇叶子一下子变胖了，变成了水灵灵的粽箬。父亲是裹粽子的好手，三片粽箬在父亲手里飞舞着，装米、压实，再拿一根粽箬插进去，旋紧，霎时，一个有棱有角的粽子包成了。当母亲灶膛的柴火点燃，屋顶上的炊烟袅袅升起，用不了多久，满屋便飘满沁人心脾的清香。父亲裹粽子只裹糯米的，除了米，其他什么都不放，父亲说，粽箬的香是天然的，糯米的香也是，两种天然的香融在一起，就是纯正的家乡泥土的香、家乡河水的香、家乡空气的香。

夏天过后，人们开始忙起来，忙着忙着便忘了河边的芦苇，它就默默地长着，既没有长出玉兰那般伟岸，也没有长出垂柳那种风情，更没有长出荷花那份娇艳。它不喧闹，不张扬，不求人关注，等到秋风一起，它的身子立即丰满起来，宛如波涛翻滚的海洋，颜色变成更深的墨绿色。再过些日子，芦苇便开始褪去一身青衣，渐渐换上银装，枝条上朵朵银丝般的芦絮悠扬飘逸。这时候，父亲便开始忙碌起来，他划着小船，收割下成排的芦苇，晒干了，用来编芦席、修鸡窝、扎篱笆，剩下来的堆成一堆，留着冬天做柴火。芦花则被父亲小心地收集起来，等到闲下来，父亲便开始打一种叫毛窝的草鞋，他先给奶奶打一双，奶奶裹了小脚，给奶奶打的毛窝小得像两只毛茸茸的兔子，我们把手伸进去，套着毛窝，送给奶奶，奶奶高兴得合不拢嘴。父亲打的毛窝暖和又好看，中间夹带着红的绿的布条，耀眼得很，晚上做作业时穿在脚上再也不怕冷，别人家的孩子常常害冻疮，有的走不了路，但我们家从没有人害冻疮，我们感谢父亲的手艺，更感谢那暖心的芦花。

芦苇一身都是宝，就连芦苇茎内的薄膜也能派上用场，父亲会轻轻从芦苇茎内取出薄膜，用作笛子的笛膜，午饭后、黄昏前，父亲常常一个人站在河边的大槐树下，手握一根横笛，一曲《拔根芦柴花》便随风飘过来："叫啊我这么里呀来，我呀就的来了，拔根的芦柴花花，清香那个玫瑰玉兰花儿开……"吹着吹着，父亲的头发变成了雪白的芦花，吹着吹着，父亲的身子变成了一枚瘦瘦的芦苇。

## 炊烟袅袅

小时候，我们最关心的莫过于自家屋顶上何时冒出炊烟，当一缕缕炊烟袅袅升起时，不管在上学的路上，还是下地割猪草，我们都会加快回家的步伐。随着母亲一声"回家吃饭啰"，我们的胃和心情一起欢畅起来。

我们印象中这时候的村庄最美丽，云雾缭绕，仙境一般。小伙伴们见面后问得最多的便是"你家吃的什么？"尽管我们的胃和我们的思想一般贫乏，想象不出什么美味佳肴，但能填饱肚子便心满意足了。清晨，踏着露水先去割一筐猪草，再回来吃早饭上学，在埋头割草的当儿，我们时不时要拿眼眺望家的方向，希望屋顶的炊烟缓缓升起，然后急匆匆冒出一阵黑烟，像我们上体育课的百米冲刺那般，最后再慢下步子，悠悠地飘一阵青烟，那说明母亲在摊饼。摊饼需要将铁锅用猛火烧热，倒进发酵后的面后用小火慢烤，母亲会不会在面里打上一两个鸡蛋？有时候我们会为这种想象吓一跳，然而，有了这一跳，整个早晨都是温馨的、甜蜜的。

中午放学回来，几里外就盯着家的方向，希望那儿冒出的烟绵延不绝，一阵搅着一阵，盘旋上升。那说明我亲爱的母亲正忙得不可开交，一只锅烧饭，一只锅炒菜，而不是千篇一律的一锅粥：菜粥、山芋粥、糁儿粥、萝卜粥，清汤寡水，照见人影。当然最希望的是那烟笔直地往上蹿，天马行空，独来独往，那一定是风箱奏鸣，家里肯定来了客人，柴火呼呼叫，锅上鱼肉跳，土灶和主人一样热情，这时候我们恨不得长出翅膀飞回去。

晚上放学回来，割满一筐猪草，再到河边唤回游荡了一天的鸭子，这时候，夕阳的余晖染红了乡村，也染红了自家屋顶上的烟囱。我们希望自家烟囱冒出的烟像舞女裙幔一样，柔柔的、软软的，忽隐忽现，飘忽不定，那一定是母亲擀了面，母亲擀的面条劲道，有嚼劲，下熟了，要“软”火煮一会儿。

我曾问过小山子，全队所有人家的烟囱一齐冒烟像什么？小山子很聪明，他说像三十多支笔，在故乡上空挥毫泼墨，泼出一幅浓墨重彩的山水画。小山子说得对，炊烟袅袅，鸡鸣狗吠，鸟飞蛙跃，这才是满满的人间烟火气，烟火气里流淌的全是浓浓的乡情。

母亲们都爱走家串门，张家长李家短，谁家烟囱不冒烟，谁家锅瓢不声张，总要上门问个究竟，出门了还是生了病？六奶奶一天没烧灶，母亲推开门一看，发高烧躺了一天，赶紧放下手里的碗喊来赤脚医生。三婶早上听到刘二夫妻吵架，中午晚上不见锅瓢响，拍开门，原来两人赌气绝食，三婶好劝歹劝总算劝和了夫妻俩。这样的事还有许多，我们管不了大人的事，只是私下约定，谁家来客人了，屋顶上冒出的烟横冲直撞，我们便到谁家蹭饭去。母亲们总是很大方，把鱼呀、肉呀往我们碗里夹，我们抹着油光光的嘴，心里高兴极了，伙伴们之间的友情又加深了一层。

不知从什么时候起，家乡外出的人渐渐多了，有的去了县城，有的去了远方。人烟稀少，加之有了液化气，母亲首先焦虑起来，当夕阳西下，她常徘徊在村头，半天也说不出一句话。我们给她装上液化气，她却不肯用，她说，这点火粥都煮不稠，还烧什么菜？

母亲是做菜的高手，每年正月初二，全家人要吃蛋茶，就是鸡汤粉丝加鸡蛋。每人一大碗，全家近二十个人，需一尺七的大锅做。粉丝煮久了会糊，鸡蛋打早了会老，只有土灶、柴火才能做出这道色味俱佳的美食。

母亲还会“涨鸡蛋”，一次要打三四十个鸡蛋，一大盆倒进锅里，搅拌，慢烤，霎时间，一大盆鸡蛋变成了一只金灿灿的“大元宝”，金黄、不焦、不老，香气扑鼻，让人垂涎欲滴。至于母亲用铁锅煮的菜饭、扁豆饭、豇豆饭，则一样比一样做得好，盛上一碗，挑上一块猪油，整个屋子香气缭绕，久日不去。

母亲钟爱她那口土灶，常把它擦得一尘不染，灶口总堆着高高的柴火。母亲隔三岔五便去镇上买上鸡或者老鹅，慢慢炖，然后送到城里我们家，她嫌城里煤气烧的菜不入味，常对我们说，要吃地道的家乡菜还是回老家。

后来，有人传言，农村要限制土灶，因为烧柴火影响环境。母亲听了觉得很奇怪，跑到村部问干部，这柴火烧了几千年，影响了谁？不让烧土灶，我们还是农村吗？也许在她看来，陪伴了她一生的炊烟才是农村的味道。

又见炊烟，袅袅升起，那是母亲在喊我们回家。

# 暂　别

盛　慧

小孩都喜欢过年，不过，我小时候最期待的不是除夕，而是大年初二，这是母亲带着我们回外婆家的日子。我总是第一个跑去给外婆报信，蹦蹦跳跳，活像一只欢快的小狗。外婆早早就在门口等候，她总会让我先喝一口糖茶。等到跟外公讨了压岁钱，父母才进门。屋子和平时很不一样，它干干净净，被食物的香味包围着。屋子里没有生火，但大家呼出的热气，就像是一团团的火焰，让人觉得温暖。

那一年大年初二，母亲没有回娘家，到了大年初三，母亲还是没有回去，大年初四早上，北风呼啸，门窗发出咣当咣当的不安声响，我仿佛看到孤苦无依的外婆，正躲在被窝里瑟瑟发抖。我终于忍无可忍，大声地责问母亲，你为什么不去看外婆？母亲沉默着，眼睛躲躲闪闪，好像有什么难言之隐。我准备独自去看望外婆，可门不知道被谁从外面锁死了，怎么打都打不开。

我又气又急，猛踹了一脚，门没打开，却把自己给踹醒了，睁眼一看，才发现这不过是一个梦。我怔在那里，无比惆怅——外婆早已不在人世，她离开我们已经很多年了。

外婆生前是个很爱凑热闹的人，但有一个场合，她绝对不会去，那就是葬礼。每当村子里有人去世，她就把门关得严严实实，好像死神就在村子游荡，见到谁家的门开着，就会顺便拐进去串个门。

不过，有一场葬礼，她是不能缺席的，因为，她是主角，唯一的主角。她还没闭上眼睛，葬礼就开始张罗起来。对于主重们（江苏省宜兴方言，专指操办丧事的人）来说，这是一场非常轻松的葬礼。有的老人家子女多，亲戚也多，主重们要带着黑伞一家家地上门“拨死信”，外婆娘家几乎没有什么亲戚，唯一的姐姐前几年去世了，后人都在上海，已经多年没有往来了。她的儿女也少得可怜，生了四个儿女，现在只剩下一个女儿，就陪在她身边。主重是个力气活，最怕遇到大胖子，外婆很瘦小，抬起来很轻松。更重要的是，她活了八十八岁，又没生什么病，是一个有福气的人。给她张罗葬礼，还可以沾点福气。

外婆是个很想得开的老太太，特别爱吃，把吃看作生活中最重要的事，她床上堆满了零食，简直像一间小型的杂货店。她喜欢草莓味的棒棒糖，喜欢萝卜丝馅的团子，喜欢金枣，喜欢白切羊糕……到了最后的时刻，竟然还挂念着我们在南京一起吃的灌汤包，她以为，我回来的时候，一定会给她捎上几个。看到我两手空空，她满脸失望，张了张嘴，用极度微弱的声音说：“唉，下世人生才能吃到了。”

外公是邻县的小学老师，比外婆早去世五年。他去世以后，外婆每个月都能收到一笔抚恤金，虽然不多，她却非常看重，好像外公还活着，每个月都会给她派生活费似的。那一天，正好是发抚恤金的日子。她一直在等待着，始终不肯闭上眼睛。一直到傍晚时分，钱才送来，她紧紧地抓在手上，眼睛里掠过一丝不易觉察的光亮。

突然，她的手耷拉下来，但还紧紧攥着一把钞票，像攥着一朵粉红色的玫瑰。舅妈壮着胆走上去拿。没想到，她攥得太紧了，抽离的一瞬间，眼睛好像还动了一下，手似乎往前伸了一下，好像要把钱抢回去。舅妈吓得半死，把钱扔在桌子上，不敢再碰。

晚上，我们在堂屋里给外婆守夜，往长明灯里添油，火苗在风中飘忽不定，就像我心中的不舍与愧疚。

我是外婆一手带大的，爷爷奶奶去世得很早，父母没时间管我，索性把我一个人反锁在家，外婆心疼，给了我双倍的爱。我最喜欢去外婆家，经常一住就是一两个月，每天晚上，我睡在外公和外婆中间，一只脚搭在外婆身上，另一只脚搭在外公身上。父亲每次来接我，我总会想办法偷偷躲起来，阁楼、草堆、菜园皆是我的藏身之所……在外婆家的时光，是我一生中最美好的时光。外婆从不打骂我，任何时候都是笑眯眯的，给我埋下了善良、乐观的种子，让性格孤僻的我慢慢开朗起来。

二十岁那年冬天，我离开故乡，从那以后，陪外婆的时间就少得可怜了，一年，甚至两年一次回去探亲，停留的时间很短，就像礼节性地握一握手。离别，总是那样地迅疾，每一次送到村口，外婆都会问我："今朝夜头不好住在这里吗？"说完，总是用一种可怜兮兮的眼神看着我，好像在期待奇迹发生。但我根本没有在意，有时候，我会说，我还有事要忙，更多的时候，我只是笑笑，似乎对于她这样无理的要求，完全没有回应的必要似的。回想起来，我分明觉得她的语气里带着一种求饶……我总觉得来日方长，没想到，唯一一次留下来过夜，居然是参加她的葬礼。我多希望时光倒流，我可以留下来跟她说说话，陪她度过漫长、孤独的夜晚。

第二天，是火化的日子。按照主事的意见，下午四点才从家里出发。到达火葬场已是傍晚，太阳已经下山，所有的事物，都蒙上了一层毛茸茸的光晕。天气很冷，火葬场里很安静，安静得让人害怕。

悲伤的音乐骤然响起，告别仪式开始了，外婆躺在鲜花中间，大家围着她转圈。我紧紧盯着她。凝固的血液，让脸部的表情沉重而呆滞，脸上不是纯粹的暗黄，有细微的蓝光闪烁，若有若无，鼻子高高隆起，比平时挺拔了许多。我突然发现，这是我第一次这样看她。我看了一遍又一遍，好像生怕忘记她的样子。

仪式一结束，厅里立刻变得空空荡荡，大家走得很快，好像被一阵狂风扫走的落叶。我走到门口，抽了支烟，又折返回来。外婆最害怕孤单，我想再陪一陪她，虽然时间已经不多了。

告别厅里比其他地方更冷，或许吸纳了太多的悲伤，寒气从每一个角落里源源不断地涌出来。外婆一个人躺在那里，简直像个孩子。我的第一感觉是，她会不会冷？转念一想，她已经感觉不到人间的温度了。告别厅里，只剩下外婆和我，她躺着，我站着，她睡着，我醒着，那么近，又那么远。冬日的黄昏，已没有一丝血气，窗外枯瘦的树枝，阴郁如同版画。我多么希望奇迹发生，多么希望她突然坐起来说：“这里好冷，我要回家。”

门外，响起了推车的声音，夹杂着混乱的脚步声。工作人员面无表情地将外婆推走，像是推走了一堆木头。他们的动作很快，似乎都想早点下班，早点回家吃一顿热乎乎的夜饭。我追了出去。我知道，这是最后的时刻，一切进入了倒计时，在她变成尘土之前，能多看一眼就要多看一眼。铁门哐当一声关上了，那是生与死的最后一道门。我只能送到这里了。傍晚的天光越来越阴郁，围墙外面，传来一阵说话声，若有若无，遥远得像来自另一个世界。

回去的路上，大家稍微轻松了一些，好像完成了一件大事。有人在低声说话，声音刺耳，像蛇从干草堆上游过。有人甚至打起了盹，发出夸张的呼噜声。我感到万分疲惫，闭着眼睛，枕着自己的手臂，身子缩成一团，像小时候睡在外婆的怀里一样。

车子像摇篮一样摇晃，我神情开始恍惚起来，有一段时间，竟然忘记了外婆已经成为尘土，好像还和以前一样，我坐着车去看她，而她早已准备好了丰盛的饭菜，伫立在村口等我。

一片片的田野，一个个的村庄，从眼前飞速掠过……车子到达了外婆家的小镇。我熟悉小镇上的每一间房舍，像熟悉自己的十根手指。我期待着车永远不要停下来，期待街道无限地延伸，但这只是我的一厢情愿，灵车从街上经过，转瞬即逝，几乎像光一样迅疾。

入土是在第三天下昼，之前，最重要的仪式是出殡。我们所走的路，正是外婆每天去镇上的路。几天之前，她还走在这条路上，去镇上吃她最爱的团子，现在，却睡在了那只方形的盒子里。我们是两个世界的人了。我可以看到的东西，她已经看不到了，我可以触摸的东西，她再也触摸不了。

走了一会儿，我们来到了一条大路上，路的那一边，就是外婆的娘家，她已经很多年没有去过那里了，因为，娘家早已没有了人，成了一个虚无的词语。

队伍进入小镇，悲伤而凝重的音乐让送葬的队伍行进得很慢。路两边站着一些人，打听着死者的名字，活了多少岁。做生意的人，用石灰在门口画了白线，不停地扫地，想要扫走晦气。

经过外婆经常去的团子店，空空的桌椅，让我心头一阵酸涩。从此以后，这里再也不会出现她的身影了。

出了小镇，队伍加快了步伐。入土的时间很快，因为，外公早已经在等着她了。我们来到外公的小房子前，拿掉几块活动的砖，将外婆放进去，将房子重新砌好。人间的别离，恰恰是另一个世界的团聚。

种火的时间，只用了十几分钟，她在世上所有的东西都化为了灰烬，找不到一点活着的证据。外婆的房间腾空了，我的心里也有一种被掏空的感觉，觉得自己像一个被人遗弃的孤儿，觉得自己成了世界上最可怜的人。

葬礼结束，迷雾笼罩黄昏。

我决定走小时候的老路回家。世界上有无数条道路，可这一条是我生命中最重要的，道路两侧的房舍、稻田和树木，就是我最初认识的世界。时间无声无息地流逝，掐指一算，我竟然已经有二十年没有走过了。

一路上，我都觉得不是一个人在走，外婆一直在我身后，就像童年时一样。我的脚印覆盖着童年的脚印，我的悲伤包裹着童年的欢笑。

每一间破败的房舍，都能勾起我的回忆。经过那个废弃的机站时，我想起一个夏天的清晨，外婆送我回家，她怕热，四五点钟就出了门。天光灰暗，风吹在身上，凉幽幽的，路上空空荡荡，连个鬼影都没有。我很困，走一会儿，就会闭上眼睛。走到这里，见到房子里亮着灯，我们便会进去歇个脚。外婆跟人聊天的时候，我早就趴在凳子上睡着了。不知道过了多久，她叫醒我，继续往前走。

出了机站，便是河堤，河堤高过屋脊，像母鸡守护小鸡一样，守护着圩里的村庄和土地。没走多远，一片茂密的芦苇丛挡住了我的去路。这大大出乎我的意料。我一直以为，一切都还是记忆中的样子，其实，一切早已物是人非——道路和人一样，也是有生命的。有些路早已经走不通了，有些人永远也回不来了。

我没有回头，走下河堤，沿着弯弯曲曲的田埂继续往前走。如今的田埂与以前的田埂也不相同了，以前的农民，一天到晚待在田里，每一条田埂，都修得方方正正，结结实实，现在的田埂呢，好像一条虚线，没走几步，我的双脚就沾满了烂泥。

从沼泽般的稻田里出来，我再次爬上河堤。广阔的田野上方，弥漫着灰蓝色薄雾，我在路边的一块石头上坐下来，望着这片生养我的土地，这片埋着我亲人的土地，给我幸福又让我悲痛的土地。夜色像水一样悄无声息地注满这片土地，灯火渐次点燃……外婆家的房子，委屈地缩在角落，像一个废弃的鸟巢。

前面出现了一座小桥，桥面狭窄，没有护栏，桥头有一间平房，以前是副食店，门是果绿色的，门口摆了一些茶水、饼干，卖给过路的人，现在杂草丛生，木门的颜色也变得惨白惨白。我记得，小时候，每次走到这里，我总是特别开心，因为外婆总会停下来给我买些吃食，有时是赤豆冰棒，有时是汽水，有时是枣泥麻饼……那是我生命最初体验到的爱与美好，虽然微小，却足以让我回味一生。

没走多远，又一片芦苇挡住了我的去路。天光太暗，我看不清它到底有多长，但我没有其他选择，硬着头皮，钻进芦苇丛。芦苇丛里光线更暗，苇秆相互交错，密密匝匝，简直像一片原始森林。我低着头，小心地保护着眼睛，生怕被矮小的芦苇戳伤。突然之间，一种与世隔绝的孤独感像钳子一样将我的心紧紧钳住，我有些心慌，想尽快离开这里，可我的两只脚像是被绳子绑住了一样，每前进一步都无比艰难。我又想到了外婆，外公去世之后，她每时每刻都在孤独的海洋中无助地挣扎，如今，海水彻底将她吞没了。

终于钻出芦苇丛，我长长地吁了一口气，人世间明亮的灯火，让我感到分外亲切与温暖。我停下脚步，清理满头的芦絮，就在这时，几条恶狗从黑暗中冲出来将我团团围住，狂吠不止。不远处，有一个男人站在家门口，手里攥着一根棍子，他紧绷着脸，一脸敌意地盯着我。过了一会儿，他的妻子也从屋里走出来，两人嘀嘀咕咕，估计是把我当成流窜犯了。这当然是可以理解的，这条路已经废弃多年，连疯子都不可能从芦苇丛里钻出来。

在那几条恶狗的押送下，我走出了村子，村子外面，是一片乱坟滩，路边连绵的坟堆还在，在暮色之中，高高凸起的坟头像一只只忧伤的犀牛，幽深的竹林还在，竹林里有一个小土包，那里住着一个夭折的婴孩。这是我童年最害怕的地方，每次经过，身子紧紧贴着外婆，恨不得钻进她的裤兜。

那时候，我总担心坟堆里会伸出血淋淋的手来，之所以会有这样古怪的想法，或许是因为听了太多恐怖的故事。夏天乘凉时，大人总喜欢讲鬼故事，比如坟地里有鬼火，会缠着你，你跑，它也跑，你停下，它也停下。又比如，一个走夜路的人，回家的路上要经过一片坟地，他走了一晚上，都没走出来，第二天醒来的时候，发现自己躺在坟头上。

第一次独自穿越这片乱坟滩，我永远也不会忘记，那是我成长中的重要事件，上小学二年级的时候，我有一次考试考砸了，怕挨父亲打，便想去外婆家避避风头——外婆家是我童年唯一的避难所。

天下着雨，我将红领巾系在头上，像一只湿漉漉的野鸡。经过这片坟地时，我头皮发麻，两脚发软，眼睛里出现了许多幻觉，耳朵里出现了许多奇怪的声音。我想起外婆说过的话："如果你觉得害怕，你就唱歌。"我扯开嗓子，大声地唱歌，心虽然还是怦怦直跳，但恐惧的程度减少了许多。坟地总算过去了，我松了一大口气，步伐变得轻盈起来。

雨越下越大，我只好躲在人家的屋檐底下，湿透的身子在冷风中瑟瑟发抖。我有些后悔，担心雨停不下来，有好几次，我甚至想冲进雨中。不知道等了多久，雨终于停了，村庄恬静安详，大家都开始吃夜饭，饭菜的香味让我的肚子咕咕直响。灯光从窗户里流出来，像蛇一样在水洼里游动。

到达外婆家时，已过了七点。外公一个人在堂前喝酒。我推开门，样子十分狼狈，像个小叫花子。外公见了，眯着眼睛笑着说："老太婆，有贵客来了。"

外婆急忙从厨房跑出来，看到我，又是惊喜，又是心疼。我不敢说是偷偷跑出来的，顺口撒了个谎说："是大大派我来的。"外婆没有揭穿我的谎言，只是笑着说："我说怎么今天眼皮一直在跳呢？原来真是有贵客要来。"菜已经吃得七七八八了，锅里还有一点饭，她便从天青色的罐子里取了三个鸡蛋，炒了一大碗蛋炒饭，那是我这辈子吃过的最香的蛋炒饭……

老路即将走到尽头，古老的平原像往日一样沉默，除了风和脚步声，再也听不到其他声音。我抬头望着星空，仿佛又看到了外婆的微笑，听到她轻声呼唤我的乳名……我相信，人世间所有的离别都只不过是暂别，来生我们一定还会遇见，我一定会在茫茫人海中一眼认出她来。

# 青年作家奖

| | |
|---|---|
| 朱　强 | 石　岱 |
| 葛小明 | 王　选 |
| 欧阳国 | 马　婷 |
| 钱　雪 | 连　亭 |
| 沈　烨 | 赵　琳 |

# 出 山

朱 强

## 一

汽车驶出遂川县城，然后往大山里疾驰，好像是受到远古的召唤。大地情绪失控，喜怒都在那些高高隆起或深陷下去的地貌之中。南方的深山中只有绿色，即便深冬，绿得仍然热烈。像坚守在心底的信念。那么决绝。山像绿浪涌来，好像有一个庞大的交响乐团就藏在山的底部。车行半路，突然就不走了，前面似乎发生了什么，车里的人陆续下来。眼前的山一座高过一座，好像是一条供信徒前去朝圣的天阶。人们驱车来到山里，并不是来看风景，而是来寻找一种本地的茶。在南方，有山水的地方就有茶。茶并不是一个特殊物种，它就是一种普通灌木，与泥土岩石雾霭相依为命。自从它在百草中被人辨识、提取，转变成饮品、药、祭物与知识，它就成了南方人日常生活中不可或缺的存在。

通过盘山公路，人们固然可以抵达山顶。但山顶显然不是我们要去的。我们的目的地在山中，是那些绿得浑然一体、辨不清哪是哪的地方。鸟鸣与流水从茂林深处传来，但说不清声音到底来自哪座山头，山被抽象成了一个整体。山中并不是一个具体地名，山就是山，山把山藏到了山里，起伏连绵葱茂幽深得不分彼此。山之仪表，也就是山之堂奥。人们把车丢在路旁的一块空地。接着就有一个熟悉道路的本地人作为向导，将一行人引向了山里的小径。完整的山也终于被撕开了一道口子。小径是石头砌的。路早已被时间覆盖。蔓草丛生。当年这些路都有清晰的去向，往左是一棵苍松，往右是一片梨园，往左有一座明代的石桥，往右是一口四季不竭的泉眼，小径分岔的深山，早已经在无数探访者的脚步中沦为庸常。而万千棵茶树同样在这庸常里面。人们背着一具空空的竹篓，钻进大山。下山时，竹篓早已经被茶叶堆得满满。我们穿着牛仔裤旅游鞋白衬衫，戴着遮阳帽和大墨镜，样子很不和谐地出现在山中。和一棵老松、一块巨石、一片叶子站在一起合影，眼神呆滞，笑容僵硬，态度却十分诚恳，努力寻找、辨认一棵真正的茶树。根据书里种种描述，大概知道了茶的基本相貌：“嫩枝无毛。叶革质，长圆形或椭圆形，先端钝或尖锐，基部楔形，上面发亮，下面无毛或初时有柔毛，边缘有锯齿。”如果根据这些相貌特征，我们大概只能排除谁不是茶，而不能说明谁是茶。山像思想者的内心一样层层叠叠。似是而非的地方实在是太多了。你自认为已经采摘到了一片茶叶，其实呢，那只是一片石楠的叶子。

一棵藏之深山的茶树就像一个人大隐于市。对于茶而言，能够实现它大隐理想的场所，不是市，而是野。是绿成一片的深山。各种植物一旦被扔进深山，就成了单纯的绿色，流动或者凝固的绿色，分不清谁是谁了，生长在山里的茶，它当然也就只负责生长，负责长出嫩叶，负责枯黄，负责把根本变得越来深厚壮实。从南唐李璟交泰三年（960）升龙泉场为龙泉县，到1914年改县名为遂川，其中九百五十余年，山中风雨晦暝，纵然是一颗茶籽也长成了一棵搂粗的茶树。欹曲的老枝，可以细数出发生在这块土地上的各种刀光剑影与风流韵事。但茶却从来不是本地人话语的中心。就像星星山峦炊烟流水不是本地人话语的中心，它们和生活融为一体，每当茶余饭后，人们捧腹相谈，话题往往就转移到另一些事物之上。

# 二

谁曾料想：更县名不过两月，一种产自遂川汤湖的绿茶，居然出现在了赴美国旧金山参加“巴拿马太平洋万国博览会”的万吨邮船上。资料上说，这是一个名叫李玉山的本县商人所为。关于这个商人，县志上并无更多记载。他也就是做些小本生意——贩卖木材，兼带收些散茶。散茶收来，却不立马转手，而是加以包装，改头换面之后，出售给城里的各大酒楼茶馆。在多数人眼里，他地位卑微。人们信任土地、农具、粮食和祖传下来的各类手艺，却并不信任一个走街串巷的商人。

熟悉各地关隘码头的李玉山，在得知农商部正向各地征集农产品赴美参展的消息后，立马托人疏通关节，将三罐茶送到了南昌遂川商会。这三罐茶，原材料都取自遂川汤湖的一户梁姓茶园。类似的茶园，在本地并不算少，除汤湖外，堆前、下七、集成、大坑、盆珠的山坡上也屡有见及。农民们相信土地，胜过相信自己，没有什么是不能种的，当一切作物种下去，他们就拿勤劳与汗水兑现将来的收获。这种朴素可靠的人与自然的关系，支撑着他们在人间的所有信念。

那天，李玉山比平常多加了两块大洋，他要梁道启茶园里最饱满的芽头。这种芽吸收了土壤里储藏了一整个冬天的养料。根据叶子的不同形状，李玉山将它们分别制成了银针、雀舌和圆珠，分装三罐，罐是洋铁制的。铁盒外，是精美的漆盒。东方与西方，被具象成一件件繁丽的图案。它们把来自中国南方大山里的一片片茶叶精心包装，这包装的，还有无数中国农民对于土地的虔诚与挚爱。

多少年了，一个长期被战火洗礼的国家，终于有机会到世界的舞台上一展风采。战争留下的疮疤，暂时都掩入了宽大的衣袍。劫难之后，它内在的生命创造仍然旺盛，没有谁能够遏制它的生长。当精美的瓷、漆器、陶具、丝绣以及馥郁的稻米、香油、茶叶源源不断地从一个个幽僻之地被运往毫无遮挡的“世界”时，对于这个地大物博的国家，人们不得不由衷地发出赞叹。

在这之后几个月里，李玉山仍然在他的经验范围内活动。他的活动范围，最远不出南昌。从遂川深山中转出的左溪，连接了遂川江，无数朵浪花在某种意志的驱使下，汇入赣水，这条白色的水流自然也就成了李玉山的生财之道。他把深山里的杉木、茶叶、山货贩卖到下游的县城集镇，然后又从远近人们的腰包中带回白花花的银子。

李玉山毕竟是个商贩，他的世界虽说与种地的农民比，已经是阔大的了。但他却始终未能获得一种整体性视野。他不知道，从各省送去博览会的货品，其总量是一个多么庞大的数字，它们堆积起来，体积足以构成一座惊人的小山。当属于“物质”的中国在西方人的蓝眼睛里豁然出现，他们发现，原来这个古老国家，并不是小脚女人与抽食鸦片的病态男子所能够概括得了的。被李玉山送去的三罐茶叶，淹没在浩如烟海的展品中，好像一块黝黑的石头。但它却并没有停止发光，光从海底一圈一圈地递向水面。时间一天天过去。从世界各地送来的珍奇，可让评委们享尽了口福，也吃尽了苦头。评委们舌头几近麻木，快成为一块起卷的塑料板。这件来自中国南方偏远乡村的茶，若再不启封，很可能将被原封不动地送回原处。但所愿的事终于还是发生了。评委们昏昏欲睡的大脑在这口茶的撼动下，双目如洗。好像谁递来了一支沉郁迷人的雪茄。神总算是定住了。可是当被问及茶名，一时，竟没有人答得上来，只说是一个叫李玉山的人送来的。评委们面面相觑，并没有谁认识李玉山。李玉山？一个大鼻子的荷兰人重复了一遍。在人们的脑海中，李玉山，也许就是一个脸蛋瘦削的农民，抑或形貌矮胖的地主之子。对于世界遥远的另一端，所有的想象，都显得十分合理。

## 三

一百年后的某天，我在李玉山当年活动过的深山里游荡。山也青青，水也青青，满眼青青是多少岁华堆在一起的颜色。时间是星期六。星期六只在一个城里人的生活里有意义，山里人更关心的，是存在于自然里的那一套时间。走山路的过程，并不是简单地上山与下山，只要是钻进了山里，人就好像被一个无形的力量给吸进去了，身体成了山里的一片树叶，山路若隐若现，只要你愿意迈开步子，路就永远不会消失。山就是一个巨大迷宫，溪水一年四季在石头上哗哗地响着，就像家里的水龙头在深夜忘记关了。

山也是一个社会，山的社会一点也不比人的社会单纯。茶树在这个社会里，其实是并没有什么话语权的，地位可能还不如隔壁住着的作家老朱。但是山的社会并不是只有山说了算，人类也常常插手山间的事。人们把山坡刨成了阶梯形状的茶园。茶树在精心的布置中，被赋予了人类社会的美好秩序。

对一个农民来说，土地就是他的命根子。在汤湖，绵延起伏的丘陵，很容易让人想起画家董源笔下的山水，大地回旋、反复，像一篇文采郁郁的辞赋。山容变动不居，而真正适宜农民耕作的土地，却只存在于山与山连接处的狭长地带。人与土地的关系，在这里向来是紧张的，这也让人们不得不向山借土。人们把房子盖在山上，把稻田和果园搬到山上，一株稻子可能会因为“上山”而使产量大打折扣，但一棵茶树在山中，却把自己修炼得相貌清奇。在古人看来，茶叶就像是一个精微的容器，长在山中的茶，因为吸收了天上的“龙脂”，茶也因此有了许多茶以外的意味。

英国人最初在阿萨姆时，也效仿中国人，选择在山坡上种茶，结果却很不理想，于是又把茶改种在土地肥沃的大河冲击地带，产量大幅提升。英国人需要的，也许只是更多的茶树叶子，尽管他们从十七世纪起，生活中就离不开茶了，尤其是昏昏的大脑与不易消化的胃，更是对茶产生了巨大依赖。他们并不懂一片茶叶在中国人的精神世界中的真实含义。

为我们带路的是护林工小李。他手上一年四季都缠着一把锋利的镰刀。镰刀是从他手臂上长出来的另一只手，之所以有这只手，正好也说明了人与自然之间，仍然存在着许多紧张关系。这只手是用来对抗荆棘与蛇的。小李手臂一挥，弄来几条结实树干，后面的人将它当拐杖拄着，有人甚至用木杖敲击水边的石头，声音顺着水流传遍了整个山谷。太阳在头顶忽左、忽右，天突然耷拉下来，一片暗沉。头一阵眩晕，赶忙扶住了旁边的一棵樟树，以免摔倒。原来是太阳让山给吃了。山阴是已成精的狐狸，碧眼幽幽。柳暗花明，茶山却始终没有出现，会不会是山把人引入了一个残酷的骗局。没料到一转弯，太阳又从对面的山坡上冒出来，被太阳照亮的山坡，射出无数根闪亮的银针。山坡之上，天蓝得可以大把大把地抓过来洗脸。天上还堆积着一些粉状的云。鸟一闪而过，去了你永远都不知道的地方。小李说，山坡上绿绿的就是茶。茶树都种在画好的格子里，这是一群和古代秀才一样认真的农民，茶园是写在地上的另一篇文章。与种在平地上的茶相比，这种茶的姿态是向上的，我欲乘风归去，气质有点像嫦娥或者许逊。或者也可以理解为，它们也就是天空的一部分，和来往的云雾并无区别。

一百年前，李玉山就坐在这个有云可买、有月可赊的山顶，他把自己想象成了一片春天的茶叶。李玉山也有不像商人的时候，坐在天空里的他，其实更像是一个哲学家。他觉得从山间到人世，每片茶叶都像是一张帆。如果只是一片普通叶子，它的生命也就在很小的范围里展开。生长与寂灭连接成一个封闭的圆。但是一片茶叶的人生轨迹却是向外的。从枝头采摘下来的茶叶，没有人说得清接下来它将去哪儿。李玉山也没能够为自己送茶前去参展的动机做出合理解释，或许他也糊涂了，他怎么可以糊涂到连茶的名字都不给起呢？平心而论，李玉山真不是一个功利之人，他只想让这片叶子去走更远的路，在人间有更多的遭逢。就像山里的人把木块扔进长长的溪水，他们并不对木块寄予什么，只是眼望着它们去往未知的世界，心里便有一种大的欢喜。

百年以后，和我一块坐在山顶晒太阳的人，当我问到他们，有谁知道李玉山。他们眼神空洞，满脸恍惚。好像在回忆多年前岭上的一块白云。而真正能够把这些故事说清的，恐怕只有山里的白皮松、落羽杉、雪松、构木、花楸、珠兰、龙须藤、雀舌黄杨、山枇杷、千金藤以及山中的一棵棵茶树。

## 四

午饭，在镇上的一个小饭馆里，饭馆前面是一条溪水，名叫左溪，溪水就是从山顶潺潺地流下来的。在阳光下，水清澈得根本看不见水，水隐身了。只听得见哗哗的响声。人未过桥，就看见饭馆门前的水泥地上，有一个胖女人使劲地向这边招手。这个女人说话有种山里人特有的野劲。早年她家也住山上，那村子就悬半山腰。她是从一座山嫁到另一座山上的。两山之间，震一嗓子，立马就能得到对面山里人的回应。但两山真要往来一趟，非花一上午时间不可。后来摩托车成了山里人的主要交通工具，雾气蒙蒙中，山前山后，常能听见“突突突”的声音。山成了一个爱咆哮的怪物。几年前，政府为改善生态，将山上的村子整个地搬迁下来，许多人因此抹了不少眼泪，羁鸟恋旧林，少了上山下山的折腾，生活中多出的许多日子，山民却不知该怎么用了。夜静春山空。山复归一片寂静。只有到了清明将近的日子，才看见有车陆续驶进深山。车里出来了一群穿得红红绿绿的妇人，杂花生树。成千上万根手指，在茶树间跃动，整座山，在弹奏中成了一台巨大的钢琴。

就在我探问李玉山消息的同时，有人也在秘密地打探着另一人的下落。他把他叫到了外面的太阳底下，递过去一支烟，替他把烟点着，自己也点了一支，然后话就在两个烟枪之间不紧不慢地说开了。原本对方答应了下午的见面，赶巧族里的老人过世了，忙于丧事，这一趟恐怕是要扑空了。

他的脸被一个升起的烟圈给罩住了，被挖空了一块。他们谈论的神秘人物，是梁家的后代，一个被远近四方推举为制茶传承人的茶师傅，当年被李玉山送往博览会的茶，原材料就取自他家的茶园。李玉山原本是一个活跃于舞台前方的人物，没想到关于他的线索，说断就断了。而当年不起眼的梁家人却被历史拉到了聚光灯下。

茶足饭饱，对着门前的青山痛痛快快伸了一个懒腰，感觉山更绿了，水更幽了。鸟叫声满天空都是，隔叶黄鹂空好音。本以为可以从梁家人的嘴里知道一点山里从前的事。不想，仅有的希望也破灭了。就像眼前的山，又回归一片彼此不分的绿之中，这种绿并不分十八世纪还是十九世纪，也不分保守还是开化，它就这样没心没肺地绿着。浩浩荡荡，一派天真。山中的小径、溪水、茶山和千姿百态的树都被距离抽象成了蓬勃、原始的绿色。

午睡正酣时，隐隐地听见有人在“砰砰砰”地敲门，敲门声一阵急过一阵。它把镜子一样光滑美好的梦给震碎了，内心很不情愿。没想到是去梁师傅的工作室喝茶。眼睛里立时蹦出了两道光。汤湖人管做茶的手艺人叫师傅，这是一个非常亲切的称呼。在我的少年时代，师傅遍地。裁缝师傅，铁匠师傅，司机师傅，泥水师傅……在一个“师傅”不绝于耳的年代，大地笼罩着浩荡的民间色彩。

## 五

梁师傅的工作室在镇上的一栋两层楼上，楼前楼后，皆是高山。楼下一条双车道的公路，连接镇子两端。这个镇子，根本看不出哪儿是中心地带，房屋稀稀拉拉，朝向各异，眼神是游离的，永远处于出神状态。即便是镇政府，也是孤零零地立在水边，旁边是一截颓圮的矮墙，不知道过去曾把什么东西圈在里面。因此镇上也就没有热闹与冷清一说，处处皆是一个模样。虽然整个镇子貌似一块无主之地，但有两样东西却无时无刻不出现在人们的生活里，首先是贯穿整个镇子的一条溪水，水流的喧闹声无日无夜，人人都好像背着一条河在生活，另一件呢，就是镇子东边的狗头山。若不说它是狗头山，说它像什么巨兽的都有，一旦说它是狗头山，它就真被狗头附体了。猛然间，云缝中透出一两声狗吠，人们立马停下手头的活儿，仰头望天，猜想镇上又有什么新鲜事要发生了……

梁师傅在楼上煮水，听见脚步声，赶忙从二楼窗户探出头来，和我们打招呼，我们进到屋子，满屋子的茶烟水雾。梁师傅满脸堆笑，表情里活络着南方人惯有的秀气。事实上，他也可以被称作梁总、梁老板、梁老师或者老梁，在现代的语境中，他的身份已经是非常复杂，他不再是单纯意义上的农民或者商人。百年之后，生长于这片土地上的人们，已经构建起了各种有关茶的理论与历史。这是一张巨大的网，人们就生活在这张网里。

梁师傅听说我们来追溯这杯茶的历史，内心喜作一团，早早地就备好了各种“干货”。他的工作室并没有我想象的宽敞，茶桌上除了摆放了一排透明的玻璃杯，还有制作好的手工茶。茶叶在竹簸里均匀地铺开，形状卷曲，绿的表面，覆了一层白色绒毛，形状好像是一些正在瞌睡的虫子。这种绿，在古代被称作黛绿，类似女人画好的眉毛，绿中有一点黑，黑得却不死气沉沉，而是一种矍铄的注视。

茶在杯子里很快冲开了。之前一团寂静的叶子，终于找到了重返春天的道路。它们在水的浸没中，很快就拥有了自己在山里的样子。一个小小的茶桌，语言像子弹一样密集。人人都希望通过射出去的子弹，对这杯茶的历史有所收获。面对纷至沓来的问题，梁师傅的嘴显然不够用了，他像一个探出水面拼命吸氧的鱼。

我也渴了，端起杯子，猛喝一口。茶够苦的。梁师傅说，杯里的茶就采自对面的狗头山上，透过窗户，狗头山一团漆黑，上面飘着絮状物体，有可能是云。如果不说，你根本就不知道那一团漆黑里面到底生长了什么东西。

屋子里七嘴八舌，各自都有要说的话，喝茶变得无关紧要。梁师傅为了方便客人了解他家的历史，早早地就把梁家的世系图挂上了雪白的壁头，那样子有点像是一棵植物的庞大根系。家族里每个人的一生，都被嵌进了这张图。这是一杯有历史也有出处的茶。家族上下，血脉之间，虽隔着时间的长河，却仍然可以清晰地感受到对方的存在。与梁师傅距离最远的，是梁为镒，他高居要津，这一张图，就因他而起。

梁为镒原本是十八世纪末汤湖的一个地道农民，因为一次意外出走，不仅带回了一种风味独特的茶，还带回了一个可以为他怀孕的女人。梁师傅说，梁为镒所去之地，也就是今之南京。两百年前的汤湖人，头脑里并没有一张清晰的世界地图。就像人们谈论起海上仙山，山在虚无缥缈间。南京显然是一座虚拟之城，远远超出了汤湖人认知的范围。梁为镒的出走，本已经被当地人议论得沸沸扬扬。不想几易寒暑，更蹊跷的事情居然发生了，失踪的梁为镒，又大摇大摆地回到汤湖。此时的他，不仅是一个外部世界的亲历者与讲述者，也是把汤湖人脑海里既定世界彻底打破的“那一个”。

我放眼窗外，狗头山转眼就不见了，我有些诧异，它会去哪儿了呢？听人说，山脚下的村子，水常年都是温的。南方人管这水为汤。这是有龙出没的迹象。

## 六

我脑子里想的，更多的其实是李玉山，不知什么缘故，每提及此人，梁师傅都有意地绕开话题。难道是因为当年送茶去展会的，是李玉山而不是梁道启？在蓝眼睛们的世界里，“李玉山”最终成了一方陌生山水的代名词，而“梁道启”到死也还是这个人本身。

那天，汤湖的地面上起了白烟。梁道启和往常一样，在茶园里劳作，十几年来，到茶园里劳作，成了他生活里的一道重要功课。劳作的内容，不外乎就是在山坡上开挖水沟，清除杂草，春天把千万颗茶头揪到篓子里。他在山顶上挖了一个大坑，囤积了几百担肥料。这些肥都是从山底下肩挑上来的。秋分以后，也就到了给茶追肥的季节。冬天的茶园里，一派祥和，秋收冬藏，茶的根部在黑暗中储存了大量养料，茶在睡眠中发出欢快的鼾声。此时，茶园里安静无事，尽管如此，梁道启也会按时来到山顶，坐在山坡上，望望山色，山色有无，吼两嗓子。茶园也就是他的人生乐园，上茶园坐坐成了他的日常工作。一个没有能力去往远方的人，他的生活里就必须有一方属于自己的乐土。那天，梁道启给自己戴上了一顶瓜皮帽，仲春的茶园里，还有些森森寒意。也就是那天，李玉山和梁道启在茶园里见的面。山里的芽头比平地的生长缓慢，但却更加厚实，携带的自然里的信息，当然也就更多。尤其是梁家的这个茶园，上与白云齐。被云气滋养过叶子，更有了一番说不出的道骨，它一眼就被李玉山给相中了。

类似李玉山这种不速之客，过去的日子，梁道启也不是没有经历过。他们通常都来自县城的茶楼。也就是说，出了大山，这颗茶头在人间的路，顶多也就是几十公里。但谁曾料想呢，眼前这一个人，竟然是对远方怀有浓厚兴趣的探险者。从熟悉的此地，到烟波浩渺的海上，几万个来自汤湖山里的芽头，穿越茫茫大海，它们所完成的，也是把一座山的勃勃生机搬到了大洋彼岸。此后，李玉山和梁道启就再也没有见过面。他们消失在无迹可寻的大雾之中，彼此不再追问对方的下落。

事实上，无论是李玉山还是梁道启，他们眼中，茶就是茶，它既是茶杯里优雅明亮的绿，也是伟岸磅礴的大山中的绿，它绿得坦荡自在，没有什么人为的东西可以将它束缚。茶叶是拒绝被命名的，绿就是它唯一的名字。根据留存的资料，我们发现，当年送往博览会的中国茶叶，无名者近半。这不仅让今天的人，颇有雾里看花之感，即便是当时的人，也很难将它们与具体的茶形成对应。在彼时，相较于“名”，人们更倾重于眼前之“物”。物是匿名的，处在物后面的生产者也是匿名的。在一个传统的农业社会，因为缺少大面积的物品流通，天长地久的恒常价值永远存在于确定的物之中。但事情再过些年呢？当李玉山手里的棒，递向了后辈李文龙，梁道启手里的棒也递给了后人梁德梅。二十年后，李玉山和梁道启皆已老去，须发皆白，他们的人生就像一片茶叶在壶里泡成了寡淡的白水。这一刻，历史又该换茶了。一壶茶有一壶茶的味道，一代人的观念与思想在下一代人看来也许就成了包袱。1940 年，汤湖的年轻人李文龙接过祖传家业，添酒回灯重开宴。他在赣江西侧，罗霄山脉中的这个村庄里招兵买马，翻新扩建原有茶庄，规模是往前的几倍。到此时，李文龙锅里的茶，固然是茶，却不只是茶了，茶以外的许多东西，相应地溢了出来。物不再是物唯一的霸主，它的主权，正面临着分解、旁移。“玉山茶庄”的标识正在对这一款茶重新地做出指认与定义。

碧透的茶叶在玻璃杯中上下翻滚，它们像陈年旧事不断地被人述说，这是一杯有说不完故事的茶。梁师傅并不提生意场上的鲜花烈火，只津津乐道于梁家人的事。他大概也是知道的：我们是县里专门请来为宣传这一杯茶的。这些年，被县里请来的文人艺术家一拨接着一拨，人们带着相机、纸笔、姣好的脸蛋和充满了奇思妙想的大脑，站在绿意葱葱的茶园中间，搔首踟蹰，等待灵感，赞美茶也赞美大地。那些有关茶的故事，被梁师傅讲了一遍又一遍，到头来，茶成了一本厚厚的书。被反复叙说的茶水，色彩斑斓，新旧交错，真像是一块神奇的镜子。

梁师傅复提起了另一件旧事。那是1952年冬，远在深山中的汤湖，漫天大雪，雪压青松，岭上银装素裹。梁德梅守着一炉炭火，火光在一层薄薄的白灰里跳动。锅还没有来得及烘热，这边就听见了急促的敲门声，一问，原是县里来人，请梁德梅到县城土特产交流会上介绍制茶经验的。老师傅自是去了，他天南地北足足讲了两个钟头，但这一片叶子，究竟是怎么成为这一锅好茶的，却只字未提。众人无奈，发一声叹，只好作罢。时间转眼又过了六年，公私合营的气氛在外面被搅得浩浩欲沸。此时的汤湖，狗牯脑茶厂顺势揭牌，为此，厂里专门组建了一个技术传授小组。上一辈人不便出面的事，到下一辈人就显得顺理成章了。梁德梅的儿子出山挂帅，成了传授组长。梁家人为了与滚滚向前的宏大历史展开对话，最终也不得不放弃老祖宗定下的规矩，决绝地向着未来奔去。

## 七

言语之间，天就黑了。

山里天黑得早。夜色是从山风中来的，山风并非来自地面，它来自山顶。一层复一层，快速涌来。草木摇动，山就要崩了。地上树影凌乱，到后就暗成一片了。后窗的溪水声铮铮咚咚笃笃，交混成夜的声音。

这是冬夜，茶树休眠。茶农们并未歇息，三三两两地聚在灯下，摸牌，饮酒，谈天说地。比较起饭碗与理想，山里人更关心的，其实是有事可干。有事干，人则不失精气神，干事情让人内心丰沛，也让人热气腾腾。听梁师傅说，若换在春夜，整个镇子宛若白昼。干事的氛围一片火热，春天是汤湖人最繁忙的日子，空气中都是炭火的味道。茶师傅把一口黑漆漆的铁锅烘得铮亮，铁锅下是红红的炭，青青的叶子下到锅里，随即就有一双手伸进了叶子，满锅的绿叶兀自纷纷扬扬，好像腾起了一阵飓风。渐渐地，白烟四起，清香盈室，之前绿意袭人的叶子颜色竟也暗了，形容竟也靡了，靡了的叶子被盛进了一口竹簸。现在，仍然是那一双手，粗糙的，纤细的，或厚实的手。杀青好的叶子，被吸到了这一双手中。叶子在迅速聚拢，手的弧线也在轻轻转动。力把叶子吸紧。松软的叶子很快就团结成一个厚实的球，听得见叶脉破裂的声音，像薄薄的纸被撕开，竹簸也被汁液染成了绿色。不想，两只手分开得毫无征兆，抱紧的球，说散就散了。散成了无数条黑亮、卷曲的精魄。

也不知从什么时候起，在汤湖，机械制茶代替了纯手工作业，天一入夜，机器的轰鸣声覆盖了猎猎的风声。白炽灯将夜色夺走的光亮重新要了回来，一个脸蛋黝黑的年轻人漫不经心地按动了一下开关。于是那个搅拌机模样的东西轰轰地响了。没一会儿，那些方形、圆形，伸着长长手臂的机器都进入到一片紧张的和鸣之中。空气里塞满了一股热蓬蓬的茶香。整个制茶过程，好似表演了一个戏法。在机械面前，茶农们认清了自己双手的局限。有越来越多的茶，将借助于这种方式出现在城市的专卖店中。生活在深山里的人，茶也成了他们出山的路。

铁壁似的群山在一只看不见的大手的作用下缓缓移动，山门开了，山外气息纷纷涌来。山里的事物也被带向外面的世界，人们沉浸在由各种“连接”所带来的欢快之中。山已经不再是阻隔人们去往远方的屏障，山成了车窗外流动的风景。它的形象已经被弱化了，骨骼由雄健而变得越来越妩媚秀气。茶在本质上说，也就是一方水土，不断敞开的大山，是否还能够保证这方水土的纯粹？我放下手中的杯盏，长长地吁了口气，眼睛里复涌现出千万座山的画面。晚风吹动杯子里的茶水，山模糊了。失散的茶烟、风和呼吸，甚至李玉山、梁道启等一干人，他们是否真的存在？夜变得异常之静，在静夜中，窗外窸窣声一片，那是多少隐蔽的事物出山时带出的讯息。

# 段家庄封山记

葛小明

## 一

段家庄村约莫有两百年历史了，唯一的一户段姓居住者因年迈多病又无人照料进了养老院，独居六十多年，没人知道他是怎么过来的。在 2020 年的鲁东南乡下，进养老院仍旧是一种被人看不起的行径，人们会说其子女不孝或者家族无能。好在他是光棍儿且仅有的兄弟已于多年前车祸而去，村里没人取笑。但是当父亲陈述完这些，我仍旧感受到他的语言末端有一些意味深长的叹息。

父亲没有说后面的事情，但我已不由自主地朝身后侧了侧身子，那个位置正是段友元家的方向，在我家西北角一百米的地方。他的家是村里最低矮的，因为常年一个人住，房子简单而粗糙，尽管村里人都于多年前把房子换成了红砖红瓦，段友元却没有换，他并未因此感到羞愧。一个六十多岁的人，早已看淡冷嘲热讽与人情世故，他知道这个年纪能够改变的事情已不多。他开始认识自己的命。

灰色的瓦，暗青色的石头，经过简单堆砌，就是一个单身汉的家。后面再无屋舍，有的是村里最肥沃又最平坦的土地，五亩地。可能这片地不止有五亩，但是里面最好的部分只有五亩，村里统称这一区域为“五亩地”。五亩地在段友元家后面，那是一村人的财富，对他来说，却是最大的空虚之地。作为单身汉，他没有分到五亩地的一寸土，但是他离那里又那么近，作为自我补偿，他把靠近屋后的一小片空地开了荒，种上了一些蔬菜，他想以自己的方式拥有它。每到夜幕降临，巨大的孤独覆盖到整个村庄，段友元分到的部分格外多。他的屋后是那么大一块空地，空地后又是一座孤零零的山，要翻过那座山，才能见到村子之外的人烟。他从没有抽烟的嗜好，但是不知道从什么时候起，他也学着那些嗜烟者的样子，偶尔烟雾缭绕，那烟升起的轨迹，跟其他人的都不一样。它幽幽的，弯弯曲曲地萦绕在头顶，久久不会散去。是孤独吗？我想应该不全是。

天黑下来，有多根凌乱的电线在他的屋顶绕来绕去，那些线单薄而松软，微微一阵风，就能送出长长的呜咽声，这声音通过间隔几十米远的电线杆传遍整个村子，传到了村子四周的群山里，经年不绝。这是一个山与村并居的地方，村在山里，山在村里，某种意义上，出村就是进山。这个村子四面环山，人们简单地把东西南北方向的山命名为东山、西山、南山、北山，因为南面的山深邃绵延，稍往里一点，称为“南望”。段友元跟其他人一样，童年大部分时光都消磨在南望里，进山砍柴，捉野兔，掏鸟窝，种下红薯、荞麦、黄姜，种下一年里最富庶的希望与梦想，也顺便埋下了一个庄稼人短暂而旺盛的青春。

段友元的孤独感从何时开始产生的，这不得而知。1998 年以前，我们家和他是邻居，在他西面是我家同样矮小的石头房子，为了节省成本，两家共用了一道山墙。所谓山墙，就是房子东西两侧竖起的承重墙，早些时候，邻里两家共用一墙的情况颇为常见。这有很多问题，对方的房子裂了塌了，自家的也会受影响。更重要的是，因为只有一墙之隔，对方家里发生的一切，生老病死，苦恼与抽泣，都能听得一清二楚。或者可以这么说，两家的某些命运，是休戚与共的。好在段友元是单身汉，一年到头几乎没有什么动静。直到 1996 年春节的时候，他给自己置办了一个收音机，整日在院子里大声地广播。我是一清二楚的，他那是在释放他的孤独，也是在与四十多岁的青春较真。那声音很大，不只是我家能听到，半个村子都弥漫着那些断断续续的声音，他只要不广播，大家就担心是不是出了什么事，田间地头就在议论段友元今天有些反常。有近两年时间的早晨，我是被他的广播叫醒的，有时候是京剧咿咿呀呀，有时候是庄重严肃的新闻资讯，有时候是流行歌手的靡靡之音。那声音忽高忽低，此起彼伏，但并不让人讨厌。

1997 年的时候，我在院子东边的墙头上植入了一棵仙人掌。我知道这并没有任何作用，段友元的存在也不是什么危险信号，但是随着年纪长大，我开始意识到，自家的墙头并不高。哦，或者说是我们和段友元家的墙头，有些矮了。只要踩在一个小凳子上，就能全方位地看到对方院子里的一切。晾晒的衣服，半开中的热水，拼命试图挣脱绳子的羊，横竖不搭而临时组装的木头院门，当然，还有一个老男人无法释放的孤独。我希望有一天仙人掌能够长满墙头，长高二十厘米，那样我们就能从彼此的生活中独立出来。事实上，我迟迟没有等到这一天。

一年后，我家的老房子废弃，搬到了现在的住所，离段友元稍微远了一些，家里的墙头也高了，高到踩在凳子上，也看不到外面的世界。有时候想知道一点段友元的近况，却又无从着手，收音机早就不响了，他很少出门。父母下地的时候，我一个人在院子里踱来踱去，没有任何小伙伴出现，我时常感到孤独，不知道是不是那个人传染给我的。

段友元进养老院那天，他的远房亲戚来帮忙善后，据说家里仅有的积蓄丢了，三千二百一十八块钱。村里人议论说是家贼难防，也有人说钱本来就不存在，他脑子坏掉了，记性不好。但是人们确实真真地看见，他的亲戚把房子里能搬的东西都搬走了，搬到了自己家里，人用不上的，家畜也能用得上。比如一张旧桌子，倒置过来就是羊儿吃饭的盆。比如洗菜的盆，放在院子里就成了鸡鸭鹅饮水的杯子。门外的草长了出来，疯了一样地长，好像是攒了六十多年的劲儿，只用几十天就跟人一样高了。它们并不孤独，小飞蓬、艾草、红蓼、益母草、野生苋菜、一年蓬……种类繁多。它们紧紧挨着，相依为命又互不侵扰，在某种天然的默契中建立了自己的生存哲学。

不用多久，人就进不去那个院子了，草封住了进门的路，成为新的主人。那所房子就这么空了又满了，原本低矮的东西一一高大了起来。有天，我没忍住，从屋后的窗棂里窥了几眼，里面空荡荡的，足以装得下这世上的大部分孤独。

## 二

十多年来，我不止一次梦见老屋，梦见屋门的锁莫名地开了，怎么都锁不上；梦见里面的灯在夜里自己亮了，而那里面早没有人居住。这梦困扰我多年且反反复复，在梦里我拼命地避开那个位置，跑向新家，似乎有莫名之物让人心生恐慌。似乎这一生都不出老屋。

那是一把旧式的五星牌锁，在岁月与风雨的关照下，它的锁鼻处已锈迹斑斑，如果不用钥匙来回扭动数次，根本打不开。由此，这两扇门成为封闭梦境与现实的枷锁，重重的，死死的。而这锁在梦里也是没有办法打开的，因为你找不到一条可以回拨时间的路径，它恶狠狠地守在那里，让你试图重归童年的想法彻底破灭。每个人心中都有一把锁，它藏得很隐秘，寻常人谁也打不开。

时至今日，下地的时候，村里人仍旧不会把钥匙带在身上，虽然它很小，但是干起农活儿来总会有诸多不便。庄稼地里的人，就像一个个艺术家，一旦走进去，就把一生交付于此。他们兢兢业业，一丝不苟，侍弄庄稼就像在创作自己的艺术品，容不得半点马虎。不带钥匙的另一个原因是可能会丢失，不一定是丢在某条进山的草丛里，还是小步跨越一条小溪时落入水中，被水冲走或被流沙掩埋。如果要拿出大量的时间去寻找一把钥匙，在村子里是要被人笑话的。人们选择把钥匙藏在某个合适的角落，一般是大门口的石头下，外墙的砖缝里，通过门缝塞进门里面的也有，还有个别人喜欢藏在柴火垛里。总之，无论藏在哪里，自家人都是熟知的，这里面有种难以言说的默契。开门的时候，挺有意思，人们会东张西望一下，假装手中持有钥匙，然后快速地从某个既定位置取出。门开了，便如释重负，进院子那一刻甚至需要深喘一口气。

其实，这有些多余，在段家庄，人们相敬如宾，即使与某某关系不和，也不会去做偷鸡摸狗的勾当。村里的牲畜从未丢失过。放牛的人，早上把牛赶进山里，离庄稼地足够远，就可以回家干其他活计了。天快黑的时候，提前在村里望一望，基本上就能看到那群牛远远的影子，追上去赶回来即可。几十年了，牛从未丢失过。村里把各家各户的牛凑成一群，每户一天，轮流放牧，相安无事。

牛跟羊不同，它们温顺得多，一般不会糟蹋庄稼。放羊就不能这样了，因为羊好动且贪吃，它们一路上走走停停，一看到绿油油的庄稼就走不动了。尤其是红薯地和玉米地，那些或深或浅的绿色，吸引着它们大步地越过界限。即使是在秋天，玉米长高，红薯深埋，羊儿们也会跳起来折下秸秆上的玉米，或者用嘴叼出土里肥硕的地瓜，啃个没完。放羊的人，首先要指挥好领头羊，看到其有“不谐”的倾向，立马扔一块石头过去。打在哪里都行，羊身上或者它附近的草丛里，皆是一种警告，羊乖乖地扭过头来，向另一个方向啃食。啃食与咀嚼的，是青草，是大川大山，是抗争，是寂寞，是宇宙万物。后面的羊，总有几只叛逆者，它们不完全听从头羊号令，偷偷地往庄稼地挪动，一步，两步，再有一步就到玉米地了。这时候你要狠甩一下羊鞭，不一定要打在它身上，只要听到声响，它就很识趣地退了回来。你怎么认识一只羊的行为，它就能做出什么样的动作，某种意义上，放羊的人也在放逐自己，这取决于你对一些事情的预判。

多年以后，那些放羊的老人走远了，后辈们接过羊鞭与石头，接过了勤勤恳恳的后半程。天不黑就要提前下山，约莫太阳离山还有三指宽就得往回走，因为下山是需要很长时间的，羊还要在山下的河边饮上几分钟的水。进圈的时候，天基本就黑了，只见它们个个肚子圆滚滚的，走路都有些吃力，长辈脸上露出了肯定的神情。羊圈多数设在老宅子或院子里，不用多么烦琐，简单地围困，只要羊儿们跳不出来就可以了。羊圈在老宅的，会象征性地上一把锁，没错，清一色的五星牌。时间久了，有些锁不用钥匙也能“拉”开，但是人们仍旧会有上锁的动作，是自我的心理安慰，也是在告诉其他人，它们是有家的。

羊不快不慢地咀嚼着，它在反刍一天中的所见所闻，它在想明天要去哪个青草更加丰美的山头。它要在主人不注意的时候，啃一口地里的红薯叶，大不了挨一顿打。明天又是新的一天。

再说一下梦里反复出现的灯，三盏老化严重的白炽灯。卧室一盏，堂屋一盏，院子一盏。虽然位置不同，但它们个头、外形、品牌完全一样，唯一的不同是亮度，十五瓦，二十瓦，三十瓦。无论在哪个位置，这些亮度都是微乎其微的。经历过煤油灯与电气的时代，人们倍加珍惜得来不易的电，一开一关，都那么小心翼翼。那时候的开关是用一根绳子替代的，拉一下是开，再拉一下便关上了，随着使用次数的增多，拉绳总会坏掉。因此，每个人都会换“开关”，即找一根绝缘的绳子穿过开关上的小孔。整个过程极其小心，最开始的若干年，家里还没有一个独立的电闸，都是带电操作的。现在想想，这何尝不是一件令人胆战心惊又充满刺激的事情。

家里常备蜡烛，因为经常停电，二十世纪九十年代初期的段家庄，家家户户还有父辈留下的煤油灯。停电的时候，人们挤在蜡烛或者煤油灯前，囫囵地吃着晚饭，家长里短在昏暗的光里说开了，说透了，说尽了。那些灯，活在灰蒙蒙的岁月里，时而昏暗，时而闪烁，养大了一群又一群灯下匍匐的影子。饭后，人们熄灭一切可燃物，没有睡意的话便去院子里闲坐一会儿，月亮高高在上，安慰着疲惫了一天的肉体和灵魂。星星漫天可见，每一颗都有归宿，你喜欢哪一颗，哪一颗便是你的。你不用懂得什么猎户座，什么二十八星宿，不用懂得上弦月还是下弦月，你只要一抬头，你就拥有了它们。你可以随意命名，甚至可以盛满一碗水，在一个合适的位置把整个月亮都装在里面。

实际上，这都是二十多年前的旧事了，星星和那锁那灯一样，用旧了许多。老屋的电也早已切断，灯没有再亮过。唯一能够回到村里度过一个晚上的机会，就是春节。这天夜里，人们忙着年夜饭，忙着总结过去的已经失去的一年，无暇仰望星空。偶然抬一下头，你会发现，它们那么大，那么亮，那么可人却又那么陌生。

## 三

段家庄由四个姓氏组成，周、葛、林、段，村名的由来是因为段姓最早来此立村。因“段”的发音在当地方言中是个不太吉利的词，几乎没有人愿意与段家结姻。在乡下，人们之间有许多约定俗成的默契，就比如某些带有不好寓意的谐音字，是极少出现在对话场景中的。他们相信的东西跟西方的墨菲定律，惊人地相似，许多事在不断地念叨中，真的就成真了。

段家除段友元外，另有一兄弟段友让，四十多年前就在一场车祸中丧命，大多数人相信，那场车祸，几乎可以说终结了这个村庄的命脉。无论真相是不是这样，大家都这么认为，而成为共识的东西，是坚不可摧的。

林氏祖上曾有一位地主，据传是清华大学毕业，在村里盛极一时。后家道中落，林氏一脉式微，特殊年代因为身份的关系，林氏一度在村里抬不起头，为众人所唾弃。我的祖上就不一样了，清一色的贫农出身，忠实于脚下的每一寸土地，他们兢兢业业，开荒拓土，一镢头一镢头地耕种着祖传的土地。他们信奉的神明，可靠，真实，他们相信只要勤勤恳恳，就能在秋天获得收成，就能把一代接一代的子孙传承下去。可以说，在段家庄，我们葛姓一族颇有威信。

数十年前，有那么一段时间，也就是阶级矛盾比较严峻的那几年，林姓与葛姓等其他姓氏的人经常在村里起冲突，林姓的人自然处于下风，经常在大晚上被叫到村委大院里接受批评。有一次，林姓族人里有一位年轻人不堪忍受“屈辱”，反手打了葛姓族人的一位老者，于是两家的关系便更为紧张了。据老一辈说，元宵节的时候，林姓的小孩子提着灯笼上街，刚踏出大门半步，灯笼就被众人用石头砸得粉碎。可见，即使正月十五这样的大日子，他们也得蹑手蹑脚地出门。

二十世纪七十年代末，林山与葛萍的自由恋爱，彻底打破林氏与葛氏之间的平衡。这甚至被视为一种政治联姻。并且无论父母怎么反对，他们都搅在一起，分不开了。那个年代，那个只有三十二户的小山村，这简直是一件颠覆三观和五常的事情。用他们的话说，葛氏与林氏是“世仇”，是某个阶段层次上的对立，不可能和解。这两位结合后，葛氏最年长的一位，我的太爷爷，说了一句，两家的怨结，彻底清了。于是，林山就这样成了我的姑父。

林山究竟是一个怎样的人，我不得而知，因为你很难走近一个长你二十四岁的中年男人。他呈现给你的样子是长辈，是威严，是一位从淄博退役回来的军人。简单概括一下就是，身手不错，孝敬父母，略带幽默感又少言寡语。直到后来离开村子定居县城，他仍旧保持每周都回一趟老家的传统。尤其他的老父亲过世后，他几乎每天都回来，看一看老母亲，看一看这个人烟越来越稀少的村庄。他也不喊上妻子，只一个人来来回回。

林山当了几年村支书，这于我家并没有什么益处，因为他是一个铁面无私的人。而那几年我家面临的最大的问题是，村里的变压器在我家院子里，与之一起的还有盛放相关设备的屋子。于是有好几年，我家没有厕所，没有羊圈没有牛棚，没有足够的阳光光顾我们。父亲不止一次找过林山，皆无果，所以我的童年记忆里，院子有很长一段时间是狭窄而阻塞的，去厕所要到好几百米远的老屋，喂牛喂羊要提着很重的桶或篮子，走很远。一米出点头的小个子，半米多高的羊食桶，每一步都很吃力。我曾一度对林山没有好感。

我时常看到变压器房子的砖缝里，有很大的空间，成群结队的蚂蚁在此安家。它们忙忙碌碌，奔波于自己的一亩三分地。不知道在蚂蚁的世界里，有没有一个地方叫“五亩地”，有没有一块难以逾越的山坡被称为“南望”。蚂蚁的嘴里总是叼着东西，看不清是什么，可能是一只小蚂蚁被忘却的青涩的记忆，也可能是养活一家老小的吃食。它快速地穿越着一块砖，又一块砖，就像我翻山越岭地去椿树沟放羊。

每到夜深人静的时候，电流的呲呲声一阵阵地传入我的脑海中，难以入睡。那是一种略带轰鸣的噪声，它沿着电线传到四面八方去了，跟段友元的孤独不同的是，这个声音到我为止。忙碌了一天的父亲母亲是听不到的，他们躺下就能睡着，不为世间的任何声响所扰。他们的鼾声，甚至可以覆盖变压器的孤独。但是鼾声是自然而然的，跟电流声不一样，它一点也不突兀。

母亲去找葛萍，我的小姑，她也无计可施，换来的结果是跟丈夫大吵一架。

"我二哥家院子里的变压器怎么就不能挪？"

"你说能指望上你点儿什么？我为了你得罪了整个家族，这么点儿事你都不松口！"

"我有什么办法？"

"能办的话，我能不办吗？"

"你了解我，我不是那样的人，这不是你一句话还是二哥一句话的事。我能有什么办法？"

"你心真硬！"

"你个没有良心的东西！我真是瞎了眼！"

葛萍哭了。林山默不作声。无论怎么吵闹，一家人的关系是铁定的，撕不开的，总得重归于好。

找过几次，吵过几次，父亲母亲就不再找了，毕竟因为自己的事妹妹与人吵架，心有愧疚。变压器的事也就不了了之。在这个小山村里，谁家吵架，不消几分钟就能传遍所有男男女女的耳朵，他们免不了要非议一番。但是因为别人家的事闹得夫妻不和，这还是仅有的一例。

院子的不完整，造成了院门的不完整，人家都是大气厚重的铁大门看家护院，天黑下来，把门从里面一关，踏踏实实地睡下了。我家则是跟段友元家一样的院门，由横七竖八的几根木头临时组装，谈不上缝隙，简直到处是巨大的窟窿，人都钻得进来。没有办法，母亲在关好门后，会用五六根长长的木头顶住院门，一则加大推动的阻力，一则阻挡部分窟窿较大的地方。很早，母亲就得起来把木头移开，因为它们东倒西歪的样子，真的很难看。现在想想，哪有什么东西可丢呢？不过是母亲为了不让人笑话，做出的一些无用功罢了。

林山该叫二哥的时候，还叫二哥，该叫二嫂的时候，也叫二嫂。家里农活儿忙不过来的时候，他也会主动过来帮忙，没有二话。他家有事，我们也不含糊，毕竟血浓于水，还有小姑在中间。我们和他的关系，就这样不卑不亢地维系着。

三年后，林山卸任，一位周姓的中年人上任了。不久，变压器便挪走了，院子宽敞了起来，牛羊有了新家，它们跑啊跳啊，大口地吃草，咩咩——哞哞叫个不停，仿佛从来没有过家。

## 四

南望是水库以南众多山林的统称，包括红石崖、平字地、石翅子梁、椿树沟、马大洼、石崖望、锅台子、光光顶等诸多山头与林地。山中石头众多，其中最大的一块在“锅台子”附近，高约十余米，从身下观望，有直入云霄的错觉感。为了突出它的高大与独到，人们特意将其命名为“石柱子崖”，这里是牧羊的终点，因为再往上人很难攀爬，羊群即使上去了也很难驱赶。所以，在很长一段时间里，南望于我而言，指的是水库到石柱子崖的区域。

南望以柞树、板栗、松树、刺槐居多，除板栗有经济价值外，其他树木几乎土生土长、自生自灭。刺槐和松树没人种植，种子飞到哪里，哪里便有机会落地生根，就这样南望的树林林总总，一片又一片的森林出现了。没有人教唆它们横平竖直，它们长成了自己喜欢的样子，哪边土壤肥沃一些，哪边的树就多一些，高大一些。

板栗的采摘，全靠人力，几百年了，祖祖辈辈都没有想出新的办法。人们从集市上买来长长的竹竿，站在地上用力去敲打那些果实，一下，两下，三四五六千百下，八月的大山被这种有力的回声震击着。许多板栗树有几十米高，能够爬上树梢的人已经无力攀登，任由其隔三岔五地自然坠落吧。金灿灿的板栗啊，请把你下降的速度调慢些，等一等树下的人儿。他们比你老得快。

柞树是父辈们开山时留下的，那时候村里大量养殖柞蚕，这是一种只有在野外的柞树上才能长大的蚕。开始的时候，柞树的种植较为规则，一片山场里，它们规矩地站立，并且蚕场与蚕场之间有明显的界线。或者是几棵别的品种的树，或者是几块难以移动的石头，或者是一座山、一道梁，都有可能成为界限。近几年，留在村里的人年纪越来越大，年轻人大都迁出，养蚕的手艺几近失传，柞树林空了下来。它们开始慢慢地突破界限，肆意繁殖，石头缝隙里，山梁上，两片蚕场交界处，能够出现的地方，都有柞树的影子。就连身形高大的老柞树下，也冒出了小柞树的影子，因为缺少养蚕人的修剪和打理，柞树林里密密的，枝干交织在一起，很难见到阳光。以前进山的小路，被柞树覆盖，不仔细寻找，已经很难发现它原来的样子。这是唯一通往大山的路径，也是人们与自然深度接触的媒介，没了进山的路，就没有了一切。

水库的水多了起来，山下需要浇灌的地少了，许多人家已无力耕种，无奈地选择在口粮地种上速生杨，不用几年，树便长大了。杀掉，再种一拨，再杀掉，再种，如此反复。种了杨树的地，再也不能种庄稼，再也不能长出玉米、小麦、黄姜和红薯。树下长出的是葎草，是龙葵，是小飞蓬，是泥胡菜，是白花鬼针草，是千千万万个荒芜和潦倒。水库的鱼儿被水冲走了，养鱼的人已搬回山下，很少出门。偶尔有机会，便是扶着根枣木拐杖，一撇一捺地走到村头，看一看西去的太阳。追不上了，终究是追不上了。水库孤零零地守着大山，山上的水还会偷偷地流进来，水面的山影还是那么深邃，深得让人望不到底。山上的草越长越高，树越来越茂盛，只是这种茂盛，怎么看都带有一点芜没之感。

这些年，牛羊喜欢走的路，也因封山育林被搁浅，曾经清晰可见的踏痕，渐渐模糊了。牛走过，羊走过，人走过，父辈们晚辈们走过，生生世世的路就这么消失了，这真是一件令人悲伤的事情。这些年，去地里播种的人，已步履蹒跚；秋天收割的人，也已须发皆白。不知道进出“五亩地”的小路能不能幸存下来，毕竟它活得比山上的羊肠小道要深刻得多。

羊规规矩矩地站在圈里，脖子上的绳索旧了，不知道是从多少只羊身上继承来的。它没有二十年前的羊的野性，不会跑出去偷啃地里的庄稼。它的咀嚼，简单而纯粹，就为了一口吃的。它可以慢慢地嚼，尽情地享受食物，这一生，除了吃，别无他事。

是年春节回家探亲，左右无事，与好友葛安亮进了一次南望。他对植物颇有研究，一路上对山里的各种花草评头论足。从他口中，我才得知，“神仙菜”对治疗各种癌症有辅助作用，顺筋草则可以治疗各种跌打损伤。我们从水库边到石柱子崖，从石柱子崖爬到更高更远的深山里。我们发现了之前没有见过的野生杜鹃花，发现了这个只有三十二户人家曾经以为那么巨大的村庄，竟然如此渺小，一张不用全景拍摄的照片就能够完全装得下。放眼去，许多童年无法逾越的山，那么矮小；许多爬不上去的刺槐树，那么矮小；许多曾经健壮得让人心生畏惧的长辈亲人，那么矮小又那么遥远。走了很久，我们还是没有走到南望的尽头，翻过一座山，还有一座山，山的尽头仍旧是山，无穷无尽。他说，原来南望这么深，我以为翻过石柱子崖就到尽头了，没想到啊，没想到。

天色暗了下来，村庄模糊一片。直至此刻我才明白，每个人心中的南望是不一样的。

回去的路上，我们忍不住多俯瞰了几眼这山这村，这树这人世间。放眼望去，去年的雪还没有完全退去，柞树上还残留着冬天留下的伤痕。山上的石头白灿灿的，闪着光，仿佛在告诉进山者，往里走，再往里走一点。

# 拉链厂

欧阳国

## 一

很多年过去了，我发现大多数桐家洲人的命运都和浙江的拉链厂有关。这家消失的拉链厂，就像一根拉链头将两列链牙紧紧地相拥在一起，连接着乡村和城市，故乡和他乡，出走和返回，过去和未来，生存和死亡。

二十年前，堂哥因没有考上大学，按照他和伯父的约定，他要外出务工。他心有不甘，一个人躲在房间睡了几天几夜。

那年夏天，桐家洲雨水不断，清澈的小溪变成了汹涌的河流，层层叠叠的梯田早已饱和，洪水从田埂外泄，像一块块瀑布挂在桐家洲。后山脱落的泥石像子弹一样飞向破旧的土房，一堵墙撞开了一个大窟窿。伯父和父亲戴着斗笠在雨中清理房前屋后的泥沙。房间的水越涨越高，地面变成了池塘。堂哥床底的拖鞋漂移到了客厅，他当作什么也没有发生，还是死死地躺在床上。他仰视湿漉漉的楼板，雨水一点一滴落在房间。雨滴似乎掉进他的双眼，模糊了他的视线。

雨过天晴，堂哥收拾行李，一声不吭，离开了桐家洲。我站在村口，望着他远去的背影。他并没有回头。

他去了浙江义乌的拉链厂。

堂哥不是第一个去义乌拉链厂的，当然也不是最后一个。桐家洲最先去拉链厂的是我一个远房表哥。他个子不高，皮肤有些黑。有一年冬天，在外打工的他带回一个长相标致的女孩。表哥牵着女孩的手行走在泥泞的田埂，远远看上去，女孩比表哥高出一个头。这个外地来的女孩皮肤白皙，长发飘飘，说的是普通话，声音十分温柔。我不知道她是哪里人，只知道她来自义乌拉链厂。

拉链厂就这样第一次出现在我的意识里。这段美好的爱情成为我对义乌拉链厂的第一印象。它应该如校园一样美丽，桃花盛开，处处可邂逅爱情。

第二年冬天，表哥和女孩带回了一个婴儿。他们准备结婚酒和孩子满月酒一起操办。不幸的是，孩子突然生病夭折了。那个冬天很冷，村庄暗沉，空中飞着雪花。婴儿的尸体用一层层旧衣服包裹着，放在了他家门口的草坪上。表哥沉默不语，他提着孩子往山里走去。女孩扑倒在地上，撕心裂肺地哭……

表哥和女孩结婚了，但他们并没有办酒席。春节一过，他们又去了义乌拉链厂。从此，他们几乎没有回过村庄。桐家洲，对他们而言无疑是一个伤心的地方。他们唯有远赴他乡，才能忘却疼痛。义乌拉链厂成了抚平他们伤痛的港湾。

和表哥一样，越来越多的桐家洲人选择了逃离。二十世纪九十年代，像一阵强劲的风吹进桐家洲，带走了桐家洲的父老乡亲。几乎是一夜之间，家家户户关门闭户，主人都消失了。他们选择子夜出发，徒步到乡镇赶坐第一趟班车。半夜，噼里啪啦的爆竹声响起，沉睡的村庄提前苏醒。村庄所有的狗集体汪汪地叫，它们的叫声像是哭声，听得人心碎。桐家洲人举着高高的火把，扛着大包小包离开了村庄。他们远行的灯火渐渐地消失在乡间小道，就如同犬的叫声变得越来越微弱……

等到天亮，桐家洲只剩下老人和小孩，还有鸡鸭鹅，牛羊狗。

这场蓄谋已久的集体逃离，像是掏空了村庄的心脏，它从此变得伤痕累累，全身病痛。热闹的桐家洲变得冷清、寂寞。大门的锁在寒风中不停摇曳，没有了主人的爱抚，它们的身体将由闪闪发亮变得锈迹斑斑。一家大门两侧贴着烫红的对联，门上有一个偌大的“囍”字。门口，一对红色的蜡烛还在燃烧，蜡油像泪水一样流着。

我堂姐小学没有念完就外出打工了。她个子矮小，离开桐家洲时，她背上的行李比她还要高大。我的叔叔婶婶将刚刚出生的孩子寄养在我家，夫妻俩在孩子熟睡中偷偷地离开了。我的舅舅舅妈、姑母姑父、姨母姨父、表哥表嫂……我的父老乡亲都走了。他们大多数人都去了义乌的拉链厂。

几年后，我父母也加入了浩浩荡荡的春运中，他们像蚂蚁一样，在大地上迁徙，从农民变成农民工，从乡村到城市，从家乡到他乡……

## 二

二十世纪末，家庭手工作坊如雨后春笋般在浙江义乌兴起，它们在农村、城中村、乡镇街道和城市遍地开花。这座由小作坊成长起来的“中国小商品之都”，像一块磁场吸引了来自五湖四海的人。那些看似普通的民房，收容疲倦的身体，安放青春和梦想，像一艘前行的航船，承载了无数人的命运。

拉链厂在义乌丹溪大桥桥头，一个叫下傅村的城中村。拉链厂没有一个像样的招牌，倒像是一户人家。实际上，它就是老板在自家开的一家小作坊。这栋五层高的房子位于村口，一条巷道从门口穿过，串起了两边一栋栋房屋。这些外表看似安静的房屋，每天都昏天黑地在生产。

和其他厂房一样，拉链厂一天到晚大门紧闭。一扇铁门隔断了工厂与外面的世界。锈迹斑斑的铁门坚硬、冰冷，给人一股钝痛感。从外推开铁门，一楼厅堂就是一个偌大的车间，二楼老板用来居住，三四楼也是车间，五楼是集体宿舍。厅堂门口摆放着一张不大的桌子，桌面堆满账单，从早晨到傍晚，老板都坐在这里。这就是他办公的地点。我现在也不知道老板姓名，只记得他身材魁梧，永远挺着一个啤酒肚。老板从来不刮胡子，胡须特别茂盛，几乎挡住了他的嘴唇。老板坐在办公桌总是不停地按计算器，核算进出货物数量，给工人计件，并转化成工钱。他的中指像小鸡吃米似的快速地点击计算器的数字，计算器发出急促的声音，每个数字的响声像子弹一晃而过。这也是给工人发放工资的地方。月底还没到，有的工人急需用钱，就向老板提前支取工资。老板心地善良，一般都会答应。老板娘瘦得猴子一样，她头发银黄，眼睛碧蓝，长得像外国人。每天，老板娘都化淡妆，涂口红，她走路带风，一副十分时髦的样子。老板娘喜欢骂人，嗓门特别大，大家都特别怕她，见到绕道而走，暗地里都称她为“母老虎”。

拉链厂繁盛的时候有近百名工人。工人大部分来自江西，在江西人中桐家洲人又占多数。除桐家洲人外，有的来自湖南、湖北、河南、河北、安徽等地，还有的来自江西上饶、抚州、鹰潭、九江等地。湖南几个女孩子长得好看，个子高大，身材苗条，长发飘飘。上饶人有一对夫妻，男人长得白净，可能是多年进厂没有下地的缘故。女人有一颗龅牙，她不太爱说话，可能是怕暴露自己牙齿的缘故吧！还有一个行动不便的上饶人，听说是这对夫妻的亲戚。不过，他们之间来往并不密切，根本看不出有什么亲戚关系。他走路一瘸一拐的，大家都习惯叫他“拐子”。他的真实姓名，很少人知道。

那个时候拉链厂的工人大多数是女孩子。她们多数正处青春期发育期。封闭的工厂无法禁锢少女追求爱情的渴望。拉链厂有一个帅哥叫阿莱，他留着长发，长得像《神雕侠侣》里的杨过，迷倒了拉链厂一大帮女孩。他隔三岔五在拉链厂换女朋友，女孩们还舍得为他花钱。拉链厂男女比例严重失调，僧多粥少。“拐子”也谈过好几个女朋友，还是女孩追求他。不过，最终没有一个女孩嫁给“拐子”。他离开拉链厂时，孤身一人。

堂哥像一滴水，流进了拉链厂的流水线。命运之河带他一路向前，他别无选择。他时常想，要不是桐家洲那场大暴雨，他应该不会轻易向伯父低头，向命运妥协。他操作机器时，泪水如同当年桐家洲的雨水一样落下，他眼前一片模糊。突然，锋利的机器落在堂哥的中指，鲜血犹如泉水一样从伤口冒出。瞬间，疼痛从堂哥中指扩散，像一只猛虎在吞噬他的身体，从手指到身体每一个细胞。他蹲在地上，全身颤抖。

每天，堂哥从流水线下来，都坐在拉链厂五楼楼顶，望着陌生的城市，泪水模糊了他的双眼。

这一切都被金丽看到了。她爱上了堂哥，爱他英俊潇洒的模样，爱他忧伤沉思的眼神。她每天买来一只大西瓜，陪伴堂哥坐在拉链厂楼顶。不仅金丽追求他，堂哥的到来引起了拉链厂一阵躁动。流水线上的女孩子坐不住了，开始想尽办法追求他。有的教他如何做拉链，有的为他洗衣做饭，还有的带他逛街购物……

堂哥只喜欢金丽。他苦涩的生活被金丽甜蜜的瓜渐渐冲淡了，并且越来越甜。夜深人静，堂哥趁着黑色抱住金丽，她并没有拒绝，反倒高兴。堂哥感觉空荡荡的心瞬间被金丽填满了，人生迷茫的他，身处异乡的他，那一刻找到了归宿。

就这样，堂哥和金丽确立了恋爱关系，并最终结婚了。他们走到一起让很多女孩伤心。秋莲就是其中之一。她也是我们桐家洲人。秋莲喜欢我堂哥，可堂哥不喜欢她。她深受打击，不久就离开了拉链厂。几年后，秋莲嫁到了桐家洲隔壁村。每年正月初二，秋莲都回娘家。每次经过堂哥门前，秋莲都有意加快脚步。

二十年过去了，秋莲依然没有忘记拉链厂的日子。那些在拉链厂的女孩都无法忘却自己的青春。她们已是不惑之年，如今消散在茫茫人海。

## 三

和堂哥一样，我也是高考结束去了义乌拉链厂。火车下午从赣南出发，到南昌向塘站时天色完全暗了。夜色中，火车按照既定的路线做出选择，由京九线驶向了沪昆线。人的一生同样行走在一条无形的道路上，随时面临各种各样的抉择。十八岁的我，站在了人生十字路口。

天蒙蒙亮，火车到了浙江义乌站。我从火车站走出，看见一堆出租车和摩托车。我坐上一辆摩托车，司机是一名戴眼镜的中年男人。我一眼选择他，是因为他戴眼镜，看上去很斯文，感觉是个好人。可是，我坐在摩托车上还是忐忑不安，他开得很快，像一阵风往前吹。摩的司机一路沉默不语，我甚至想他会不会在预谋一场拐卖。我不知道下傅村拉链厂怎么走，他会把我带到哪里去。

我的担心是多余的，摩的开到了下傅村。我一下摩托车就看到母亲，她站在拉链厂铁门口。她已经等待很久了。我们一进拉链厂就碰见了老板娘。她噼里啪啦就骂母亲："这里是工厂，不是你们家，谁同意你让小孩来？"不过，老板娘是通情达理的人，只是嘴上说说而已。

进入新世纪，义乌家庭手工作坊开始走向衰落。拉链厂生意一年不如一年。工人剩下不到五十人，湖南、湖北和安徽人都走了，剩下的基本上是江西人。我到拉链厂就感觉回到了桐家洲，看见的都是熟悉的人。他们从桐家洲出发，在这里又重新组建了一个新的桐家洲。桐家洲是一个小地方，大家每天都要见面。拉链厂就更小了，桐家洲人每天生活在一起，就像拉链连续排列的链牙一样，他们紧紧地连在了一起。

老板为了留住工人，此时的拉链厂管理更加人性化了。铁门白天随时都可以进出，到了晚上十点才会反锁。每天一早，母亲穿过马路，到江南市场买早餐和买菜。江南市场离拉链厂大概十分钟路程。路是一条弯弯曲曲的巷道，两边的民房都是家庭手工作坊。

夏天，不是拉链生产旺季。每天拉链厂早早就收工了。傍晚，桐家洲人都习惯成群结队到江南市场，就像村庄逢年过节赶集一样。他们悠闲地走在巷道上，有说有笑，像是下傅村真正的主人。

江南市场到处都是人头，那些忙碌了一天的工人，像潮水一般从四面八方涌来，挤得街道水泄不通。一条不长的江南市场，从头走到尾也就五分钟，除了蔬菜、水果、服装，这里卖得最多的是小商品。这是他们每天最轻松的时刻，他们由打工者变成消费者，或者旅行者。他们表情自信松弛，似乎把家乡忘得一干二净，完全融入了异乡。他们不像是来自偏远山区的农民，完全变成了一个市民的模样；他们说着不同的方言，谈论的不是家乡的人和事，而是眼前琳琅满目的商品。他们空手而去，每次都满载而归。

江南市场有几家照相馆。照相是在义乌的桐家洲人最高兴的事情。他们穿上时髦的衣服，头发梳得整整齐齐，脸蛋涂得白白净净。女孩喜欢涂口红，她们把自己的嘴巴整得像一根香肠。大家拍合影，也拍个人照。拍照时，他们有的选择站着，有的喜欢坐着，有的轻松自如，有的表情僵硬。女孩往往胸前抱一只娃娃，或者手捧一束假花。照片一般会过塑，背景有蓝天白云、江河大海、高山流水，还有一片花海等。过塑的照片会打文字，比如：岁月流逝、青春年华、美好韶光等。如果是一对夫妻或者恋人，照片上的字一般是“爱情甜美”“真爱永恒”之类的。他们把过塑的照片寄给家里的老人和孩子，照片上的桐家洲人长得像电视上的明星，感觉个个在城市里过上了幸福而体面的日子。

除了去江南市场，他们还去更远的夜市场。我现在忘记了夜市场的具体名字。只记得，夜市场除了琳琅满目的商品就是人，就像一个巨大迷宫，让我完全迷失了方向。行走在夜市场的人流中，就仿若有一股洪流将身体往前推。我拉着堂姐的手，慢慢地跟着她往前走。实际上，她个子比我矮小，可是她一点也不胆怯。拉链厂的女孩似乎对人头攒动的夜市习以为常，她们不急不慢地蹲在地摊上挑选鞋子、衣服、首饰、生活用品和化妆品……她们反复钻进布帘遮挡的试衣间，不一会儿，像变魔术一样，换了一个人似的又从试衣间走出来。试衣服的女孩总喜欢问，好不好看？合不合身？在柔和的灯光下，她们灿烂的笑容比廉价的衣服更加美丽迷人。

这是我第一次面对如此庞大而繁杂的世界。在一个魔术表演的地摊上，我身上仅有的五十块钱稀里糊涂被骗去。我乖乖地把钱给他们，除了不甘更多的是恐慌。显然，年少的我无法洞察陌生的城市和复杂的人心。

拉链厂的工人光顾最多的还是拉链厂楼下的商店。这家商店租的是拉链厂老板房屋的一楼，开店的也是江西人。店老板整个夏天都穿着一条花色短裤，上身赤膊，每次看到他都是满头大汗。他身上好像有流不完的汗水。女店主是一个肥胖的女人，她特别喜欢笑。她的笑容是商店最鲜明的招牌，也是最好的广告。因为她甜美的笑容，商店变得财源滚滚。

商店最畅销的是冰棍和啤酒。夜幕降临，总有男人站在商店门口，手上提着啤酒瓶，嘴巴叼着一根香烟。女孩则喜欢买冰棒，她们嘴巴噘着一根白色的冰棍，坐在商店门口看电视。她们穿的是廉价的牛仔短裤，露出一条条雪白的大长腿。喝酒的男人喜欢把目光投向女孩的大腿，有的男人看得嘴巴都歪了。当然，也许是他们喝醉的缘故。

黑白电视机播放的是电视剧《天龙八部》，有的女孩喜欢乔峰，更多女孩喜欢段誉。当她们看到段誉和王语嫣紧紧地拥抱在一起时，不禁停止了嘬嘴巴里的冰棒。

现在，消遣方式多元化。一部手机就可以视频聊天，看电影看电视，网上购物，等等。很难想象，当年一颗颗躁动不安的心是如何度过漫漫长夜的。

## 四

仲夏，拉链厂就像一个火炉。我躺在五楼集体宿舍，床上的席子热得发烫，吊扇涌出一片热浪。高考成绩还没有出来，和堂哥跟伯父约定的一样，父亲要求我考上大学才能继续念书，要不然就外出打工。在拉链厂的暑假，我经常躲在集体宿舍读书。我印象深刻的是奥斯特洛夫斯基的《钢铁是怎样炼成的》，主人公保尔·柯察金不为命运所折服的事迹深深感染了我。我把故事讲给桐家洲一个堂姐听，她一边穿拉链，一边掉眼泪。

在拉链厂，我还阅读了《巴黎圣母院》《老人与海》《复活》《平凡的世界》等中外文学名著。十八岁的我，在拉链厂这个特殊的环境下，阅读这些文学作品，它们所激发的能量是无穷叠加的。正是这些文学作品的力量，影响了我即将面临的选择，也无形之中引领我的人生走得更远。

除了阅读，我在拉链厂还写作。我把床当作书桌，写下一篇篇稚嫩的文章。我记得自己当时写了一篇小说《小巷》，偷偷地拿到下傅村打印店打印，寄给了上海的《萌芽》杂志社，参加当年“全国新概念作文大赛”竞赛。投稿当然杳无音信，不过，我的写作之路毫无疑问也是从拉链厂开始的。

在拉链厂这个狭小而封闭的环境，我以一个少年的身份融入打工者的现实生活。他们在异乡构建了全新的生活状态和人际关系。他们在一条流水线上工作，在一个卫生间洗澡和上厕所，在一间集体宿舍睡觉……他们暂且不论年龄大小，不论家庭亲戚，不论男性女性，不论文化水平。在流水线上，他们身份平等，他们名字一样，他们目的一致。

有些事情若是放在封闭的桐家洲，简直难以想象。比如，睡觉。集体宿舍是一个大房间，摆放了十多张床。有的床周围拉了一块布，这些显然是一对夫妻或恋人的床位。一块布当然挡不住任何声音，在几十人的大房间，而且满屋子都是熟悉的桐家洲人，这是一件多么尴尬而害羞的事情。

桐家洲人在拉链厂看似相安无事，相互之间毫无秘密。实际上也矛盾不断，暗流涌动。

最大的事情是差点出了人命。白净的上饶男人喜欢上桐家洲一个女孩。上饶女人知道后，把女孩从流水线上拉扯下来，两个女人在地上拼命厮打。上饶男人跑过来，给了上饶女人几巴掌。晚上，上饶女人从楼下商店买来几瓶廉价的白酒，像喝矿泉水一样灌进自己身体。她喝得胃出血，倒在了拉链厂的集体宿舍，一动不动，脸色像死人一样苍白。上饶男人吓得跪在地上哀声痛哭。老板娘拨打 120，急救车很快把上饶女人拉走了。经过医院洗胃抢救，上饶女人才捡回一条命。

后来，上饶夫妻离开了拉链厂。女孩自然也走了。女孩后来结婚了，听说又离婚了。在一个寒冷的冬天，我看见她回到了桐家洲。她坐在屋檐下，身体消瘦，眼神忧虑，一副病恹恹的模样。毫无疑问，她在拉链厂的事情变成了风言风语，从浙江义乌吹到了桐家洲，影响和改变了她整个人生。

小吵小闹在拉链厂当然经常会有，大多数是因为上厕所、洗澡、睡觉和流水线做工引发的。让我感到意外的是，闹得最凶的一次是我母亲和我表嫂。

她们不知道因为什么鸡毛蒜皮的事情吵起来了。这都不重要了。吓人的是，当大家听到吵架声音赶来时，她们俩都各自手持剪刀，情绪异常激动，扬言要把对方刺死。这场激烈的争吵换来的是两家人多年的冷战，即便是天天在拉链厂，也从不打招呼。春节回到桐家洲，也互不来往。

多少年后，我们两家才重归于好。我母亲逝世后，当我抱着她的骨灰从外地回到老家时，我表嫂竟然跪在我家门口号啕大哭。我母亲出葬时，也是她哭得最凶。表嫂这些举动是不是因为在拉链厂和我母亲吵架有关呢？她是不是在后悔呢？要不然，她怎么会哭得如此撕心裂肺。

小小的拉链厂就是一个世界，矛盾与冲突本是世界常态。一条好的拉链，可以将两边完美地结合在一起，那些紧密相连的链牙，连接了一个和谐的世界。

当我走向社会，走上管理岗位，面对纷繁复杂的局面，我懂得调和矛盾，就像一根拉链一样，要把人和人融合在一起。

## 五

十八岁的我，满脸的青春痘，它们像含苞待放的花朵一样滋生在我的额头、脸蛋和下巴。我喜欢用手去挤压青春痘，经常把自己的脸弄得坑坑洼洼。

除了看得见的青春痘，还有看不见的青春荷尔蒙。它们像潮水般在我身体里不断上涨，让我终日难安。这一股潮水不仅袭击我，也同样袭击在拉链厂流水线上做工的陈洁。和我同龄的陈洁似乎比我发育得更早更快。她与我个子相当，同样是满脸青春痘。不一样的是，陈洁胸部像长了两个茶树包，凸起来了，在穿着单薄的炎炎夏日，她正在发育的乳房若隐若现。

我和陈洁从小青梅竹马。我们都住在桐家洲洲口，小时候一起放牛，砍柴，玩游戏，上学……桐家洲人见到我们，经常笑我们是一对小夫妻。初中毕业后，陈洁离开了桐家洲，去了义乌的拉链厂。她想和我一起继续念书，可是在她父母看来，女孩子读书又有什么用呢？还不如早点出去打工攒钱。

三年后，我们在拉链厂相见。她刚从流水线上下来，身穿一件白色的连衣裙，在光线晦暗的工厂，她的出现就像一束光，让我眼前一亮。她看见我，脸上似乎荡漾着一丝春风，她羞涩地微微一笑，满脸难掩喜悦之情。

在拉链厂的桐家洲人看来，我是为陈洁而来的，我们是天生一对，我们将恋爱结婚，生儿育女，白头偕老。也许，陈洁也是这样想的。有一天，她特意带我到义乌的另外一个村庄，看望她正在那里打工的父母。

早晨，我们从下傅村拉链厂出发，沿着滨江公园，走过丹溪大桥，到义乌中心汽车站乘车。我们并排坐在客车上，窗外吹进凉爽的微风，吹拂着她柔和的长发。她穿着一件粉红色的裙子，打扮得如同新娘回门似的。我们都望着窗外，心里有太多的话，却只字未提。

我现在忘记了那个城中村的名字。陈洁的母亲就站在村口等候我们。当时，陈洁母亲是多么年轻。现在的陈洁差不多就是当年她母亲的年龄和模样。

陈洁的父母特别热情，像过年一样招待我们。我们并没有谈论太多，但一切又感觉心知肚明。这是一场充满仪式感的见面，象征意义不言而喻，它甚至一度左右了我的选择。

黄昏，我们回下傅村。我和陈洁肩并肩行走在丹溪大桥，我们悠长的影子落在地上，不断前行。我们停下来，站在桥头，看见夕阳西下，平静的义乌江就像一面广阔的镜子，闪闪发亮，天空在燃烧，将大地照耀得一片通红。暮色降临，陈洁悄悄地将手搭在我的肩膀上，我全身不停地哆嗦，脸蛋如夕阳通红，火辣辣的，心脏像闯进一只野兽，活蹦乱跳。

我们没有说话，只见满城灯光渐渐地亮起，义乌城变得光彩夺目。我望着灯火通明的义乌城，感觉不再陌生。我似乎如同当年的堂哥，找到了心灵的归宿。

不久，我的高考成绩出来了。我顺利考上了大学。

我和陈洁站在拉链厂楼顶，头顶满天星星，远处的丹溪大桥车水马龙，桥上华灯绽放，像一条耀眼的银河。我们开始肩并肩站在一起，她慢慢挪动肩膀，身体离我越来越远。最后，她带着哭声离开了。

夜色中，我从拉链厂走出。我回头，看见陈洁站在阳台上。当我踏上返回的列车，不禁泪流满面……

后来，我再也没有去拉链厂。多少年后，拉链厂被征地拆迁了，下傅村建起一栋栋高楼大厦。

# 小城故事

钱　雪

在千岛湖这小城里边，大姑姑一直开着店。

从一家店开到另一家，一间门面换到另一间，春夏作头，秋冬为尾，春水拍山里，属于她和千岛湖的时间也流走了。

都说她是天生做生意的人，因为大姑姑不打扮，旧象牙色的滑细的圆脸，《捣练图》里仕女的脸型，沉凝时也是淡淡丰容，有一种盛唐气象，虽然多数时候，她的脸是极热闹的，流转着富丽的表情。

温厚的样貌，活络的声态，大姑姑对所有人都持之以恒地热情着；这种自来熟是爽慨而络绎的，所以格外亲洽，容易征服人。大姑姑身上惊人的明快，很像汪曾祺那句“人间送小温”——尽管这明快的作风不出于天分，多半来自艰苦的练习。

因为在家里人，尤其是爷爷奶奶以及爸爸眼中，大姑姑一直是那个口拙、茫然、矮瘦的小姑娘，怕羞，怕生，怕见客，不怎么有待人接物的常识，只知道窝在角落看书。

他们总说，大姑姑太辛苦了，语气里有牵挂和微妙的幽怨。

不过，大姑姑在家里，个性较强，几乎铁铮铮，奶奶至今都有点怕她。

# 一

在我幼儿园时候，大姑姑开一家土特产店，和那时其他刚起步的许多小商贩并无不同。

门面很浅小，不大齐整的四方形。茶卤色的老式木头门，也窄，永远收紧了贴着墙，好显得店面敞亮些，不过印象里，小店里还是阴阴的——黄昏将雨的颜色，淌在店里。

五岁前的记忆还是零散的，东一块西一块的拼图，千岛湖落在眼里，也像幼稚园里的拼贴山水习作，大致符合三远法，但是另一种比例的水痕褪碧、山色添浓。

从前的土特产店，总搭着遮雨棚作檐，好护住在店门口展览的炒货——齐我眉毛高的麻口袋，垛叠着各式坚果，冒了尖的南瓜子、葵瓜子、腰果、香榧、山核桃、榛子、开心果堆，排成一列小山丛，满满直延到最里头，最朴素的金声玉色，李凤兰画里才有的谷实丰珍。

炒货再香，也和花不同，怎么也不会是芳心轻吐、香喷清绝的，总拂拂微度一股铛油气，但我很喜欢，粉状的奶油味，微辛的烟熏味，晴日里的泥土味，一把绒面的蓬松大粉扑子，把温暖、干燥的甜俗直扑到脸上。

那时千岛湖盛行各式土特产，不在“特优”或“特色”，侧重于土，因此多为一些不多费心的、别处也常见的存货。

譬如淡水珍珠链，单是累累攒成一圈，浮着迟缓、轻灵的圆光，底下垫人造丝织，仿红绸的，装手链、项链的是红纸板匣，方而扁，贝壳似的，半开着口，也是随便的姿势，还有蛇皮包、根雕、麻绣、砚台、玉石制品，没什么精微的设计和雕琢，不迎合审美和潮流，也不大会过时。这类土特产不金贵，但价格标得贵，最后得按三折卖——它们也有自己的顾客群——送人显贵重。

也有一些外地来的新玩意儿，据说是西方流行的，丝巾、帽子、钥匙扣、俄罗斯套娃，小作坊的工艺，别生枝节的图案，满涂着艳烂的铬黄、钴蓝、粉绿，淋漓的颜色到处都是：套娃肉嘟嘟的脸上，两圈刺目的湿红，僵硬、造作的娇嫩，略有品味的人都会反感的。

小孩子总很粗心，还未习得素朴的趣味，看不见一派锦绣后的板滞，只知道硬的软的，软的亮的，各自铿锵地竞趣，繁缛中有一种空前的豪华。

当然，大姑姑的店里也陆续添了其他的杂货，比如立体拼图，又薄又瘦的压缩木料，老气的配色，靠榫头、卯眼固定，小孩不懂这是榫卯结构的启蒙，只知道玩着杀时间，我渐次玩遍了风车、挂钟、小鹿、恐龙……

那时土特产店满街都是，各家的货物、摆设都差不多，购销差价也雷同，不存在怎样恶意的竞争，所以买卖的过程浅明、静畅、淳和，不用费心费力去兜售。

所以这条街和一溜的土特产店是很静的，春透水波明，简直适合读书——通直、修罕的柏油路，躺着迟迟的晴日，一缕一缕微溶的金光。

至于旅游业的发展，哪怕才起了个头，淡季旺季也分得很清，游人不多的小春，我和爸爸常去大姑姑店里，支起小木凳，坐在娟娟凉影里，身旁是巨大的坚果山，腾腾的浓香包住了我，咸奶油做的祥云雾。

淡季里的大姑姑，有许多的空，在傍晚或周末，和爸爸闲闲碎碎聊着天，他们的声音压得轻而低，微波似的荡漾，我听不清也听不懂他们具体的话，只是享受着爸爸和大姑姑松宽、明洽的语气。

在这样的氛围里，我一把一把地吃奶油山核桃，焦脆，咸甜口，碰鼻子香的新鲜油酥味，看小店里飘着淡金色的浮尘，蠕蠕而动，因为是自家的，所以放心。

再远点，就是雨棚的卷边，旧草绿色，依依地幡动，鼓满了风，常年像积一摊空明的水；虽然我记忆里的千岛湖都是苍苍、朗朗的天，稍稍、微微的雨。

连夏暑时候，大姑姑的店，也不用空调，像坐在湖阴里，偶尔有微风吹进来，极薄，极轻倩，仿佛从远处，从极大的蒲扇里来，还滞着凉水气。

绿暗的夏晚，红霞半融在水里，愈显得千岛湖水滑、暖。

很多人会挎着条纹泳圈、趿着人字拖去凫水。人影浸在水中，离天地更近了，鲜绿的晴翠和风露漫天都是，望不到头的月凉，一伸手就摸得到。

大姑父很知道月凉和水凉，不用摸也知道，他是从早凉走到夜凉的人。他还知道，晨光熹微时，连八月初的风也是微凉的，因为晓色还没起的时候，他已等在湖边，水寒人静，山远天高，他要等夜航的渔民捕到第一批鱼。第一批鱼，总是最肥硕的，收了鲜鱼，他得很快地剖鱼，拿盐渍，再晒成鱼干。大姑父是很勤谨的，因此他的鱼干销量奇好——他收过五斤重的鳜鱼、一人高的青鱼——现在，如此大的野生鱼，即便在千岛湖也近乎绝迹了。

大姑姑是什么时候关门的呢？我不知道，也许大姑父那边忙好了来接她，也许不，幸好千岛湖有最温瑜的夜色，永远不会是一个人在整夜的深幽里走，月影、树影也在满墙、满地走着。

在镀了金的月影里，千岛湖的店，枝枝叶叶地长起来，昌茂起来，渡头、前庭、深巷、低窗，再是静中生意渐渐也热闹了。

## 二

到我上了小学，千岛湖已经有点名气，还不至于游人处处，却也慢慢络绎起来，云集的旅客，让千岛湖延出了许多条公路，四通八达，像新叶渐繁的社树，更添了枝干相持的可能。

千岛湖山温，水软，波痕浅，东风细，清养出的鱼，一尾尾都肥嫩，从鲫鱼、鲤鱼、鳜鱼，到鲢鱼、鳙鱼、草鱼，清一色的长且肥，胜过秋霜起时的鲈脍、杨花飞时的河豚。

吃客多了，大排档也应运而生。

那是大排档在千岛湖的黄金时代，六街灯火，游人笑语。

江南的天光不用节省，所有的时钟都拨慢几个时辰，即便不是仲夏，也要等到六七点，山色才向晚，浩浩的碧水和茫茫的云一片石似的静下来，万顷天色和数条街灯都是深浅的金黄色。

这时的千岛湖，欸乃一声，摇身成了盈盈、小小的黄金城，黄昏里现出一排排的餐桌椅，大排档如一川，荡沃起琤琤、腾腾的人声和烟火气，对小孩子，是一种生疏的刺激，但我也很快习惯了。

我还记得，寥廓的夜色里，我们一家三口，常坐在吱呀作响的塑料椅上，等大排档的宵夜。大排档有黏涩的桌面、椅背，和菜色一样不精洁，倒不是脏污，只是油腻腻的不明净。但吃的时候仍是喜吟吟，嘴里是热热碌碌、叽叽嘈嘈的市井的快乐。

竹筷子本应是藤黄，用久了，颜色深几格，作檀香色，一把把立在枣红的筷筒里，碗碟一摞摞，骈叠在长方塑胶编制框里，全是自取自用的。妈妈爱卫生，照例要一壶滚水沏的炒青，来烫碗筷。

刚消毒过的纹碗、小碟滚烫，我不能碰，只好看上面的图案，那时正流行仿青花瓷的餐具，多拓印青花缠枝花卉：不太吸引人注意的艺术性，也不挑拨食欲，略表尊重文化的心意——即便厨子和食客谁都不是读书人。

但，猛火、爆炒、料焦香的江湖菜，好吃得详确，忠义勇的镬气，全聚在菜里了，不用酒，也叫人眼花耳热：柳色黄的酸辣土豆丝，黧脆、鲜霁的蕨菜，连湖鱼都是爆炒的，由殷鲜的干红辣椒托着，全须全尾，鱼皮不破。

千岛湖本地的孩子第一筷不夹鱼腹，而拣鱼颊肉，梨花白的两块肉，弹牙，鲜紧，烫嘴香。

从前的人不过夜生活，再闹氤氲，十点也准时地收摊。暝色里，灯光荧荧浮起来，慢慢地，比如霜的星光还高了，倒像是曙光，月圆、弯月都像黄金印，瓷实的嫩金色。霭霭浮光里，暮色老了，而千岛湖还很年轻，这时的千岛湖是国画里淡墨色的金殿，金粉勾的边。

## 三

在这样光灿灿的“吃”的喜悦里，千岛湖的餐饮业得到了分外的注意，大姑姑和大姑父也开起了小餐馆。

以我对姑姑姑父的了解，他们既没有当弄潮儿的野心，也对投机事业的发展缺乏兴趣，但那时候，赚钱的门路有限，许多像他们一样、想自食其力的人也都投身了餐饮业。

毕竟，那时候商家和食客更简实、坚朴、亲厚些，还不大需要战术上的博弈。

大姑姑的小餐馆比土特产店宽阔许多，于小孩子而言，辽远而神秘，可以很自在地跑来跑去。

白天，一楼权充早餐店，粥是现熬的，温暖，稠白，在半人高的薄钢筋锅里慢滚着，豆浆是现煮的，油条是现炸的，包子是现蒸的，热蓬蓬的清正的浓香，是现世里的，比笔底的烟霞气可爱，比糕饼店的香精味可亲。

读书时期，我很爱和爸爸在千岛湖的早餐店吃早饭，霏霏、滚滚的白烟里，心也暖蒸蒸的，叫人相信，天气一天会比一天好，日子一寸会比一寸有意思。

到傍晚，大姑姑店里的一楼二楼都作酒楼用，包厢里常坐熟客、贵客，大厅多是散客，菜色并无不同。

这间店有二楼半，关门后，大姑姑大姑父睡在半楼高的阁楼，木梯子也是半截，有些腐旧了，摇着响珊珊，我不敢爬，疑心有危险。

一楼通二楼的木楼梯也是旧物，铺着硬涩的塑料地毯，一走动就咯吱地涩响，我却不怕，老和大几岁的表姐疯跑。

表姐和大姑姑大姑父不太亲，他们太忙了，托爷爷奶奶带着表姐——表姐对父母的态度有点谨慎，基于小孩硬倔倔的自尊心。

楼梯上旧损的红毯，惨惨褪了色，露出一弯一弯浅赭的痕，杏花泥的颜色，毛刺刺的纹理也被踩得不大成型，反而显得温柔、迟缓，像奶奶做的旧棉鞋，绛紫的绒里子，一有太阳就拿去晒，家常的、甜腥的、微微的汗臭。

在大姑姑店里，中午和下午总最宽闲，那时堂食少，外卖更没普及，众人坐在一起，折餐巾，兔子、皇冠、天鹅、玫瑰花、帽子……都是宽绰的图案，简单的线条。

我对此很有兴味，很快学会了转餐巾纸：一摞餐巾纸，一面拿拳头抵着，一面用手掌托着，挪一挪，很快一片一片舒展开了，易于上手的小活计，最近捷的匠人式的满足。

这种餐巾纸，是草浆造的，也叫老式卫生纸，现在已不多见，粗粝的淡洋红，揉开了，像鳞鳞的粉花，不香，生在玻璃转台上。

每天要备许多新的，食客多了，用得到；他们不爱花哨的名堂，慕名来千岛湖，都紧着鱼吃。

蜜酒酿、清酱、清蒸都好，都鲜妙绝伦。如嫌鲥鱼刺多，也有鳜鱼，葱烧、辣炒不拘。不过千岛湖的湖鱼太鲜莹，不能煨得过熟，太重浊了，则真味全失。

循着本地的餐饮风气，店外有一整面鱼墙，一方一方的玻璃格子里游着各品相的湖鱼，极微型的江阴沧漭，它们仍以为是湖水连天，可游鳞成队，竟还敢放肆地轻肥着。

殊不知，它们随时会因食客的青睐，被捞出来，摔在地上，即刻开膛破肚。我没看过剖鸡、鸭，解牛、羊，但看熟了剖鱼，除了鳃处，鱼身并无血渍，花青的肚腹掀开一线，露出银朱的肉，没有凄异感，合理、合适，甚至合乎道德——千岛湖人杀鱼，总捉住了，往地上奋力一摔，鱼摔晕了才剖。

剖鱼不是件丑异的事，可到底有异味。处理好的鱼码在石榴红的大塑料盆里，喷出极浓的醎腥气，很能祛退人。淡些的水腥气我倒不讨厌，我很爱看大姑父给玻璃池换水，野生湖鱼性净，非活水不可，他把着手臂粗的黑橡胶管，蜿蝉十余米长，深吸一口气，为水引流，然后便是惊波到地，哗哗而下。

大姑父曾得了一条皛白的娃娃鱼，游动间彷彷徉徉，我把它当桩新奇事，常贪看，大姑父告诉我这条鱼半夜会婴儿叫，把它送给了我。

爸爸替我将它养在二楼的鹅卵石水池，几年后，那条霜白的娃娃鱼颜色垂垂地深沉了，自粉白转成黛黑，居然更鲜健了，像彩笔新题的字，又黑又活，爸爸和我商量要放生。

## 四

千岛湖有码头，介于滩头和堤岸，但都不大一样，能从一级一级石阶下水，从前为纤夫设计的。石阶阴滑，随着潮起潮落，斑斑生着纹藓，摇摇的绿影。爸爸牵着我下了水，齐膝盖凉的秋水和秋气一样浅，溶溶的浅凉里，娃娃鱼喑默地游走了，没有叫，也没有微波。当时周围泊着几艘船，那时我才发现，千岛湖的秋波是摸不到的，只能听，近船边，才听得见风翻暗浪、打在船身的哀响，切切的，清而哀。

这种打船声别处没有，哪怕出了海，层绿峨峨，惊涛皎皎，也没有，连带的，我也怀念千岛湖的酒楼，有时候我甚至会想到，除了大姑姑大姑父外，那些经营餐馆的小生意人。

他们也独有一种悲寂而热烈的声音——在当街招徕游人时——他们惯于横穿马路，拦下行客。他们工业化、模式化的笑脸上瞪着哀切的眼睛，不谐美，不纯诚，但他们喊客的高声里，有极淳古的热情，几乎称得上辨洁了。

这些商贩，对着匆匆的游人，能说上许多毫无意义的话而等于没开口，他们带乡音的普通话是太响的鼓、锣、钹和板，不知轻重，抑扬顿挫，段落分明，也许比千岛湖本身还让人记忆深刻。然而就像一切中国传统戏剧，先有锣鼓的吸引，才有看客。

这些人像藻类，在水边滋生着，弥散着，我始终记得他们揽客的声音，一年四季，来回循环，那种奇异的原始性的顽强，肃穆、紧张、激烈、惊惶，山歌那么真确的调子，哪怕不好听，也被默许、接受，甚至于值得怀念。

后来我看话剧，总十分留意蹩脚的演员，他们身上那种浓重的训练与排演的痕迹，来不及调整的表情，拙劣而张皇，是我所熟悉的。譬如笑收得不好，就像忽然被喝止了，这总能让我心里一紧，屡屡想到那些老街坊。要到一定年纪，我才学会赞赏人们在窘境下的按捺和镇定。

而小孩子时的我，没有浮躁的感情，睡得很早。晚饭后，我和爸爸妈妈在江滨公园散步。月升湖面，一艘艘夜船破开镜波，为了赶着银鱼——银鱼长得很快、很小，像一檐细雨，泼泼溅溅的晶晶，一网就是灿灿的白，我见过的——鸣笛声三三两两，一溪云似的盖住了湖面。哪怕对一个小人儿来说，整个千岛湖也很小很小，小得像一间院落，里面装满了夜沉沉。

## 五

二十年前的千岛湖，最像顾城诗里的最小城，街上没什么汽车驱驰，家用轿车、计程车都少，路不按公里计，而用步子量，车轮上的滥调在这里不通行。

这里淑云如絮，东风如水，湖光如雨，青天、素华、清景都自顾自，和千岛湖人一样慢条斯理。白日照在绿草上，人走在路上，父母年轻，孩子矮小，一走就是一小时，沥青铺的路有柔性，四平八稳，不累脚。

走在平湖千顷边上，人的脸色和平波岸一般清，微风吹过绿水，愚昧和艰苦沉下去，悠然和自得浮起来。

我三四年级时，喧喧的车多了，车上有自驾游的外地游客来了，也有赚了第一桶金的千岛湖人，倒还不至于车尘漠漠。偶尔，有一两辆疾驰而过，短短卷一阵轻尘。

## 六

大姑姑一鼓作气，换了一个更大的店面，由餐馆升级成为一家酒楼。酒楼在白天是寂静的，像春欲暮，它自会绵绵调息，仿佛大排档的残魂，不死心的戋戋一缕。等暮鸦噪噪，酒楼又灼灼活过来。

那时候受着市容市貌、营业执照等硬性要求，大排档在被取缔的边缘，大势已去——餐饮业落败的项羽，没撑过江东。当然，没了大排档，千岛湖的餐饮行业依然光明灿烂，自有它新的风骚。

我还是爱去大姑姑店里玩，常常在假期、周末的中午去。

酒楼门口仍砌一面玻璃鱼墙，和我一起看鱼的，是一只玳瑁猫，爱眠、厌事，有生碧的眼睛和袅娜的尾巴，没名字。那时候流行雪白蓬松的家养波斯猫，我对这种半野生的玳瑁猫有点畏惧，为它那股耿耿孤忠的神气。

不过我很愿意和它“长日淡无事，虚堂来远风”，虽然那时我还读不懂陆游的诗。

大姑姑说，它原是野猫，喂了些厨余，它也就留下了，后厨的老鼠它会捉，不知是报恩还是天性。它常往厨房蹿，由此引发了我对厨房的兴趣。

厨房里很闷，热得讨人嫌，不可避的酷暑，所以在里面辛劳的人分外值得器重，大姑父和别的厨子一起，套在雪亮的厨师服里，笑嘻嘻地蹒跚、颠锅子，仿佛有点缩手缩脚，又喜气洋洋地，满怀都是火光。灶火每天都是新的，我很喜欢。

那会儿，食客的爱好都较平铺直叙，因为才刚学会享乐，处于亦步亦趋的阶段，不太追求品味的彰显，更偏爱亲切有味的菜式。和现在是很不同。

最有名的是剁椒鱼头。最好吃的是大姑父做的小龙虾：关键在不计工本地下香料，因为佐料比食材贵得多，当时不兴吃小龙虾，价格贱。

清闲时，大姑父爱自制木鱼竿，他善琢，物成后刷一层清漆，清素，娴雅，一柄玉似的挂在墙上，轻盈而不孤瘦，有梅格在，几乎会倩盼的。只送，不卖。大姑父有一双很巧的手，物态上有他的闲心。他还有一肚子冷幽默，常坐在椅子上，抱着肚子，冰着脸，说冷笑话。

大姑姑则负责应酬。她举止颇豪迈，但微妙地不粗俗，或许是因为她对男女的态度一致，故而横泼的风情她半点没有，只有一股晨霜耿耿的醒亮。

千岛湖的酒楼，湖鱼永远是主打菜，为它的品质和季节性，贵贱都无常价，报价全看交情，而中国人的交情，在酒里——实际上，在“朋友”界限以外的客人，多半是交情越深，宰得越狠——千岛湖的商人，摸爬滚打多了，修出一套自己的生意经以及虎视眈眈的笑眼睛。旧日的道义精神被完全摒弃了。

于是，大姑姑总醉醺醺地红脸，豪烈地一口闷，一杯又一杯。端妙的场面话，她是说不好的，只能喝得更多，喝白酒。练酒量的长路上，她总是先敬几桌，跑厕所吐一通，再敬，再喝，如此反复，她的脸浮肿了，透出冻疮似的晶晶的肉红。

为了洋气，她喝白酒也用波尔多杯，以生疏的姿势捏住杯脚，有慌乱，有冒险，有疲乏，也有虔诚。醉酒的大姑姑，说话声极平板极郑重，仿佛在普通话水平测试，又仿佛对一切都官方地满意着，显得格外贞静。然而不知道为什么，静穆的大姑姑，总有点陌生和特别，也许她喝醉了眼神特别亮，亮煌煌的，仿佛有别的心思，其实好像也没有。

大姑姑敬酒、大姑父掌厨时，表姐会领着我和表弟去烧烤店，过多的调味，盖过肉味，猪里脊和羊腿肉都是锤烂的软肉，插在竹签上，炙出轻微的焦痕，味道都一样，工业添加剂给人的狂喜比味精多——令人目眩的丰媚的风味。

夜风里，我举着油滴滴的烤串，周围许多店铺架着“清仓大甩卖”的大音响，机械地高声叫卖；汽车开过隆隆响，喇叭发出“哔，哔，哔”的声音，滉漾一连串无穷尽的市声嚣嚣——雪海翻，玉山碎，都市化自有它磅礴的势，当着面，它的鳞屑直迸进我的眼里、耳里。

那几年，千岛湖的静夜已被矫饰起来，小彩灯辘辘转转、靡靡累累，大放异光，这滂沛、焕炳的晶明，流过行人路、城东路、芳草路，流向高树、重楼、归船，覆过红霞紫雾、夕霭晨光。灿烂的高星渐渐看不到了，只有虚笼的白月光，比从前淡。

也许，也曾有人留意，当时的千岛湖，正在失去它国画上简远而虚静的留白，不可少的空白，一旦遗失，千岛湖也将失掉它物色上的均衡。

可都市的繁华自有它猛兽的一面，一旦腾奔，便没了歇手，也无法歇手，它在万状生灭、百音繁会里向前，不回头。

## 七

醉了很多场，交了许多朋友，场面话也练得熟了，大姑姑又在酒楼边盘下了一个门面，做起了卤味。

相比酒楼，卤味店小得多，因陋就简，像闭幕后的舞台，连灯光也昏敛下来。

幽窗似的门口，悬着过大的招牌，像一块匾。

大姑姑的卤味店是加盟的，卖老卤配方的那家人我见过。

一家都黑瘦，微驼，走在路上像正午下倾斜的影子，只看得清一双双麻黄的机警的眼睛。他们家有两个女儿，大的偏于瘦长，稀头发，扁脸，撇着细瘦的黑指头，在包塑料膜的菜单上点菜，小的还抱在手里，一团模糊的暗赭的墨迹，看不太清。

那妇人挺着大肚子，别处的身体都往后瑟缩着。他们还要追生儿子。

他们说方言，也许是江西话。有些方言就是那样，繁难、惊险的节奏，把喉咙拔得很高，激昂、粗犷地发声，闲谈也像喊，有恨声。

我凝视着他们，完全不明白他们阴沉的语言，第一次有了外乡人的概念。

爸爸妈妈接我回家，我会支使爸爸去隔壁的小超市，买一种廉价的口红糖，樱桃色的糖，长圆条，从粗浅的塑料管拧出来，没有草莓味，只有劣质的糖精、香精、色素，粗浅的甜，但我很喜欢它的款式，也喜欢塑料管上白雪公主的贴画，每次都耐心地描在唇上，长时间嘬在嘴里，舌头染得通红。

卖口红糖的小超市也是新落成的，没停车位，爸爸最宠爱我，只得老着脸，随便地停一停车，飞快地结账——那时还没电子眼。

## 八

大姑姑的卤味店越来越火。她自己就是活招牌，往店门前一站，左右逢源，路过的全是熟人，酒楼很自然地关了门。

这是合实际的远虑。那时千岛湖开饭店的人越来越多，餐饮市场日趋饱和，竞争形式的蜕变，逼退了许多店主。一部分人另辟蹊径，开起了衣服店、咖啡店、足疗店……

卤味店在菜市场。是早市，但不是渔樵早市，丝莼玉藕，珠粳锦鲤，都没有。我常陪奶奶买菜，要起大早，朝霞迢迢横在天上，地面上躺着雾湿的篾篓，篓里铺着带泥的蔬菜，很娇的新绿，菜贩子自家地里种的，赶在冻白的清晨前，挑进城。

卖菜的是老人，买菜的也是老人，同辈人入情入理、有来有去地讨价还价，像睦剧里的道白，其中有惘然而悲怆的气氛。我挽着奶奶，煎熬着，假装能听懂方言。早市的空气，泛一种清湿的老人味，像重阳、菊花天气，红日曈曈，照不到他们身上。

虽然菜市场不是临时的，却极随便地搭着，拉一块极大极长的塑料布当顶，红蓝白的条纹，大概从不冲洗，灰惨惨的，仿佛积了满世界的尘。然而千岛湖是很干净的，至今没有霾。近中午早市就收摊了，地上乱散着青白色的烂菜叶子，黄茸茸的玉米须，紫蒙蒙的踩扁了的小水萝卜，营营扰扰的萧条。

大姑姑的店在墙角，因为四面塑着水泥，所以贵，年年要竞标。她长久地埋怨着拍价越涨越高，到不合理的地步，只得极力在其他地方撙节。

那间店的格局，倒比一般市面上的单身公寓还户型紧凑，冰片糖似的玻璃窗前，贴着挂炉烤的卤鸭子，皮薄脯大，被果木炭火熏成赭色；猪羊牛肉，质地肥厚，味道醇厚；鹅鸭脚翅、香干、油豆腐，也都卤得透。一律是鲜润润、香喷喷，清鲜醇浓、麻辣辛香，都有。

卤鸡鸭要斩，酱牛肉要片，皑皑的刀口将将切过，再淋一勺卤汤。原木案板浸透了油香和浓汁，像一方大卤味。

还有前台没卖的、后厨才有的毛血旺，大姑父的手艺。我们围坐着，同挤在一扇桌子上，小炉咕嘟着，辣味热烘烘熏着脸，一双双筷子伸进微沸的红油汤底，像赶茫茫一小片海，有溟濛、辽阔的惊喜，圆的香菇，宽的海白菜，扁的火腿肠，长的芹菜，易碎的鸭血和冻豆腐要拿漏勺捞。

饭桌旁就是洗菜的水池，隆起一堆白生生的鸡爪，洗得一尘不染。再边上是奇大的卤水锅，也是不锈钢材质，里面有一大盆老卤，庄重、光亮的曙红墨，色重，味重，它是卤味的灵魂。

三年前我回国，去大姑姑的新店，簇新的白制服、白帽子，在她身上就是比别人伶俐些。大姑姑头发短到脖子，烫得蓬蓬的，松松掖向耳后，干练、爽亮地忙活，还是圆圆的一张笑脸，问我要吃什么，请我尝这个、那个新品，和小时候一样。

其实，回千岛湖当天，表姐开夜车来接，早为我备了好几盒店里的卤味。表姐向来是粗中有细的。后半夜我肚子饿，下楼拆了塑料盒里的卤味吃，没记忆中那么鲜辣、味浓，也许只因为我长大了。

## 九

总之，大姑姑越过越好了，从阁楼搬进了跃层，自行车换成了休旅车，商铺、住宅都有了，别人称她“钱老板”或“钱姐姐”，她还不太见老，尽管很操劳。

千岛湖人未老，景如旧，还是流水苍山，荡荡漫漫。不过，流景往往伤在看不到的地方——好些零落的矮丘被炸平了，高楼拔地而起，高铁开通运营。城市化继续高歌猛进。

现在，大姑姑算是个小企业的老板，虽然听着不像大公司的董事长那么名头响亮，但千岛湖的商人，罕有人靠投机、欺诈、掠夺而发家，操纵市场、权钱交易更鲜见。所以他们发展得缓慢、稳定，对一切试验性质的交易，始终保持着疑防、检慎的态度。

这些做小本生意的买卖人，包括大姑姑大姑父一家，当然也经受过挹挹不能振作的苦闷，幸而千岛湖是块福地，不会让有美好品质的人屡次受挫。千岛湖人虽偏于保守，大家倒一向是喜欢并且尊重自己的职业的，又对自己的能力有自信，苦虽苦一点，咬咬牙坚持下去，慢慢也熬到了出头之日。

至于大姑姑，她本身就有很容易感到幸福的能力，同时，她对吃苦这件事，有她自己心平气和而若无其事的态度。这态度对身边的人是一种安慰。小时候我总爱去大姑姑那儿玩，我喜欢吃，也喜欢她身边那种孩子气的松弛。此外，大姑姑并不当我是小孩子，总以熟狎而自然的平辈的口气和我开玩笑。

大姑姑还有一种很强大的真实，和其他奋斗的小商贩一样，为她爱的人、爱的事、爱的土地，坚决地努力、付出，并且，一点不怕被伤害。

尽管，大姑姑和千岛湖，都和我记忆里不那么一样了。

我记忆里的千岛湖，像吴冠中的画，浓丽清闲，永远是正好的韶光，清光万里，照万壑，也照人；像大姑姑、大姑父、街上的小商贩，以及父母辈的绝大多数人。

显然，他们都是普通人，从没有千方百计地博取过社会的赞美和注意。但他们委实强韧得可惊，不怕苦不怕难，也不怕失了风度，几乎是不分黑白地劳累着，勉力着，才造出了当下的千岛湖。每每想到这里，我会生出不可思议的敬仰之心。

这些小店、小生意、小人物，像无数幼小的有趣的点，辗转腾挪，它们不是由什么空前的精神或新异的思想推动的，仅仅在于一股要改良生活的犟劲。所以，对这种近于天真的小市民的力量，以及过于随和的小城文化，能有共鸣的、愿意赞述的人大概不多。如果我不是千岛湖的孩子，要欣赏这种粗安的圆满，大概也是烦难的吧。

然而我非常非常爱千岛湖，水光山色中的千岛湖人，并不嫌烦，甚至在心乱的时候，我想到这一点，会生起幽微亲切的安心。这点安心里，藏着中国人永久的乡情的秘密。

# 没有故乡的人

沈　烨

我第一次去厦门玩的时候，选了一个旅游项目：坐船看金门。船在海上，忽远忽近，陌生的小岛晃晃悠悠，如安详的长者入梦长睡打着鼾，也如新生婴孩的摇篮藏着一个个香甜的吻。导游欢快地介绍起金门，金门在他的口中逐渐丰满起来。听了这些导游词，我才恍然大悟——温柔的金门竟然盛产最烈的高粱烧，平静的岛屿竟然有那么多颇不宁静的往事！生在和平年代的人们看不到岛上那些枪孔弹眼，也不明白上岸前的手续为何存在。岛屿轻轻地漂，在我们生活的隙缝间游走，也许，金门也会像我从前去过的许多地方一样，最终漂远，变成记忆中的一道痕迹。然而，眼前的金门岛，于我而言，有着不一样的意义。

那里，长眠着我的一位亲人，准确地说，是素未谋面的亲人。这些，是我在爷爷故去后，小心地拾拣出的。

在爷爷晚年那些与香烟、睡眠和战争片相伴的日子里，他用铅笔或圆珠笔在烟盒、破旧田字格本上写下了一个个有趣的故事。因为手抖，他留下的字迹显得格外朴拙。纸上的字多是简体中文，其中也混杂着繁体字和简化过头的字，一部分内容还有修改过的痕迹。他写的故事均发生在他的故乡浙江余姚——之于我的意义，那里是“籍贯”。爷爷十八岁离开余姚，除了老母过世和金门来客，他再没有回去过。

爷爷过世以后，我藏下了那些洇墨发黄的纸张，若干年后，找出来，依然能闻到纸页上的烟草味，只是不那么呛人了。彼时，高考前夕，我象征性地翻阅着被他编号过的“余姚故事”，遥远、与我无关的岁月轰然袭来，那种奇异的感受不亚于读到《百年孤独》。比如，他写抗战胜利的那个故事，叫《过山》。大意是说他们那群孩子每天去学堂要翻个山坡，山门由日本人守着，过山的时候免不了要吃日本人一记“毛栗子”，久而久之，渐渐习惯了。有一天，没有任何预兆，上学路上安安静静，日本人的岗哨没了。结尾处，他写“回头一望，火红的天”。

以“陌生化”视角面对曾经熟悉的人，我才发现，我对爷爷知之甚少，即使我的爸爸，可能也不那么了解他。我们之间，极少有亲昵的表达，也许因为爷爷嗜烟，而我不喜烟草味，或者是他话带方音，常常让我听不懂。找到他书写的那些故事，我才打开了他过往的部分生活。那些浓烈的、细腻的往事，在咀嚼过后更意味深长。

据他留下的故事和父亲的只言片语，我努力拼凑他的生命历程。一九四九年，他离乡入伍，他当兵的地方也是一个海岛。退伍后，爷爷结了婚，进入一家国有企业，老老实实干了一辈子。到了退休，他还闲不住，到处打零工，有时还捡捡破烂。大概是天性吝啬，他常常只要一点臭苋菜秆就能吃一大碗饭。爷爷话不多，但一生都在和我奶奶吵架，七老八十了还能吵得四面八方都来“观战”。三个子女，一个死于非命，一个精神受挫，最小的我的爸爸壮年刚过就赶上国企改制开启了失落的人生。爷爷临死前，在病床上喘得艰难，眼睛看着我，虚弱地抬手指着挂在椅上的军大衣，没多久就断了气。直到后来赶到的我奶奶藏起大衣里的存折，我才领会他抬手的深意。他大概不想钱财落入与自己一生不和且经济分账的奶奶手中，而我至今也不知道他究竟攒下了多少钱。他在医院时，抵触各种治疗，唯一能接受的是止痛药。尚能开口时，一直在叨叨：要走了，要去见姆妈了，要去见田尧了……

田尧就是那个金门来客，他的大哥，他少时的玩伴。二十世纪九十年代初，在消失了近半个世纪之后，田尧突然要回来了。收到家乡来信，爷爷赶回了阔别已久的余姚。

我在他写的《田尧和庆尧》那则故事中认识了素未谋面的大爷爷。故事中，田尧和庆尧还是少年模样，他们之间有许许多多美好的回忆。但是，爷爷说，田尧和他不一样，田尧是个爱做梦的人。后来，命运的阴差阳错，让田尧流失岛屿。家里人稀里糊涂，也不知他跟了哪支队伍，只好在往后的时间里保持缄默，默认他殁去了，为他立了一个小小的坟冢。我不知道，田尧是否去了自己的坟头。我想，那大概只是个小土包，无名无姓，只有家乡的亲人寻得到。对于时间来说，沉默和消失是最好的对抗。田尧探亲后，又一个人回了金门，他一生未婚，一身疾病。爷爷写道：有人劝说田尧留下，田尧说，回不去了，留不下了。我不说话。人的一生，走完就好。他们兄弟二人的故事在爷爷这儿，以一句“走完就好”作结。在写下这些文字的时候，他一定在尽情回忆他们幼年在余姚乡间度过的那些贫穷但快乐的日子。他品尝，消化，回味，然后，收进心里。

田尧和姆妈在 1998 年先后故去。我对那一年最深刻的记忆是南方发洪水，整个夏天的电视上都是哀号和口号。爷爷从那一年起不再打零工。田尧消失以后，爷爷顺位成了长子，工作以后有了收入，他每月都从微薄的收入中匀出一份寄给老母，这么一来，几十年过去了。他们的姆妈走后，汇款单停止更新，爷爷和故乡的联系戛然而止。

在游船上望金门，一阵窸窣的冷意伴着海风来。田尧当年是如何上岛的，他经历了什么，他过得好吗？爷爷的故事里，什么都没交代。可以想象，几十年来，田尧形单影只，终日吹着咸腥的海风，望着对岸，在生活的旋涡里起起伏伏，像极了媒体报道过的那些伤心往事。田尧回金门前，和爷爷一起照了一张相，这张相片现在还搁在爷爷家中的玻璃台面下，因为时间久远，正面已经牢牢地粘在了玻璃上，只能透过玻璃看那两张相似的面孔，抓起玻璃窥探相片的背后——爷爷写下了几个字：没有故乡的人。

故乡是什么呀？我在勾勒，也在询问我是否拥有故乡。在西方，人们的故乡是形而上的，他们渴求，也迷惘，从亚里士多德开始，反复追问“从何处来并走向哪里”这样严肃的命题，故乡成为他们解释心灵何往的灵魂幻象。东方人务实又具体，圆融又世俗，我们的故乡大概是来的地方，是口味，是方言，是人间闻得到稻香的地方。

十八岁，出门求学，每日要与妈妈通电话。室友问我：怎么你跟妈妈打电话不用你们江南叽里呱啦的方言？是那一刻，我惊醒。怪不得，我幼时清明从来不用扫墓，而逢到过年，同学们都有一个乡下可去，然后吃吃玩玩好几天，而我们家只吃一顿略显冷清的年夜饭。我，不，我们一直在他们眼中的故乡做着异乡人。

二十世纪五十年代，人们从五湖四海赶到我生长了十八年的国企大院子，其中有我的爷爷奶奶、外公外婆。他们热情劳动，繁衍生息，曾经的方言融成了一种来历不明的普通话，一代代传下去。物资匮乏，流动受阻，人们安于生活在新的天地，故乡被彻底遗忘。往后，更是离故乡越来越远。我至今只去过一次余姚，虽然身处高铁时代，空间上余姚离我也不远，但是我似乎没有回去的理由。哪怕我的爷爷，在退休后也没有回去的理由，他在故乡没有土地，退休金又供不起房，还不如待在熟悉的地方。倒是我的外公外婆，退休后果断退了单位的公房，回到了他们的老家，在镇上买了一间房，却和子女隔得远远的。然而，二十年后外婆过世，外公却一个人回来了，并且在他奉献了一辈子的我们那个小地方买了墓地。

我的父母人到中年，为生活所迫，也曾辗转半个中国。十八岁我出门求学，再没想过要回那个小地方生活。没有盘根错节的亲戚网络，离开和回去都轻松自如。对于我的父母来说，房在哪儿，哪里就是“家”。对于我来说，爸爸妈妈在哪里，哪里就是“家”。不过，当别人问及你是哪里人时，我们会毫不犹豫说出那个小地方的名字——这和我的祖辈截然不同。一方面我竭力想把那个小地方当作故乡，视它为倦鸟归巢的方向；另一方面，却不得不面对自小生活在大院子却独立于那个小地方的疏离感。我不会忘记十八岁以前在那个小地方所受的雨露，那里藏着我未来的基调。即使没有乡音，缺少亲戚，但是，属于故乡赠予的一切我都拥有。少年时，我羡慕张岱；成年后，我热爱苏轼。他二人的文章和故事感染着我的整个青春。苏轼一生被命运推搡，却道出“此心安处是吾乡”，张岱不会没有读过《定风波》，他一生都在安排命运，最后，却拗不过命运的狂怒。

此心安处是吾乡。家中老人渐渐少了，每年都有了必须回到那个小地方的理由，看他们长眠，也默认他们的故事长眠。我常常会陷入西方人身处的虚空，正如此时，我弄不清是金门岛在摇摆还是我的游船在晃荡？可望而不可即——辽阔的汉语是在生活中慢慢习得并懂得的。田尧最后选择栖息岛屿，应该是做好了充分的准备。半个世纪的流落，魂牵梦萦的故乡已经遥远，而生活着的地方用熟悉带来了安定。在无数个月圆之夜，田尧的心微颤着，低吟着“千里共婵娟”，姆妈、弟弟、故乡的石板路统统出现在眼前。不知他曾多少次被泪水迷了双眼，也不知他曾多少次在港口眺望，终于啊，海面平静了，一轮圆月印在上面。

爷爷过世的时候，帮忙守灵的朋友中有一个人说：这个孙女没有哭啊？他显然不太满意。我不作声，穿过守灵的人群。深寒的冬夜，高而远的天空，星星闪烁，一轮圆月高悬在天。没有故乡的人，终究是回了家。

# 烛影志

石　岱

## 一

有烛影的日子，别具一番古意，一种氤氲，那种况味，就是一种历史感，既千年又前卫现代。但我的窗，不是西窗。

我期待窗内和窗外世界重回的一种暗，重回一种浓黑如太古的暗，重回如棉絮灯芯的烛影戳开一个橘红或荧黄不规则洞的暗。

不管哪样的家，有西窗，还是东床，却是一种素朴，而非寒碜，是一种温暖，而非暴殄天物。

在现代白炽灯、荧光灯、卤素灯、卤钨灯、LED 灯光中浸淫太久的人，他们对夜、对暗是否还有一种感觉？

在那个三月最后的周六，地球一小时，当晚八点半，到九点半，大家都齐齐熄灭各种发光的电器。真好，大家如重回暗夜的子宫。

这样的夜，是古人的夜，如果，我们做个试验，再延长一小时、一夜、一月、一年？重回地球的夜未央如何？来个与自然的谐和，在这样的夜，只有自然微光，萤火的，星辰的，最多，加上篝火、渔火，最多加上烛影。

我知道这样的想法癫狂，不可能，但我却想，就像梭罗，他没忘却自己的时代，更没忘却对人类价值体系的反省和批判。他就在 1845 年，借了一把斧头，来到瓦尔登湖，在森林里，搭建一座木屋，暂避都市的喧嚣，但他不是隐者，他有金刚怒目，他有公民的不服从。

地球一小时，那么好，大家重回暗夜，也重回对光明的期待。我像重回童年时跟着爸爸到很远的马颊河畔一个平原深处的叫张鲁的镇子，大人们在镇边一座屋子里吃牛肉啃牛骨，突然断电了。

那时，我只有六岁，我第一次陷入了黑暗。大家嚷着：点蜡、点蜡。我突然想家，就大哭起来。

爸爸怕搅了大家，就把我带到外面的打麦场上，我们坐在石磙上，石磙尚热。我见到了真的夜，那是第一次刻在记忆中的真实的夜，就如地球一小时，齐齐关掉电器看到的夜。

这夜让我看到了世界的另一面，更新了我的人生设置。这是亘古的长夜，被我们弄掉的夜。

我六岁头顶的夜空，一定是《诗经》里的夜，地球一小时的夜，一定是魏晋时的夜，唐宋时的夜。

夜如何其？夜未央。

夜海这个词好，茫茫无边，宽无际涯。我喜欢这样的夜，这是现代按下暂停键，才能到达的夜，充塞天地的黑，没有水分，不含杂质的黑。

这时的月亮才是月亮，这时的星辰才是星辰。而这时的烛影，才和它是原配啊。我想到张鲁镇牛肉汤锅断电夜里，人们急促地说：点蜡，点蜡。

## 二

烛影，解词：

1. 灯烛的光亮；

2. 灯烛之光映出的人、物的影子。

出处：

1. 唐代杜甫《夜》诗：“绝岸风威动，寒房烛影微。”

2. 唐代卢纶《送黎兵曹往陕府结亲》诗：“步帐歌声转，妆台烛影重。”

盈豆灯火，摇曳红烛，这夜的原配，成为我们民族诗赋歌舞音乐里的审美之象，成为我们基因图谱的一部分，提到烛光，我想到了这样的画面，这是文字记载的第一束烛光。这光在大地上，“夜如何其？夜未央，庭燎之光。君子至止，鸾声将将。”

古人曰：在地曰燎，执之曰烛。

我们的先人，那时，历史的记载刚刚开始，国家还是农业文明的早期，一切都是探索，一切都是新鲜，每天天还没亮，夜还未尽，这时天上有星寥落，那些勤于国事的楚楚君子，开始驾车上朝，这应该是最早一幅诗里的早朝图，夜色的庭院里燃起了地烛，还有一个专属的词：燎。那些上朝的车马，正在路上，铃声锵锵远远传来，像告诉世界，我们不是吃白饭的。

夜未艾，庭燎晰晰。

夜乡晨，庭燎有辉。

夜色在变，黑的浓度在稀释，地烛在迎接黎明。这烛影，这上朝的夜色里的烛影，好像燃了数十个世纪，在唐代，在宋代，在明清。我们在电视剧里，看到那些早朝的官员，向着朝廷，但总觉得少了《诗经》时代的烛影里的初心。

在王禹偁的《待漏院记》中，我们可以看到北宋初的那些臣子，依然是《诗经》里早朝的模样，那些宰相大臣“至若北阙向曙，东方未明，相君启行，煌煌火城；相君至止，哕哕銮声”，这些早朝的臣子，分三六九等，有正有邪，在摇曳的烛影里，贤臣“忧心忡忡”，奸臣“私心慆慆”，庸臣“无毁无誉”。贤臣想的是安黎民、抚四夷、息兵革、辟荒田，如何荐贤才、斥佞臣。奸臣则满心盘算着怎么复私仇、报旧恩、敛财富，党同伐异、取悦君王。庸臣则随波逐流，滥竽充数，尸位素餐，苟且偷安，明哲保身，得过且过，碌碌无为。

烛影下的百官图，代代复制，代代繁衍。其实，在大宋朝，最有名的是烛影斧声了，烛影是那一夜的见证者，也是那一夜的讲述人，只是烛影不能发出声响，任由后人肆意描绘着窗棂上由烛影映照的身影。

那一夜，有风雪，有二人，有烛影，也有停在那夜再未流传后世的故事。

文莹《续湘山野录》所载，叙说了那夜烛影斧声的故事，解说赵匡胤和赵光义兄弟二人权力的位移。

我们还原一下现场：十月二十的夜，风雪交加，弟弟来了，赵匡胤屏退了所有人，哥俩开怀畅饮。喝得差不多了，在烛影下，赵匡胤对赵光义讲话，赵光义惶恐不已，只得屡屡避席谢罪；赵匡胤起身拿起柱斧（即拂尘，宋时称柱拂子，《宋会要》：况柱斧之制，率以水晶、银、铜为饰，即未尝有以斧形者）。随手戳着地下积雪，回头对赵光义说：好好干，好好干。

当晚，赵光义留宿禁宫，赵匡胤亦回宫就寝，不久便鼾声如雷。一直到五更时分，守夜的太监听不到皇帝的呼噜了，这才蹑手蹑脚上前察看——太祖已然驾崩了！

这夜到底发生了什么？烛影上映照的身影是平静如常，还是狰狞恐怖？烛影只是轻轻摇曳，从不回答。抑或是它见得多了，它见过江东孙家的兄终弟及，也见过天策府里荷戟执戈的玄武门之变；抑或是还有它没有照亮过的地方，也曾发生过什么？这夜到底发生了什么？“烛影斧声”有的版本是血案，从冷兵器到核武时代，从牵机药、鹤顶红、砒霜到氰化钾，从烛影到电灯，但阴谋未减。甚至，无烛影的密室，才更可怕，见不得光，无论是阳光还是如豆的烛光。

天知道……

## 三

在写这些文字的时候，我还记得童年在张鲁镇的夜，没电的时候，大家在蜡烛下，依然兴奋地喝酒划拳。

烛影下的夜色，是生锈般的古铜色，半透明，那肆意的笑，张狂而本真，这是乡村的酒徒，在镇子的边缘，那些循着香味儿来的狗，都目光灼灼，随时盯紧如流星一样抛出的牛骨。

远处的狗叫，这里的狗不叫。

烛光照在人的脸上，也如生了铜锈，那冒着热气的牛肉的汤锅，灶膛里的劈柴还在噼啪，时有火星冒犯，冲出灶膛。

五魁首啊，六六六啊。

八匹马啊，你输了，喝。

喝，喝。他娘的，不许喝一半，你不喝，我倒你脖子里。

这是乡间的娱乐场，大了后，我才理解，也理解了李白《春夜宴桃李园序》，烛光延伸了白日，也延长了生命，如是沉入黑甜的梦乡，你就无法感知这大地、植物、河流。乡间的这些父老，在夜里找乐子，在烛光下，他们在村头，在打麦场，在牛屋，在破庙，他们听豫剧、高调、梆子，听说书，看皮影。即使没有烛光，就借着星光，借着月亮，没有星月，他们就在暗黑的世界里，侃大山拉呱喷空，也能把夜弄得灿烂。只是这些父老不会记录，这些欢愉却是他们不可缺少的。

按时髦的话语，这些父老正是活在当下的人。但老家的人对这些人的看法是负面的，叫：吃今儿不说明儿。

李白可是最喜欢这种方式，人生苦短，秉烛夜游。

这是中国文学史上最知名的烛影 party。明代画家仇英《春夜宴桃李园图》还原了李白三十三岁那年一个春风沉醉的晚上，和几个堂弟诗酒欢歌的场景。

那是开元二十一年（733），大唐如日中天，“夫天地者，万物之逆旅也；光阴者，百代之过客也。而浮生若梦，为欢几何？古人秉烛夜游，良有以也。况阳春召我以烟景，大块假我以文章。会桃花之芳园，序天伦之乐事”。

看那画里透明的春夜中，桃李园中最突出的是案桌旁高耸的红烛纱灯，李白弟兄四个围桌而坐，我好奇的是李白弟兄才三十左右，都有漂亮的须髯，如果红烛是夜的标配，那须髯就是飘逸的符号。案上佳肴，几上诗卷，举杯挥箸，将进酒，杯莫停。有兄弟似在观赏夜幕里的桃花，有的似在构思佳句。大家都沉浸在春夜里，烛影下。有诗酒的怀抱，“开琼筵以坐花，飞羽觞而醉月”。

这些李家子弟，不输谢家，逞才使气，酒入豪肠，月色入豪肠，烛影也入豪肠，随着酒嗝，那词句，就有了大唐的沛然气象。

周围的男女童仆九人，有斟酒的，捧盘的，服侍的，取酒的，还有打着灯笼、提着酒坛从石板桥上急急赶来的，这才是喧腾的夜。

这是我们民族的娱乐场。在《韩熙载夜宴图》里我们见过，在铜雀台的夜宴，我们见过建安文学的萌发，春夜宴桃李，是文学的烛影月光的专场。

“酒，酒，酒，我们要喝。”

要喝到沉醉，不喝不是弟兄，不是君子，没有诗歌，成何开元年间？盛世不只是粟米满仓铜钱生锈，诗歌也满腹，才华也横溢，才华不吐哪成？不吐，那我的怀抱，如何抒泄？写不成吟诵不出，没关系，罚酒三斗，按石崇的规矩。煮酒论英雄，我们吟诵论输赢。哪管谪仙，何论酒神酒仙诗神诗鬼，从兄从弟你来我往；倾杯壮饮觥筹交错；豁然而醒兀然再醉；醉里烛影灯下寻酒；杯中日月，酒里乾坤；好了，醉了，我们举起烛，在桃花下做一个醉眠。拥桃花而卧。

满天的疏星。

去吧。

童年张鲁镇的烛影下的牛肉汤锅，是乡土版的春夜宴桃李，父老没那么多的风雅，但快乐是一致的，他们饮酒，是大碗，爆的是粗口。

回想在烛影的夜里，有多少的故事啊！烛影下，有人用锥子刺向自己的腿骨，尔后改变自己的命运、人生的版图和帝国的版图。也是烛影的窗下，给爱的人讲起了巴山的夜雨，那滚烫的情怀，像巴山的雨一样汹涌。

历史上多少次的记载，在暗夜的烛影下，有的雄心膨胀，有的望峰息心归于平淡，在烛泪里，思妇看到了无定河的白骨；在军帐里，烛影下的虎符放下了；在乡村茅店，在酒肆，烛影里的呼吸和鼾声，有的是滚雷，有的是梦呓，有的是失眠。

雪夜闭门读禁书的雅士，那种烛影下的窃喜，无人打搅的宁定；洞房花烛里的羞怯；在古代的夜里，是这些烛影，陪伴着人的思索、酒气、狂欢；也见证了刺客的夜行、私奔的慌张；是烛影，迷离了夜色，也恍惚了历史；脚步在烛影里放慢，也有的在烛影里加速。对漂泊者，烛影，或者光，那是心灵疲惫和焦渴的获救，那是家，是温慰。

“黄昏投古寺，深院一灯明。”

这是诗人戴叔伦因为王事在身，天色已晚而投宿，天亮要出发。那天竺寺的灯烛影，是他的补给，他迈进天竺寺，是光的招引，那禅房可以歇脚，僧舍斋食，是行旅中迷人的供奉。

## 四

哲学何谓？其实每个单位大门口的保安最清楚，特别是在疫情防控的时候，他们每天都把几个最核心的哲学问题挂在嘴边！

“你是谁？”

“你从哪里来？”

“要到哪里去？”

在我读《苏菲的世界》时，我觉得哲学就在肉身，在植物，在云朵，道不远人，哲学与我们个体息息相关。

《苏菲的世界》里有这么一段，苏菲和乔安到了湖边废弃的少校的木屋，那时天已黑了，苏菲注意到炉子上有一座锻铁做的烛台，上面有半截蜡烛。她用第三根火柴把蜡烛点亮。

> “这样一根小小的蜡烛却可以照亮如此的黑暗，这不是很奇怪吗？”苏菲说。
>
> 乔安点点头。
>
> “不过你看在某个地方光芒就消失了。”她继续说。
>
> “事实上黑暗本身是不存在的。它只是缺少光线的照射罢了。”

是的，只要一根小小的蜡烛的力量，就可刺破所谓的天生的黑暗。有人认为，我们原本就生活在黑暗之中，为了寻找家园，我们点亮了蜡烛，追逐光明。这点烛光，我觉得，就是人的智慧，就是哲学象征具体的演示。是光是智慧刺破照亮了人的愚昧与蒙昧，《潜夫论》中有：“道之于心也，犹火之于人目也。中阱深室，幽黑无见，及设盛烛，则百物彰矣。此则火之耀也，非目之光也，而目假之，则为明矣。”

我们非常明了地看出，道就是火，就是烛，我曾有过一次荒野的经历。就如柏拉图所说的洞穴，我和朋友走进一个废弃的古代藏兵洞。

我们分辨不出年代，青砖斑驳，有的地方在塌陷，那里面有烤火的痕迹，也有人的涂画，走着走着，那洞陷入了黑暗，陷入了迷途，洞里有洞，洞洞相连，歧路多，分岔多，大家进也进不得，退也退不得。

在洞中，不知谁摸到了一支半截的蜡烛，竟然还有火柴。赫尔岑在回忆录中谈到一个令人感动的风俗：在寒冷的西伯利亚的乡村，居民夜间在大门口或者窗台上放一个筐子，里面放一些面包、牛奶或清凉饮料“格瓦斯”，如果有流放者夜间逃走路过这里，或者穷人走投无路，饥寒交迫，又不敢敲门进屋，就可以随手取食，以渡难关。

我们在洞中摸到的蜡烛和火柴，就是一种良善的蜡烛，在人性的深处燃烧，靠着这半截蜡烛，我们走出了古代藏兵洞。

但我们那些人十分迷恋那种氛围，大家说，我们出去，要买更多的蜡烛和火柴，再送到这个藏兵洞，在每个岔道和转角，放上。

等再到这个藏兵洞迷路的人，他们的恐惧不见了，那种狼狈变成了一种蜡烛照见的插曲，那是一种逆反，从紧张到轻松，从苦涩的行旅变成了诗意的回味，从黑暗中的慌不择路走投无路到光明的烛火的降临，那种惊喜，是一种美学的启示录。

人类的进程，多少蒙昧的时光，无疑都是一种暗夜，那种自身的无知，那种对自然对自身的不明，时时让人类陷入深渊，有多少先知，他们触摸，探索，给人类找出了烛光和火炬，那种智慧使大家走出荒蛮。

想到一句话：天不生仲尼，万古如长夜。按我的理解，这是把孔子比成了灯盏烛光。大家可以想见，在流血漂橹的春秋，杀人盈野，杀人盈城。面对着无义无序的时代，面对着那些苍生百姓，他呼号，奔波，惶惶如丧家之犬，但他不避，不退，要用自己的悲悯，来拯救人性，拯救人心。

他不做隐士，不做避世之人，做民族的自了汉，他不像庄子眼极冷，而是眼里满含泪水，心肠沸腾。他不能放下是非不管；他心肠热，故悲慨万端，不忘情天下苍生，故用热肠挂住，为这个乱世找药方，开药方，曾子的话最恰切，“士不可不弘毅，任重而道远”。

比起那些隐士的逍遥闪避，孔子选择的是一条荆棘的拯救的路。孔子心怀天下，而不是闭眼和装傻，甚至躺平。有人说孔子是我们民族的寻路者，我以为是至评。这是民族的烛影，他让我们看到了光。他才是我们民族的大先生。

历史上，人们对这个老人误解很深，但他还是一豆的烛影，跃闪在历史的深处，不怕蒙尘，即使在远处，也给我们透出一丝抚慰。

历史上，是一些如孔子一样的智者，启蒙了我们，他们是烛影，是灯盏，是火把，是他们照亮了我们。有了光，“人见其人，物见其物”，我们的民族是趋光的，今道友信在《东方的美学》里称庄子的哲学为“光的形而上学”。他解释《庄子·逍遥游》，也仿佛为我们开了一道光，在今道友信眼里，那大鹏的南飞就是由暗及明，北冥是暗，南冥是明是光，“……在光的这种陶醉即恍惚浮游，庄周名之为逍遥游”。

这大鹏鸟，就是我们民族浴光的逍遥游，是浴光的精灵，是图腾。我们的民族是趋光的，我们的植物是趋光的，我们的河流是趋光的。我们是光的子民，树木欣荣，雨水丰沛。

## 五

我读到散文家耿立的一首诗，我曾询问他，这是写的你么？他答曰：写的闻一多先生，是对先生《红烛》的回应，耿立的诗曰：

我不允许这夜的暗
淹没我的眼睛
用火柴点燃一根手指
像是怀着深仇大恨
没有火把，再没有蜡烛
怎能度过去这浓重的夜？
我把我的十根手指
烧没了
然后又点燃十根脚趾
最后把自己点着
在火焰中
我听到了骨骼成为碳的绝望

我十分喜欢这首诗，这首诗现代，有张力和质感。读这首诗，好像我们听到了闻一多先生说我不允许这夜的黑暗，湮没了我的眼睛。闻一多先生要燃烧自己，是谁制的蜡——给你躯体？是谁点的火——点着灵魂？这是闻一多制的蜡，用自己的手指、脚趾、血，还有心，那火，是一点就着的灵魂，不被黑暗湮没的灵魂。

他要做一支红烛。

我曾见过闻立鹏的油画《红烛颂》，那是儿子对父亲，对一个民族象征的红烛，用油画的质感写实加上东方的写意，表现了闻一多“我的世界还有更辽阔的边境”，那油画有无数的红烛，闻一多先生那标志性的嘴角的烟斗和那一头长长的蓬乱浓密的头发，镜片后的目光如炬。这是诗人，这是学者，这是斗士。这截四十七岁流尽烛泪的蜡烛，这三个角色的维度，一般的人具有一个就可彪炳千秋，但先生一人独具。

这是以血书着的红烛。这个五四之子，五四时期在清华读书，在致父母的家书中报告自己当时参加五四的内在的情怀，那是蜡烛开始燃烧的初期：“国家至此地步，神人交怨，有强权，无公理，全国瞢然如梦，或则敢怒而不敢言。卖国贼罪大恶极，横行无忌，国人明知其恶，而视若无睹，独一般学生敢冒不韪，起而抗之。虽于事无大济，然而其心可悲，其志可嘉，其勇可佩！”

我还记得先生在 1921 年因声援“六三惨案”坚持罢课，宁愿接受取消学籍的处分也不肯低头屈服，被退学返回浠水老家，他还是那么坚持；即使埋头于古籍，他“是要戳破他的疮疤，揭穿他的黑暗，而不是取捧他”。他是想做一个点亮黑暗的红烛，这才是五四之子。

但这支红烛，为何更须烧蜡成灰？烧尽自己，连骨头和血的脂膏。他要燃破那专制的黑，要燃沸那世人的血，“莫问收获，但问耕耘”。

这是一支必死的红烛，我们可证之先生的言说：“古今丰功伟烈，当其发端之始，莫不有至艰至险横于其中，稍一迟回立归失败。唯有此千古不朽之希望，以策其后，故常冒万难而不辞，务达其鹄，以为归宿。古来豪杰之士，恒牺牲其身现存之幸福，数濒于危而不悔者，职此故耳。”

我想还原这支激动的红烛，最后的时光，在李公朴先生死难的报告会上，原先并没有闻一多发言的安排，当台上李夫人泣不成声之时，那场面任是铁石也会落泪动容，这时独自坐在讲台后沿的闻一多拍案而起，我们都知道的那最后一次讲演从血管里，从肺腑，从五四之子的躯体，奔涌而出了。

那些特务宵小，虽迫于压力，在会场没有冲撞，但先生直斥特务们的那些如荆棘的刺，已深深扎入他们的肉里、眼里。大家很是为先生的安危担心，多位同学自发护送先生回家，因先生说自己还要去别处，大家后来就只送到了云南大学南门。有人最后回忆先生那嵌入历史记忆里的镜头：“一群特务在云大大门外向他怒目而视，护送他的高先生向他望了望，他若无其事地提着手杖向前去着。他看着高，便问：‘怕么？’高摇头，他却仰着头哈哈大声笑起来了。”

“大笑，大笑，还大笑！刀砍东风，于我何有哉？”

也许与阉党斗争的杨涟，咬破手指，写下的血书里的这几句，就是先生最好的精神写照。先生是学者，他是知道晚明杨涟这故事的，那杨涟痛斥阉党紊乱朝纲，魏忠贤指使手下做掉杨涟。但在土壤压身、铁钉贯耳等酷刑过后，杨涟仍未身死。天启五年（1625）农历七月二十四日，刽子手许显纯以一枚大铁钉钉入杨涟头部，临终前，杨涟咬破手指，留下血书一封，“大笑，大笑，还大笑！刀砍东风，于我何有哉？”就是最后的结语。

闻一多先生死了，他拼死一搏，用滚烫的血，为民族做一个不灭的烛影。还是以他的弟子的话评他：“有的人活着，他已经死了；有的人死了，他还活着。”

## 六

无论烛影摇曳，是秋夜、秋雨；无论它驱走了暗夜、愚昧，它的牺牲、奉献，燃烧完自己的骸骨，流尽了泪，有英雄的杀身成仁的气概，有一种人格的美。

有人说，烛影是一种悲剧的气质，那么漫长的夜，那么微弱的光，虽然孤影一身，虽然寒微，它还是在坚持在挑战在完成自己的使命。

它有泪，是为离人流的，为思妇流的，为敏感的心流的，替人垂泪的悲悯，有一颗佛心的慈悲。

我记得，我大学毕业的时候，天明，大家各奔前程，在广场上，夜半的钟声刚过，一片漆黑的广场，一支、一支、一支，十支、百支、千支的蜡烛，被点起。在烛影迷离里，我像又回到那个张鲁镇的夜色里，我和父亲坐在夏夜的天幕下。

我们向南望着故乡的方向，父亲也谈起了他小时候，夜里点燃蜡烛的往事，父亲的童年的农村生活窘迫，哪有蜡烛，家里是自制的煤油灯，只有到了春节，爷爷从集市买几把乡间的土法制作的蜡烛，那是用破棉絮缠绕，用猪油加点红颜色制成，在祭拜祖先，在大年夜，在门口或香案上，点燃。

父亲说他用猪蹄甲和猪油做蜡烛，后来他还曾写过这段经历。那是冬日到来的时候，临近腊月，村子里，总有人家要杀猪，小朋友就挤到杀猪锅的跟前，跟大人要猪的蹄甲，然后再找那些猪的碎猪油。把猪油放进猪蹄甲里，然后再放上一个棉布或棉花的捻子，一个猪蹄甲的蜡烛就做好了，那可是乡村孩子的欢乐。

这真是就地取材，其实古人也是用动物油脂做灯烛的，《史记·秦始皇本纪》里有记载：“以人鱼膏为烛，度不灭者久之。”

真是贫穷限制了想象，帝王家以人鱼脂肪制作蜡烛，这样的蜡烛可以燃烧很久而不熄。所谓的人鱼就是大鲵，娃娃鱼，还有用鲸鱼或鲨鱼脂肪的。

但乡村孩子的欢乐是卑微的，小小一猪蹄甲的烛光，就可以换来黑漆漆夜里无边的欢乐。父亲和那些童年的发小在夜里，蹿来蹿去，招摇地举着猪蹄甲蜡烛，到晚上没人的学校去，到野地去，到村头的麦场牛屋去。

有时那些孩子会碰到夜里赶路的人，那些人会说：

“喂，对个火。”

平原空旷的夜里，黑漆漆的有个声音传来，曾把童年的父亲吓了一跳，是个黑黑的大人，从更黑的乡村深处冒出来啦。

父亲很害怕地把猪蹄甲蜡烛举起来，那火苗照见一张沧桑的脸，皱纹里眼睛里都是黑夜的样子，他背着一个布袋，好像要到平原外边的村子去。

他手拿一截不知从哪里弄到的、麦草结成的草绳凑到猪蹄甲蜡烛上，然后对上火。

“感谢了。”

说完就背着布袋转身回到了黑暗里，啪嗒啪嗒的脚步声走远了。

那个如逗号的从父亲的猪蹄甲上对着的草绳的火头，一闪一闪，也走远了。

父亲说他看不到那人了，童年们只看到那点火光，在夜里，那点微火会到什么地方？

他是哪里的人？是平原那边的人？那微火会陪他走到哪里？走多远？一截草绳的微火。

我和父亲坐在张鲁镇的夏夜里，父亲说他的童年在漆黑如锅底的夜里，只有茫茫的夜色，只有他身边猪蹄甲的烛火，不足一个拳头大的火的范围，还有远处，一截草绳的微火，如萤火。

在那个父亲的童年冬夜，在黑的夜里，这个持微火的人，会碰到同样赶路的人么？他会把微火传给别的人么？

父亲说着他童年的事，我和父亲在张鲁镇的夏夜里，这时听到，那牛肉的汤锅边的喝酒人喊：点蜡，点蜡。有萤火虫飞过，我要父亲看，那也是微火。

我童年夏夜里的微火，这移动的蜡烛，我说，萤火虫，就是蜡烛的前世或者今生，夜在，烛影就在。

毕竟，在无边的夜色里，有了火，就有了希望，有了依靠。

# 大河远上

王　选

阳光盛大，且剧烈，虽已六点，但暮色尚早。人潮涌动，车流翻滚，高楼是河堤。总有人如浪花，被溅起，浮在空中，如一只氢气球，不知所终。

我再次来到黄河边。我似乎是第一次只身来到黄河边。黄河远上。记忆总是出现差错。

多年前，某个正午，我和妻子从医院出来，行至黄河边，我们走下堤岸，在台阶上坐着。我们说了什么，早已无关紧要，一些病症还在暗处潜藏。黄河在十米开外。河面开阔，且深沉。它以浑浊之身，在高原奔走，不舍昼夜。它会疲倦吗？某一天，它会不会起身，倚着皋兰山，坐下来，歇一歇。也难说。谁知道一条大河的心事呢？

而后便是多年，我再未来到黄河边。偶尔，仅是在远处、在桥上，看着河流，沉默奔走，在西北偏西穿城而过，露着它大地一般的脊背。它更像一个父亲，粗糙，寡言，不修边幅，扬长而去。

与我，它仅是一条大河，仅此而已。

我已来到这座城市将近半年。

我从未想到我会和这座城市有如此牵绊。我从天水坐车，一路北上。天阴着，铅云密布。那是秋天，大地即将以萧瑟示人。车过定西，雨落了下来。想到前程未知，想到这么多年我和妻子离多聚少，想到女儿不足半岁我却远走他乡，想到今后漫长又遥远的奔波，想到即将奔赴巨大的陌生，于是，满心惶然。

随后，租了房，月租一千。老旧小区，砖头外露。一室一厅，墙面斑驳。但想着也就我一人而已，有个落脚之处即可，没必要过分花钱。况且两间房子，于我来说都显得多余和浪费。买了涂料，本想粉刷一下，可旧墙面因受潮，一刷腻子皮便剥落一大块，糟糕透顶，遂作罢。只是可惜了几件衣裤，粘了涂料，难以清洗。

房子在一条叫东城壕的巷道。某个夜晚，我在巷道口看到一块黑色石碑，齐膝高，刻有东城壕三字。城壕，为护城河与城墙之前的条状空地。据说，以前，这里多是天水、平凉、岷县等地来的“担担客”，因挑着担子，做点小本生意，故名。“担担客”常年奔波于两地，由于路途遥远，每次进城，天色已晚，兰州城门关闭，只得在城壕歇脚，挨到天亮，再进城。其间，有人在城墙上挖出窑洞，有人搭了草棚，天长日久，便成了集市，商贾往来，旧货琳琅，很是热闹。后来，也便是如今，东城壕，成了一条几百米长的巷道。落寞，沉积，甚至破败，昏暗。

许是某种缘分，在天水落脚时，我租住之地叫南城根。南城墙之下，一片破落城中村。而到兰州，落脚之地叫东城壕。也是城墙之下，一片破旧小区。是预言也是暗示：我毕竟是乡野出生之人，难以在城市落地生根；我毕竟从他乡赶赴此地，而到达时城门已闭。我是那个经营琐碎光阴的人，在城壕里，看夜色如鸦，幕天席地，尔后月光照耀着黄河，碎银一般，在一个奔波者眼里，是虚幻的财富。

一百年前，会有一个人，踏着夜色来到黄河边，手捧流水，泪流满面吗？就如同我，在黄昏，坐于河边，看流水把生活的坚硬之石打湿。

我在等待，第二天，城门打开。我如尘芥，被裹挟着，涌了进去。我听到胸膛里，流水拍打心脏的声响。

记得年幼时，村里人多来兰州打工，父亲便是其一。这是我最早和这座城市的联系。

每到春节过后，种完庄稼，父亲与人约好，便去兰州拉煤。我只在父母言谈中，得知父亲要离开。某个早晨，应是五点，我和妹妹被父母低声说话的声音和父亲收拾行李的声响吵醒。灯光昏黄，带着蜡质。窗外黑透，又异常寂静。地上立着化肥袋，鼓鼓囊囊，塞满被褥衣物。一边放着帆布包，装着身份证、鸡蛋、馍馍、毛巾等。我们翻身，趴在炕上，探着脑袋，张望着。母亲从厨房端来烩菜，其实是手擀粉，撒了菠菜，打了荷包鸡蛋。这是我们家最好的伙食。父亲接过碗，坐在椅子上吃着。母亲又给我和妹妹各端来一碗。我吸溜着，因是空腹，加之油旺，觉得很香。父亲吃完，收拾妥当，临出门前，叮嘱我们要听母亲的话，好好学习，不要惹事。我们揩着嘴角的油，嗯嗯应着。母亲送父亲出了大门，大门关上的一刻，我们知道，父亲去了兰州，那个遥不可及的远方。

往后的日子，我们的生活和成长里总是缺少一个父亲。而母亲，操持着一切，等待盛夏，麦黄时节，父亲归来。

我并不太清楚父亲在兰州的细节。我仅是在他的闲谈中知道一二，零碎，又遥远。他在兰州一个叫伏龙坪的地方拉煤。应是从煤场，用架子车装好，送到人们家中，挣点运送费。每次回来，父亲会带回家千把元，用于我们一家的日常支出，即便如此，日子依然窘迫，每至春天，总要到信用社贷款才能买来化肥农药。

三十年过去了，兰州已是另一番模样。拉煤生意不景气后，父亲再未来过兰州。他定不会想到，三十年后，他的儿子，又踏上了这条河流的两岸。或许，在某一个时间，我和父亲走过了同一条巷道。我们有着同样的背影，同样的心境，我们都在生活深处，跋涉前行，满面烟尘，内心却装着盛大的乡野和乡野里起伏飘荡的子女。

可我和父亲之间，终究隔着一条大河。三十年，弹指而过，成长和苍老将我们降服。唯有黄河还在流淌，唯有河堤还在束缚着流水的去向。

很多时候，父亲不在，我趴在木质相框前，看着父亲从兰州带来的两张照片。一张是父亲一人，穿着绿上衣，容貌俊朗，站在黄河铁桥边，跟刻有“黄河第一桥”的石碑合影。他身后，是中山桥，铁链依然冰凉，依然坚固，只是有些锈迹，不觉间，就落在父亲的光景里，成为疤痕。我没有在铁桥前拍过照片，我想应该有一张照片，用来回应父亲的二十来岁。

还有一张，是父亲和他朋友的合影。这个朋友，也是我们村人。他们兄弟二人，和父亲关系颇好。他们在我们尚不记事时，就已来到兰州，安家落户。闲暇之余，父亲常去他们家。那张照片上，他们都穿着绿色上衣，带着绿色军帽，茶几下，露着沾满灰尘的黑色皮鞋。身后，是博古架，摆着东西，多是我所不曾见识的。后来，听说他们一家过得并不如意。如今，再未听父亲谈及他们，想必是久不联络，忘却了。

那两张照片还在老家乡下。父亲永远在照片中年轻着。那个躬身拉着车子，车上码满煤块，面庞双手漆黑的人，是从照片中走出的另一个父亲。他一直走着，走成了今天这般苍老。所幸，我们曾拥有过一个光鲜、年轻，甚至英俊的父亲。

正月，我决定去志叔家一趟。我已到兰州三四个月，作为亲戚，不去走动，自是说不过去。

步行，过元通桥。桥面开阔。大风从西而来，异常凛冽，只得侧脸躬身。在河道，大风可以任意肆虐，毫无阻拦，犹如脱缰之马，跑过草场。而侧脸时，则看到脚下黄河。若无暴雨，黄河早已不再如泥浆一般，到冬春，异常清澈，河边，可见河底石头。而那一刻，大风呼啸，吹过河面，河面如鱼鳞，荡漾东去。此刻，黄河是一条青鱼，卧于城中。

有人在河滩放风筝。有学生朝河中扔鞭炮。炮声在半空炸响，很快，被风掐灭。

到志叔家，步行半个钟头。小区门口，一条马路穿过荒山，如同阑尾。而小区三面皆山，且有些已被挖掉。正在挖开的，灯火通明，机器轰隆。远看，加之是初春，异常萧瑟。风卷起黄土，荡来荡去，似乎眼中亦有揉不掉的沙子。

记得我年幼时，志叔便去兰州打工，起初在饭店端盘洗碗，后来自己开了饭店，也不景气，维持了几年，只得关门。后来，干起了装修。有一年，志叔大姐（我叫姑姑）结婚，我们举家前来。其时他租住在雁滩，大片民居，三层，四层，拥挤拉扯。他已成家，育有一儿一女。四口人，住在一间不足十平方米的旧房中，很是局促。因人多，在屋中，连站立之地都紧张。

如今，他多年积攒，买了房，总算落脚兰州。我们坐在他的客厅，他不喝酒，劝我喝，我因胃不舒服，仅喝了一杯。他给我介绍房子，背着债务，很有压力，但又带着欣喜，毕竟做成了兰州人。他说起子女学习，感慨很多，女儿已长大，不爱学习，上了职业学校，算是防止过早进入社会的一种手段，儿子学习不错，背负着他的期望。我们一个家族，五户人，就志叔一家干公事。他极想让儿子出人头地，至少在我们王家有份头脸。自然，我还谈及遥不可及的故乡，以及故乡的亲人，他们尚且在泥土中寻觅生活，带着艰辛和坚韧。

在兰州，除了志叔一家，我还有哪些亲人呢？似乎仅有姑姑。她出嫁后，随丈夫来到兰州。我见她不多，仅是过年，她来转娘家，会在我们王家几户走动。平日，只听来几句零碎消息。她在兰州当环卫工人，很辛苦。干了多年，好像成了班长，能轻松一些。她也买了房，在九州那块，我未去过，据说坐公交得好长时间。不过能安家落户，当兰州人，对他们而言已是实现了最大的祈愿。

我常想，若有空，去看望姑姑。空是常有，但总是拖延，于是日复一日，就这般过去了。

除此，村里还有几人，在兰州打工。应是跟志叔同时来兰州，如今他们多是四十好几，上有老人在村里务农，下有儿女在兰州念书。生活中的困境和艰辛，就如蚕茧，让他们难以挣扎。他们都是上庄人，加之年龄比我长十来岁，小时候，在村里时，交集不多。他们到兰州后，更是经年不见，只有春节他们得以归来，在庙里烧香时偶尔遇到，也仅是寒暄几句。

在茫茫人海的兰州街头，我想，我们是不大可能见到的。若见到，怕也只觉面熟，而后擦肩而过了，流水一般，去向各自的河道。

故乡麦村在西秦岭，群山皱褶深处，如一粒干瘪的麦子，四季枯荣，风来敲窗，雨来闭户，日出荷锄，月升入梦。

麦村无河，仅有几条沟渠中的小溪，蚯蚓一般，在草丛中隐现。若遇天旱，流着流着，精疲力竭处，便消匿不见了。我的童年，能在没过脚面的溪流中戏耍，已算美事。然而，我并未拥有一条真正的溪流，它们在陇东高原上，草鱼一般，挣扎几下，便被黄土吸食殆尽。我行走在原野，黄土如头顶浓云，挥之不去。一个少年最遥远的抵达，便是溪水断头处。少年从不知晓一条河流将在二十年后出现，它要行走五千公里，直奔大海。

麦村流水，进稠泥河，入西汉水，汇白龙江，最后揽入长江。我常开玩笑，我家在长江水系，属南方人。博得众人讪笑我一番。离村二十里开外，镇子上，有一庙，庙内有阁，据说屋檐水分前后，前檐水投藉河，入渭河，进黄河，后檐水去了西汉水。一檐滴水，两下江河，也算奇观。

后来进天水城，城中有藉河。河不大，很多时候，都是营养不良，若到春夏之交，少雨，便可一步跨过。河道倒是宽阔，生满芦苇、苜蓿，甚至柳树。据说，藉河也曾泛滥过，滚滚而来，河道束缚不住，淹了城，损失惨重。十多年前，修了橡胶坝，河道一分为二。河水被赶到南侧，屈居于草丛之中。北侧，橡皮坝内蓄了水，堤岸处，修了步道，做了绿化，成为人们休闲散步之处。

我从十五岁进城，五年上学，四年应聘于一单位谋得一日三餐，后来参加考试，得一事业单位身份，去乡下教学数月，后来借调进城，三四年后，办了调动手续，随后常在广电、文化单位工作。其间，结婚。买了房子，但一直未交付入住。于是很多时候，租住在城中村，比如南城根，比如莲亭，一住几近十年。父母和我所有积蓄，都积攒起来，交了房钱，日子过得虽非捉襟见肘，也算清贫。

十年，一个人由少年走向而立之年。一个人蜕掉青春的躯壳，除了满面烟火，还有日渐油腻的肚腹和心思。一个人在生活和世俗的杀伐中，缴械投降。一个人走在河边，那流水，穿过时光，反复修改命运的边界，也重新定义生而为人的意义。

某个午后，我坐于河边，对面南山苍翠，山形如躺椅，安放着逝者。我眼前，藉河总是寡言，甚至有一些自卑和犹豫，如同那个来自乡野的少年，第一次面对高楼和车流，总是胆怯，惊慌失措。而橡皮坝内，人造的湖面，平静幽深，波光潋滟，游鱼白鸭悠然自得，杨柳依依处行人往来。这仿造的流水，真是像极了三十岁的我，用一截一截蓝色真空塑料坝体抵抗着压力，而后反复修饰，在人群中强作镇定，在席面前强颜欢笑，在困境里强打精神。

藉河自然是会流走的。

它用少年之躯，穿秦州，至麦积峡口入渭河，八十公里。它是一个少年奔走的距离，也是一个人在三十岁的境遇。

2018 年，我和妻子结婚那年，老丈人送我们宁远县城一个院子，也算是陪嫁。那时，我尚租房生活。妻子在宁远上班。有了院子，我和父亲简单装修后，作为婚房。那时，每到周五下班，我便坐班车赶去宁远，周一早起返回。在院子，辟有一块菜地，春天，铺了地膜，种了黄瓜、豆角，空余处撒了菠菜、香菜等。到夏秋，瓜菜成熟，可摘来下厨。只是放暑假后，妻子来天水，院子便大门紧锁，因为缺水，瓜菜也稀稀疏疏，最后枯萎了。倒是门口墙角的李子树，我刚去时，仅有胳膊粗，而今已如碗口，亭亭如盖，遮了大半院子。春天李子开白花，密密实实，云层一般，煞是好看。到盛夏，果子熟，色红至发紫。果实累累，香甜可口。人生乐事莫过于树下观天，尽兴吃果，心无杂事。

从院子出来，过马路，便是渭河。

渭河长流，翻滚着，携泥带沙，拍马赶来，又扬长而去。它闯过宁远县城，轰鸣着，涌动着，顺便把石块捡起，抛于河床。真是像极了宁远人的脾性，喜大声划拳，好大碗喝酒，也颇爱棍棒，有不合者，棍棒相见者也偶有出现。

渭河就那么流着，我生怕某一天，它流干了。可没有，它在我眼前，浑浊而粗鲁，向东奔去，手中握短刀，腰间挂酒壶。我总想，它这么昼夜奔波，不累么？不累。它真像我，那个为了家庭和生计长年累月奔波的人。我也问自己不累么。在颠簸的车厢里，在迎面扑来的夜色里，我鼓着勇气说，不累，因为要去见爱的人。

有段时间，高速维修，班车只能沿渭河而行。渭河从宁远出发，到甘谷，穿三阳川，带上小弟藉河，往秦岭深处浩荡而去了。我在三阳川和渭河分别。一条河，毕竟比一个人要走得更长远，比一个人走得更无拘束。它要奔跑八百公里，在陕西潼关迎面撞见一条大河——黄河。

相比渭河，一个人，在光阴的河流面前，小心翼翼。一个人，在光阴的河床上，难以入眠。

尔后，便是如今，我带着女儿，站在渭河桥上，指给她看渭河东去。她才一岁，不知道这条河流于一个父亲的意义，她更不知道，沿着渭河北上，二百公里之外，有另一条河流，父亲在那里寻找另一种生活。

从溪水，到藉河，到渭河，再到黄河。河流终归东去，进入大海。而我从麦村到天水，到宁远，再到兰州，一步步由南向北。然而无数河流，无论大小，在一个人身上早已拓下痕迹，甚至流淌成另外的血脉。

除去书本，对于黄河，我最直观的感受来自一瓶啤酒。

年幼时，每逢夏天，驮运打碾麦子，中午休息，父亲总会从商店提来一件啤酒。一件九瓶，黄河啤酒。撕开外包装，用牙板敲掉瓶盖，递给母亲一瓶，母亲嫌啤酒味怪，喝几口，便放下了。父亲给自己打一瓶，举起来，衔住瓶嘴，咕嘟嘟，不换气，一饮而尽，然后丢下瓶子，长出一口气，接连打几个酒嗝，心满意足。我是孩子，父母不让沾酒，但他们又觉得啤酒不算真正的酒，会打发我端来杯子，倒半杯。我也是不大喜欢那个味道，说不来，总之不甜。来瓶黄河，也成了父亲夏日解暑之法。喝着黄河，父亲会不会想起兰州拉煤的日子呢？

喝完酒，我喜欢把酒瓶收起来，码在屋后，日积月累，也有不少。某一天，有来收啤酒瓶的，在巷道里吆喝着。我用竹篮提着酒瓶去，收酒瓶的人一边用旧手套擦着瓶子上的泥土，一边在瓶底处辨认时间。那时啤酒生产日期和酒瓶是一体的，不是打印上去的。那人看了年份，若离得近，一个五毛，若远，一个两三毛，我用十几个瓶子换来三两元，异常兴奋。那段时间，揣着这笔钱，感觉是全世界最富有的人，成天谋划着在商店买什么。

后来，上学，进了城，开始喝啤酒。周末，无所事事，约三五人，去河边啤酒摊，或去大盘鸡店，吃肉喝酒，也很自在。啤酒自然还是黄河，便宜，一打才二三十元。其间有一同学，好喝酒，酒量也好，一次能喝十瓶而不吐，很让我们羡慕；但也因能喝，很多人不大带他，怕费钱。

毕业后，我们在一起打过半年工，随后，大家陆续参加考试，在乡下谋得乡村教师一职，也算是人生有了归宿，端上了铁饭碗，不枉父母砸锅卖铁供给一场。而他连年考试，连年名落孙山，最后，彻底断了念想，一心打工了。他在 KTV 当陪酒。我很惊讶，还有这工作。他嘿嘿一笑，说还有你不知道的工作。我说那定然喝的好酒。他苦笑一声，说夜夜黄河不断流。他说他最多的一次，从晚上十点喝到第二天六点，喝了五十瓶。不久，他胃出血，呕出来，一大摊，以为自己要死了。去医院检查，说是胃病，不能再喝酒。但他已有酒瘾，自然戒不了，虽然不能再去 KTV 上班，但每天都在喝与不喝间痛苦挣扎。有段时间，他谈了女朋友，是 KTV 认识的，风尘女子。此后，很长一段时间，我们再未联络。有一次，他突然找我借钱。我借了他一千元。事后，他说自己染了不干净的病，正规医院又不好意思去看，只得找了专治男科的民营医院，人家一看，说情况严重，需要手术，若不治疗，就不能生育，有断子绝孙之忧，再问治疗费，得三五千。他花了三千元，做了乱七八糟的治疗，人家又让交三千元，才能手术，他已身无分文，只得去了小诊所，诊所大夫一看，说是炎症，开了几十元的药，一吃好了。

这件事后，他沉沦下去，也将自己封闭了起来。我联系过他几次，他均以不舒服拒绝了。

后来，某天，他主动打电话给我，说请我吃饭，但没提还钱之事。我知道他手头拮据，就再未要过。

我们坐在啤酒摊上，他要来两打黄河，拿瓶跟我干了起来。嘈杂，闷热，浮躁，不休的蝉鸣，翻腾的车流，骚动的气息，都在蚊蝇乱撞的灯光下如啤酒泡沫一般，升腾，破碎。他拍着我的肩膀说，兄弟，感谢你，这些年，我过得不如意，多亏你。我苦笑着，说，兄弟之间，说的哪里话。我们喝到很晚，我头昏眼花，跑到路边呕吐一番，回来后，发现他不见了。我以为他去厕所了，等了好久，没有音讯，打电话，已关机。尚未喝完的半瓶啤酒下，压着二百元。

后来，我很少喝到黄河了，大小饭店、啤酒摊子，多被雪花和青岛侵占。那些喝黄河的日子，一去不返，连同童年。但河流依然在肠胃里流淌着，它把一个人贫穷的胃口反复侵蚀，直到在河堤上划出血痕。

我已来兰州半年，我想这么久了，许多陌生，也该一寸寸消解了。

我并不了解这座城市，我活动的区域，仅限单位和住处。从东城壕出来，穿过三个街区，骑单车，十分钟，就到了单位楼下，即广场东口。除去一些饭局，我能到的地方不多，我也慵懒，独自一人不会去满城游走。这十分钟的距离，于我一个初来乍到者，已经足够。

记得刚来时，走在街头，看着比天水更多的人、更密的车、更高的楼，想到下班回家亦是独自一人，且寄居在别人房中，陌生、疏离，甚至无助、漂泊。于是回不回那个房子，于我意义不大，仅是晚上栖身之所。我回去，还是空落落的房子，无人与我闲谈，无人与我进餐。

我依然努力适应着这座城市，但终究有太多地方难以契合。比如干燥，半年内，历经秋冬和春夏，落过的雨雪，却屈指可数。于是，对于一把伞，在兰州似乎显得异常多余。干燥带来的结果是每个晚上鼻孔内如同陇中高原的春天，大地干旱而皴裂，大风在鼻腔里浩荡。比如失眠，总会在某个午夜睡不踏实，辗转几番，又清醒过来，看着向西的窗外，月亮高悬，明亮而冷清。黄河在耳畔，它永远失眠。它用波浪揉碎月光，用涛声在枕边拍打心坎。比如早餐，我依然喜欢每个早晨，坐在巷道中的小摊前，来一碗擀面皮，辣椒多，醋多，来一碗杏茶，再来个猪油盒子，慢慢悠悠吃完，揩着嘴角的辣椒油，满心舒坦，欣然离去。而在这里，早餐只有人行道边小推车里的鸡蛋饼、煎饼馃子、豆浆、油条。人们打包带走，匆匆忙忙。比如沙尘暴，总是在春天如约而至，黄蒙蒙铺天盖地，如同大河，携着泥沙，淹没了城市。站在街头，世界浑浊，天空扑簌簌下土，地上已落了一层，人走过，能踩出脚印。诸如店里兜售的荤浆水面，总是让人感觉极为怪异。浆水乃极为清淡之物，怎能粘点滴腥荤，那味道岂不大变，真是不可思议。

而一些看不见的事物，正在身体里滋长，诸如回到天水，竟然难以适应低温，总是打喷嚏，流鼻涕，吃了药，略有好转，而一遇低温，又反复发作，回到兰州后，竟然自行好了。诸如身上的湿疹，在背上出来，如青苔一般，几大块，总是瘙痒，回到天水，竟然又自行消失了。或许还有其他，正在隐秘部分，悄然发生，而我未曾觉察。

毕竟我在一个地方生活了三十余年，身体已与那片土地相融，皮肉一般生长在一起。如今，要从土地上剥离出来，难免有割裂之痛。

我不知道一个人适应一座城市，需要多久，就如同我不知道大河要把血液流遍一座城市的所有人，需要多少个日夜。

当我再次来到黄河边，于这座城市而言，我已不再是流动人口。

我沿着河岸行走。因河流滋养，河岸草木繁茂，一派郁郁森森。高秆月季开着，花型硕大又妖艳。暴马丁香开满白色花团，如云朵，挑在枝头，花香在空气中散开，浓郁过头。白杨高大，指向天空，天空有雁三只，并排飞过。河边，大小的水车，或停或转。河水引了一渠，渠中安有水车，水流带动水车转动。木材打造而成的水车，浸泡太久，生满绿苔。把流水带起来，滴滴答答，如同落雨。水车仅是看的，如今，已没有实际功效。但它们依然不眠不休地旋转，证明曾经的用途。

下河堤，有一段，能步行到河滩。远处，有喜鹊站在枯木上，眺望远方。很久，它翘起尾巴，回身投入林中。河滩布满石头，大小不一。不过最大者也仅如头颅，而小者如鸡蛋，如蚕豆，如黄豆。有些石头，长久地躺在这里，有些，则是从上游流落至此。河流反复冲刷，在黄河边，一块石头要保持棱角，是难的。在翻来覆去的消磨中，石头们大多圆润。但它们并不光滑，我随手捡起一块鹅卵大小的石头，在水中漂洗后，它露出焦盐的色泽，我突然想在西北大地、边塞长歌，无非一个涩字。我在手心摩挲着这枚石头，它布满小孔，竟显得粗糙。如同高原之上，牧羊人的脸庞。

这遍地都是的石头，它们定会有一颗包纳万象之心吧，它们一定懂得在人间如何应付吧，它们自然知道是黄河给了它们脾性和回忆吧。

河滩上，有人打着水漂，水花并未在河流中溅起什么涟漪；有人带着孩子行走；有人端起手机直播；也有人看着河流发呆，他的眼里流淌着另一条河流，但他却未曾拥有过一条属于自己的河流。

我找了块石头，在河边坐下。流水近在咫尺，清澈见底，河底的石头，覆着灰白色泥沙，捞出来，搓洗一下，才会露出本色。黄河已非往日那般浑黄不堪。它以清洁之身，坦露胸怀。河流就在眼前，起着波纹，瓦片一般。我第一次这么近地看到如此宽阔的大河，河水并没有湍急，而是在移动，大块大块的水，在移动。它们如同浮冰，坚硬又柔软。磅礴、雄壮、恢宏……这些词语，并没有在此刻出现。我只看到平静、宽阔、坦荡，甚至柔情和恬淡。这确实是我所见，即便我此生并未见过大江大河，但我骨子里不会误解一条河流的品性。

会不会是一条宽阔的河床，此刻，正抱着大河行走呢？而大河却压根微闭双目，正在休憩。

天色终究暗了下来。朝霞如金色凤舞。河流细密的波纹上跳跃着碎黄金——这大河的小心事。

沿着河滩再行，不远处，便是黄河铁桥，那块父亲当年合影的石碑还在，但我还不想去看。天黑了，灯火四起，隐约有火花四溅的噼啪声响。这座城市，将迎来又一个大碗喝酒、大块吃肉、爱恨都要提刀去见的夜晚。

# 斫 琴

马 婷

天有时，地有气，材有美，工有巧，合此四者，然后可以为良。

——《考工记》

## 一

那些五彩斑斓的宝石，在玻璃瓶中暗自发光，它们怎么也想不到，会为一把琴献祭，而这，是斫琴师的秘密。

我仔细观察过斫琴师的手，亦柔亦刚，亦粗亦细。你说它秀气吧，它能锯木锉琴，刮灰刷漆。你说它粗糙吧，它提笔落款，琴面绘图时又俨然一副温柔的书生样。所以这双手，既是匠人的，又是文人的；这人也是，既有匠人的执着，又有文人的洒脱。这洒脱最先体现在喝酒上，所以他总在找寻酒友，每斫完一把好琴，酒局就开始了，似是将琴作为孩子，为它的出生摆个宴席，我便也喝过那唐代名琴“九霄环佩”的满月酒，当然，这是后话。

他这亦匠亦文倒也印证了历代斫琴师亦是文人琴家之说，先爱上抚琴，再致力于做出心意相通之琴。而古琴向来为文人抒发心绪之乐，或写心表志，或抒怀自娱，只在自己。那么一把好琴，便是内心万千思绪寄托之音，故有言

"善弹者善斫"。

斫琴师许工，擅抚琴，懂篆刻，习书画，精木工，会漆艺，有幸相识几年。此前只见琴闻音，今夏，终有幸目睹其斫琴。

哪怕是烈日炎炎之日，万物叫苦，身子疲累，依然不抵心中热忱，欣然前往，终在一老旧小区的地下室，见到正在斫琴的他。彼时的他，正凝神为一新做成的琴落款，手中的毛笔轻轻抚过琴底，留下"太古神品"几个极佳的小楷。这一双匠人和文人的手，指甲修剪得平整干净，手心或也有些许老茧，从手背看去，却总令人想起古代君子，奇怪的是，我并不知晓君子的手应该是什么样貌，但那一刻，能联想到的，却只有这二字。正想着，目光移动到他身后几张尚未完成的琴，这些琴乖巧、安静地置于一处，似等待主人为其穿衣系带的孩童，而他，在这热闹喧哗的炎炎夏日，长衣长裤，安静地居于地下室，与琴为伍，与制琴的材料和工具为伍。

我方知晓，斫一把好琴，亦需习得一手好字，能在琴上作画、琴底篆刻，精细的木工和漆艺功底自不必说。斫琴师许工，最初便是木匠。于他而言，斫出琴的形状要比一个板凳简单得多，可它的选材又比板凳复杂得多。

《诗经·国风·鄘风·定之方中》载"树之榛栗，椅桐梓漆，爰伐琴瑟"。可见春秋先民即已取梓、桐为材以斫琴。尤其桐，自古便为主要制琴之木，只是斫琴对木之年岁尚有要求，以百年以上老旧房梁为佳，一则多年木性尽失，木中所含胶质少，音色松透，共鸣良好；二则木质稳定不易变形。沈括在《梦溪笔谈·乐律一·朽木为琴》中写道："琴虽用桐，然须多年木性都尽，声始发越。予曾见唐初路氏琴，木皆枯朽，始不胜指，而其声愈清。又尝见越人陶道真蓄一张越琴，传云古冢中败棺衫木也，声极劲挺。"许工斫琴，便时常找寻老旧房梁，他说没有一根合格的木头能从斫琴师手上安全地离开，于是深山、河谷、老村庄，古墓、庙堂、旧房屋，到处留下他们寻觅的身影。为得到一根撞钟的旧木，他能陪老和尚聊三天三夜佛法，终使得他割爱赠木以报知音。这不，某年听说某地拆迁，拆出一堆古旧杉木，他抑制不住激动之心，多次赶赴建筑工地，硬是想尽各种办法将那些旧木收拢过来，而后坐在拉木的三轮车前，汗水涔涔，笑意盈盈。那个晚上，想来又是几壶酒下肚，之后便陆续得出好琴几张。应着他的话，杉是比桐更好的材料。而自古文人斫琴，单找寻木料，就传出无数佳话。

如赫赫有名之东汉蔡邕的“焦尾琴”，即是其某次在吴地，偶见一人烧火做饭，听到火中木材发出清脆爆裂之音，知是良材，遂将这烧火之桐木抢救出来，果然见一斫琴好木，所制之琴音色不凡，只是因这尾部还带有焦痕，故此有了“焦尾琴”之称。而唐代斫琴名家四川雷氏中最有名的雷威，据传就常趁风雪或雷雨交加之时，不避艰险，深入山林，听辨风吹树木之音，从而选取斫琴良材。另有五代吴越忠懿王嗜琴，曾遣使以廉访为名，实为物色良琴，而使者至天台山寺庙后，夜间听到屋外瀑布轰鸣之音，仿佛近在帘外，晨起观察，才知瀑下淙石处正对一屋柱，且柱子向阳。便暗暗思索，若其是桐木，必是一斫琴好木，遂以刀削之，果桐也。于是从寺庙僧人处换之，取阳面之材，又放取一年后，终斫制成“洗凡”“清绝”两琴，皆为旷世之宝。

如此可见，要斫一把好琴，必先选取好的材料。唐代雷氏斫琴不拘泥于桐木，而喜用杉木，因其觉桐木易变形，杉木则能保存千年之久。也是因此，斫琴师许工斫一把好琴，必花费心思寻一好的杉木。他将那些辛苦得来的上好杉木木料放置在另一间做木工活的房间，在这间房内，他只是木匠。于是那些刀斧、锯子、钳子、起子、手工刨、卡尺、墨斗……似孩童收藏的珍爱玩具般整齐地排布在其中一面墙上，另外两面墙上，则挂满了做好的各式各样的琴，这些琴如月子会所里婴儿房中一排排躺着的婴儿般，样貌特征各有不同，但都令人怜爱、欢喜、赞不绝口。那把他引以为傲的唐代名琴“九霄环佩”就藏在其中，虽与其他兄弟姐妹同处一室，但终归有一种绝尘却又华贵的气质，使得人的双眼不知不觉移到它的身上，赫然定住。他于是将这把琴取下来，似将自己最优秀的孩子抱在怀里与客人展示般絮絮叨叨，解说着这把琴的珍贵之处。而平日里，他就是在这儿，沉默着，与这些制琴的工具相伴，斫出一张张好琴。

于他而言，斫一把琴最简单的恰是定式和造型。那年轻时的木匠底子到底不是白练的，任其伏羲式也好，神农式也罢，又或是仲尼式、蕉叶式、落霞式……十多种造型都不在话下。那琴头、琴颈、琴肩、琴腰、琴尾、琴足似塑造美人般，在他那双亦匠亦文的手中慢慢显现。而其后的槽腹工序亦是他所擅长的，这么多年，他已完全掌握这些木料的习性，如何将一把琴的音色发挥最好，全在于这掏共鸣箱的槽腹作业，即便如此，对于此项工序，他似乎也如胸有成竹的文同一般，早已掌握在心。

许工斫琴，胜在细节。在用生漆和绳子将琴的面板和底板胶合捆扎待其完全黏合，琴形初具后，将岳山、冠角、承露、轸池、龙龈等配件黏合得严丝合缝，寻不到一点做工痕迹，又在其后不断修整，使得边角光滑圆润，指尖划过，竟如同触在玉上一般。我遂想起幼年时父亲做木工活儿也是这般，人人夸耀他活儿做得细，是镇上出了名的木匠。他的眼中，不容许任何柜子、门、桌椅等留有缝隙，细致之外还讲究美观，思绪转换间，眼前这斫琴师仿佛变成了父亲的身影，而我，就像幼年时叽叽喳喳在他身旁一边歌唱一边帮他拉墨斗的线一般。那些岁月，大约也只有家中老房子里那几棵年岁大的树能记得了。我一边看许工斫琴，一边回想旧时乡村生活，或许做过木匠的人才能如此细心，又或许，他们只是性格上略有相似。做活儿细了，生活中自然就细了，一些需要得过且过大大咧咧处理之事，他们便显得计较起来，我不知许工会否如此，我父亲这一生，倒是有太过执拗计较的特性，也因而吃亏许多。许工在给古琴上漆时，即便已化身漆匠，也依然保留这份细致，不留任何边角，落款绘图时，又恰是文人风骨，没有一样无功底，没有一样不精。故而他的琴，无论木工、漆艺、画工、字迹皆是上品。

## 二

大漆之美，坚牢于质，光彩于文。他说一把琴之所以费时，全在漆艺。于是，他工作的房间，开始挪到那个存放着五彩斑斓的宝石的屋子。在这间房内，他变成了漆匠，要完成靠漆、裱布和刮灰胎、上面漆等一系列工序。而这些，恰是斫琴中最有趣又最磨性子的步骤。

我便看到他用橘子油稀释了生漆，像育婴师为新出生的婴儿按摩一般，用发刷轻轻抚过琴面。这发刷或以某个年轻女子美丽的秀发为材料，许还带着她的轻柔妩媚，这橘子油散发出清香得令人心神荡漾的橘子味，它们由遥远的国度，翻山越岭，来为一把琴献身。这稀释了的生漆渗透进琴面，像变戏法一般，由土黄色渐渐变至深红色直至呈黑色，有如为琴穿上一层护甲，自此再也不怕阴冷潮湿，再也不会轻易开裂。这便是漆的魅力，中国生漆在数千年斫琴的施材配料中起着十分重要的作用，这种漆树分泌的天然津液阴干后的韧性、弹性、坚硬程度，使得战国至唐宋元明清的传世古琴，经千年数人手指抚弄仍完好无损。

所谓“百里千刀一斤漆”，这看似简单的斫琴，如今细究起来，所需的每一物却都难得。尤其生漆。每年割采时节，漆农们穿梭于秦岭，似猴子般爬上漆树，将漆刀割入树身，漆树流下血泪，落入漆桶之中，并暗暗发出诅咒，于是漆农浑身瘙痒难耐，长满漆疮。世人将这称为漆咬人。斫琴师许工深知这点，但初做琴时，他却尤为自信，以为就自己这粗糙的身子，定不会对这自然孕育的神奇之物有所反应，所以并不做任何防护，却不料接触后亦是全身溃烂瘙痒，至此愈发敬畏这生漆，再作业时，必安安稳稳戴上手套，虔诚对待。

而我在这间漆艺工作室摆放着的一张张等待华丽变身的古琴中看到一把裹了布、刚刚刮过灰胎的琴。初看那颜色质地，以为是一陈年老木，原不知，它只是被苎麻包裹着，刮了一层灰胎而已。这裱布看似不起眼，却是古琴传世的关键，唐代斫琴师便用这么薄薄一层裱布，使得古琴千年不开裂。而至于灰胎，我起初茫茫然并不知为何物。他于是将那鹿角霜拿出，如教授学生的先生，答疑解惑，言语间，有分享的喜悦，虽然那双眼，藏在厚厚的镜片之下，我总看不到神态，但嘴角的笑，和温柔的言语，将欢喜与自豪尽显。

我方知，这鹿角霜这般神奇。鹿生在山林，鹿角如何竟为斫琴所用，准确地说是鹿角熬制鹿角胶后剩余骨渣，虽也知晓它是味中药，如放在以前，万不会将这二者联系起来。他把鹿角霜磨成不同粗细的粉末，将大漆慢慢倒入其中，不断搅动，大漆于是又如变戏法般从乳白色变至褐红色，直至成为黑色。这鹿角霜要按照由粗到细的顺序，分三遍与大漆调和，刮于裹了苎麻的琴上，每一遍都要待其干了后用砂纸磨平，再去刮下一道稍细些的灰，以填补上一遍留下的空隙，如此，三遍之后，将其打磨至琴面光洁，无沙音。那白色的鹿角霜研磨成的粉末，按粗细不同装在不同的器皿中，许工将其一一打开，让我分辨，我却只为古代匠人的一番玲珑之心所倾倒。殊不知，他接下来要展示的八宝灰才最为精妙。

我于是看到了那些五彩斑斓的宝石。它们呈破碎状，聚集一处，安静地躺在各自所属的玻璃器皿中。因是玻璃，故而从外面更能看出颜色的鲜艳。这些珊瑚、朱砂、雄黄、玛瑙、绿松石、珍珠等碎石，原本处在山间水旁，或制成首饰被富贵之人穿戴，谁能料想，它们竟也到了斫琴师的工作台上，成为八宝灰，为一把好琴献祭。使得琴面有如繁星，白日里在阳光下流光溢彩，夜里，在月下闪耀辉映。如此，它们倒也能随着这琴，流传千年，不知不觉间，为无数文人轻抚赞叹。而这八宝灰胎出现于北宋晚期，其独有的金石之韵为文人琴家所珍视。只是这各色宝石材料昂贵稀有，故八宝灰古琴多为帝王将相、达官贵人收藏，仅有少量流于民间，现今存世的也为数不多，尤为珍贵。如今，过了千年，倒是能为斫琴师所用，到底是时代给予的福气。彼时，将这装着各色宝石的玻璃器皿一一展示于我的许工，与地下室亮着的灯光融为一体，浑身闪耀着匠人的魅力。于他而言，那些在山林吸收百年灵气，又在房屋顶端历经多年风吹日晒的旧木，这些曾于山间水旁享受自由的宝石，如今，都找到了最好的归宿，化身一张琴，长久存世。

那些刮完灰胎的琴要阴干一段时间，装上琴徽，上漆，打磨，推光后安装雁足，即可安弦试弹。古人装琴徽多用金、玉，许工则用贝壳。一颗一颗，镶嵌黏合，竟不知要说是它的眼睛还是嘴巴了，单从视觉上，只觉相得益彰。而琴弦，古代唯有蚕丝，如今则用钢丝，着实结实许多。

他将一把未上弦的琴，固定在一安装了琴弦的木制工具上喊来儿子试音。刚刚成年的男孩，弹琴已至一定境界，许工笑语，这一点他自叹不如。这是传承，也是许工的欣慰之处。少年长相秀气，净手焚香后端坐于琴前，于琴弦的勾挑之中微微颔首沉思，指尖于是传出一曲醉人心脾之乐，回荡在夏日安静清凉的地下室中，太古阁又出一件珍品。

## 三

一切技艺皆有传承，斫琴亦是。像这“太古”二字，即来源于唐代雷氏所斫名琴“九霄环佩”上的古人题字，他对复原这样一张琴的喜悦从不掩饰，甚至直接摘取太古作为斋号，逢人讲起此琴，整个眉宇间满是柔情和宠溺，与此同时，嘴角也不经意间上扬，平日里严肃的匠人面貌于是舒展开来，那一刻，他只是慈父。遂想起那日为琴设宴时的欢乐之态，与新晋父亲展示自己刚出生的儿子无异。漫漫斫琴史，或许终因这复原的“九霄环佩”，有了他的一席之地。只是对于斫琴技艺的起始，后世之人皆茫然，许工亦然。

地下室传来阵阵凉意，我裹了裹特意穿上的外衣，这些没有窗的房子，一间套一间，隐在繁华小区的地下。地上是烈日炙烤的城市烟火，地下是安静清冷的精神家园，不禁想起《神雕侠侣》中小龙女居住的古墓，想来便是这般，幽暗，寂寥，仿佛早已远离了城市，这里，会让人短暂忘掉时空，更容易与那些斫琴的先辈心生感应。

他有时会喃喃自语，忙碌几个小时后，卸下疲惫，泡一壶清茶，焚一根熏香，手指轻轻抚过那些琴弦，化身文人，弹一曲《酒狂》，喃喃自语着，呈痴狂状态。一旁的书本翻开着，那些古人斫琴的事迹一个字一个字从书中跳出来，在琴弦上舞蹈。一张好琴，足以唤起那些沉睡千年的斫琴师。他们有时也从书本中走出来，静静地看着许工斫琴，所以他说，总似有人在耳畔低语，指引他更加精良地做工。这些人中，或有神农氏，或有尧帝，或有颛顼，或有唐人雷威。那些传说，或真或假，早已深入许工之心。

昔有神农氏“削桐为琴，绳丝为弦”，创造最初的琴。又有“伏羲见凤集于桐，乃象其形削桐制以为琴”之说。《太平御览》引《通礼纂》云：“尧使无勾作琴五弦。”《礼记·乐记》则载“昔者，舜作五弦之琴，以歌南风”。而成书于战国时期的《山海经·大荒东经》中记载：“东海之外大壑，少昊之国，少昊孺帝颛顼于此，弄其琴瑟。”其《海内经》中又载：“帝俊生晏龙，晏龙是为琴瑟。”种种传言，扑朔迷离，所以历代斫琴师并不计较究竟是哪位先祖创造了琴，只知它古老厚重，先人智慧妙不可言。故而许工斫琴，总要备一碗酒，敬这些先人，也敬自己。待琴斫好，又似还愿一般，酣畅淋漓再喝一场，为那些旧木，为那些漆，为那些宝石，为那些匠人……

他终日研究那些古代名琴，将其复原，看似只是照着样貌斫出一把古琴，却将那段历史也牵动起来，将历代斫琴师的一生也牵动起来。古人斫琴，先秦时构造简单，汉代逐渐定型，唐达到空前，宋则出现官办斫琴局，并统一形制。1978 年湖北省随县曾侯乙墓出土的战国初期十弦琴和 1973 年湖南长沙马王堆出土的黑漆七弦琴，琴身由独木斫成，构造简单，琴面尚无徽位，且面板与底板分开浮搁，此两张现今古琴存世的最早实物，可以显见先秦琴之形制尚在发展。

而蔡邕的焦尾琴，恰印证了东汉斫琴技艺的进步，此琴据说传至六朝时还在使用，且后世爱琴之人，竟争相仿制，琴之精妙可见一斑。汉魏之际，斫琴师开始为琴面安装标志音位的琴徽，共鸣箱也愈发完整。东晋人物画家顾恺之曾作绢本设色画《斫琴图》，图中之人或挖刨琴板，或上弦听音，或制作部件，或旁观指挥……写实而生动地将古代文人制琴之状现于眼前。画中之人，皆长眉修目、面容方整、表情肃穆、气度文雅，尽显古代君子风范。而画之细致，琴面琴底清楚分明，龙池、凤沼亦可显现。也因而为后世之人制琴起到范本作用。

如此，加上唐之国力强盛，文人墨客更加追逐精神之乐。故唐代之琴，在数量与质量上达到空前。一些斫琴名家，亦开始问世，其中尤以四川雷氏居首。《琴书大全》曾载：隋文帝的儿子杨秀封为蜀王后，曾“造琴千面，散在人间”。至此蜀地斫琴名家辈出，或可与此有一定关系。单雷氏一门，名家众多，所制之琴，人称“雷公琴”，有“唐琴第一推雷公，蜀中九雷独称雄”之说。到了宋时，苏轼对雷氏琴也情有独钟，以“家藏雷氏琴”而怡然自得，为求雷琴之精妙，甚至曾破琴视之。其在《杂书琴事十首·家藏雷琴赠陈季常》中写道：“余家有琴，其面皆作蛇蚹纹……此最琴之妙，而雷琴独然。求其法不可得，乃破其所藏雷琴求之。其声出于两池间，其背微隆，若薤叶然。声欲出而隘，徘回不去，乃有余韵，此最不传之妙。”雷氏琴的火热如同现今名牌一般，惹得文人雅士、官宦子弟争相收藏，到了宋代，甚至生出不少伪造唐代雷琴之人，看来造假之事，亦有史可寻。而蜀中九雷中，要数雷威成就最大，雷威制琴除却选材时传出一段段佳话之外，所斫之琴，亦流芳百世，尤其“春雷”为传世古琴之最。而如今收藏于故宫博物院的“九霄环佩”，亦是雷威所制，其号称传世七弦琴中最古最佳。所以许工对那张倾注心血复原之琴，如此珍视，实在也是因它太过宝贵。

木匠以鲁班为始祖，造纸之人则供奉蔡伦，许工虽未言明，但看他讲述雷威于风雨交加之夜，只身前往山林，听风吹雨淋树木之音选取良材的故事时那神态，方知雷威在他心中有如鱼玄机于我，总有些特殊情愫。雷威之后，宋明时期有不少帝王、亲王以文人姿态出现，对斫琴之事产生浓厚兴趣。于是宋太宗赵光义推出“九弦琴”，宋高宗赵构推出“盾形琴”，一些斫琴专著也随之诞生。《琴苑要录》就收有“斫匠秘诀”和“琴书、制造”部分，并将碧落子所作的《斫琴法》收录其中。到了明时，斫琴名家众多，《陶庵梦忆》就曾夸赞号称吴中绝技之一的斫琴师张敬修，言说他的斫琴技艺上下百年无敌手。斫琴技艺至此断代，直至民国，才复出现。

许工幼年时，在河北一小县城，受父辈影响，对木器产生浓厚兴趣，他好奇一棵树何以变成家中的桌椅，好奇一块木何以化身母亲的梳妆匣。当同龄少年沉浸于爬树、摘果、游戏之乐时，他在研究家中木门为何能开合，如何能用木头做成一把枪。人说兴趣是最好的老师，在这个老师的指引下，成年后的他，终成为一个木匠。

木匠许工天生就该是匠人。各种技艺如书法绘画篆刻皆自学成才，又天生有某种文艺气息，那个年代，也曾留长头发，弹一手好吉他，写一手好文章。直至某次学人家进入网吧，在浏览贴吧时看到斫琴二字，眼前一亮，似是某种记忆被唤醒。从此将自己关在家中开始倒腾，许久之后，终制成一把琴，忆起来竟也二十年了。或许他前世，就与琴有着说不清道不明的缘，此生才能一眼认定，坚毅相守。这是他的斫琴史，在这斫琴技艺的传承史中犹如雨点汇入汪洋，虽渺小，虽短暂，但于他而言，做一个匠人，守一颗匠心，只管眼前心爱之物，哪顾得身后之名。这琴长久留存，“太古阁”和“许春光”就长久留存，至百年、千年。人们总能在一把好琴底部，看到那样的落款，猜想着曾经的匠人，就如同如今的他，守着那把“九霄环佩”，研究其上的落款与题词一般。

## 四

“泠然希太古”——诗梦斋珍藏。

这是藏于故宫博物院的唐代名琴“九霄环佩”琴背一侧所刻之字，并附有“诗梦斋”印一方。其中“泠然”二字常被用来形容琴音清越，也是因此，许工将斋号改为“太古”，并将“泠然”二字留于儿子，且早早制好印章，待其成长，以继承衣钵。

他将那张复原的琴翻转，带着某种神秘的笑，让我辨认其上的字。

超迹苍霄，逍遥太极——庭坚

霭霭春风细，琅琅环佩音。垂帘新燕语，苍海老龙吟——苏轼记

我随之激动地叫喊，原是他们，此琴之分量，在我心中渐长。原来他们都曾被这唐代雷氏所斫名琴“九霄环佩”俘获，题跋留念。如此，这琴便带着他们的气息留存了下来，这便是物之欣慰，人之悲哀，匆忙一生，到底不能如这些物件，能长久感于这世界。但物件却总归承载着人的记忆，和那题字时留在其上的温度。王羲之《兰亭序》中说：“后之视今，亦犹今之视昔……虽世殊事异，所以兴怀，其致一也。”苏轼与黄庭坚曾对着这张琴感慨斫琴人之盛名，清代叶诗梦又何尝不是对着它感慨苏、黄之旧梦，而如今，我们亦是对着它，慨叹这些早已逝去的古人和他们当日藏琴之喜。

见我盯着这琴背惊叹，许工更是欣喜，直接将琴抱于屋外桌上，任我观察。我方仔细辨认琴背上其他篆书及印章，早前只被苏轼与黄庭坚的题字吸引，倒

没仔细看其他印记。许工复原这“九霄环佩”时，不仅是琴，其上的文字也是临摹得丝毫不差。琴背池上方刻有篆书“九霄环佩”四字，下方则刻“包含”大印一方。凤沼上方留有“三唐琴榭”椭圆印，下方则为“楚园藏琴”印一方。腹内左侧刻寸许楷书款“开元癸丑三年斫”七字。其中“诗梦斋”为清末北京著名古琴家叶诗梦的别号。“三唐琴谢”和“楚园”均为清末收藏家刘世珩的别号。许工斫“九霄环佩”，原模原样将这些印章刻上，这是他对那些藏琴名士的敬，他永远保留着自己那股子细致的匠心，若非没有像原琴一般以玉为雁足，恐真能达以假乱真之效。也难怪，那日宴饮，他豪情万丈，一杯杯酒下肚后，又将众人邀请至所居之地，赏琴品茶。众人便纷纷围绕着这张放置于琴桌上的珍贵之物，拿出手机一顿拍摄，它则似王子一般，高贵安静地盯着这些醉意蒙眬之人，惊叹主人何以这般激动。要说起来，当日的我，对这“九霄环佩”无甚了解，只当是吃了一顿宴席，昏昏然跟着众人在夜里走过坑坑洼洼的小路，来到一城中村的院子，又茫然挤进一间屋子，跟众人一道对着琴桌上所放之琴触摸拍照，却并不知其有何来历。今日才真真是识得它的珍贵之处。

原“九霄”与“环佩”为道教常见意象，有出尘绝世之意。尤其“九霄”常用来指代仙界，“环佩”或可认为是中国古人佩于腰上的玉饰，其相碰时能发出悦耳的叮当之声。“九霄环佩”之名与这琴之精良做工堪称绝配。此琴为伏羲式，为唐琴之一种，由盛唐斫琴名家雷氏家族中最有名望的雷威所斫。后历千年，经数人，终到了故宫博物院，成为传世珍品，价值一度高达四亿人民币，号称世界最贵之乐器。其贵，贵在年岁，贵在斫琴师与诸多收藏者之盛名，贵在斫琴技艺之精妙。此琴之斫制，匠心独运，制作精良，梧桐为面，梓木为底，通体髹紫漆，纯鹿角灰胎。龙池、凤沼均作扁圆形，以蚌为徽，红木做轸，雁足为白玉，岳尾则为紫檀。只是年岁久远，毕竟存世千年，历经岁月磨洗，琴面多处以硃漆修补过，但也因此有了别样风采。

但琴终归是乐器，哪怕只是文人与自己、与天地、与鬼神交流的载体，抒发心绪之物，也须得耳听其声，后将心中所感与之交融、缠绕，终达成共鸣。否则，何以有高山流水之音，何以有伯牙子期之交。所以“九霄环佩”之贵，更在于其声温劲松透，尽善尽美，可说“奇、古、透、润、静、圆、匀、清、芳”九德兼备，终使得大文豪苏轼沉醉，赞其如和煦的细细春风，如仙女身上响起的琅琅环佩之音，如春燕在耳边温软的呢喃之声，如海中老龙的悲怆低吟。也因而历来为众琴家仰慕，收藏者名家如云，流传有序，被视为“鼎鼎唐物”和“仙品”。

难怪许工会如此珍视此琴，为使其与原琴相近，连琴面之漆的修补痕迹也绘了出来。“九霄环佩”历经千年尚能奏响，许工之匠心，更是看着此张复原之琴，眼神坚毅，表情肃穆，一字一句，夸下海口，保它一辈子都不会裂。这言语，透着匠人对自己手艺的自信，透着匠人的一番大志。于他而言，做琴亦如做人。他的心思全在一张琴中，所以他弹《潇湘水云》，苍凉旷远，孤独激昂，以此曲试音，微闭双眼，人琴合一，以验琴音，看是否触动心弦。一张好琴是与斫琴师心意相通的，它由斫琴师的汗水浇灌而成，终带着他的风骨。如此，斫琴师斫琴，也在雕琢自己的人生，容不得半点瑕疵，半点应付，半点偷工减料。否则，琴会裂，名会毁，匠无信。

而此把复原之琴山口圆润，边角如玉，轻轻触摸，便如同抚上少女玉肌，拨动其弦，琴声更是在这地下室荡开来，回旋着，进入耳畔，人便也飘飘然醉了。良久，心绪仍停留在这把名琴之上，唐人雷威斫琴的身影遂浮现眼前，苏轼、黄庭坚、清代叶诗梦都随着此琴留下抹不去的印记。那么许工所斫这“九霄环佩”又将何去何从，百年千年之后，它是否会留存今日触摸它的这几人的气息？

从地下室走出来，仿佛历经一场时光穿梭之旅，这夏日骄阳倒成了重回现实的开关，炙烤在楼房和路面上，热气腾升，将人包裹着，人便如同大梦初醒一般，将那些古人古物隐在心底。只巴巴地跑去商店，买一根冰棍，心满意足地朝一间饭庄走去。一场酒局又将在城市的某一角开始，这次，为的是斫琴师的故事，为的是匠人的初心。想来千年之前的雷威，每斫出一张好琴，也必会与好友共聚山间茅屋，酌酒一壶，抚琴一曲。许工斫琴之孤独与深情，或许在这豪饮之中得到释放。今日的他，是木匠，是漆匠，是文人，是墨客，是琴家……种种身份，只在那颗匠心，只在炽热之爱。

# 拉莫河畔之药与毒

连　亭

## 河　滩

那些年，沙滩没有变肥，没有变瘦。它总是这样高，这样大，这样平，这样斜，保持着和风水相谐的姿容。这源于天地生生不息的运转，源于风与水的琴瑟和鸣。天覆地载，日升月落，沙子随风水到来，也随风水溜走。风吹不止，流水不息，河滩的沙子每日增加的和失去的一样多。增与减相当，就是不增不减，这是公平的。公平的沙子没有好恶，风让它留下它就留下，水让它离开它就离开。只有种子安土重迁，一旦降落在这片地就舍不得走，然后在沙土中发芽，在阳光雨露中长成草木。草木是多情的，它们拼命抓住大自然赠予的一切。被草木抓住的沙子，就会长久地留下来，变成有根的孩子。沙土中的养分，沿着根须抵达草木的每一寸肌肤，草木就会越来越高大，越来越茂盛，在沙地上撑起一朵朵绿色的浓云。

“翘翘错薪，言刈其楚。”外婆把杂乱而高出的枝条砍下来，整齐地晒在沙地上，干了就用草绳捆束起来，背回家当柴火。她不会把整棵树都砍掉，信奉自然的观念使她深知感恩，不会伤及草木的根本，而只是修剪多余的枝条。草木经过刀斧的打理，通风性会更好，能照到更多的阳光，生命力就更加旺盛。

“翘翘错薪，言刈其蒌。”外婆把蒌蒿粗老的枝叶割下来，整齐地晒在沙地上，干了就用草绳捆束起来，抱回家用作引火的材料。春天，她还会摘取蒌蒿的嫩芽，或是焯熟了凉拌吃，或是配上猪肉一块炒。由此，我知道“蒌蒿满地芦芽短”赞美的不只是芦芽，还有蒌蒿的嫩芽。

舅舅是个优秀的渔夫。他的船很少泊在河湾里，而是行驶在江河中。船是木船，桨是木桨，没有乌篷，完全敞开。人在这样的船里，可以看江河，看星空，但不能睡觉。想睡觉了，舅舅就把船划到石洞下，从船中跳上岸，铺开他留在洞中的席子和被子，心满意足地躺下。有篷的船是可以睡觉的，但不能用大桨手动划船，得靠柴油发动机驾驶，行船时马达声很大，会惊吓鱼群。舅舅不喜欢有篷的船，相比于机器，他更相信自己的双手。他有一双爬满青筋的大手，紧握船桨时青筋凸起，看上去就像地图上的河流。他划船的节奏匀称优美，人站在船中央，面向船头，两手把桨，左右同时一圈一圈地划，船就像鱼一般破水前行。

舅舅熟悉拉莫河甚于孩子。孩子生下来，在女人怀里哭上几声，在泥地打上几个滚，就哼哧哼哧地长大了，大丈夫用不着为此费心。对付江河就不能这样了。江水野得很啊，有暗流，有漩涡，有起落，有洪流，不时时留心可不行。这野水生养的鱼鳖，也野得很啊，没有过硬的水上功夫，是追踪不到它们的。舅舅长年风里来浪里去，琢磨透了水的脾性，也摸准了鱼的习性。他能察觉江河任何细微的变化，知晓哪个河段富产何种鱼虾。捕获的大鱼，他拿到集市上卖，镇上、县里的人都争相来买。若是小鱼，他就丢回江中。他说：“小鱼仔，肉少刺多，不好吃。”不好吃是一方面，实际上还有更深层的道理，他懂得却不爱挂在嘴边，那显得太酸了。连鱼仔都不放过，河里的鱼就会越来越少，不是长久之计，江上的人都明白。这正是孟子说的“数罟不入洿池”的王道。

在河滩上，我能承担的劳作是放牛。我挺喜欢这活儿的。我把牛赶到河滩上，任由它们去寻珍觅草。它们的嘴唇看起来厚实、温柔，不知道会不会把草木弄疼。我注意到，牛通常只吃植物的叶端，不会将它们连根拔起，牛唇亲吻过的地方，植物三两天就长回来了。从来没有一株草因为害怕牛而躲藏。它们在沙土上、牛蹄印中，惬意地舒展身躯，风一吹就快乐地摇头摆手，似在唤人走到它们跟前。我学着牛的样子，把脸凑近一棵小草，用牙齿咬下一片叶子，慢慢嚼碎然后吞进肚子，如同吞下大地的秘密。这时，我看到了草的手和脚，蜷曲的，细密的，紧紧地抓住大地的皮肤，深深地扎入大地的血肉，似要争做大地的骨骼。这是多么有志气的生灵啊！我不甘心被小瞧了，忍不住把手插入沙土中，想像它们一样发芽，开花，结籽，枯荣。想着想着，我痴痴地笑了。

有时，我发疯似的躺下，在草滩上尽情打滚，恣意地大喊大叫。河滩空旷，四野苍茫，我的声音浩大而孤独。唯有牛偶尔抬头哞哞叫几声，像是在回应我，又像是在感谢草木的恩典。鸟雀扑棱棱地飞来，如同雨点般落下，啄食藏在风中的果实、草籽。阳光被它们的翅膀搅碎了，化成无数的小影散落在地上。我真想把这些影子捡起来装进口袋，带回家给轮椅上的太婆看。我想，她会喜欢的。她经常叫人把她抬到院中，看树的影子、云的影子、小猫小狗的影子。她尽可能地搜集所看到的影子，只可惜她老眼昏花，既看不清蜜蜂蝴蝶，也看不清轻捷的鸟影。

风中的消息比鸟影还快，太婆抓不住，我们也抓不住。消息从省城传来，像风一样吹遍每一个角落。大河两岸的人都知道了，大藤峡要修水电站，江河的水位会涨高，这北岸的土地将被大片地淹没。

征地的来了，跑断腿也没法让渔民爽快签字。他们不是不愿意配合，只是想多拖延一阵，再好好看看这片热土，毕竟世代住惯了。于是，这慢吞吞的北岸，在日益迅疾的风面前，就像根除不尽的毒瘤。

## 码　头

不放牛的时候，我就坐在北岸边的石头上看来往的货船。货船都是两层楼，楼上有穿白制服的人影。长长的甲板上堆满货物，货物盖着绿色的帆布。

船尾拖着一道白水花，是螺旋桨打出来的。船开过后，水面涌起半米高的大浪，从靠近南岸的水道一直奔腾到北岸，持续几分钟才停歇。夏天，我喜欢抱着救生圈扑到浪花里，随着水浪起起落落。除了穿制服的船长、大副，还能看到光着膀子在甲板上行走的水手，风有时会把他们的说话声裹挟至北岸，但听不清。船的排浪声太大，掩盖了一切声响。

向东远望，可以看到龙兴码头。港口经常泊着数十艘大货船，几乎都是空船而来，满载而去。船员们在码头休整时，码头搬运工就负责把矿料、牛羊等转送到船上。数日后这些货就会出现在广东、深圳的工厂或市场里。这个码头在古代就地位显要、声名远播，陆路交通发达后，它有过几十年的衰落期。二十世纪九十年代，地质勘探员在附近的甘蔗林发现铜矿、钨矿、锰矿、重晶石等资源，矿业发展起来了，成本低廉的水运再次兴起。近年，恒大畜牧业在河边经营了几个大牧场，码头的生意就更好了。

隔着毛茸茸的芦苇草，遥望矿石——这来自大地深处的骨头——被机器挖出、筛选，然后装船随江水流向深圳、广东，是村庄孩童的一大乐趣。除了矿场，我从未见过大地如此触目惊心的裸露。当挖掘机撕开大地的皮肉，石料土块在机器中发出惨烈的爆破声，我听见了风中的怒吼。轰，石屑迸散，四处飞溅，在半空中开花，又急速下落，我在阵阵尘雾中得知，矿工找到了他们想要的。目送草木喂养大的牛羊，被一块块分解装入冷箱，成批成批地运上船，也是村庄孩童的一项成长课程。畜牧场上，那么多的牛，黑压压的一片，像移动的乌云；那么多的羊，白茫茫的一片，像黄白色的云。云被风往前驱赶，牛羊被屠宰工往屠宰场驱赶。不过一顿饭工夫，一头头肥壮的畜生，就变成了一坨坨打包好的肉。生长需要数年，死亡不过一瞬，半点都由不得它们。

码头的重量积压在装运工心上。运一箱是五毛钱，六百箱就是三百块钱。一天扛六百箱上百斤的货物，不能说不繁重，所幸肩膀足够厚实。只要身子骨扛得住，他们就觉得码头的活儿不磨人，无非是卖力气。而只要吃得饱饭，庄稼人有的是力气。现在不流行打号子了，但讲究集体出工，集体吃饭。他们干活儿很简单，只动手不说话，拿货时两腿张开半蹲，箱子往肩背上一搁，再用手扶住，蹬一蹬腿站直，大踏步往船上走，到地儿放下码好，又回头接着扛下一箱。他们吃饭也很简单，一大锅菜，一大锅饭，并不盛出来装盘围着桌吃，只是拿上各自的碗，盛上自己的那份，蹲在马路边吃完。他们吃的时候不怎么嚼，食物扒拉进嘴里，打一个滚就吞下去了。

装运的活儿累人，老一辈的人很少愿意干，只守着种甘蔗的老本行。码头上拉车扛包的多是七里八乡的年轻人。别看这活儿苦，但来钱快，想揽活儿还得有熟人介绍。种几亩甘蔗，一年一次收成，卖了只得几千块钱，在码头干两个月就挣这么多了。谁不喜欢钱呢？包工头在码头的影响力，相当于渔夫在自家船中的影响力，留不留人全凭他说了算。包工头通常从自己亲友中招募工人，知根知底，用起来称心。于是码头上常有这样的事发生。找活儿的人对包工头说："要吧，我有的是力气。"如果得到认可，他就会领到一个号码，进入集体工作的秩序，用汗水换钞票，然后凭这些钞票盖几间房，讨一个中意的老婆，生两三个孩子。如果来的人长得太瘦小，他将被质疑。"你干不了的。"包工头摇头。他则强调："我干得了，我还是你某某亲戚的外甥，从某某村来的。""是吗？没听见他讲过。你还有什么要讲吗？"包工头已然不耐烦，但还是保持客气。"我的力气能举起一头牛，我经常当着全村人的面这么干。"那个人讨好似的补充。包工头弹了弹烟灰，眯着眼说道："来的人总这么讲，我怎晓得你讲的是不是真话。"那个人脱下上衣，露出腰背上的一块疤，看起来像是被牛角顶伤留下的。他指着那块疤说："这就是证据。别人可能会说假话，但我不会。""哦，还有呢？"包工头似乎有些无语。"还有……我半夜三点钟出门，走了一天才走到这里。我不能这样回去。"他有点窘迫，甚至生气。"那你先留下干干看吧。"包工头递给他一个号码，叫来一个人把他领到工棚。就这样，码头上又多一个像牛一样踏实干活的人。

比起装运工，船员的待遇要好得多。船长的月薪能上万，副手的有六七千，水手的也有三千多。他们和轮船公司签有雇佣合同，工资定期发放，旱涝保收。在码头停歇期间，船长和副手不屑于四处溜达，或是忙着整理材料，或是安静地睡觉。水手们则会抓紧时间上岸四处逛逛。到底比船长年轻，水手们就是闲不下来，双腿在水上晃久了，也会迷恋陆地的安稳。他们在码头上这里瞧瞧，那里看看，想要寻点乐子。只可惜码头虽然货运繁忙，却连一个像样的商超也没有。这么一块乡野阔地，这么一个萎缩的城镇外壳，既找不到高级的理发店，也买不到趁手的剃须刀。倒是附近村子的姑娘，能让人心头一热。

一日，我沿着河岸向码头的方向走，右手边是蒹葭苍苍、江水汤汤，左手边是密密匝匝的甘蔗林，太阳很大，花香很浓，野草丛不时有蛇爬过。我一株一株地辨认路过的药草：桔梗、黄精、老虎须、牛大力、金银花、金钱草、车前子、香附子……我这么干纯粹是为了好玩，外婆教过我认草药，我乐意在闲晃时练习这一技能。我摘一片草叶放进嘴里嚼，用舌尖细细品味微苦的清香。突然，我注意到甘蔗地中有动静，先是一男一女压低的说话声，接着是牛一般粗重的喘息声，然后是哼哼唧唧的呻吟声。这呻吟声很奇怪，听起来像蜜蜂采完蜜后愉悦的歌唱。我搜寻声音的主人，发现两个在甘蔗丛中摇晃的影子，有点像打架，一个扑倒另一个。我有点害怕。我见过公牛骑在母牛背上，见过蚱蜢压着蚱蜢，见过青蛙驮着青蛙，但没见过一个人如此猛烈地来回撞击另一个人。我慌忙躲到一棵大树后面，看不见人影了，但还能听到甘蔗叶的哔剥声，甘蔗秆咔嚓的断裂声。我大气也不敢出，直到世界突然安静下来，我才发现左脚踩在一个蚂蚁窝上，疯狂的蚂蚁爬满我的腿和脚。抓一把艾叶，我小心地将腿脚上的蚂蚁扫掉。再次抬起头时，我看清了从甘蔗地走出来的人，一个是我某个远房表舅的女儿，一个是某艘货船的年轻水手。我没有出声，等他们走远了，才从树背后钻出来，继续往码头走去。

## 教　堂

从远处看，它就像一座繁华不再而庄严犹存的坟墓，孤独地夹杂在山野民居之中。它背后的山比它还高，植物团团的绿云压在它的尖顶上。它前方是一条细水，水岸遍植芭蕉。芭蕉之外，是平整的稻田，比它更系得住人心，更守得住信仰。

如今，它沦落为一个游人罕至的景点，除了佐证一段罗马教廷东征的历史，似乎已毫无用处。1848 年，罗马教廷传信部将两广划为法国巴黎外方传教会的教区，从此数百名法国传教士进驻两广，传播天主的恩德。他们相信，他们将给这一片土地带来文明和福祉。他们开办学堂、诊所、孤儿院，以期感化和吸引信众。吊诡的是，天主教堂废弃不过数年，人们对传教士帮助抗击的麻风病还心有余悸，却早已不记得那些金发碧眼的法国人。就拿大河北岸的这座天主堂来说，有村民说得清它的来龙去脉吗？若非刻意调查天主教在中国的传播史，我是注意不到它的存在的。自从光绪二十八年（1902）建成后，它已有一百二十年的历史。尽管它的寿命长过了村庄所有的建筑，它在村民心目中的意义，也没有高出支撑它的砖石。目睹它建造的村民没有一个活在世上了，它在此站立的时间还有多长呢？

它残旧的面庞，仍依稀可辨盛年的容颜。其下端是方形的三层洋楼，上端是高耸的法式尖顶。砖木石结构，雕饰精巧，壁画华美，即便是现在，村中也没有哪一栋建筑的装潢能超过它。地面的砖石长满青苔，却掩不住平整周正的贵族气质，看得出是经过工匠精挑细选和精心打凿的。木雕已暗沉无光，但依然优美精致，有些雕花叶脉清晰、花蕊分明，而人像的眼睛富有感情、栩栩如生。此刻，迂回而至的风拍打着这脆弱的娇花、这温情的人眼，层层稻浪从前方步步逼近，它是否感觉到了兵临城下的窘迫与危急？

与其说它是传教的中心，毋宁说它是群山中的孤岛。中国人对信仰的理解，从来不是宗教式的，而是朦胧自然的。可想而知，无论传教士如何煞费苦心，都改变不了村民们的文化结构和思想观念。相反，他们住下来后，不得不忍受岭南的潮湿和酷热，不得不改变饮食习惯以适应这里的生存条件。事实上，当年来桂的法国传教士，因染病而被迫中止宗教事务的为数不少，有的还不幸死在任上。在他们眼中，这片未曾开化的土地，处处是穷山恶水，处处埋伏着野蛮和病毒。关于此类情况的描述，在勤奋写日记的神父笔下不时流露。当他们无法命令村民合唱“永远颂扬主、赞美主、荣耀主”时，他们变得垂头丧气，甚至认为魔鬼早于他们统治了这块土地。他们不了解的是，就像海洋塑造特定的西欧人一样，这里的人由高山大河塑造。要想深入这片土地的人心，必须凭借山川的力量。佛教就深知这一点，因此扎下根来了。如果对村民说“只有主是无上光荣的”，村民是不信的。但如果说“万物皆有灵”“处处皆有佛法”，村民就觉得亲切。因而，他们愿意让佛祖遍布山川。他们拜佛祖和观音，就像拜一棵神树一样虔诚。

和中国的传统建筑一样，教堂坐北朝南。黎明，站在教堂门口或朝南的窗边，白昼降临的过程一览无余。那时，鸡叫声已把村妇们吵醒，勤劳的农夫们已披衣起床。黑魆魆的南山托举出一方鱼肚白的天空，星星暗淡下去，晨鸟喧哗起来。渐渐地，芭蕉林、苦楝树现出清晰的身影，但你还看不到太阳。由于山的缘故，天亮要早于太阳出山。你目睹南山顶上的云由黑变红，镶出滚烫的金边，如同战争时舔舐山脊的火光。你觉得风在生气，怒吼，想将太阳从山下、云层里救出来。你的眼睛看得酸胀了，那个火球仍逃不出囚笼。于是，你想把眼睛从南山挪开，突然太阳破云而出，将一束束巨大的金光照射到教堂的尖顶上。就在这一刹那，教堂与天地同享这震荡山川的感动。

在教堂的后山上，立着几座坟墓。坟墓里的人，是死在这里的人，也是生在这里的人。不幸死在这里的洋人，无论是传教士、医生还是教师，都不愿埋在这里。他们要回到自己的祖国，恋土之情任何人都是一样的。我沿着山道爬上去查看那些歪斜的墓碑，碑上的字迹破损了，墓台上残余的红烛和墓顶上褪色的红纸，是子孙清明扫墓时留下的。这里的人，没有一个会为不在礼拜日上教堂而心有负担，却会为清明不给祖宗尽孝而不安。上百年的坟墓，仍年年有人祭扫，一点也不奇怪。墓中沉睡的人，姓甚名谁或许已不可考，但在宗族中属于哪一代、排行几何，长老们是清清楚楚的。民间血脉相承的记忆，有时竟比石头更持久与精确。

我是在上午进到教堂内部观看的。当我穿过圆形拱门步入圣殿时，立即被它特意营造的光线带入宗教氛围。它的设计者一定深谙精神的游戏，才会造出这种意志压倒式的建筑格局。基督受难像、圣母像、内墙皆是神圣的白色，从基督身后的拱形窗户射进来的光也是神圣的白色。上帝说:“要有光。”而且,它给你一种光从耶稣脑袋后方发出的感觉。只要站在教堂之中,你就会感觉到建筑的每一个细节都在耐心地告诉你,你头顶上方的穹顶是通往天堂的阶梯。为此,它把所有门窗都做成天空式的圆拱形,用五彩斑斓的颜料在窗玻璃、穹顶上画出精美绝伦的《圣经》里的故事,让阳光透过彩色玻璃窗照进来后在对射中变得神秘、庄严。最重要的是,它让大厅的地面到穹顶之间毫无遮拦,这种看起来几乎是浪费的封闭式空阔,营造出天国近在头顶的气氛,然后在你仰望天堂之光时,它悄悄接住你的灵魂。你唯有折服、赞叹,匍匐于主的力量,才能在这强大的宗教意志中感到舒适。否则,你贸然踏入这样的空间,就是对自我的一项巨大考验。

毫无例外,它把灯光设计成白色或橘色,地面放置的椅子则是深红色,这让整个教堂看起来庄重、华美、典雅。当村民们一排排地坐在椅子上,听神父的布道,听孩童唱的赞美诗,他们的灵魂是否能得到片刻的救赎呢?“人类有原罪,唯有主能给我们赐福。”那光芒之中似有一个遥远而清晰的声音。于是我开始忏悔,双手紧握抵在下巴上,双目合闭,一桩一件地细数自己干过的坏事,比如用弹弓打死一只刚会飞的鸟,用脚踩死来回奔忙的蚂蚁……然后真心祈求主的宽恕。“赐给我们日用的粮食,免我们的债,如同我们免了人的债,使我们远离诱惑,救我们脱离凶恶。”我松开紧握的手,在胸前画了一个十字,感觉那些可能到来的不幸通通被带走了。我如释重负,满含感激地站起来,走路的步子又轻微又虔诚。奇怪的是,当我走出教堂的拱门,置身于真实的阳光中,刚才发生的一切就如同做梦一样,那些拨动心弦的意绪也变得虚幻而终至于无。

我走到一个宣传栏前,读上面关于这座教堂的介绍。那些干巴巴的话语呆板无趣,并对教会初来此地的意图讳莫如深。历史就是这样,其呈现给人的面貌取决于书写者之手。造此牌匾的人,希望这座还算富丽的建筑能给当地带来游客,就故意把那些令人不快的内容抹去了。然而,只要翻阅档案就能看到法国教会在中国的扩张,是伴随政治和军事侵略进行的,尤以鸦片战争和中法战争期间为甚。尽管不少教会人士秉持宗教虔诚和人道主义，给中国人带来过益处，也无法改变侵略者的本质。因而，当法国在世界战局中失利后，那些随着战争到来的主的奴仆，也要随着战舰离开中国。

1918年，曾经称霸世界的法国，在第一次世界大战中遭受重创，法国教会力量锐减，其在广西的势力也大为减缩。经过一段挣扎的历史后，神父们不得不将精神的事务交回给山川大地，带着他们的圣母像和十字架漂洋过海回到葡萄飘香的家园。此后，美国人短暂接管过这里的宗教事务。再后来，本土成长起来的神职人员成为教堂的经营者。他们有没有在祷告声中将《圣经》变成自己的哲学？不需费力你就能发现，他们既例行公事地做礼拜，也一如既往地供奉祖先的牌位，祭祀土地神、财神、龙王、山神……你在这个村里随便问一个教民，他也搞不清天主和伏羲有什么不同。他们愿意让宗教协会把自己的名字加在信众的名单上，似乎只是为了传承祖先盖起的这座大楼。

于是一百多年后，我时常站在围墙外，看那些来去自如的麻雀，呼啦啦地落在教堂顶上，叽叽喳喳一阵，又漫不经心地飞走，所经之处遗落一些细碎的羽毛，以及斑斓的鸟粪。此外，阳光热烈，天地浩渺。

## 药　酒

酒是米酒，药不是草药，而是蛇。黄蛇，响尾蛇，五步蛇，竹叶青，都不稀罕，他们更钟爱扁头风和过山风。扁头风的头扁扁的，它还有一个更正规的名字，即眼镜蛇。过山风速度极快，像风一样哧溜一下就爬过了山头，因而得名过山风。过山风很凶猛，会吃同类，还会主动攻击人，这不是一般的蛇会干的事，所以又叫眼镜王蛇。这里的人相信，扁头风泡的酒能治风湿痛、关节痛，过山风泡的酒包治血管疾病。他们把这两种名字带风的蛇，封在透明的玻璃酒瓶里，一瓶瓶地放在床底，想喝了就端出来倒上一碗，跟喝水一样。

我的床底就放着几十瓶蛇酒。其实，这原本是舅舅的床。他长年住在石洞后，外婆就让我和表姐在他屋里睡。老是躺在蛇上面，人是容易癫狂的。毕竟，瓶口只是用木塞封住。而酒中的蛇，看起来就跟活的一样。不，我根本无法判断它们的死活。舅舅从不用死蛇泡酒，而是直接把大活蛇丢进瓶中。那蛇进去后，就在酒中游动，扭头，摆尾，用头撞瓶壁，最后才慢慢安静下来。你以为它们不会再动了，晃一下酒瓶，它们又活跃起来。你完全不知道它们何时断气。我想摸那些瓶子时，表姐就吓唬我："不能动，会咬人！"这话增加了我的恐惧。而且，为了进一步震慑我，她给我详述隔壁村一个酒鬼被蛇咬死的事。他捉的扁头风在酒里泡了几个月了，开瓶倒酒时蛇居然蹿出来咬死了他。这个故事是真的，舅舅还参加了他的葬礼。我很怕床底的蛇会顶开木塞爬出来。睡觉时，表姐的冷脚不小心碰到我，我会误以为是蛇。接着我就在梦中发抖、尖叫，直到在冷汗中醒来。

外婆很爱喝扁头风泡的酒。她说她那把老骨头没有酒喂，早跑到树根底下了（意思是死了）。女人喝酒本不多见，把理由说得这么冠冕堂皇更是少有。她的骨头的确有毛病，从地里干活儿回来，她老是喊这酸那痛的，要是变天喊得更厉害。而且，她喊得多的时候，总是会下雨，比天气预报还准。天气越糟糕，她喝得越猛。酒多话也多，顺心的不顺心的事，全都说个遍。说着说着，还唱将起来："日头下山江水长，风吹树叶人喊凉。人喊凉来仔喊娘，酒碗打酒慌没慌……"这唱得只能用一个字来形容："绝！"大字不识一个的她，酒后居然能编出这么好的词，真是没白喝。她倒酒的技能也是一绝，酒瓶举高微微一倾，酒就像线一样飘入碗中，不溅不洒，蛇还会随着倾斜的酒瓶逶迤。倒完酒，她用筷子捅一捅蛇身，那蛇的头竟然扭动起来，身子还在瓶底溜了一圈。我几乎喊出声来！她把木塞啪的一声插进瓶口，然后用那只刚捅过蛇的手潇洒地拿起酒碗，把酒咕咚咕咚地喝进肚里。喝够了她就不喊疼了，就冲这点，家里人从不阻拦她喝。

陇村遍地都是喝药酒的人，不知是不是因为这个，全村竟无一人怕蛇。除了我。这里的男孩到了一定年纪，就会去捉蛇来证明自己的勇敢。

比我大五岁的表哥，十六岁就开始精心准备他的捕蛇计划。陇村到处是蛇，草丛树上，田间地头，甚至房前屋后，都能看到蛇的身影。一个人走在村道上，没见过蛇是不可能的。蛇不难找，难的是如何无师自通地学会捕蛇。骄傲的男孩不会去向父辈请教技巧，只会在心里反复琢磨和演练。“掐七寸。”表哥喃喃自语。我听了毛发直竖：“要是没抓准怎么办？”女孩的劝告根本不管用，他不屑地甩出一句：“男的就该胆大，这没什么好怕的。”

他拿着黄皮袋出发了。扁头风一般不会在人居附近出没，他要去野沟草泽搜寻。中午十二点，蛇从洞里出来觅食，这个时段最容易抓捕。他拿着一根长棍，拨开前方的灌木和杂草，动作很快、很轻。一些蟋蟀和蜈蚣见光后四下逃窜，他抽出棍子继续前行。一条活物叼着一只呱呱叫的田鸡在草地上蠕动，是贪吃的土地公蛇。这蛇没有毒，不是他的目标。他找了半天，走遍湖头沟的每一个角落，半点扁头风的影子也没见到。大概知道他要来，毒蛇们提前躲起来了。

接下来的几天，他扩大了找寻范围，从湖头沟到坡仔岭，用棍子一寸一寸地探查。烈日当头，热得人都想像狗一样把舌头往外伸，但一想到蛇信子可能就蛰伏在绿草中，他的心头就能泛起凉意。暴雨骤至，草木顺风倒伏，他迎着风头呐喊，奔腾的血液几乎要从发红的眼睛喷薄而出。江水为之咆哮，芦花为之点头，仿佛少年的成长是天地间的大事，扁头风不能再推诿逃避了。雨过天晴，他终于在草坡上看到一个黑影，足足有一米多长，蛇鳞闪着亮光。呈倒三角形的蛇头，像嵌入空气的锥子。前身立起时，脖颈张成一把圆扇，中间还有一个方形圆孔的白色几何图形。就是这个家伙，没有天大的胆子，谁敢靠近呢？可是，这北岸的少年，毫无畏惧地启动了他的成人仪式。

他已在脑海中演练多回了，甚至早在梦中无数次捕获过这条蛇，现在只不过是把梦中的情境再过一遍而已。他悄悄地从后方向蛇逼近，趁它低头晒太阳之时，猛地将叉子钉在蛇的七寸上。他看着这个家伙挣扎了一会儿，才弯腰用手掐住它的要害提起来，蛇身顺势盘在他的手臂上。他站在阳光中，与蛇对视了几分钟，另一只手轻轻地摩挲它发光的鳞，接着抓住蛇尾把它从手臂上解下来。蛇身像牛鞭一样在空中荡了几下，然后被丢进黄皮袋中。他缩紧袋口，用麻绳绑好，就提着袋子回来了。

这的确是一条难得一见的大扁头风，被放进为它准备的酒瓶后数日，头还高高地昂着，仿佛不愿向命运屈服。就这样，表哥以代代相传的方式宣告成年了。从此，舅舅再也不能对他大呼小叫。他想喝酒就喝酒，想驾船就驾船，想去广东就去广东，想谈女朋友就谈女朋友。总之，想干什么就干什么，他彻底自由了。

而那些嗜酒如命的人，一如既往地从各个地方沿着蛇径走来，伸出双手把我床底的酒瓶抱走，然后像外婆一样打着治病的口号喝光。为此，他们愿意掏出种甘蔗挣的钱，在码头扛包挣的钱，在牙缝中省下的钱，丢到外公的烟袋上。他们说用蛇泡过的酒是甜的，因此喝光后再次回来抱走另一瓶。要不是这北岸的毒蛇多得数不尽，我都担心药酒有一天会被他们喝得一滴不剩。

多年以后，我也用双手去拼命挣口粮时，突然明白这北岸的捕蛇故事，不是什么山野传奇，也不是英雄游戏，而是乡民糊口的方式。一如骨头痛的人，将蛇酒当成救命的药，蛇越毒药性越强。

# 达布察克镇

赵　琳

达布察克镇。

一个位于乌审旗的小镇，我的出走与回归早已把这个与我血缘无关的地方，作为生命历程中重要的词根来源，正在久远的土地上叙述各种传奇的故事。

我承认对于达布察克镇的熟悉不如天空的飞鸟，它们阅历的春秋远比一个青年人的记忆要深沉。仿佛二十多年间，这里的每一件事物都带着无限美好的开端，像一列光阴中的列车驶出站台，阅尽沿途风景，终点依旧是那片让人落泪、满是春光的草原。

我们早晨生起的篝火还在燃烧，暮色温暖如梦，梦摄取着命运中神灵馈赠的色彩斑斓的礼物。

而我只在达布察克镇度过完整的一天：清晨走出毡房，夜晚趁着星辰回家。

## 查干苏力德

乌审旗的萨拉乌苏河畔，宁静的草原上，太阳正在缓缓沉入草地，毡房在落日余晖中披着一层薄薄的霞光，宛如一颗颗长在地平线的白色大蘑菇。

傍晚，风吹来雪山的冷空气，已是阳春时节，萨拉乌苏河流解冻，叮咚叮咚的流水声充盈着两岸的欢笑声。小孩子们在毡房间捉迷藏，几个淘气的孩子躲进摆着祭祀品的木桌下，巴尔大叔双手提着两个小的，并把三个大点的孩子赶出毡房。他大喊“谁家的崽子，赶紧看好，打翻祭品神会生气的”，语气很硬朗，但他黑红色的脸上察觉不到厌烦的神情。

巴尔大叔把孩子轻放在草地，顺势朝着屁股象征性地踢一下，让他们去别处玩。

他站在被柴火映红的蓝色天空下，抬起右手扶正头顶的栖鹰冠。这顶圆圆的风雪帽后面有一撮红色的狐狸毛穗，像奔跑的小狐狸在深草中晃动尾巴。这一刻的巴尔大叔是幸福的。他双手叉腰走进毡房，和几位长者坐在篝火旁，商议着明天查干苏力德祭祀仪式的流程细节。

那一年，我九岁。第一次跟随巴尔大叔参加查干苏力德祭祀。

巴尔大叔是乌审部落祭祀的传承人，他的家族已守护这片草原数百年。千百年来，乌审旗作为鄂尔多斯草原自然地理过渡的缓冲地带，这里生活着代代相传的蒙古人，也有迁徙移民的汉族人。我跟随巴尔大叔骑马走出达布察克镇，他用马鞭指着河流两岸已经定居的牧民，这些人家都会在院落或者空旷的广场修建苏力德——两根类似三叉戟的顶端闪烁着雪山一样纯白的光，中间用五彩彩旗缠绕。

巴尔大叔拉紧缰绳，两匹马并排行走。他说，查干苏力德祭台叫作“神台”，旗帜是“风旗”；他还让我记住，“苏力德”的寓意是“精神之旗”。查干苏力德，不仅寄托着对先祖的思念，还有驱邪避魔，保佑家人平安、六畜兴旺的作用。

有一年冬牧场，他家在一场暴雪中损失惨重，他魁梧的身躯行进在雪地，如同黑色的斑点移动。面对被冰雪掩埋的牛羊，他哭了，这些牛羊是一家人的生活来源。他脱掉皮手套，把冻死的羊一只只从雪中掏出，羊僵硬的四肢蜷缩在一起，母羊护着小羊羔……整整三十二只羊，一夜之间，从牧场活蹦乱跳的精灵化为僵硬的躯干。

他清理完牧场，在羊群的中心看到一只怀孕的母羊，它的肚子圆鼓鼓地垂在雪里，眼睛布满冰凌渣子，水灵得闪光。他将这只羊带到毡房，不久之后它诞下一只健康的羊羔。羊羔咩咩地叫着，打破天地间稠密的寂静。不远处的查干苏力德彩旗飘扬在风雪中，阳光将大地滋润温暖。这只羊为他们家带来好运，来年又增添了几百只羊羔，这是上天的恩赐，是查干苏力德庇护的福音。

如今，他的脸上布满胡子，风雪帽藏不住的几根白发顺着帽檐探出来。他已经五十八岁，在草原度过壮年，即将走进一个人的暮年。

“我要接替其他长者祭祀苏力德的职责。”这是他在去往草原的路上向我宣布的。

第二天，天空在远山露出鱼肚白，浓郁的马奶酒和冒香气的牛羊肉弥漫在营地。人们在一条河流中洗脸，在一条河流中饮马，水哺育生命，却又给生命以无形的厚重。

人群不断聚集，天空盘旋着展翅的雄鹰，马匹在草原上静静地啃食青草，它们脱去马鞍，鬃毛在自由地呼吸，皮肤渗出独特的味道。巴尔大叔在泥土筑成的祭台点燃柴火，火焰中的人们通红的脸上带着喜悦，眼神虔诚，注视着巴尔用红绸擦拭苏力德，重新挂上五彩旗，添加一缕缕马鬃。他的动作庄重得让人无法大口呼吸，祭桌摆着羊头、祭酒、阿尔查等祭品，人们吹响号角，磕头，焚香，长者带领众人浑厚地吟唱祭词，祈祷水草茂盛，牛羊肥美，吉祥如意。

这种信仰流淌在人们的血液，当隆重的祭祀开始，仿佛重新赋予所有人年轻的澎湃的力量。

隆重的祭祀仪式结束，我们坐在篝火旁，巴尔大叔不着急回家，他帮别人打包好毡房等物品，目送他们陆续离开营地，回归草原深处，然后继续漫长的游牧生活。

巴尔大叔走过来，他把胳膊搭在我的肩膀：“你知道吗？对于一个马背上的民族，哪里有查干苏力德，哪里就是家。”他的祖父教会他，一代天骄成吉思汗把查干苏力德屹立于斡难河畔的金帐外，作为蒙古帝国的象征。也许从很早以前，查干苏力德在历史长河中就承载着一个民族繁荣发展的印记。他曾跟随祖父见过最尊贵的查干苏力德，那是毛乌素沙漠的边缘，一根彩色旗杆和天空一般高，三叉戟上镶着金边，稍下端一圈的马鬃为白驹马鬃，经幡飘荡在空中，十分雄伟壮观。

那天，我们待在营地看着落日像一枚燃烧的火球浸入萨拉乌苏河，远处牛羊被赶回栏杆，我们才启程返回镇子。

我只有在梦中回到河水清甜的萨拉乌苏。我确信，那些河畔的草除了根，新长的草不会认识我，我养的牛羊被贩卖到城里；那些山坡上被遗弃的石屋，偷走了我藏下的童年，被时间回忆的岁月恰似麦芒般刺疼肌肤；那些值得敬畏的神灵隐蔽在大地，你只有站在最高处，才能找到灵魂的栖息地；或许，那些草原的光从未远离，以另一种方式存在：我在查干苏力德的顶端，看到过最亮的光芒。

此后，我再也没有机会跟随巴尔大叔参加查干苏力德祭祀。我每次回镇子，巴尔大叔一点点老去，风雪帽换成鸭舌帽，头发掉光了，烟灰白的胡子懒得打理，杂乱不堪……他安然定居镇子二十多年。

他每次见我进门，总要笑着拿出之前举办祭祀的相册，他按照年份排列出厚厚的影集，他讲述得很清晰，每一个祭祀的动作像幻灯片一样播放在我的脑海。这二十年间，他感叹自己从每日一祭到每年八祭，再到如今的一年一祭。他很惭愧，但是查干苏力德在心中屹立不倒。

这段时间，草原正举办一年之中查干苏力德祭祀最盛大的祭祀。草原的每个角落都在举办祭祀，白天，人们共同祭祀精神的象征，并且有网络直播；晚上，天南海北的客人相聚在篝火旁跳舞唱歌，喝酒吃肉，然后在草原民宿毡房里度过布满星辰的夜晚。

我想和巴尔大叔一起去参加查干苏力德祭祀，他良久不语，告诉我就在他家参加祭祀吧。他指着向东的牧场，那块有干净祭台的院子，是他儿子今年新建的楼房。

他把尊贵的查干苏力德请到家里，陪伴着自己剩余的生命时光。

他坚信，神圣的查干苏力德会为子孙、为所有人带来好运。

# 敖包相会

我童年时，巴尔大叔经常带我去毛乌素草原的深处交换牛羊，那里有热情羞涩的牧民。他们不善言辞，但脸上挂着朴素的笑容，每次钻进奶香四溢的毡房，都有一种悠闲清净的心境。

每座牧场相邻或者山坡凸起的地方，都有石头垒成的石堆，远远望去，呈圆锥形耸立在天地间，仿佛云彩都矮了半截。向上望去，几块彩虹色的云朵正在午后擦拭着石锥顶端屹立的苏力德。

巴尔大叔指着草地青色绵延的山坡，告诉我：这就是寓意高山的“敖包”。

它们立于低矮平缓的草原，迎着清晨樱红色的朝霞与余晖浩荡的落日，一年之间，恍然轮回。春风吹绿草原，它们俯视在大地上吃草的羊；夏日酷暑，它们像带着某种神意，人们相信，当草原需要雨水时，对着敖包虔诚地祈求，甘露就会沐浴偌大的草原；秋天的云朵瘦了，牛羊肥了，而敖包四周被红柳树枝、彩色哈达所缠绕，它也随着草原人感受丰收的喜悦。达布察克镇的冬季最漫长，一场大雪，草原上所有的标识都是渺小的，周围的枯树一模一样，山头别无二致，很多人因此迷路，而唯一辨别方向的标志便是雪地中闪着银光的敖包。它并未替人指示方向，但敖包的附近必定生活着牧民，把迷途者邀请进门，相互问候寒暄，再劝几碗马奶酒，迷途者在安详的气息里返程，走向心中所想的地方。

我曾问过巴尔大叔敖包的历史，他具体也说不清楚，这种守护草原吉祥的敖包源于一种祭祀还是某种未知的标记。但他肯定地说：“敖包住着我们敬仰的神灵与先祖。”在人们心中，只有神灵与先祖才居住在高山之巅，那里靠近腾格里，有一条通灵的路途直达天空，可以见到草原所有的神。

2003 年夏天，我和祖父去参加十三敖包祭祀。

前一晚，祖父与巴尔大叔坐在篝火旁，两个人喝着父亲从榆林捎回来的玉米土烧酒，双脸通红，酒精麻醉着身体里的每一根神经，血脉偾张的巴尔大叔脱去长袍，露出两只强壮的胳膊。他一边吃着牛羊肉，一边大口喝着酒，那样神气，时而站起身子摇晃着哼着悠扬的长调，时而躺在草地以地为床以天为被，那漫天的繁星是伴舞的灯光。

十三敖包祭，草原上没有人比他更上心，他前段时间扔下牧场的牛羊，骑着一辆嘉陵摩托车穿梭在草场，联络话事人，商议祭祀议程，邀请喇嘛诵读经文……他趁着破晓的光就走了，暮色中返回草场，经常停留在我家。

他和祖父是一对相差三十多年的忘年交，丝毫不觉得我们是迁居至此的汉人，凡是他拿不准的涉及祭祀的事项，都会借着酒劲给祖父诉说。祖父吸着烟，静静地注视着这个头戴毡帽、满脸胡茬的中年汉子，等他激动地说完这些。祖父递给他一根烟，划亮火柴，夜色已经摸到了篝火旁。

我们吃着祖母蒸的羊肉馅包子，沙葱与山西老陈醋的蘸料，香味四溢。巴尔大叔在篝火边盘坐，他嘴里的包子还未下咽，嘴巴嚅动着，喉结不停地上下鼓动，就给我讲起十三敖包的来历。他说是从成吉思汗时代起，商议军国大事前，先垒一座敖包祭天，而一代天骄的大汗在鄂托克旗与乌审旗一带集会十三次，从此，十三敖包流传下来。当然，山羊爷爷小时候说过，十三敖包是十三祖先，或者十三天神。他们虽然说法不一，但都说得真诚，说出的每个词语像一块金色的砖块落地，在牧场发出语言摩擦柔软草地的声音。

祭祀当天，正值农历七月。我们转过草场，看到到场的人盛装出席，他们的马解去马鞍与缰绳，在草场摇着尾巴吃草，不时打着响鼻。敖包附近的人们肃穆地站成排，带着供品从达布察克镇的各个草场赶来，有些人赶了一夜的路，到了营地才找个毡房换上新衣。大家顺时针绕着敖包转周，柏树枝升腾起青烟，这种煨桑的礼仪后，喇嘛开始诵经。有敲铃的喇嘛，铜铃声清脆地回荡在辽阔的草原，打鼓的声音显得浑厚，隔着人群都能感觉到羊皮鼓的躁动，鼓的前世是羊，它活在人们的另一种精神中，仿佛从未死去。

随后，在诵经声中，人们奔向敖包，为它添一块圣洁的石头，加一根纯净的树枝，把洁白的哈达献给敖包，把甘甜的奶汁洒向敖包。这一幕是震撼人心的，人群像海潮一样涌向敖包，人们双膝跪地叩拜一次，我感到敖包就高一次。

草原上，人们围在一起吃着羊肉，马头琴声空灵悠远，风吹草低见牛羊，载歌载舞的人拉着手，跳着舞，即使你是陌生人，也会融入这个幸福美满的大家庭。

巴尔大叔与几个年轻人摔跤。他虽年近半百，可身法灵敏，几个灵活的脚法移动躲过了年轻人的猛扑，顺势一把抓住对方的腰带，腿使劲一蹬地，用肩膀把年轻人一下子摔倒在地。他搓搓发红的手，走过去拉起倒在地上不服输的年轻人。

他拍拍年轻人的肩膀，“小伙子，好样的。”那个年轻人不好意思地低着头，他端来两碗酒，两人碰碗，嘴角流露出爽朗的笑容，几滴溢出碗边的酒落在草里，那几株草在这个夏天一定比别的草生长得旺盛。

祖父摸摸我的头，给我说，其实巴尔大叔在教年轻人成长，刚刚摔跤前，那个年轻人看巴尔大叔老了，想着一下摔倒他，要知道摔跤半辈子的巴尔，对方一旦轻敌，他就像经验丰富的鹰瞅准兔子一样，一扑一个准。

我问祖父，刚才年轻人输了？

祖父摇头示意，他也赢了，两人喝酒畅怀，已经完成了摔跤的传承。你要相信，用不了几年，这个羞涩的年轻人一定是草原上优秀的摔跤手。

比起象征勇敢与英雄的摔跤，身材瘦小的我偏向于赛马和射箭。我的赛马技巧也是巴尔大叔教授的，这匹小红马伴随着我一点点长大，从之前上马前靠着石头或者木凳，到现在轻盈地翻身上马。我骑着心爱的小红马，在祖父和巴尔大叔的注视下跑进了前十，这对一个不是马背上长大的孩子来说，算是不错的成绩。巴尔大叔拉着我的手，把我介绍给他的朋友们：这是我见过的最勇敢坚毅的汉族孩子。

巴尔大叔直率的夸赞让我不好意思地低下头，脚踩在地上，不一会儿就有一块黑褐色的泥土裸露在脚下。至于射箭，山羊爷爷教过我们每个孩子，他也教会了巴尔大叔，可惜，山羊爷爷去见长生天了。

这些年，牧民们响应政府绿色发展的政策，迁居城镇，或定居县城，他们搬走了草原上的毡房，把牛羊藏在天空，许多人一年也回不去牧场。草场治理成果日渐显著，沙地退了，草多了，去往牧区最多的人，是到草原旅游的外地游客。

从草场的入口，可以见到各式各样的汽车轧着草地驶进草原深处，车上放着民谣，他们一拨拨地来，天亮以后一拨拨地离开。

我和巴尔大叔坐在草地上，天空下令人敬畏的敖包和新式的毡房多了许多。那么多的人匆匆而来，然后又悄然离去，他们或许只看到敖包相会的旅途愉快，而无法体悟到草原人血脉里与自然精神亲近的属性。

草原除了敖包相会，还有无数的神生活在任何地方，它们给人太阳一样温暖的幸福。

## 赛马之恋

达布察克镇漫长的生活中，我们家养过一匹浑身黝黑、四肢矫健的马匹。

那是一个下雪的冬天，祖父把一匹瘦弱的只顾低头的小马驹带回牧场。它的毛发上有一层冰碴儿，雪冻在鬃毛里，铁刷也无法理顺它杂乱不堪的毛发，它后腿露出一块灰白色的肉皮，那里没有一根毛发。这与它浑身黑色的外形显得格格不入，我对此十分嫌弃，比起我的小红马，怎么看它也不顺眼，它的黑眼睛在吃草时警惕地看向周围，仿佛充满陌生的恐惧和胆怯。

我趴在马厩的木桩上，马厩里一共三匹马。

最里面的那匹健壮的黄骠马是祖父的坐骑，它有乌审马纯正的血统，走在路上，蹄子有力，踩出的马蹄印清晰地印在大地，雨水都冲刷不了，只有饱食雨水养分的青草才能遮盖住马蹄印。我的小红马，是山羊爷爷替我选好的，剪鬃以后一直陪伴着我，我们的感情不亚于亲兄弟。

祖父把拌着玉米粒的草料填满马槽，三匹马厚厚的唇齿间有白嫩的牙齿嚼着苜蓿。祖父告诉我这匹黑马的来历，原来是隔壁牧场有家牧民要搬去镇子居住，处理掉所有的牛羊牲畜，就在全家人准备乘车离开的间隙，这匹小马驹蹦蹦跶跶从河谷里走来，径直走向空无一马的围栏。主人告诉祖父，最近两天全家人忙碌着在自家牧场寻找走散的牛羊，羊少了几只，马倒是齐全了，但这匹小马驹确实忘记是哪匹母马下的崽子。何况那些马都卖掉了，正好遇到祖父，就直接让祖父牵走了。

放牧时，丢失牲畜很正常，尤其不会担心有饿死的情况。虽然这里的草地在冬天盖着一层积雪，马总能找到雪地里的枯草，它们熟悉大地的味道，掌握哪块雪地下有发芽的嫩草，或者未被风折断的干草。据我所知，在达布察克镇，还未有过被活活饿死的牲畜。

自从小黑马来到我家，我便不情愿地把它和小红马一同放养。千古悠远的游牧历史中，马一直扮演着重要的角色。现在，马的作用悄然发生着转变，它不再是战争进程的推进工具，而越来越多的马仅仅作为交通工具出现，马背上曾经创造的辉煌被人们渐渐遗忘。

每年赛马节，我都跟着牧仁前去。他是山羊爷爷介绍的，算是我的半个马术师傅。他满脸黑胡，后脑勺留着一根粗粗的辫子。他教会我了解一匹马的秉性：马在吃草的时刻是安静的，没有多余的嘶鸣，它们摆着马尾，抖动着捋顺的鬃毛，闲适的模样像一匹匹画中的马。赛马时，需要马保持好胜心，它们一旦冲出起跑线，就要冲着目标奔跑，骑手要与马合二为一，才能爆发出强大的战斗力。

这些年，牧仁作为两届赛马冠军得主，他有资格与任何人讨论一匹赛马。我见过他平时训练的场景，一人一马，不需要马鞍，不需要缰绳，马在起步奔跑中降速，他左手抓住马鬃翻身跨上马背，嘴里响着口哨，哨声越急，马的速度越快，像一道闪电劈过山冈，跑进阳光。

这天傍晚，牧仁骑着摩托车走进我家。他叮当把麻袋放下，袋子里发出铁器碰撞的声音。他和祖父坐在火堆边，满脸忧郁，担忧今年赛马节可能是最后一次自由的活动，他刚刚得到消息，明年的赛马节由一家南方旅游企业赞助举办，但赛马的规矩更多了，许多马术表演动作也很陌生。即使他是经验丰富的骑手，看完视频里播放的赛马视频与规则讲解，心里也犯嘀咕。

那晚，他坐在火堆边喝了好多酒。他在我家抱着我，嘴里不断有浓郁的酒气溢出，冲着我喊着：孩子，这是你最后一次无拘无束地赛马了。我真的担心有一天，草原上的马群消失，你要知道，风沙侵袭的草场能够愈合，但丢失的马的天性，被一点点驯服成专业的赛马，吃草和喝水的自由都要剥夺，这是时间无法和解的。

他说着说着竟然掩面而泣，泪流满面，一个人脱去羊皮袄躺在椅子上睡着了。

第二天，牧仁来到马厩。他摸着已经上膘的小黑马，惊喜地抱起我，这是一匹纯正的乌审马。你看它的蹄子像瓷碗一般大，这样的马不会陷进沙地和雪地，跑起来的速度与耐力非一般的马可比，你会看到它跑起来的样子像踩着云彩在移动。他蹲下来，抓住小黑马的后腿仔细摸了摸，肯定地说是一匹赛马的好苗子。

临走之时，他告诉祖父；冬天养马既要保持体形，更要锻炼着“遛马”。这是一种骑手间口耳相传的方式，在寒冬腊月的马厩泼水成冰，让马在冰面上打转，摔倒了不用怕，它们和蒙古人有相同的勇敢，永远挑战困境。马背上流出的汗水滴在冰面，鼻孔冒着粗气，马一次次摔倒，然后挣扎着站起。春天后吃一段时间的青草，你家的马就是草原上最强壮的马。

那年的那达慕热闹非凡，我本来要参加赛马节，可因为高烧感冒身体虚弱而无法亲自参加。祖父骑着小黑马，我的小红马驮着我赶去现场。牧仁高兴地和祖父拥抱，并热情地向我介绍，他邀请到一位马术精湛的蒙古小伙替我赛马。我看到那位蒙古小伙穿着深蓝色衣服，金黄色的盘扣从脖子闪耀着光芒到腰间。小黑马挂着铜色的一串铃铛，马头上的大红袖是祖母用珍贵的红绸子扎的，它静静地站在队伍中央，四蹄刨着泥土，号令枪一响，马队恍如移动的鲜活的浪潮席卷草原。山冈上的人群在欢呼，在呐喊，骑手们施展马背绝技，等到跑完赛程，为马背的汉子与马匹献上洁白的哈达，表示敬意。

这是我第一次参加赛马节，我置身于人群放歌跳舞的海洋里，马在那一刻让人激动，令人热血沸腾。我抚摸着小黑马，它轻摇尾巴，虽未言语，却通人性。夕阳下，两匹马在山坡吃草，落日余晖拉长马的影子，它们像祖先那样从草原的深处而来，而后走向暮色深处。近处的露天灶台煮着清香的羊肉，我跟随牧仁钻进毡房，他把妻子给我准备的一条银项圈戴在我的脖子，叮嘱我去了榆林认真读书，我是草原的孩子，望见的天空要比城里的孩子宽广辽阔。

我返回达布察克镇的几年间，草场被围栏分割，一些羊毛或者野兔的尸体挂在铁丝网晃荡着。在草原上，马也被圈养，牛羊散落的牧场空旷得一只鸟飞过都如此清晰，一圈溜达下来，见到的人多数不相识，听到的语言也是各种各样，多数牧民收起行囊移居城镇，他们融入定居的生活，追逐水草迁徙的日子一去不返。

牧仁转行做起赛马公司的专职养马人。他一个人照看着十多匹马，他对这些马并非全部熟悉，当地马容易辨认相熟，而从新疆，甚至遥远的乌兹别克斯坦引进的马，反而不易饲养。他给所有的马编号，一本厚厚的绿皮笔记本，密密麻麻记载着每匹马的秉性与饮食特点。

我问他：这份工作的工资比进城打工要低很多，你习惯吗？

他说：我在马背上出生，离不开草原，更离不开马啊！

他翻开桌子上的赛马相册，一张张他赛马的模样恍如昨日。

他告诉我：如果将来老了，我就告诉我的孙子，一个蒙古人跨上马背的那一刻，他就是英雄，而马就是亲如兄弟的安达。

## 草地物语

达布察克镇的草地上，生长着几百种植物，它们供养着无数的牛羊与牧民。有些草人是无法辨别的，也无法准确地叫出某种草的名字，它们躺在地面，与其他青色的草相连，看不出任何明显的区别。

草有百种，人只有一双眼睛，无论如何也数不清楚天上的繁星，不能确认每一株植物的准确性。牲畜是可以辨别，马不吃“醉马草”，羔羊很少吃带着露水的湿草，这些习性像约定俗成的规则，在草原流传至今。

距牧场三里处有片柳树林，那里流淌着裙带般的溪流，流水蜿蜒着探向萨拉乌苏河畔，汇成乌审旗的母亲河。我曾与山羊爷爷，每年夏天去柳树林，他要截取一节笔直圆润的柳枝做哨子。除了吹奏悠扬的蒙古长调，他用柳哨吹奏的民歌也十分好听。

一路上，他给我介绍着沙蒿，别看它干巴巴地生长在沙土中，它有发达的根系，像吸管扎进沙子里，沙土层下方潮湿的水汽，以及根须触摸到地下的暗流，足以让它们承担着护卫草原的重任。我一脸不屑，反问山羊爷爷，你看这周围不都是沙地吗？应该是这条溪流守护了草原，而不是沙蒿。

他转头郑重地说：孩子，你知道为啥这里都是沙地，而不是荒漠吗？草木的自然作用在于调节一方的气候，避免沙地演变成细密的黄沙，如果沙漠化来临，别说溪流，就是一条横跨草原的大河也要被吞噬。但是草原的植物有与蒙古人相同的不屈精神，它们探索地下之水，以各自的生长守护美丽的草原。

他下马，把一双被风霜吹打的粗手伸进草地里，挖出黏在一起的湿漉漉的沙土，说，你看，这就是沙蒿要寻找的水源。我看着滴水的沙土，确实比沙漠流动的沙子更有生命气息。我把鼻子凑上去，闻到了水的甘甜味。

山羊爷爷顺手给我指着小路两旁有几棵沙棘树，这种树属于落叶灌木或小乔木，适应性强，喜光耐旱，一人高，粗壮棘刺长满主干周遭，每年秋天结满橘黄色的果实，可以入药，有提神醒脑、促进消化的效果。他去牧场给牛羊治病，遇到胃胀、厌食的牛羊，会叮嘱主人家把沙棘果放进草料中，牛羊吃一段时间，自然痊愈。牛羊一落地就接触到草，生病嘛自然需要大地的草去治愈。

我们再往前遇到鼠李、柠条等植物。鼠李生性慵懒，生长缓慢，要是仔细观察，在一些偏僻的地方还能看到它们的影子。听说，几十年前，它可以长到藏下一匹马那么大。

草原植物录中，要数两种植物最神奇，它们贯穿着我的童年：乌拉草、红柳。

祖母每年冬天生火做饭，要用乌拉草引火，一点就燃，像北方村庄小麦夏收后的麦草，是厨房的必需品。我小时候顽皮，收集火柴盒成为小伙伴们攀比的活动，而收集最快的方法，是等待家里用完火柴让祖母把盒子给我，她在床头的褥子下面整齐地压着各种图案的火柴盒。为尽快集齐《西游记》火柴盒，我把一盒新火柴强行塞进另外两盒，祖母也并不责怪，她会把火柴重新整理到一个绿色的铁皮铅笔盒里，这样腾出来的火柴盒都归我。有时偷拿家里的火柴盒去草场玩耍，跟大家炫耀着战利品，有好奇的伙伴会划亮火柴，一不注意扔进草地，这些零星的火对草并没有损坏。但有一次，我将燃烧的火柴扔到乌拉草堆，顿时火光骤起，火势蔓延到牧场边缘。我害怕引起火灾，所幸乌拉草燃烧完，只给草地涂上一层黑色的灰烬，那些燃烧的地方，风一吹，空气中有淡淡的灰尘，草地青色如初。

山羊爷爷教我认识的第一种植物是红柳，在夏天，我们躺在河边的红柳树下，望着空中断裂的红柳枝，红色的树皮透着光，摸上去感觉木质特别细腻，和冬天涂抹在脸上的雪花膏差不多。

我小时候身体不好，经常半夜冒虚汗，浑身绵软无力。祖母在床上抱着我，她焦急的眼睛盯着那扇半掩的门。窗外，看到手电光照进来，知道祖父与山羊爷爷回来了。他们把马拴在马厩，山羊爷爷在马鞍上取下红柳枝，他进屋摸了摸我的额头，说声“邪了”。他把我放平在床上，叮嘱祖父把门打开，搬出一张桌子，桌上摆放着干肉、奶酪、点心等供品。我迷糊中听见他点燃黄纸，纸张燃烧的光与灯光不同，我扭头看到他用柳枝蘸着碗里的水洒向屋里的每个角落。他的每一步都走得很均匀，步幅不大不小，转完一圈后走到我身边，用柳枝轻轻地抽打我。我能感觉到轻微的疼痛，但更接近于酥酥的那种感觉。他嘴里嘀咕着我听不懂的词语，说完便把用过的柳枝扔出门外，然后用刀割了一段红柳枝系上红绳子挂在门梁。

当他做完这些，自顾在炉子上倒上一碗热茶，一脸轻松地对着祖父说：那些可恶的鬼怪都走了，娃儿的身体很快恢复到和牛犊一样强壮。祖父递给他一根烟，他坐在凳子上抽着，两个老人平静地吸烟，不时搅动一下炉子的火，说着来年的一些盘算。

那晚以后，我的身体渐渐恢复。和我生病状况差不多的人，都会采用这种民间的治疗方法。在草原上，人们信的事物，都是有灵气的。

春牧场转场前，我们要迁回南边的牧场，山羊爷爷托人给我送来一根用红柳木做的马鞭。这条鞭子的手柄是一截通红的柳木，握着像坚硬的梨木那样瓷实，鞭子尾部套着银白色的铁环，甩起来噌噌地响。我相信，红柳是辟邪的，像神明庇护着所有善良的人。我自练习骑马开始，就随身带着这条马鞭。我的马儿十分听话，我很少用鞭子抽打它，如果想加速，双腿微微在马肚子上一夹，它就扬蹄疾驰。很多时候，马鞭是牧民身份的象征。

羊肉的吃法多为清炖或者烧烤，我从小最爱用红柳枝串上一块块鲜美的羊肉，架在火堆上烤着，肉滋滋冒油，柳枝周围被烟熏得黑乎乎的，或者被火点燃，肉香与柳枝的清香混合在一起，老远就能闻到这诱人的美食。除烧烤外，祖母也会把柳叶洗干净，铺在柳枝织就的衬笆，放上揉好的馒头，出锅后的馒头也有一股柳树的清香。

前几年每次返回达布察克镇，我都要特意去一趟在萨拉乌苏河谷的红柳林。树林里见到倒下的一棵红柳树，它的根部干瘪，树干扭曲地长在一起，树冠空洞，里面居住着甲虫与蚂蚁。静谧的风吹得树林沙沙地响，失去水分的树皮皱皱巴巴，如果仔细观察，岁月仿佛一位技术出众的雕刻大师，每一片树皮恍如某些记忆里原始的面容，记录着岁月的沧桑和时代的涟漪。

我还在草原遇到最常见的沙地柏，和我在榆林见到的柏树有点相似。它在祭祀活动中被作为“煨桑礼”的主要原料，当燃烧冒青烟的刹那，被赋予植物本身以外的尊崇，它的意义远非一株普通的植物所能比拟，或许祝福与祈祷长久不衰的寓意符合它四季常青的秉性。

当我逐渐去认识草原上的蘸草、侧柏、苍耳、叉分蓼、碧冬茄、冰草……这些植物正在梦中挨个儿回填我匮乏的童年。

我尝试过把一株沙地柏或者苍耳移植到家里，但都失败了。它们的故乡应该在那片雨雾迷蒙的萨拉乌苏河谷，在草香羊肥的草原，在头顶住着一眼蓝色的天空。

这些年，一些消失不见的草原植物和那些永远无法相见的人，一定出现在人生未知的旅途，并会向我们诉说无声的物语。

**图书在版编目（CIP）数据**

万物皆可爱：第四届丰子恺散文奖获奖作品集 / 丰子恺散文奖组委会编. -- 北京：作家出版社，2023.4
ISBN 978-7-5212-2247-0

Ⅰ. ①万… Ⅱ. ①丰… Ⅲ. ①散文集－中国－当代 Ⅳ. ①I267

中国国家版本馆CIP数据核字（2023）第053440号

**万物皆可爱：第四届丰子恺散文奖获奖作品集**

**编　　者：**丰子恺散文奖组委会
**责任编辑：**徐　峙　李　娜
**装帧设计：**纸方程·于文妍
**出版发行：**作家出版社有限公司
**社　　址：**北京农展馆南里10号　　**邮　　编：**100125
**电话传真：**86-10-65067186（发行中心及邮购部）
86-10-65004079（总编室）
E-mail:zuojia@zuojia.net.cn
http://www.zuojiachubanshe.com
**印　　刷：**北京盛通印刷股份有限公司
**成品尺寸：**170×240
**字　　数：**343千字
**印　　张：**24
**版　　次：**2023年4月第1版
**印　　次：**2023年4月第1次印刷
ISBN　978-7-5212-2247-0
**定　　价：**68.00元